# 覚　悟

フェリックス・フランシス
加賀山卓朗訳

文藝春秋

孫のサミュエル・リチャード・フランシスに
いつものように、デビイにも特別な感謝を捧げる

# 覚悟

## 主な登場人物

私……シッド・ハレー　元騎手の調査員
マリーナ……ハレーの妻
サシイ（サスキア）……ハレーの娘　六歳
チャールズ・ロランド……元海軍提督　ハレーの前妻の父
サー・リチャード・スチュアート……英国競馬統括機構会長
アナベル・ガウシン……サシイの友人
ピーター・メディコス……BHA保安部長
パディ・オフィッチ……元騎手　競馬界の情報通
ジミイ・ガーンジイ……騎手
トニイ・モルソン……同右
アンガス・ドラモンド……同右
ワトキンソン……テムズ・ヴァレー警察署　主任警部
イングラム……オックスフォド警察署　警視
テリイ・グレン……シッドの知人　ロンドン警視庁
ノーマン・ウィットビイ……同右　グレーター・マンチェスター警察署　警部
マギイ・ジェニングス……弁護士
ハロルド・ブライアント……外科医
ビリイ・マカスカー……元アイルランドのテロリスト　賭け屋
チコ・バーンズ……柔道教師　シッドの友人

# 1

「できません」私が言った。「絶対に」

「だが、シッド、やるしかない」

「どうしてです?」

「健全なレースのために」

よく使われる戦術であった。

「引退したんです」私が言った。「あなたにも報告した。もうああいうことはしません」

英国競馬統括機構(BHA)の現会長であるサー・リチャード・スチュアートは、〝ノー〟という答えを受け入れることで土曜朝の品出し係から本邦最大の小売チェーンの最高経営責任者にまでのぼりつめた人ではない。

「いいではないか、シッド」彼がしたりげな笑みを浮かべて言った。「シッド・ハレーがまだ掛け値なしの最高であることを知らない者はいない」からかうように私の腕に拳を当てた。「それに自分でも本当はやりたいと思っているはずだ」

思っているのか？

調査員の仕事から退いて六年近くたっていた。その六年で独立投資家としておもに主要市場の優良株を取引し、まずまず成功していた。最近では、すぐれた発想がありながら手持ちの現金がほぼない発明家に融資することも増えていた。

誰も私を叩きのめしたり、もっとひどい危害を加えようと企んだりしない、おおむねストレスとは無縁の六年であった。

「できません」もう一度、最終回答のつもりで言った。「やりたくないんです、本当に。いまも、これからもずっと」

サー・リチャードが喜んでいないのがわかった。まったく喜んでいない。

「シーッド」その一語を数秒引き伸ばして言った。「ひとつ、ここだけの話をしてもいいかね？」

「もちろん」

サー・リチャードが盗み聞きを怖れるように身を寄せてきた。オックスフォドシャーにある私の自宅の居間にふたりきりでいることを考えると、おかしな行動だった。

「私は真剣に心配しているのだ。われわれのスポーツの未来全体が危険にさらされている」いま言ったことを強調するかのように口をすぼめ、眉を上げて、私にうなずいてみせた。「競馬は信頼があってこそ存続する。そう、八百長レースだったとか、馬が薬物を投与されたといった話は誰もが聞きはする。しかし全体的に見れば、競馬は非常に健全なのだ。そうでなければ、人々は信頼して賭けないだろう。すると、われわれはどうなるね？」

　私は何も言わなかった。

「だからこそ、われわれＢＨＡは薬物検査設備に多大な時間と金をかけ、違反者をみな厳しく罰しているのだ。人の生活手段を奪うことを決して愉しんでいるわけではないが、ほかの者たちが違反に向かうのは防ぎたい」

　私はうなずいた。すでに充分理解している。

「どうしてそこまで焦っているのですか？」

「誰かがこの制度を壊そうとしている――つまり、レースの結果を操作しているのだ。私には確信がある。だからきみが必要なのだ」

「ＢＨＡ内に保安部門があるでしょう。どうして対処できないんです？」

「私も当然、彼らにやらせようとした」サー・リチャードがため息をつきながら言った。「しかし、何も問題はないと言うのだ。私の勘ちがいだと。だが、勘ちがいなどでないことはわかっている」

「どうしてわかるのですか？」私が訊いた。

「とにかくわかる」梃子でも動かぬという態度であった。

　説得力があるとは言えないが、サー・リチャードは自身の評判を危うくしても信念を貫く人であり、まちがえることはめったにない。

「申しわけありません」私は立ち上がった。「それでもお手伝いはできません」

サー・リチャードは私を見上げた。「できないのか、したくないのか？」

「両方です」私が言った。「かりにやったとしても、おそらくあなたの役には立てないでしょう。もう探偵のコツを忘れてしまった」

「馬鹿げたことを！」サー・リチャードも立ち上がって言った。「きみは息をするコツも忘れたのか？ 私がかつて知っていたシッド・ハレーは、ロンドン警視庁の全員が目を見開いていても見つけられないものを、目をつぶったまま見つけていたぞ」

私はわずか九インチの距離で彼と向き合っていた。

「もうあなたがかつて知っていたシッド・ハレーではないのです」

サー・リチャードは数秒間まっすぐこちらの目を見た。私は視線を背けた。

「じつに残念だ」彼がため息をついて言った。

みじめな気持ちだったが、これ以上言えることはなかった。

「帰ったほうがよさそうだ」サー・リチャードはブリーフケースを取ろうとソファに手を伸ばした。「ここにいても明らかに時間の無駄だから」

もはや喜んでいないどころか怒っていた。

「見送りは結構」いつもの礼儀正しささえ保てない様子でつぶやき、背を向けて出ていこうとした。

「サー・リチャード」私は彼の腕を取って引き止めた。「本当に申しわけなく思います。

ですが、ああいうことはもうしないのです」

「先週、友人のロランド提督からもそう聞いた。だが私はいくらか疑っていたのだ」言葉を切って、また私の目を見た。「シッド、私は堅く信じている。われわれがよく知り、愛してやまない競馬が脅かされていると」

怖れているのだ、と思った。心から怖れている。

「どんな証拠があるのですか？」尋ねる自分の声が聞こえた。

なんてことだ。やめろ。だめだ。かかわってはいけない。

サー・リチャードはブリーフケースを開け、書類が入ったクリアフォルダーを取り出した。「リストを作ってみた。なんらかの手段で操作されたと考えられるレースをあげてある」

「ですが、具体的な証拠はありますか？」

「私の言うことが信じられないのかね？」サー・リチャードは鼻を鳴らし、背筋をすっと伸ばして胸を張った。私より軽く六、七インチは背が高い。

「私が信じるかどうかは重要ではありません」彼の憤懣に気づいていないふりをして言った。「いずれにしろ、確固たる証拠を見る必要がある」

「つまり調査してくれる気になったのかね？」彼の顔がにわかに明るくなった。

「いいえ」私が言った。「そういうわけでは。ですが、なんならそのリストをざっと見てみましょう」

サー・リチャードはフォルダーを差し出した。「これはきみの分だ。私はコピーを取ってある」

「この件について、ほかに話した人はいますか？」

「どういう意味だね？」

「BHAの保安部以外で誰にこのことを話しました？　これまでに誰がこのリストを見ていますか？」

彼は私のその質問に驚いたようだった。「数人いると思う」

「誰です？」私は問いつめた。

「BHAの理事の何人かは見ている。もちろん私の秘書も。私の代わりにタイプしてくれたのだから」微笑んだ。

「ほかには？」

「私のクラブの何人か。たとえば、提督だ。私の代わりにきみに頼んでもらうつもりだったので」

私は心の内でため息をついたが、黙っていた。

「それが問題かね？」彼が訊いた。

「用心のために懸念を外に話すのは控えたほうがいいかもしれません。少なくとも証明できるまでは」

「だが問題は、誰も証明しようとしないことなのだ」サー・リチャードが苛立(いらだ)って言った。「みな私の思いこみだと言う。きみも含めて」

「それでも、疑わしいと大っぴらに言わないほうが安全です。届いてはいけない耳に届くかもしれない。もしこれが本当に悪事だとしたら、犯人にはあなたが調査していることを知られたくない」

「私は調査などしていない。だろう？」彼が怒って反論した。「それに、クラブの何人かに話すのは断じて〝大っぴら〟ではない」

私はそれ以上責めないことにしたが、私立調査員として働いた十年間でひとつ学んだことがあるとすれば、それはたいがいの場合、秘匿と不意打ちが最善策であるということだ。

しかも、サー・リチャードのクラブの会員だからといって模範的な社会人とはかぎらない。何百年にわたってイギリスの監獄の門をくぐる詐欺師、ペテン師、盗人、殺人者はあとを絶たないが、その少なからぬ者がロンドンでもっとも格式の高い紳士クラブの会員だった。

「シッド、力を貸してくれないか？」サー・リチャードが訊いた。「健全なレースのために」

「リストを見てみます」

「よろしい」

「しかし何も調査はしない」すぐにつけ足した。「すでに言ったとおり、調査はやめました」

「だとしても、どう思うかは聞かせてくれるな？」

「ええ」私が言った。「リストを見て思ったことをお話しします」

サー・リチャードは満足したようにうなずいた。「そろそろ行かないと、列車に遅れる」

「ロンドンに帰るのですか？」

首を振った。「いや、ウィンチェスターの自宅に帰る。バンベリイから一時間ごとに直通列車が出ているのだ」

「駅まで車で送りましょうか？」

「いや、おかまいなく」微笑んだ。「タクシーを待たせてある」

私たちは三月の日差しのなかに出た。サー・リチャードがタクシーに乗り、私は走り去る彼に手を振った。あれはサー・リチャードの妄想だろうか。それとも実際に、わが国の競馬によからぬことが起きているのか？　そして自分は、あえて首を突っこむほどこのことに関心があるのだろうか。

まだ右手を上げたまま道に立っていると、マリーナがわが家のレンジローバーで丘を下り、門を通り抜けてきた。

「誰が来たの？」明るい緑の買い物袋を持って車からおりながら、彼女が言った。

「サー・リチャード・スチュアートだ」

「どういう人？」

「英国競馬統括機構の会長だ」

「どんな用事だったの？」

「競馬界の腐敗について調べてもらいたいと言ってきた」

　マリーナは砂利の上に緊張して立ち、私をまっすぐ見ていた。

「それで、あなたはどう答えた？」

「もう調査はしないと答えた」

　彼女はわずかに緊張を解いた。肩の筋肉がゆるんで首の筋が消えたのでわかる。

「よかった」

「何を買ってきた？」私が話題を変えて訊いた。

　彼女は微笑んだ。「サシイへのプレゼント。買わずにはいられなかったの」袋に手を入れ、子供向けのピンクのワンピースを引き出した。胴部に青と黄色の刺繡(ししゅう)のラインが入っている。「かわいいでしょう？　セールだったし」

「いいね」

　サシイは私たちの娘だ。正確には、サスキア。呼び名はサシイで、性格もませている(サシイ)。いま六歳だが、言動はまるで十六歳である。成長は私が望むよりずっと速い。

「アナベルの誕生日パーティに着ていってもいいわね」

　アナベルはサシイの学校の大親友だ。

「いいね」私がまた言った。

ふたりで台所に入ると、二頭いる雌のアイリッシュセッターのうち、ロージィが近づいてきて、おやつ目当てに私の脚に鼻をすりつけた。

「どんな腐敗ですって?」マリーナが完全に平板な口調で訊いた。

「なんでもない」私は手を振って打ち消した。「サー・リチャードは、誰かがレースの結果を操作しているという馬鹿げた考えを抱いているのだ。だが、彼の下の保安部が何もないと言っている。彼らは無能じゃないよ」

「それで、あなたは興味がないと答えたの?」

「ああ」私が言った。「心配しなくていい。何も調査するつもりはないから。彼が持ってきたリストを見てみると言っただけだ。怪しいと彼が信じているレースがあげてある」

「それを見るのね?」

「あとでざっと」

彼女が喜んでいないのは明らかだった。

マリーナと私は、彼女がサスキアを妊娠して八カ月のときにロンドンから越してきた。それが新たな始まりになるはずだった——田舎の静かな生活の始まりに。

マリーナは最後通牒を出してはいないものの、頑として譲らなかった。私を心から愛していて、私の仕事についても精いっぱい前向きに考えようとしたが、通りの角を曲がるたびにナックルダスターや消音銃で武装したごろつきを気にしなければならない生活を続けるのは無理だと明言した。絶えざる恐怖で疲れ果てた、赤ちゃんが生まれたらもっとたいへんなことになる、と。

私は事実上、彼女と仕事のどちらかを選ばなければならなかった。選ぶのはたやすかった。

現役騎手時代には、当時の妻より仕事を選んだ。思い返せば、それはまちがいだった。マリーナを責めることはできない。私がしていることを誰かが止めようとするたびに、彼女は撃たれ、殴られ、何度も脅されてきたのだ。

犯罪者の世界では、シッド・ハレーを痛めつけるのはかえって逆効果だというのが常識になっていた。なおさら固い決意で熱心に反撃してくるだけだからだ。

そこで調査員時代に嫌というほど出会ったならず者たちは、代わりに私の愛する人を攻撃するようになった。彼女を使って私の動きを封じるためである。

それが最終的には効いたことになる。

真実と正義を追求するうえで人が許容できることには限度がある。私は決めたのだ。世界にはいまやっていることを——合法であれ、違法であれ——シッド・ハレーの介入なしで続けてもらうしかないと。

だから私は愛情あふれる夫になり、その後は娘を溺愛する父になった。

ただ、私の以前の仕事は〝部屋のなかにいる象〟でありつづけた——つねに大きく、つねにそこにいて、無視しがたいが、話題にすることはめったにない。

ごくたまに、ちょうどいまのように、象が首を少しもたげてマリーナの背筋に悪寒を走らせるのだった。

私はサシイを学校に迎えに行きがてら、クリアフォルダーを車に持ちこんだ。

「忘れずにアナベルも連れてきて」マリーナが台所の窓から叫んだ。「今日はうちにお泊まりだから」

「週のなかばに?」

「ティムとポーラは今晩ロンドンなの。同業組合の食事会か何かで」

「わかった。忘れない」

娘を学校に迎えに行くのは一日の真の喜びのひとつだった。サシイは興奮して満面の笑みで学校から飛び出してくる。その日にあったことを何から何まで話したくてたまらず、息をするのも忘れるほどだ。

学校は家から一マイルの隣村にあるが、私はたいがい早めに行って、サシイが出てくる十分ほどまえから車のなかで待っている。この日はひとりでサー・リチャードのリストに目を通したかったから、とりわけ早く家を出た。

いつもどおりレンジローバーを校門の向かい側に駐(と)め、助手席からフォルダーを取った。

二枚の紙に九つのレースがあげられているが、選んだ理由に関する情報はほぼゼロだった。一見どれも目立った特徴はなく、互いにどれかを結びつけるものも見当たらなかった。

九つのうち三レースはハードルで、残る六レースはスティープルチェイスだった（どちらも障害競走。ハードルは簡易な障害で距離も短く、スティープルチェイスは生垣や濠などの固定障害があって高い飛越技術が求められる）。すべて障害シーズンの主要月間であるこの半年以内におこなわれたレースで、みな重賞レースがある日だが、どれもメインレースではなかった。本命馬か対抗馬が勝ったのは二レースのみ。すべてのレースで勝ち馬のオッズは六対一以上だった。

とはいえ、どのレースにもとくに注意すべき点や異常な点は見つけられなかった。

ならなぜこのリストに載っている？

サー・リチャード・スチュアートは想像力がたくましすぎて疑念を抱いたのかもしれないが、決して愚かな人ではない。このリストをまとめた理由があり、むろん私がそれに気づくことを期待している。だが、ざっと見たかぎりでは気づけなかった。それぞれのレースの動画を見ればヒントが得られるだろうか。

「こんにちは、ミスタ・ハレー」声が聞こえた。

私は手元の書類から目を上げ、右の校門のほうを見やった。

「こんにちは、ミセズ・スクワイア」車の開いた窓から返事した。

ミセズ・スクワイアは校長で、児童が下校する一日の終わりに門のまえに立って見送るのが日課になっていた。

「今日はアナベル・ガウシンも連れて帰ると聞きました」

「ええ、そうします」

ミセズ・スクワイアはうなずき、校門近くで待っている母親たちに話しかけた。母親の何人かは将来学校にかよう子を乗せたベビーカーを押していた。

子供たちが校舎からあふれ出し、いつものように叫んだりぶつかったりしながら、校庭を無我夢中で走ってきた。私はレンジローバーからおりて道を渡った。サシイはいつも門に到達する先頭集団のひとりだ——レースに真剣になる血が遺伝しているのだろう——が、アナベルはもっとレディらしくまわりの子を先に行かせるので、サシイと私は彼女が来るまでしばらく待たされる。

「ハロー、ダディ」サシイが懸命に手を振りながら叫んだ。

ダディと呼ばれるのにうんざりすることは永遠にない。

「ハロー、ダーリン」私も大声で返した。

ミセズ・スクワイアが門から送り出すと、サシイは走ってきて私の手、私の右手、私の本物の手を取った——左手だったところに存在するプラスチックと鋼鉄のドッペルゲンガーではなく。

やがてアナベルもミセズ・スクワイアに解放されて、私たちに加わった。

「サスキアのそっちの手を取って」私がアナベルに言い、われわれ三人は横並びで左右をくり返し見ながら、安全に道路を渡った。子供を迎えに来た車のほかに村を走っている車はほとんどなかったが、注意するに越したことはない。

サスキアは私の誇りであり喜びだった。私がマリーナと結婚してからちょうど九カ月で生まれた。

「新婚初夜ベイビーだ」ある友人が私にウインクして言ったことがある。「それより早く生まれなくてよかったな」

私は友人に微笑んだ。実際には遅れて生まれてくれてよかったのだ。マリーナが「誓います」と言ったときには、まちがいなくパンはすでにオーブンのなかでふくらむところだった。

いとも簡単に思えた。避妊をやめたとたんマリーナは驚きの早さで妊娠したのだ。だからいっそう、サスキアが生まれたあとで妊娠できなくなったことが歯がゆかった。

私たちは知るかぎりの不妊治療の名医に診てもらったが、答えは例外なく、妊娠を妨げる医学的な理由はない、だった。リラックスを心がけるだけでいい、いずれ妊娠しますよ。いや、リラックスはしているのだが、妊娠は六年間なく、ふたりともなかばあきらめて、サシイがひとりっ子になるという事実を受け入れつつあった。

といっても、マリーナはまだ若い。だから私たちは毎晩のように情熱的に励んでいた。

マリーナは女の子ふたりと犬たちを連れて村に散歩に出かけ、その間私は書斎に入って、《レーシング・ポスト》のウェブサイトで問題の九レースをひとつずつ見ていった。

くわしい文字情報を読むだけではわからなかったことがあった。どのレースも接戦ではなかったのだ。九レースのすべてで勝利馬はほかの馬を大きく引き離してゴールしていた。

だから異常だというわけではない。スティープルチェイスの多くは、最終ハロンの全力疾走ではなく、コース全体の障害を飛越する技術で勝負が決まるからだ。

すると、サー・リチャードがこれらのレースを疑ったのは、負けた馬が勝つ努力をしていなかったと思ったからだろうか。

九レースの騎手を調べてみた。

多くの騎手が複数のレースで騎乗していたが、同じ騎手が毎回勝つようなわかりやすいパターンはなかった。

タイプされたリストをもう一度見た。各レースの客観的な情報の末尾に、おそらくサー・リチャードであろう誰かがいくつか感想とコメントを書き加えていた。

サンダウンのあるレースのあとには〝最終オッズ八対一、トート配当はたった五・六〇ポンド〟と書かれていた。ニューベリイの別のレースのあとには〝オッズ十対一、トートはたった七・二〇ポンド〟とあった。

ほかのレースにも似たようなコメントがついていた。全レースに共通していると思われる唯一の点は、トート式の馬券払戻金が、賭け屋(ブックメーカー)の最終オッズから想定されるよりはるかに少ないことだった。

トート式と賭け屋ではオッズの扱いがちがう。

賭け屋が客に八対一のオッズで売り、その馬が勝てば、客はどれだけ多くの人が同じ馬に賭けていようと、払った一ポンドにつき九ポンドの配当を得る。公式の最終オッズは、レース開始時のすべての賭け屋のオッズの平均値だ。

一方、トートはパリ・ミュチュエル方式とも呼ばれ、全出走馬に賭けられた全額を的中馬券の数で割って払戻額を決める。その結果、トートの配当オッズが賭け屋のオッズと一致することはめったにない。より高くなることも低くなることもあるが、賭け屋の最終オッズよりはるかに低くなることはごくまれである——リストにあげられたレースは、すべてそれだった。

トートの払戻が少ない理由を説明できるとすれば、同じ勝利馬について、賭け屋に比べてトートに莫大な賭け金がつぎこまれたのだ。それしか考えられない。

サー・リチャードが疑念を抱いた理由はこれかもしれなかった。

とはいえ、それほど目くじらを立てることかという気もした。

競馬関係者の常識として、トートに大金を賭けると実質的にオッズが下がって回収率は悪くなりがちだ。トートでは運営コストと利益確保のために賭け金の二十四パーセントが単純に差し引かれ、残りを的中馬券で按分(あんぶん)するからだ。

ならばなぜトートに大金を賭ける？　意味をなさない。とりわけ賭け屋を使ったほうがよほど儲(もう)けられるときには。

ただ、賭け屋よりトートに賭けるほうが匿名性ははるかに高い。賭け屋は分厚い財布を持った常連客を認識しやすい。それに賭け屋は、前評判が低いのに大金が賭けられた馬が大差で勝つと大損になるので、その種の不正には真っ先に声をあげる。一方それがトートなら、運営側はどの馬が勝とうと気にしない。つねに二十四パーセントの取り分は入ってくるし、重要なのはすべての馬に賭けられる金額の合計だけだからだ。金額が大きくなればなるほど、彼らの取り分も増える。勝ち馬に桁はずれの金額が賭けられていようが、文句を言う者はいない。いるとしたら同じ当たり馬券を買った客だが、彼らも思いのほか払戻が少なかったことを運が悪かったせいにして、おしまいだ。どっちみち勝って払戻はあるのだから、どこに文句を言う必要がある？　むしろ勝利を祝う可能性のほうがずっと高い。

大きな競馬開催(ミーティング)になると、トート用の券売窓口が文字どおり何百とあり、忙しい職員は誰が現金を差し出そうがほとんど――あるいはまったく――気にかけない。午後のあいだじゅう、買う気満々の人がどれかの馬に何万ポンドとは言わないまでも何千ポンドつぎこんだところで、誰も眉を上げたりはしないのだ。

私はもう一度リストを見た。

九レースはすべてその日の出馬表の後半に入っていて、うち七つは最後か最後から二番目だった。

金をつぎこむ時間はたっぷりある。

さらに、ビッグレースの日なら賭ける客が大幅に増えて配当のプールがたいへん大きくなるので、ある馬に大金を投じてもオッズの〝希釈〟効果はあまり働かず、五対一とか六対一のオッズでも充分な見返りが期待できる。

とくにサー・リチャードが示唆したように、誰かがあらかじめレース結果を知っている場合には。

## 2

「ダディ、ダディ、あっちでわたしたちと遊んで」

サシイとアナベルが私の事務室に飛びこんできた。

「マミイは？」私が訊いた。

「アイロンかけてる」サシイが皮肉な調子で言った。「ダディにお願いしなさいって」

私は心のなかで笑った。マリーナはアイロンがけが大嫌いなのだ。

「お願い」サシイが訴えた。

「オーケイ。何して遊ぶ？」

「キャッチボール」アナベルが興奮してぴょんぴょん跳びながら言った。

だめだ、と思った。キャッチボールはできない。本物の手は片方だけだから。

「卓球はどう？」

「いいよ、やろう」女の子たちは大喜びで叫んだ。

そこで私たちは卓球台を置いてあるガレージに行き、三十分間、片側に私、反対側に女の子ふたりで球を打ち合った。というより、おおかたの時間、地面や台の下から球を拾い集めていた。

「アイスクリームを食べたい人は？」私が訊いた。

ラケットはただちに放り投げられ、私たちは台所に移動してバニラアイスを食べた。ラズベリーソースが波のように練りこまれ、粉チョコレートが振ってあった。

「ミスタ・ハレー」「なんだい、アナベル？」アナベルが口いっぱいに頬張る合間に言った。

「その左手どうしたの？」スプーンで指差した。

六歳の子の無邪気だ。

「ないの」サシイがさも当たりまえのように言った。「それ、プラスチックでできてるの」

私はアナベルを見た。事実を知ってアナベルがショックを受けるのではないかと心配したが、まったく気にしていないようだった。

「見てもいい？」彼女が訊いた。

私はしぶしぶ左手を持ち上げ、台所のテーブルに置いた。

サシイが私のシャツの袖のボタンをはずして、袖を肘までめくり上げた。驚くべき筋電義手について、アナベルに嬉々として説明した。

「これがバッテリー」ファイバーグラスの前腕にはめこまれた三×一インチの長方形を指差して言った。「これで動くのよ」

「どんなふうに？」アナベルが訊いた。

「ほら、ダディ」サシイが親分風を吹かせて言った。「指を開いて」

私が神経刺激を送ると、魔法のごとく、ごくかすかなうなりとともに人工の親指から小指までが伸びて、プラスチックの掌が開いた。

「わあ！」アナベルが言った。「かっこいい」

私はこれをかっこいいとは言わない。

プラスチックの腕に仕込まれたセンサーが私の皮膚から神経刺激を受け、見えないモーターが、ラテックスに覆われたスチール製の指を動かすのだ。

たしかに巧妙ではあるが、かっこよくはない。

というより陳腐であり、私はますますこれが嫌いになっていた。装着しない日もあるが、サスキアに〝普通に見える〟父親がいたほうがマリーナには好ましく感じられることもわかっていた。

最近はほとんどのことを右手だけで片づけている。

昔からそうだったわけではない。かつては手がふたつあり、それをうまく使って障害競走のチャンピオン・ジョッキイに四回なった。その後レース中に落馬し、騎手として

のキャリアも左手の使用も終わりになった。そして落馬で始まったものを、嗜虐的な悪

党が火かき棒を用いて締めくくり、私は完全に左手を失うことになった。十四年ほどま

えの出来事だが、私はいまだにきちんと受け入れられない。今後受け入れることもない

だろう。

いまも夢のなかでは手がふたつある。

「今度は閉じてみて」サシイが言った。

また刺激を送り、すべての指を曲げた。外見も動きもいかにも本物らしいが、動きを

〝感じる〟ことはできない。何かをつかんでも、いつ、どのくらいの力でつかむのかが

わからないのだ。ワイングラスは手からすべりおちるかもしれないし、粉々に砕いてし

まうかもしれない。私にはそれがまったく予測できない。

「わたしもやってみていい?」アナベルが訊いた。

「無理よ」サシイが彼女に言った。「だって、まず腕を切り落とさなきゃいけないでし

ょ」サシイは右手で左の前腕を切るまねをした。

アナベルの不満そうな顔は、プラスチックの義手を試着できるのなら、そうしてもい

いと思っているようだった。

「さあ、そろそろ終わりだ、ふたりとも」私は器用に使える右手の指で袖をまた手首ま

でおろし、ボタンをかけた。「庭で遊びなさい。私は仕事がある」

しばらく台所の流しのそばに立って、窓からふたりを見ていた。芝生でテニスボール

を何度も投げ合い、犬たちはボールが地面に落ちてこないかと必死でふたりのあいだを走りまわっている。

　私は微笑んだ。

　子供がもたらす喜びのなんと大きいことか。


　五時にサー・リチャード・スチュアートの自宅の電話番号にかけた。

「リストを見ました」私が言った。

「早いな」彼が答えた。「で、どう思った？」

「変則的な賭けがあるかもしれないと考える理由はわかります。おそらく勝利馬にトートで大金が賭けられている。ですが、それでレース結果が操作されていると見なす理由はわかりません。負けた馬にもトートで大金がつぎこまれていたかもしれない」

「だが、一定のパターンがある」彼は引かなかった。「たとえば、みな重賞レースがある日だ」

「重賞レースの日にだけ賭ける人は大勢います」私が言った。「リストのレースでトートに大金を投じた人物も、そのなかのひとりかもしれない。どうして結果が操作されていると思うのですか？」

「わからない」彼が言った。

「馬は全頭検査されていますよね」

「ああ。着順上位の馬はすべて規定どおりドーピング検査を受け、みな陰性だった」

「ほかの馬は？」

「上位でなくてもランダムに検査をおこなっているが、どのレースかはわからない。ただ今年、障害馬でいまのところ陽性の結果が出ていないのは確かだ」

「問題のレースの騎手に訊いてみたことは？」

「私がこの懸念について保安部長に相談したあと、彼がひとりふたりに訊いてみたが、何も出てこなかった。たんにすべて私の妄想、私のでっち上げということになったのだ」

「それはちがうでしょう」私が言った。

「ちがわない」間髪入れずに答えた。声に怒りがはっきりと聞き取れた。「職員がみな陰で私を笑い、この仕事をするには歳をとりすぎた、頭がおかしくなった、と考えているのはわかっている。だが、おかしくなってはいない」

彼が言葉を切り、私も黙っていた。

「だからきみの助けが必要なのだ、シッド。何が起きているのか調べ、この国のレースが損なわれて回復不能になるまえにやめさせてほしい」

「サー・リチャード、すでに言ったとおり、私はもうどんな調査もしていません。あなた自身の保安部が何もないと言うのなら、おそらくそれに耳を傾けるべきでしょう。ピーター・メディコスは愚か者ではないし、腐敗のにおいが少しでもすれば食いついて離さないタイプだ」

ピーター・メディコスはランカシャー警察で主任警視を務めたあと、七年ほどまえに引退してBHA保安部長になった人物である。

「はっ」サー・リチャードが電話の向こうで大きく鼻を鳴らした。明らかにそこまで信頼は寄せていなかった。「きみには心の底から失望したよ、シッド。どうして私のほかに誰も事の深刻さがわからないのだ？」完全に苛立ち、少なからず怯えた声だった。

「わかった。しかたがない。何が起きているのか、この私が調べ上げる。解明するまで絶対にあきらめない、きみの助けがあろうとなかろうと」

いきなり電話を切り、私は何も聞こえない受話器を持っていた。

本当に何か起きているのだろうか。それともすべて彼の妄想か？

そして私はこの件を気にかけているのか？

そう、たぶん気にかけている。


マリーナを捜すと、サシイとアナベルと一緒に居間のテレビでウォルト・ディズニーのアニメを観ていた。

「チャールズのところへ行ってくる」私が言った。「さほどかからない。夕食には戻ってくるよ」

マリーナはソファから顔を上げてこちらを見た。あまり機嫌がよくないのがわかった。なぜ私がチャールズと話したがっているのか、わかりすぎるほどわかっている。

「ダディ、ダディ、帰ってきたら本を読んで」サシイが甲高い声で言った。

「わかった」私が言った。「七時半までに戻ってきて、ふたりに本を読んであげよう。でも、ベッドのなかでだぞ」

ふいにサシイが顔を曇らせた。「アナベルが泊まるのよ。今夜はもうちょっと起きてちゃだめ？」悲しげな目で私を見上げた。

「だめだ」ぴしりと言った。「だからこそ早くベッドに入りなさい。寝ながらふたりでたっぷり話せるだろう」

サシイは喜んだが、全面的にではなかった。毎晩サシイを寝かせるのは根比べである。しかも彼女の意志はとても強い。

「自転車で行ってくる」マリーナに言った。「約束だ。かならず帰ってくる」

マリーナと私がウェスト・オックスフォドシャーに家を探したおもな理由は、チャールズの近くに住みたかったからだ。すると驚いたことに、エインズフォドの彼の家からたった二マイルのところに望ましい物件が見つかった。

王立海軍を引退したチャールズ・ロランド提督は、マリーナと私にとって、血のつながりこそないものの父親のような存在だった。実際には私の元義父だが、私はいつも〝元〟をつけないし、彼との友情は、私と彼の娘の結婚が破綻する大時化の時期を生き延びただけでなく、その後も年々深まっていた。チャールズはマリーナのこともたちまち気に入り、サスキアに対する名誉祖父の役割も大いに愉しんでいた。彼自身の娘ふたりのどちらからも孫は生まれていないのだ。

年齢はゆうに八十を超えているが、見た目ではわからない。身長は六フィート（約百八十三センチ）近くあり、まだ黒髪が豊かに残り、背中は六十五年くらいまえに士官候補生としてダートマスの兵学校に入ったときと変わらず、ぴんとまっすぐ伸びている。

彼は応接間で私を待っていた。愛用しているワインレッドのビロードとシルクのスモーキングジャケットを着て暖炉のまえに立ち、すでに手持ちのいちばんのスコッチをタンブラー二個にたっぷり注いでいた。

「必要ではないかと思ったのだ」彼がタンブラーを差し出しながら言った。

「なぜそう思いました？」

「きみがマリーナもサスキアも連れずにひとりで来るのは久しぶりだろう」琥珀色の酒をひと口飲んだ。「それに、きみのことはよく知っている、シッド。たいへんよくな。さあ、問題は何だね？」

本当に彼は私のことをよく知っている。

エインズフォドのチャールズの家はかねて私の聖域であり、隠れ家だった。物事がうまくいかないときや、賢明な顧問からアドバイスをもらいたいときに私が駆けこむ場所である。ちょうどいまのように。

「サー・リチャード・スチュアート」私が言った。

「ははあ！」彼が言い、頭をのけぞらせて笑った。「そうではないかと思ったのだ。先週、彼からきみのことを相談された」

「ええ、本人からも聞きました」

「だとすると、誰かがレースでいかさまをしているという推理も話したのだろうな」

「ええ、そのとおりです」私が言った。「彼の話を信じますか？」

チャールズは更紗が張られた肘掛け椅子に深々と腰かけた。

「彼が信じているということは信じるよ」

「私もそれは疑いません」私は対面の肘掛け椅子に坐った。「ですが、サー・リチャードによると、ピーター・メディコスは彼の妄想だと思っているようです」

「私はリチャード・スチュアートを二十年以上知っているが、彼が妄想に陥ったと思ったことは一度もない」

「とはいえ、われわれはみな歳をとる」私が言った。「そして年齢は実際におかしなことをする」

「きみはどう思っているんだね？」チャールズが訊いた。「ピーター・メディコスに全面的に賛成しているわけではないだろう。たんに賛成しているなら、ここには来ていない」

「サー・リチャードが作ったレースのリストを見ました。たしかにそれらのトート式の配当に疑わしい点があるかもしれない。しかし証拠はありませんし、結果が操作されていたとして、その方法もわかっていません。サー・リチャードがまちがっているか、何か大きな陰謀が進められているかのどちらかです」

「誰がそんな陰謀を企む？」チャールズが訊いた。

「そこはなんとも。ただ、騎手の協力がなければ無理でしょう」

「調べてみるつもりかね？」

「いいえ」断固否定した。「調べません。調査はもうしないんです」

「ならなぜここにいる？」

たぶん彼は私を知りすぎている。

私はしばらく沈黙し、ウイスキーをたっぷり飲んだ。

「彼が正しかったとしましょう」私が言った。「それでも私には何もできない気がする。一時間ほどまえ、きっと勘ちがいでしょうと指摘したら、彼の声に本物の怒りと、わずかに恐怖も感じられました。サー・リチャードのことは心から尊敬しています」

「ピーター・メディコスと内密に話してみたらどうだ？　そうすれば、たんにリチャードからの伝聞に頼らず、彼の意見を直接聞くことができる」

「どうしてそれを思いつかなかったんだろう」私は思わず笑った。「明日の朝、電話してみます」

私たちは和やかな雰囲気で最近のレースのニュースや結果について議論しながら、ウイスキーを飲み終えた。

チャールズはガラスに囲まれたポーチを通って、外まで私を見送ってくれた。

「どうしてあなたにはサーがついていないんですか」私が訊いた。「提督(アドミラル)はみなその称号をもらうものだと思っていた」

「私はただの海軍少将(リア・アドミラル)だったのだ」チャールズが言った。「さほど高い地位ではない」

「海軍少将は文字どおりうしろ(リア)につくのですか？」

「当然だ」彼が微笑んだ。「十六世紀から十七世紀にかけて海軍少将は、必要とされるまで前方展開艦隊のうしろにつく支援艦隊を指揮していた。だが今日では、アドミラルと呼ばれる者はみな船ではなく事務室に坐っている。最後に海上で指揮を執ったアドミラルはサンディ・ウッドワードで、フォークランド戦争のときだ。あのころにはまっとうな海軍が存在していた。忌々しい政治家どもめ。彼らが海軍の予算をあまりにも削ったものだから、いまや船の数がアドミラルの数と同じくらいになってしまった」

チャールズは明らかに政治家たちを認めていなかった。あるいは経費削減を。

もう知っている。以前にすべて聞いていた、何度も。


懸命に自転車を漕(こ)いだが、それでもガレージに入れてライトを消し、家に飛びこんだときには七時半を少しまわっていた。

「ただいま」階段をのぼりながら呼びかけた。「本を読む用意はできたかな？」

幸いマリーナのほうもスケジュールが少し遅れていて、女の子たちはまだ浴槽で湯を跳ね散らし、石鹸の泡をすくって互いにかけ合っていた。なんと愉しい！

「さあ、おふたりさん」マリーナが彼女たちに負けない声で叫んだ。「出るわよ！」

まもなくふたりはふわふわの白いバスタオルに包まれ、カラフルなパジャマを着て、サシイの寝室のツインベッドに飛び乗った。

「お話をして、ダディ」サシイがベッドにまっすぐ坐り、興奮した甲高い声で言った。

「レースで馬に乗る話！」

サスキアが生まれるはるかまえに私は騎手を引退していたが、彼女はいつも騎手時代の話を聞きたがる。

私はサシイのベッドの端に坐った。

「昔々、私はグランドナショナルで馬に乗りました」

「勝ったの？　勝った？」アナベルが叫んだ。

「まだ話はこれからだ」私が言った。「どこまで話した？　ああ、そう、グランドナショナルだったな。乗った馬の名前はノス・ボーイ。大型で気の強い蘆毛で、バネがついているみたいにジャンプした」

私はエイントリイ競馬場のコースの一周目を、馬に乗っているようにベッドの上で跳ねながら語った。

「ねえ、シッド」マリーナがバスルームから戻ってきて言った。「この子たちはもう寝ないと」

「マミイ、そんなのつまんない」サスキアがすねて言った。「まだレースの途中なんだから」

「そう、それなら急いで」マリーナは床から服を拾い集めて出ていった。

私はさらに速く跳ね、難所のビーチャーズブルックとキャナルターンを一気に飛越した。

「最後の障害からゴールまでが本当に長いんだ」息を切らしながら言った。「行け、おまえならやれる。あと数ヤード。行け、行くんだ」

接戦で鞭を入れているかのように右手を振った。

「勝った！」私が叫び、女の子たちは興奮してベッドで跳ねまわった。「さあ、寝る時間だ」ふたりを落ち着かせながら言った。「でないと明日の朝、疲れて学校に行けなくなるぞ」

　ふたりに毛布をかけ、それぞれの頭に接吻した。「おやすみ、おやすみ」寝室の大きなライトは消したが、ドアを少し開けて真っ暗にはならないようにした。

　マリーナはすでに階下におりていた。私もおりて台所に入った。

「どうした？」

「どうしたって、何が？」

「きみはとても不機嫌だ」

「いいえ、不機嫌じゃないわ」彼女が鋭く答えた。

「不機嫌だ」私は彼女に近づいて腕のなかに抱いた。「どうして？」

「別に」彼女は私を押しのけた。

「何も調査はしない」私が言った。「しないと約束した。約束は守る」

「ならどうしてチャールズに会いに行ったの？」

「ある点についてアドバイスをもらいたかったから」

「何について？」

「サー・リチャードから午後言われたことについて、どうすべきか訊いた。誰かがレースの結果を操作しているという彼の疑念だ」間を置いた。「調査はしないが、まったく何もしないわけにはいかない。だろう？」

　マリーナは無言だったが、私が〝何もしない〟ことを望んでいるのだろう。

「チャールズには、ＢＨＡの保安部長と話して、あとはすべて彼にまかせればいいと言われた。だから明日電話する。それで終わりだ」

　マリーナは少し緊張を解いたが、その夜のあいだじゅう、私たちのあいだにはいくらかわだかまりが残っていた。どう安心させようとしても、マリーナは私がまた調査を始めそうになっていることに怯えきっていた。そのことは彼女の想像のなかで、現実よりはるかに恐ろしい人喰い鬼のような存在になっていた。

　少なくともそのときには、私はそう思っていた。

翌朝、サスキアとアナベルを車で学校まで送ったあとで、ピーター・メディコスの携帯電話にかけてみた。

「ハロー、シッド」彼がきついランカスター訛りで言った。

「いま少しいいですか？」私が訊いた。

「少しだけなら。いま本当に取りこんでてね。だが、どうぞ」

「ああ、わかる」彼が言った。「ひどい話だ。そうだろう？」

「ひどいとは？」

「サー・リチャードのことさ」彼がくり返した。「ひどい」

私は平行宇宙にいるのだろうか。

「ピーター」ゆっくりと言った。「サー・リチャードの何がひどいのです？」

「死んで発見されたことだよ」ピーターが同じくらいゆっくりと答えた。「その件で電話してきたんじゃないのか？」

「死んだ！」私が言った。「いつ？」

「今朝だよ」彼が言った。「数時間前。彼が所有する古い車の一台のなかで見つかった。どうやら自殺だったようだ」

## 3

十時ごろには、サー・リチャードの自殺と見なされる事件はラジオのトップニュースになっていたが、すでに私がピーター・メディコスから聞いた話を超える情報はわずかだった。

サー・リチャードが、ガレージでエンジンのかかったマークⅣジャガーのなかにいるのを発見したのは庭師のようだった。取り乱した息子の供述によると、夫人のレディ・スチュアートがロンドンの妹を訪ねていたので、サー・リチャードはハンプシャーの自宅にひとりでいた。なぜ父親がみずからの命を絶つようなことをしたのか、息子には心当たりがないという。

私もだ。

前日の午後に私との電話を切ったサー・リチャードは、自殺から百万マイル離れているように思えた。

〝わかった。しかたがない。何が起きているのか、この私が調べ上げる。解明するまで絶対にあきらめない、きみの助けがあろうとなかろうと〟

数時間後に自殺する人の言葉とはとても思えなかった。

だが、自殺でないとしたら何なのだ？

閉鎖空間でたまたま車のエンジンをかけて亡くなった人の事例はいくつか知っていた。一酸化炭素が急速に致死量までたまることにまったく気づかなかったのだ。空気中の一酸化炭素濃度が〇・五パーセントに満たなくとも成人ひとりが死んでしまう。途中で危険を察知する方法はない。

だが、その危険は誰もが知っている。ましてサー・リチャードはクラシックカーの蒐集家だったから、当然知っていたはずだ。

自殺でも事故でもなかったとしたら、殺人なのか？

不可解な死を目にすると、私はかならず周囲に疑わしい状況があると考えがちであり、それは証拠によって覆されるまで続く。以前の職業の性のようなものだ。

誰かがレースの結果を操作していて、それが誰なのか自分で調べると宣言したサー・リチャード・スチュアートが、翌朝自殺と思われる状態で発見された。

これをあまりにも都合がよすぎると考えるのは私だけだろうか。

ピーター・メディコスにまた電話をかけた。

「なんだ、シッド？」仕事の妨害に少し苛立った声音で彼が言った。「今度はなんの用だ？」

「ピーター、まちがいなくたいへんな日なのに、しつこくて申しわけない。今朝電話した理由をまだ話していなかった」

「サー・リチャードについて？」

「そう」私が言った。「彼は昨日の午後うちに来て、誰かが八百長レースをしていると心配していた」

「ああ、そのことか」口調がいまやはっきりと苛立っていた。「チェルトナム・フェスティバル以来、ずっとそう言ってたよ」

「事実ですか？」

「私が知るかぎり、事実ではない」

「彼の主張について調べてみた？」

「何人かのベテラン騎手に内々に訊いてみたが、みな根拠のないでたらめだと考えていた」

それはそう言うだろう、と思った。とくに自分が八百長に関与していたら。

「そのことと彼の死は関係していると思いますか？」

電話の向こうが静かになった。「どんなふうに？」彼が言った。「私が彼の告発を真面目に受け取らなかったから自殺したと言いたいのか？」明らかに腹を立てている。

「彼が自殺したと本当に思っているのですか？」私が訊いた。「遺書はあった？」

「シッド、調査は警察やBHA保安部のような専門家にまかせることだ。素人が首を突っこんでいいことがあるとは、きみも思わんだろう」

私は素人調査員ではないし、BHA保安部が始終わが家に助けを求めに来ていた時期もあったと言いたくなる衝動と闘った。

「首を突っこむ気はないのでご心配なく」私が言った。「ただ、質問はしてまわるべきだと思う。サー・リチャードは何かがおかしいと確信して譲らなかった。その彼が説明のつかない状況で急死したのだから、誰かが彼の懸念について調べるべきでしょう」

「調べるさ」ピーターが言った。「それはかならず手配する」

「警察に知らせますね？」念を押した。

「もちろんだ」彼がぶっきらぼうに言った。

私はなぜ彼の言葉が信じられなかったのだろう。


木曜の午前中はほとんど机にかじりついて株価の傾向と債券の利回りに集中しようとしたが、サー・リチャードとマークⅣジャガーのことが気になってしかたがなかった。

電話が鳴った。チャールズだった。

「どう考えても怪しい」彼が単刀直入に言った。「リチャード・スチュアートは決して自殺をするような人間ではない。勇気がありすぎる」

「自殺をするのにも勇気が必要では？」

「そうではない」チャールズが鋭く言い返した。「苛酷な状況では、生きつづけることにこそ勇気が必要なのだ」

むろんチャールズは苛酷な状況で示される勇気について一家言持っている。十九歳の士官候補生だったときに、戦艦アメジストで中国共産党軍の砲撃を受けながら長江を下ったことがあるのだ。その戦いでは同船した三十一名が命を失った。

「つまり、どう思うのですか？」訊いてみた。

「殺されたのだ」彼がきっぱりと言った。「まちがいなく」

「テレビの見すぎです」私は笑ったが、心のどこかで同意していた。

「事実を見たまえ」チャールズが言った。「リチャードに自殺などありえんし、彼ほど車の知識のある者がうっかり排気ガスを吸って死ぬこともない。残るは殺人しかない」

「まだ事実はすべて明らかになっていません」私が言った。「それに、死因が一酸化炭素中毒だったというのもただの推定です。自然死だったのかもしれませんよ」

「先週会ったときにはピンピンしていたぞ」

昨日の午後もそうだった。が、心臓発作は最高に健康そうに見える人にも起きる。

「彼がなんらかの心臓疾患を抱えていたかどうか知りませんか？」

「シッド」チャールズが命令口調で言った。「殺人だったことは私にもきみにもわかっている。調査したらどうだね？」

彼に言わせればいとも簡単だ。

「当然警察がやりますよ」私が言った。

チャールズが不満げにため息をつくのが聞こえた。「昔々、ずっと昔だが、騎乗をやめた直後のきみをふたたび動かすには、その尻への強烈な蹴りが必要だった。思うに、そろそろ誰かがもう一度蹴りを入れるときかもしれんな」

「チャールズ！」傷ついた声で答えた。

「すまない」彼がすまなそうでない声で言った。「だが、事実だ」

「ちがいます」守勢に立たされていた。「私は固い決意で調査員をやめたんです。いましていることにとても満足している」

「何をしているんだね？」彼が訊いた。

「よくご存じでしょう」

「資金をあちこち動かすことか」チャールズが鼻を鳴らした。「そんなのはまっとうな仕事ではない」

反論はしたくなかった。しても無駄だからだ。提督のものの見方や意見は、かつて彼が指揮していた航空母艦と同じくらい針路変更がむずかしい。

「われわれの考えを警察に伝えます」私が穏やかに言った。「ピーター・メディコスもサー・リチャードの懸念について調べてみると言っていた」

「それはリチャードが妄想していると言った男じゃないか？」

「そうです」

「なら結果は期待薄だ」

そのとおり、と思った。私も同意する。

また金融取引に戻って、チャールズが正しいのだろうかと考えた。

これはまっとうな仕事なのか？

実入りの多い仕事ではある。過去六年、机のまえに坐っていただけで、濡れた溝のなかを走ったり他人のゴミ箱をあさったりしていたときとは桁ちがいの金を稼いだ。だが、実際に何かをしたわけではないし、何かを作ったりもしていない。たんに特定の株や債券の価格変動を正確に予測し、それにもとづいて売買しただけだ。

競馬で馬に賭け、勝つための仕事をほかの人がしてくれるのを待つようなものである。

私の考えはまた電話にさえぎられた。

「ハロー」私が言った。

「ミスタ・ハレー？」強い北アイルランド訛りの声が言った。「ミスタ・シッド・ハレーか？」ハレーの〝ハ〟を強調していた。

「イエス」

「ミスタ・ハレー」彼がくり返した。「やってもらいたいことがある」

「あなたは誰だ？」私が訊いた。

「気にするな」彼がいくらか脅す調子で言った。「調査してほしいことがあるのだ。聞いているか？」

「すみません、もう調査はいっさいしていないので」

私は電話を切った。

間髪入れずにまた鳴った。

「ミスタ・ハレー」同じ声が言った。「頼んでいるのではない。命じているのだ。あんたは調査することになる。わかるか?」もはや完全に脅す口調だった。

「誰なんだ」こちらも腹が立ったので、また訊いた。「こんな電話、失礼じゃないか」

「失礼?」彼がほとんど笑いかけた声で言った。「教えようか、ミスタ・ハレー。おれは失礼なことを山ほどしている。保証するが、あんたはおれの指図どおりに行動することになる」

「ならない」即答してまた電話を切った。

すぐに1471をダイヤルして、かけてきた相手の番号を確かめようとしたが、非通知だと自動音声に告げられた。驚きではなかった。

机の電話を見ながらもう一度鳴るのをしばらく待ったが、鳴らなかった。

ひどく胸騒ぎがした。

指図どおりに行動しろと誰かに電話で言われたことは過去にもあったが——あったところの騒ぎではない——何かの調査を始めろと言われた例はなかった。これまではすべて、調査をやめろと脅されてきたのだ。

手元の仕事に戻ろうとしたものの、心が離れてしまったので、マリーナを捜しに部屋の外へ出た。

マリーナ・ファン・デル・メール——私と結婚するまえの旧姓——は、かつて英国癌研究センターの研究生物学者として働いていた。サスキアが生まれるほんの一カ月前にロンドンから引っ越したので、一度そこでの仕事はあきらめたが、サスキアが学校にかよいはじめたのを機に在宅パートタイムで働きはじめ、出版前の学術論文の編集や査読をしていた。

彼女はいつものように、台所のテーブルで細胞生物学の分厚い書物に囲まれてコンピュータのキーを叩いていた。

「セントラルドグマって何かわかる？」私が台所に入ると、彼女が訊いた。

「宗教に関係したことか？」

「いいえ」彼女が言った。「分子生物学のセントラルドグマ」

「まるでわからない」

「この使えない論文の執筆者もわかってないようよ」彼女はため息をついて両腕を上に伸ばした。

「なんなのだ？」私が訊いた。「そのドグマとやらは」

「生命の基本原則のひとつ。核酸内の遺伝情報は保持または転写されうるが、タンパク質への情報伝達は不可逆である」

訊かなければよかった。私は黙っていた。

「誰からの電話だった？」マリーナが言った。話題を変えつつ依然としてコンピュータの画面に集中していた。

「最初はチャールズ。次は知らない人物だった」

「チャールズの用件は？」

「昨日の午後、ここに来た人がいただろう？」

「競馬統括機構の人？」

「そう、彼だ」私が言った。「その彼が今朝、死亡して発見された」

彼女は椅子の上でくるりとまわって私を見上げた。額に不安のしわが刻まれていた。

「それは彼があなたに会いに来たことと関係しているの？」

「わからない。だが、無関係じゃないかな。どうも自殺と見られている」

「まあ、なんてひどい」

「彼はチャールズの友人だった。同じクラブの会員だったのだ」

「かわいそうなチャールズ」マリーナが言った。

かわいそうなサー・リチャード、と思った。

「チャールズはあなたに何をしてほしいの？」マリーナが訊いた。

「何も」嘘だった。「そのことについて話しただけだ」

「昨日彼がここに来たことを警察に知らせるべきね。そのとき何を話したのかも」

「うーん、たぶんそうだな。電話したほうがいいか」

北アイルランド訛りの主が電話で脅迫してきたことも話すべきだろうか。

「昼食は何かな？」私が訊いた。

「何がいい？」マリーナが言った。「冷蔵庫にタイ・チキン・カレー・スープがあるけど」

「素晴らしい」

私たちはテーブルにつき、温めたフランスパンとスープの食事をとった。

「あ、あなたに手紙が来てるわよ」マリーナが差し出して言った。

ローハンプトンのクイーン・メアリ病院からだった。封筒の差出人の住所でわかった。

「来週火曜の予約の確認だろう」私が言った。「毎年の検診とメンテナンスだ」左手を上げた。プラスチックのほうである。

マリーナがコンピュータで編集作業を再開したので、私は事務室に封筒を持っていき、開封した。

たしかに予約の確認だったが、ほかのものも入っていた。ハロルド・ブライアントなる人物からだった。

ハレー様

あなたがレース中の落馬とその後の外傷で左手を失われてから、しばらく経過しているとうかがっています。十四年にわたって筋電性の人工器官を使用されている経緯についても、ローハンプトン・リハビリセンターに勤めていたミスタ・アラン・スティーヴンソンから説明を受けました。

報道などでご存じかもしれませんが、先般クイーン・メアリ病院は、手および手根の完全移植に関するプログラムを開始いたしました。私はあなたが移植対象の候補になりうると考えています。

追加の情報にご関心があれば、来週火曜に病院に来られた際にお話しできませんでしょうか。ご検討いただければ幸いです。

謹白

ハロルド・ブライアント、王立外科医師会フェロー（FRCS）

移植チーム長

私は机で手紙をじっと見つづけた。何度も何度も同じ文字を読んだ――〝手および手根の完全移植〟。

インターネットで手の移植を検索し、そこから二時間、ユーチューブに投稿された移植者の動画を見た。いくつかの結果は驚異的で、新しい両手でピアノを弾いている動画まであった。それぞれの手の指の一本か二本を使ってではあったが。

私はどうしたいのだろう。

いまではほとんどすべてのことを片手でこなすようになっているが、どうしてもできない動作はある。靴紐を結ぶことはとうにあきらめ、踵（かかと）をすべらせてはける靴だけにしているし、靴下をはいたり、ネクタイを締めたり、ズボンのボタンをはめることもたいへん煩（わずら）わしい。いまより簡単に服を着るためだけに、わざわざ苦しい手術を受けたいのか？

また、その後一生のむであろう免疫抑制薬は？　心の準備はできているのか？

たぶんできている。

義手が嫌でたまらなかった。左の前腕の先を補っている鋼鉄とプラスチックの〝驚異の技術〟はこの分野の最先端で、金で買える最高の義手だが、やはり人工物である。触れば冷たいし、あらゆる点で無感覚だ。硬貨はつかめないし、フォークも持てない。

移植について調べることに夢中になりすぎて、時間がたつのも忘れていた。

「あなたがサシイを迎えに行く？　それともわたし？」マリーナが事務室の入口に立って、わざとらしく腕時計を見ながら言った。

「あ、すまない。行くよ」

レンジローバーまで走り、砂利のドライブウェイでタイヤを鳴らして学校に向かい、ちょうど子供たちが外に出てくるところに間に合った。

「こんにちは、ミスタ・ハレー」車から出て校門に駆けつけると、校長のミセズ・スクワイアが言った。

私は彼女に怪訝（けげん）な目を向けた。「どうなさったの？」「サスキアを迎えに来ました」

「でも、サスキアはもう帰りましたよ」ミセズ・スクワイアが不安顔になった。

「帰った？」胸に嫌な予感が湧き上がった。「どこに？」

「三十分前に、あなたの妹と義理の弟だという人が迎えに来て」

いまや脈拍が跳ね上がり、アドレナリンが体じゅうを駆けめぐった。

私に妹はいなかった。義理の弟も。

## 4

「本当にごめんなさい」ミセズ・スクワイアは泣いていた。「あの人たち、今日は家族のパーティがあるのでサスキアを早退させたいというあなたの手紙を持ってたんです。ミセズ・ハレーをびっくりさせたいから家には電話しないでほしいって」

私たちは学校の本館内の校長室にいた。

「その手紙はありますか？」私が訊いた。口のなかがカラカラだった。

「いいえ。彼らが持って帰りました」

「警察に電話します」私はポケットから携帯電話を取り出したが、ダイヤルするまえに手のなかでそれが鳴った。

「ミスタ・ハレー」北アイルランド訛りの声が言った。「どうだ、これでおれの指図どおりに行動するか？」

「娘はどこだ」相手に叫んだ。

「そりゃ家にいるさ」彼が笑って言った。「一日のこの時間、小さい女の子はみんな家にいるだろう」

「家？」私は混乱した。

「そうだ」彼が言った。「家に母親といる」

私はマイクのまえに手を当てた。「ミセズ・スクワイア、うちに電話をかけてみてください」電話番号を伝えると、彼女は校長室の電話からかけた。

「ミセズ・ハレー、校長のスクワイアです。こちらにご主人が来られています」

彼女は机の向こうから受話器を差し出した。

「シッド」マリーナがひどく動揺した声で言った。「どうなってるの？　サスキアが歩いて帰ってきた。あなたはどこ？」

「家のなかにいてくれ。すべてのドアの鍵をかけて」私が言った。

「でも……」

「いますぐ！　誰か来ても絶対出てはいけない。これからすぐ帰る」ミセズ・スクワイアに受話器を返した。「サスキアは家にいました」

校長が大きな安堵に包まれたのがわかった。椅子に埋もれるくらい沈みこんだ。

「ああ、神様」

神様はこのことに何もかかわっていない、と思った。

携帯電話を耳に戻したが、すでに電話は切れていた。

「警察はどうします？」ミセズ・スクワイアが訊いた。

「家から連絡します」私が言った。「とにかく戻りますので。先生はあとどのくらいここに？」

「少なくとも一時間はいます」

「では電話します」

車まで走り、そこから家までタイヤを焦がして疾走し、ドライブウェイで急ブレーキをかけて砂利を跳ね散らした。

「いったい何が起きたの？」家に入ると、マリーナが恐怖に目を見開いて尋ねた。

「わからない」私が言った。「誰かがサスキアを学校で拾って、家まで連れ帰ったのだ」

「誰が？」彼女が訊いた。

「わからない」また言った。

「どうして学校はこの子を行かせたの？」

「誰か知らないが、校長に私の妹夫婦だと告げたらしい。私の手紙なるものを持っていて、ミセズ・スクワイアに見せた」

「ああ、なんてこと！」マリーナは膝から崩れそうになった。

「サシイは？」

「あの子の部屋よ」マリーナが言った。「泣いてる。わたしがすごく怒ったから。ひとりで勝手に歩いて帰ってきたと思ったの」

私はサスキアの部屋へ階段を駆け上がった。マリーナもついてきた。

私たちの小さな娘はベッドで枕を抱いて丸くなっていた。私は近づき、ベッドの端に腰かけて彼女の背中をなでた。

「ごめんなさい、ダディ」サスキアが顔を上げずに言った。

「いいんだ、ダーリン」私が言った。「何があったか話してごらん」

「ミセズ・スクワイアが、あの人たちと一緒に帰りなさいって」

「知ってる人だったのか？」やさしく訊いた。

「ううん」サスキアが静かに言った。

「わたしたちがどう言った？」マリーナが怒って叫んだ。「知らない人についていっちゃいけないってあれほど言ったでしょ」

サスキアがまたわっと泣きだした。「でも、ダディに迎えに行ってと頼まれたって言うから」

「いいんだ、ダーリン」娘を抱きしめて言った。「マミイは本当は怒ってないんだよ」

私はサスキアの頭越しにマリーナを睨みつけた。

「ミセズ・スクワイアがそう言ったの」サスキアがすすり上げながら言った。

「ミセズ・スクワイアは、この人たちを知っているのかと訊かなかったんだね？」

「うん」サスキアが言った。「先生が教室に入ってきて、わたしは今日早引けって言ったから、一緒にあの人たちのところへ行ったの」

「いいかい、ダーリン。これはとても大切なことだ。その人たちがなんと言ったか憶えてるか？　それと、何人いた？」

「男の人と女の人。女の人が、また会えて嬉しいって。知らない人だったから、おかしいなあと思ったけど、いろんな人がよくそう言うでしょ。わたしが小さいときに会って憶えてなかったりするから」

「変なしゃべり方だった？」

「変なって？」

「訛りがあった？」

サスキアはこちらを見て、考えているように首を傾げた。

「わかんない」

「男のほうは？」私が訊いた。「何か言ったか？」

「車から出ろって」

「そのとき車はどこだった？」

「道路」

「この家の外の？」

「うん」彼女が言った。「丘をちょっとおりたとこ」

ゆっくりとだが、サスキアはミセズ・スクワイアに呼ばれてから家に着くまでのことを残らず話した。問題の男女はそれ以外のことは何も言わず、車を三十分ほどあちこち走らせたあと、サスキアを外におろしていた。私たちはふたりの人相を説明させようとしたが、サスキアは、彼らがどちらも白人で、マミイとダディくらい歳をとっていて、女がブルージーンズと赤と白の運動靴をはいていたということしか言えなかった。

「ごめんなさい、マミイ」

「いいのよ、ダーリン」マリーナが言ってサスキアを抱きしめ、キスをした。「でも、次からは気をつけて」

私たちはベッドで丸くなって寝たサスキアを残して階下(した)におりた。

「いったい何が起きてるの、シッド」マリーナがまた厳しい声音で言った。「どうして女に誂りがあったかなんて尋ねたの？」

「あるかもしれないと思っただけだ」

「なぜ？」

これは話さなければならない、と思った。マリーナは気に入らないだろうが。実際、気に入らなかった。

「どうしてそのことを昼食のときに話してくれなかったの」

「重要だと思わなかったのだ。昔から頭のおかしい連中の電話はいくらでもかかってくる。今回もそれだと思った」

「でも、彼らはサシイを誘拐した」憤慨していた。「警察に通報しないと」

私は腕時計を見た。スクワイア校長のもとを去ってから三十分近くたっていた。

「彼らがまた別の子を誘拐したらどうするの」マリーナが決然と言った。「そのうえ家に帰さなかったら？」

「そうだな」私が言った。「通報しよう。校長にも電話する」

ミセズ・スクワイアにまずかけた。彼女がすでに警察に連絡したかどうか確かめるためだったが、連絡していなかった。

「サスキアは大丈夫です」校長に言った。「ただ、警察には通報しなければなりません」

「わかります」ミセズ・スクワイアが疲れた声で言った。「では警察から連絡があるまで、ここで待っています」

到着した警察は、テムズ・ヴァレー警察署のワトキンソン主任警部と部長刑事ひとりだった。部長刑事のほうは、ただちに学校に行って校長の話を聞いてこいと上司に命じられた。

「小児誘拐はきわめて悪質な犯罪です」主任警部が言った。「量刑は最大で終身刑になる」

といって彼の態度に切迫感はなかった。本人が指摘したように、ともかく誘拐の被害者であるミス・サスキア・ハレーが怪我もなく、性暴力も受けずに三十分以内に帰宅したからである。

「犯人が彼女の友だちの両親でなかったのは確かですね？」台所のテーブルを囲んで坐ったわれわれに、主任警部が訊いた。「そういう人たちが親切心で彼女を引き受けた可能性は？」

「その可能性はゼロです」私がアイルランド人からの電話について話すと、彼のふさふさの眉がちょっと上がった。

「犯人に心当たりは?」

「まったくない」私が答えた。「ですが、警察は通話記録をたどれるでしょう」

「むずかしいな」彼が言った。「最近の悪党は、たいてい追跡できない使い捨て携帯を現金で買って使用する。そのSIMカードを捨てては、そのへんの販売店で数ポンドで買える別のカードに差し替えるのです。発信したおおよその場所は突き止められるかもしれないが、誰がかけたのかまではわからない」

少なくとも、それが出発点になるかもしれない。

「娘さんにいくつか質問してもかまいませんか?」ワトキンソン主任警部が訊いた。

「女性警官を連れてきたかったが、あいにくいなかったもので。しかしご希望なら、あとから来させます」

「大丈夫です」マリーナが言った。「わたしが一緒にいれば」

「それなら」

サスキアはマリーナの膝に坐り、すでに私たちに話したことを最初からくり返した。

主任警部は聞きながら黒い手帳にメモをとった。

「車の色は何色だった?」彼が穏やかに訊いた。

「青」サスキアが迷わず答えた。

「薄い青、それとも濃い青?」

「濃い青」

「その車にうしろのドアはついていた?」

「うん」サスキアが言った。「それと、犬のにおいがした。ダディの車みたいに」

「形はダディのレンジローバーに似ていたかな?」

「ううん」ニッコリして答えた。「わたしたちのまえの車みたいに小さかった」

主任警部が私を見た。

「レンジローバーのまえには、フォルクスワーゲンのゴルフに乗っていた」

「その車はダディの古い車と同じだった?」彼がまたサスキアのほうを向いて尋ねた。

サスキアは両手を横に開いて肩をすぼめた。

「わからないという意味です」マリーナが言った。

主任警部は微笑んだ。「うちにも子供がふたりいる。男と女で、もう大きくなりましたが、昔はよく同じ仕種をしていた。とくに何かを壊して、どっちがやったのだと私が問い質したときに。かならずしもわからないという意味ではなく、言いたくないときもある」

「この子はわかっていれば話すと思います」マリーナが娘を弁護した。「車にあまり興味がないんです」

「外に出るとき、ドアの持つところは同じ形だった?」主任警部が訊いた。

サスキアは首を片方に傾け、口を尖らせて思い出そうとした。「たぶん」ようやく言った。「それから、横のところが大きく凹んでた」

彼は手帳に書き留めた。「もし彼女がほかに何か思い出したら、電話をください」私に直通電話番号の書かれた名刺を差し出した。「ダークブルーのフォルクスワーゲン・ゴルフを捜索します。そのなかで凹みがあるものは多くないはずだ」

そこで学校に派遣されていた部長刑事が戻ってきて、外で主任警部と話した。ふたりはまた家に入ってきた。

「校長のミセズ・スクワイアが、なんとか男女の外見を思い出してくれました」部長刑事が言った。「年齢は三十代か四十代で、白人、男は細身でやや小柄、短い黒髪。女の髪は薄い茶色で肩ぐらいまでの長さ。あいにくミセズ・スクワイアはこの件より、自分の学校がどう見えるかということを気にしている。児童のひとりが最近廊下で気分が悪くなり、吐いてしまったようです。彼女は男女をもう一度見ればわかるかもしれないと言っていました。あとで署に来てもらって、モンタージュの作成に協力してもらいます」彼の口調からは、作成してもあまり役に立たないだろうと思っていることがうかがえた。

「彼らはアイルランド訛りでしたか？」私が訊いた。

「ミセズ・スクワイアは気づかなかったそうです」

「あなたに電話をかけてきた男がわざと訛っていた可能性もあるのでは？」主任警部が

訊いた。「別人を装うために」

たしかにその可能性もある。「またかけてきたときに本人に訊いてみます」

「もしかけてきたらね」

「かけてくる」きっぱりと言った。「私に何を調査させたいのか、まだ伝えていないから」

「警察に通報しても、彼は引き下がらないと思うのだね？」

「ええ」私が言った。「そう思う」

「でも、あなたに言うことを聞かせたいなら、どうしてサシィを家に帰したの？」マリーナが言った。「なぜサシィを手元に置いておかなかったの？」

「その気になれば何ができるか、私に見せつけたかったのだ。脅しだよ。それだけだ」

「私にとってはそれだけではない」ワトキンソン主任警部が言った。

「わたしにとっても」マリーナも言った。

男はその夜、また電話をかけてきた。あと十五分で真夜中というとき、家の電話に。

マリーナと私はベッドに入ろうとしていた。私がベッド脇の電話を取った。

「やあ、ミスタ・ハレー」彼がきついベルファスト訛りで言った。「これでおれの指図どおりに動くか？」

「その訛りは見せかけか？　それともあんたは本当に北アイルランド出身なのか？」彼

の質問を無視して答えた。

「おれはアルスター人だ」彼が言った。「誇りに思っている」

「そうか。私はウェールズ人でやはり誇りに思っているが、小さな女の子を誘拐する習慣はない」

「誘拐？　馬鹿言うな。かわいい女の子を車で家まで送っただけだ」

「警察に通報したぞ」私が言った。

「だろうな」

「この通話も警察が追跡する」

「嘘つけ。おれが泡の船でラガン川をのぼってきた（アイルランドで〝間抜け〟を指す言いまわし）と思ってるのか？」

彼は笑った。

「何が望みだ」私が訊いた。

「言っただろう。調査をしてもらいたい」

「こっちも言った。調査はもうしていない」

「例外を設けることになると思う」

「それはないと思う」

「よく聞け、ミスタ・ハレー」彼の声から笑いが消えていた。「おれができることは示したぞ。わかるな。次回はあんたのかわいい女の子を箱に入れて戻そうか？」

「くたばれ」私は受話器を架台に叩きつけた。

マリーナがずっと聞いていた。

「どうしてそんな！」私を怒鳴りつけた。

「シーッ、サシイが起きる。自分が何をしているかはわかってる」

「そう？　わたしたちの娘の話をしてるのよ？」

「信じてくれ」彼女の手を自分の手で包んだ。「脅しに対処する方法はただひとつ、脅し返すことなのだ。脅しに屈して言われたとおりにしたら、永遠にまとわりつかれる」

電話がまた鳴った。

「無視だ」私が言ったときにはマリーナが受話器をつかみ取っていた。

「よく聞いて、この人でなし」受話器に叫んだ。「わたしたちの娘から離れなさい。わたしたちに近づくな」

「ああ、ミセズ・ハレー」マリーナが受話器を耳にぴったり押しつけていても男の声がはっきり聞こえた。「旦那にわからせてやれ。ひとつ仕事をしてもらいたいだけなのだ」

「なんの仕事よ」受話器を取り上げようとした私の手を払いのけて、マリーナが訊いた。

「サー・リチャード・スチュアートが告発した八百長レースについて調べてもらうのだ」

私は驚きに口を開けてベッドの端に坐った。

手を伸ばしてマリーナから受話器を受け取った。

「いまなんと言った？」私が訊いた。

「あんたはスチュアートの主張について調べ、事実無根だったと結論づけるのだ」

「事実無根なのか？」

「調べればそうだとわかる」

そんなことは訊いていないが、一応答えではあった。

「すまないが、私の調査員時代は終わった」

私は電話を切った。

「頭がおかしいんじゃないの？」マリーナが私に叫んだ。「彼の言うとおりにしないと」

「してはいけない」断固として言った。「彼は私に調査を依頼しながら結論も告げている。シッド・ハレーが何も起きていないと言えば、誰もが何も起きていないと信じこむだろう。だが、明らかに何かが起きている。でなければ、あの男があれほど逆のことを言わせたがるわけがない。彼は調査結果を粉飾したいのだ。そんなことに加担したら私の信用はどうなる？　そして競馬は？」

「どっちが大事なの？　ろくでもない競馬と、あなた自身の娘と」

私が男の要求をのめば、最終的にサスキアは安全になるどころかもっと危険になる。そう確信していたが、マリーナには短期的な結果しか見えない。

「きみはこのままで調査など絶対するなという態度だったのに、いまは調査しないほうがおかしいと思っている」

「もう自分が何を望んでいるのかわからない」マリーナはベッドの端に腰かけ、両手で頭を抱えた。「ただ怖いだけ」

私は移動して彼女の隣に坐り、右腕を彼女の肩にまわした。

「信じてくれ」もう一度言った。「何が最善かはわかっている。私はきみとサシイを守る。約束だ」

そして、と思った。調査を始める。

誰が私たちにこんなことをしているのか見つけて、やめさせるのだ。


金曜の朝にはマリーナとふたりでサスキアを学校に送っていった。前夜、マリーナはサスキアの寝室のもうひとつのベッドで寝た。階段のライトはつけていたが、ほかに電話であれほかのものであれ、眠りを邪魔するものはなかった。

マリーナは断じてサスキアを学校に行かせたくなかった。それどころか、鍵をかけて家にこもり、すべてのドアのまえに警官を配置してもらう気満々だった。

「そんなふうに生きてはいかれない」私が言った。「いつもどおり暮らしていくしかない」

「いつもどおり!」マリーナが私に叫んだ。「シッド、わが子を誘拐されることがいつもどおりなわけないでしょう」

決定打は警察だった。ワトキンソン主任警部が七時半に電話をかけてきて、学校で会いたいと言ったのだ。警官を派遣してほかの親たちから事情を聴取し、子供の安全は守ると念を押したいようだった。

個人的には、警察がいるとかえって逆効果だと思った。案の定、学校に警察がいるのを見た母親たちはすぐさま子供を連れて家に帰っていった。

「通話は追跡できました？」私が主任警部に訊いた。警察にわが家の通話の傍受と追跡を許すべきだとマリーナに強く言われたのだ。

「ああ、じつはあまり」彼が認めた。「われわれの友人はＳＩＭカードを何枚も使って、迂回ルートでかけているようだ。いくつかは海外から」

「おれが泡の船でラガン川をのぼってきたと思ってるのか？」私が静かにつぶやいた。

「いまなんと？」主任警部が訊いた。

「おれが泡の船でラガン川をのぼってきたと思ってるのか？」大きな声でくり返した。

「警察が通話を追跡していると私が言ったときに、男が返した言葉です」

「それはどういう意味だろう」

「おおむね〝私が昨日生まれたばかりだと思ってるのか？〟という意味かな。ラガン川はベルファストを流れている。あなたの言うわれわれの友人は、こちらが思っているより賢い」

「それほど賢くはないよ」主任警部が言った。「私の聞いていることが事実だとすれば」

「何を聞いている？」

「シッド・ハレーに何かしろと言えば言うほど、彼は反対のことをするとね」ニヤリとした。「脅して遠ざけようとすればするほど、執拗に追ってくる」

「どこでそんなことを？」

「警察内の噂だ」

「警察では私についてほかにどんな噂が？」

「法をみずからの手（ハンズ）で執行することにやぶさかではないとも」

「手（ハンド）は単数形だ」私がニヤリとして言った。「一方しかないので」

彼もニヤリとした。「そう。その義手をときどき棍棒として使うという話も聞いている」

「噂を鵜呑（うの）みにしないように」笑い飛ばしたが、事実ではあった。「ただ、われわれの友人が見つかったら、この棍棒で殴ってしまうかもしれない」左の前腕で殴る動作をした。

「そう。さっき言ったとおり、用もないのにシッド・ハレーを巻きこんだのは、とても賢いとは言えなかった。棒でスズメバチの巣をつつくようなものだから。大間抜けだ」

「サー・リチャード・スチュアートの死亡について捜査しているチームとは話しました？」話題を変えて訊いた。

「ざっとだが、今朝早くに」主任警部が言った。「彼らは自殺だとほぼ確信しているようだった」

「参考になるかどうかはわからないが、私の義父は殺人と考えている。私もどちらかと言えば同じ意見です」

「どんな証拠がある？」

「証拠はあまりない。義父は海軍の提督でしたが、リチャード・スチュアートの友人でもあった。その彼が、サー・リチャードは自殺するようなタイプではないと言っている」

「そういうタイプがあるのかな？」

「ないのかもしれない」私が言った。「だが、サー・リチャードが水曜の朝に私のところに来て八百長レースのことを話し、木曜に亡くなって発見されたというのは怪しくないかな？　しかも同じ日にアイルランドの狂人が私の娘を誘拐し、まさに同じ八百長レースについて調べろと要求したのは？」

「うーむ、言いたいことはわかる。少し妙だ」

「少し妙！」私が皮肉をこめて言った。「少しどころか、きわめて妙だ。これからどうします？」

「とりあえずハンプシャー警察とまた話してみる」老いて引退した船乗りと元騎手の意見に重きを置いていないのは明らかだった。「ところで、あなたはわれわれの友人が要求したことをするのかな？」

「イエスでありノー」私が言った。「レース操作の告発について調査するという意味ではイエス、事実を隠蔽する報告書など書かないという意味ではノー。その代わりに、誰が誰に対して何をしているのかを突き止めてやめさせる」

「娘さんを誘拐した連中を突き止めたら、私に対処させてもらいたい」彼が急に真顔になって言った。「法は民間人による干渉を善意に解釈しないので」

少なくとも主任警部はピーター・メディコスのように私を素人呼ばわりしなかった。

「警告で私を遠ざけようとするのは逆効果だとおっしゃった気がしたが」

「それは本気で言った」彼は人差し指の先を私の胸に向けた。

私も本気だった。サスキアを誘拐した男を見つけたら、棍棒で殴り倒してやりたかった。

## 5

北アイルランド訛りの男をどこから捜しはじめる？

彼はアルスター人であることを誇りに思うと言っていた。アルスター地方の人口を調べると、二百万人あまり。その半分が女性で四分の一が子供だとすると、およそ七十五万人の男性が対象となる。

電話の声を思い出した。まちがいなく若者ではないし、耄碌（もうろく）もしていなかった。それでまた少し減るかもしれないが、可能性としては五十万人のなかから捜さなければならない。

逆方向から始めるほうがいいかもしれない。

サー・リチャードの書類が入ったフォルダーを、しまってあった抽斗（ひきだし）から取り出した。

本当にレース結果の操作があって、さらにそこから首謀者がわかれば、アイルランドとのつながりまでたどり着けるかもしれない。

疑わしいレースをひとつずつ見ていき、それぞれにかかわった騎手と調教師の詳細なリストを作った。九レースすべてに出走した騎手はふたり。もうひとりは七レースに出ていた。

そこから始めることにした。

コンピュータで翌週のレース予定を調べた。

イングランドの障害レースはおおむね冬のスポーツだ。チェイスとハードルの主要レースは毎年十一月から四月のあいだに開催される。障害レースの華であるチェルトナム・フェスティバルは先週終わり、グランドナショナルは四週間先だった。そのあとチェイスのシーズンは次の年まで下火になる。

かといって障害レースが完全に終わるわけではない。小さめの競馬場の多くでは、夏のあいだも継続して障害レースが開催される。一方、チェルトナムを除く大きめの競馬場のほとんどは、晩秋まで平地レースばかりとなるのだ。

六月と七月、チェイスの馬の多くは、本物の名馬も含めて休養をとる。放牧場に入って新鮮な草を食べ、脚を伸ばす。

しかし、騎手にそんな贅沢は許されない。この時期には国じゅうを車でまわり、あちこちの厩舎にいる若い馬や、障害に移ってきた馬、競走経験の乏しい馬に乗ってすごす。

そうした馬が明日のスターになるかもしれないのだ。夏のあいだにノービスへの騎乗を重ねることによって、将来冬の大レースで優勝馬に乗るチャンスが生まれることもままある。

だが、それらが始まるのはまだ何週間も先だ。

《レーシング・ポスト》のウェブサイトによると、翌日のニューベリイではチェイスが三レース、ハードルが四レース組まれていて、疑惑の九レースすべてに出た騎手の両方と、四レースに出た騎手が騎乗予定だった。

「明日はレースに行く」インスタントコーヒーを淹れるために台所に入りながら、私が言った。

マリーナは震え上がった。「サシイとわたしはどうなるの？」

「来たければ一緒に来るか」

「シッド」両手を腰に当てて言った。「どうやってわたしたちの安全を確保するの？子供を誘拐する狂人が野放しになっているのを忘れた？」

「もちろん忘れていない」私が言った。「だが、家に閉じこもっていても、そいつが誰かわからない。レースなら、まわりにたくさん人がいるから大丈夫だろう。鍵をかけて家にいてもいいけれど」

彼女は台所の向こうから私をじっと見ていた。何を考えているのかわからない。「頭がおかしいんじゃないの？」彼女が言った。「もちろん一緒に行くわ。わたしだけで家には残らない、ドアに鍵をかけようとかけまいと」

「いいとも」私が言った。「十一時に出よう」

私たち三人はレンジローバーでニューベリイに向かった。サシイは後部座席のまんなかでチャイルドシートに坐っていた。

〝われわれの友人〟からの連絡は、木曜の夜遅くの二回のあと途絶えていた。電話がかかってこないとかえって不安になった。何を企んでいる？　求めるものを彼が放棄したとは一瞬たりとも思えなかった。

だから私はニューベリイの門をくぐって駐車場に入ったとき、いっそう用心深くなっていた。競馬場内に入ればかなり安心できる。たんに子供をさらってすばやく脱出することがむずかしくなるからだが、駐車場となると話は別だ。

職員の指示にしたがって、草の上でだんだん長くなる車の列のなかに駐めた。隣の車の若い男四人が外に出て移動しはじめるのを待って、私たち三人もそこに加わり、数を頼みに競馬場の入口まで歩いた。

「シッド・ハレーじゃありませんか？」男のひとりが私に言った。「騎手の？」

「騎手だった」ニッコリして言った。「でもいまは歳をとりすぎてね」

「みんなそうですよ」彼が言った。「ぼくも昔はマラソンを走ってたけど、いまはこれ、見てください」大きな腹の肉をつかんで大笑いした。

私は笑う気になれなかった。

このごろ初めて自分の歳を意識するようになっていた。毎朝ベッドから飛び起きることもないし、夜更かしや二日酔いを気楽にやりすごすこともできない。

ここ数年、ずっと机のまえに坐っている生活が続いたことで体調も万全とは言いがたく、短距離走ではうちの六歳と彼女の友だちにもたびたび負けるようになった。村でランニングをするのも、愉しみというより面倒な雑用のようになっている。

四十七歳の誕生日が近づいていて、髪は半白。白髪は十年ほどまえに左右のこめかみから始まって頭全体に広がった。もうすぐ一面灰色のなかにところどころ黒い部分が残っているという事実を認めざるをえなくなるだろう。とはいえ、まだ髪はある。知り合いの元騎手の何人かは、櫛で髪の方向を調節する段階をとうにすぎて、私より老けて見える。

何にも増して、長年にわたるレース中の落馬が体に響きはじめ、足首が関節炎でたびたび痛むようになっていた。これは将来いちばんの悩みの種になるだろう。

ローハンプトンのハロルド・ブライアント医師は、足先から足首までの完全移植もおこなうのだろうか。

「ところでシッド、今日のビッグレースでは誰が勝ちます?」マラソンをする腹の出た友人が訊いた。「業界の人だからわかりますよね」

レースの予想を訊かれることは、どんな騎手の生活にもつきものの困りごとだ。騎手は予想が下手なことで有名である。私も騎乗していたときには、つねに自分のチャンスを高く見積もりすぎ、みなに私に賭けろと触れまわっていた。

駆け出しのころには、出るレースすべてに自分は勝つと思っていた。ほどなく、勝ったときの喜びより負けたときの失望のほうが大きいことがわかってきた。経験を積むにつれ、そんな考え方も変わったのは幸運だった。さもなければ抑鬱と自殺にまっしぐらであった。「じつを言うとね」相手のほうを向いて答えた。「どんな馬が走るのかも知らないのだ」

「オッズが下がらないようにそう言ってるんだ」彼はわかってますよと言いたげに人差し指を鼻の横に当てて、ウインクした。

私はわざわざ否定しなかった。どうせ否定しても信じてもらえなかっただろう。

私たち七人はのんきな仲間といった雰囲気で場内入口まで歩き、性暴力にも誘拐にも遭わなかった。若者四人は最寄りのバーへ離れていき、マリーナとサスキアと私はまっすぐ検量室のほうへ進んだ。第一レースが始まるまでにまだ一時間以上あり、私にはやるべきことがあった。

「なんならサシイとふたりであちこち見て歩けばいい」私がマリーナに言った。「何人か、話さなきゃならない相手がいるので」

マリーナはサスキアの手をしっかり握っていた。「あなたと一緒にいる」そう言う彼女の顔に、ここ二日のストレスが深く刻まれていた。

「大丈夫だよ」穏やかに言った。「場内の囲いのなかにいれば安全だ」

マリーナがよこした目つきは、同意していないことを表していた。「それでもあなたと一緒にいたい。あなたが人と話すときには少し離れているわ」不満なのだ。私には断じて調査をさせたくないが、選択の余地がないことはわかっている。

「マミイ、馬を見に行ってもいい?」サシイが母親の手を強く引いて言った。

「だめ」マリーナがにべもなく言った。「ここにダディといるの」

「お願い!」サシイが高い声で訴えた。さらに強く手を引いたので、マリーナの体が四十五度近く傾いた。

彼女は困ったように微笑んだ。「どう思う?」

「ほかの人たちから離れなければ大丈夫だ」

マリーナは引かれるがままに、ゆっくりとプレパレードリング(パレードリング=パドック=に出るまえに馬装などの準備をする場所)のほうへ移動したが、あまり嬉しそうではなかった。

「第一レースのまえに余裕を持って戻ってこいよ」私は彼女のうしろから叫んだ。

ニューベリイ競馬場に来たのは、サー・リチャード・スチュアートが怪しいと考えた九レースのすべてで騎乗しているジミイ・ガーンジイ、アンガス・ドラモンドのふたりに加え、四レースに出ているトニイ・モルソンと話すためだった。この日、ほかにこれといった目的はなかった。

競馬場には二年近く来ていなかった。一昨年、グランドナショナルのスポンサーである醸造所が存命のチャンピオン・ジョッキイ全員を集めた懇親会を催したのだが、それ以来だった。そのまえはいつだったか思い出せない。調査の仕事をしなくなったので、競馬場を訪ねる意味もなくなったのだ。

明るい色のシルクの服を着て時速三十マイルで障害を跳び、毎日のように命と手足を危険にさらしている勇敢な若者に戻りたいと、まだ強く思っていた。しかし手を危険にさらすことが一回だけ多すぎ、以来、自分がやりたくてたまらないことをほかの騎手がやっているのを見るのがあまり愉しくなくなった。

だから競馬場にはすっかり足を向けなくなっていた。そのほうが痛みが少ない。

「ハロー、シッド」ある調教師が私の肩に手を当てて言った。昔、彼の調教馬によく乗っていたのだ。「久しぶりだな」

「ハロー、ポール」私はニッコリした。

「シッド」別の調教師が横を走りすぎながら声をかけてきた。「鞍は持ってきたか？第四レースの騎手が足りないんだ。うちのが急病でね」

「誘惑しないでくれ」私が笑って言った。

急病の騎手は誰だろうと出馬表を確認した。くそっ、と思った。私がわざわざ話しに来たトニイ・モルソンだったのだ。

そこから五分か十分で古い友人たちに挨拶し、すっかりなじんだ手袋に手を入れるように競技生活にすんなり戻った。それに心地よく包まれて、自分が直接かかわっていない苦しみも少し和らいだ気がした。これほどの愛着の対象から長く離れることはやめようと心に誓った。

その間もジミイ・ガーンジイかアンガス・ドラモンドはいないだろうかと捜していると、ちょうどふたり一緒に駐車場のほうから歩いてくるのが目に入った。愉しそうに話している。同時ではなく個別に話したかったので、彼らが私のまえを通って検量室とその先の騎手更衣室に向かうのを見送った。出馬表によれば、ジミイは第二レースで騎乗し、アンガスの最初の出番は第三レースだった。

「シッド、この野郎。世間でなんとかやってるか？」背中を叩かれて振り返ると、元騎手仲間で競馬の生き字引であるパディ・オフィッチがいた。まえの木曜以前に私がただひとり知っていた、ベルファスト訛りのきつい男だ。「死んだかと思ったよ」

「まだだ、パディ、まだ死んでない」私は笑みを浮かべた。「あんたはどうしてる？」

「いやまあ、医者のやつにいつも言われるんだが、ギネスの飲みすぎだそうだ。けど言い返すのさ、あの黒いのを減らしたら今度は食べる量が増えて、コレステロール値がロケットみたいに上がるぞって。どっちみち勝ち目はない、だろう？」

私は内心、パディがニューベリイにいることを期待していた。ちなみにパディは本名ではない。ハロルド・フィンチとしてリヴァプールに生まれたのだが、アイルランド人よりアイルランドふうで、あらゆる緑のものを愛している男である――ビールだけは例外で、もちろん白い泡ののった黒いのが好きだ。

「一杯おごろうか？」私が訊いた。

パディは悪いことでもしているようにまわりを見た。〝医者のやつ〟を捜していたのだろう。

「やめとく」彼が言った。「第一レースの馬が出てくるまえからやってたら、今日の終わりにはへべれけになってる。レースのあとは？」

「第四レースのあととか？」私が言った。「シャンパン・バーで」

「そこにギネスもあるかな？」

「あるに決まってる。なければほかへ行こう」

「了解」彼が言った。「第四レースのあとな」時計を見て顔を曇らせた。「第三レースのあとにしないか？　第四レースのあとまで待てる自信がない」

それならいつでも先に行って飲んでいればいいのだが、酒に影響されない彼の聡明な精神は期待できなくなる。

「オーケイ。第三レースのあとにしよう。でも、そのまえに飲まないでくれよ」

「おれが？　飲む？　どこでそんなこと思いついた？」

「じゃあ第三レースのあと」私が言った。「シャンパン・バーで」

「了解、シッド。けど、何を当てにしてる？」

「どうして何かを当てにしてると思う？」

「馬鹿言うな。当然目当てがあるだろうよ。ただ愉しむためにおれに酒をおごるやつはいない」

私は笑った。「第三レースのあとでまた」

彼は背筋をぴんと伸ばし、ふらつかずにまっすぐ歩いていった。いつまで続くことやら。騎手を引退後、パディ・オフィッチは競馬の歴史について短い記事を書き、場外の駐車場で売って生計を支えていた。それが大成功し、何百万ポンドも稼ぐ事業に発展して、国際的なメディア・コンソーシアムに売却された。パディは大金を手にしたが、経営するビジネスがなくなって手持ち無沙汰になり、いまや売却益をすべて酒代につぎこもうとしているようだ。ただ本人はそこそこ幸せそうだし、世の中にはもっとひどい引退生活もある。パディはまた、競馬界で起きているありとあらゆることにつうじた博覧強記の人でもあった。少なくとも素面（しらふ）のときには。

騎手更衣室のまえに立っていた場内警備員の助けを借りて、第一レースと第二レースの合間に検量室の外にひとりでいたアンガス・ドラモンドを捕まえることができた。

「アンガス」私が言った。「二月にサンダウンでリーピング・ゴールドに乗ったのを憶えてるか？　マーシア・ゴールドカップの日だが」

「ああ」彼が言った。「もちろん。ノービス・チェイスだろう？」

アンガス・ドラモンドは名前こそスコットランドふうだが、それは祖父がスコットランド人だったからで、本人は生粋（きっすい）のイングランド南西部（ウエスト・カントリー）出身者であり、訛りもそれだ。

「そう」私が言った。「その日の最後から二番目のレースだ」

「それがどうした?」

「リーピング・ゴールドがあれほどひどい走りをした理由を思い出せないか? 一番人気だったのに、結果は引き離されて七位だった」

「三番目の障害に当たったんだ」アンガスが自信ありげに言った。「かなり激しくね。あれでやる気をなくして、あとはどうにもならなかった」

「その一週間後、アスコットの二マイル半のノービス・ハードルに出たエンタープライズはどうだった?」

「これはなんだ? テレビ番組の『二十の質問』か?」彼が笑った。

「いい馬を買いたい依頼人がいて、金を出すまえにこれらのレースを調べてくれと言われたのだ」

「ほう」彼が言った。「ならその依頼人に、いい騎手を捜してるなら、おれは乗り方を心得てると伝えてもらっていい」

「だが、アスコットでエンタープライズにうまく乗ったとは言えない、だろう?」

「どういう意味だ?」たちまち彼の声から笑いが消えた。

「最初から追い立てすぎて、馬がゴールのはるかまえで力尽きてしまった。結局走らなくなり、最後の障害の手前で中止せざるをえなかった」

「馬が持ちこたえられなかったんだ」アンガスがムッとして顎を突き出した。

「というより、持ちこたえるチャンスを与えられなかった」私はあえて挑発した。「あの騎乗について裁決委員がきみに説明を求めなかったのは驚きだ」

「求めたさ」彼が気まずそうに言った。「でも、スタートで馬が勝手に飛び出したってことに彼らも同意して、お咎めなしだった」

実際に飛び出していた。じつは私も知っていた。私も問題のレースのビデオを見ていたが、アンガス・ドラモンドは経験豊富なプロの騎手である。その手綱で馬が勝手に飛び出すことはまずない。ならば、あえて飛び出すことを許したのか？

アンガスにその質問はぶつけないことにした。

とりあえず、しばらくは。

第三レースのあと、パディがシャンパン・バーの高いカクテルテーブルのまえで私を待っていた。私がひとりでないのを見て驚いたようだった。

「パディ」私が言った。「妻のマリーナと娘のサスキアだ」

彼は掌をズボンにこすりつけたあと、マリーナに差し出した。「お会いできて光栄です、ミセズ・ハレー」いかにも緊張しているのが、見ていて笑えた。

「こちらこそ」マリーナが出された手を握りながら言った。ここでまたベルファスト訛りを聞いたショックをうまく隠していた。

「ギネスにするかい？」私がパディに訊いた。

「あ、そうだな、そうする、もちろん」彼が言った。「けど、ここじゃギネスは出さないらしいんで、スタンドの下のロング・バーでちょっくら買ってきた。あとで金はくれるよな」黒ビールが半分入ったプラスチックのパイントカップをテーブルから持ち上げた。

「一杯目かな？」責めるふりをして訊いた。

「もちろんそうさ」彼はニコニコしながらカップを口に持っていき、ぐいと飲んだ。

もちろんそうでないのはわかったが、もはや私にできることはあまりない。

私はマリーナにシャンパンのグラス、サスキアと自分にコカ・コーラを買ってきた。女性たちが隣のテーブルに移ったあいだに、パディに身を寄せて耳に直接話しかけた。

「教えてくれ、パディ。競馬場であんた以外にきついベルファスト訛りをしゃべるのは誰だ？　あれこれ仕切ったり、人に圧力をかけて言うことを聞かせたりするのに慣れている男なんだが」

「なんてことを！」パディが弾かれたようにうしろに下がって言った。「気でもふれたのか？　いまここで殺されたいのか？」

質問に対する彼の反応が意外すぎて唖然とした。すっかり血の気も引き、いまにも気絶しそうに見えた。飲ませる水のグラスはないかと私はあたりを探したが、彼はその代わりにギネスをごくごく飲んでカクテルテーブルの端に寄りかかり、気を静めた。

「ふう。どうしてそんな質問をする？　おれがあんたに何をした？」

「パディ」鋭く言った。「落ち着いてくれ」

「いや」まだ大きく目を見開いている。「落ち着かなきゃならないのは、あんただ。もしおれが考えている人間を追ってるのなら、気がふれたにちがいない。それか、とんでもない愚か者だ」

「それは誰だ？」直接彼の耳に言った。

「知らないのか？」

「パディ、知っていれば訊かないよ」

「シッド、競馬から長く離れすぎたな」

「ああ、そうなんだろう。だが、誰だ？」

「話さない」見開いた目にいまは恐怖を浮かべて彼が言った。「話すのはおれの役目じゃない」

「なら書いてくれ」私は出馬表とペンを差し出した。

パディは誰も彼の肩越しにのぞきこんでいないことを確かめるように左右を見た。バーにいる客が誰ひとり見ていないのを確認すると、ようやく出馬表の隅に大文字で単語ふたつを書いた——ビリイ・マカスカー。

「これは誰なのだ？」ちっともわからず尋ねた。

パディはまた、盗み聞きされていないかと肩越しに振り返った。

「そうとうな悪者だ」パディがささやいた。「かかわっちゃいけない」

その選択肢があるのか、疑問だった。

「とにかく誰だ？」

「最近、頭角を現した男だよ」パディが言った。「歳は四十代前半で、北アイルランド紛争（トラブルズ）のさなかウェスト・ベルファストで育った。父親は大きな建設会社を経営してたが、英国陸軍から請け負った建設工事中にアイルランド共和軍（IRA）に殺された。息子のビリイは二十歳になるころ、すでにシャンキル・ロード義勇軍と呼ばれるプロテスタント系の過激な分派を率いていた。目的はただひとつ、住む場所がちがうと彼が考えるローマ・カトリック系住民を抹殺することだ。カトリックとなんらかのかたちで交わるプロテスタントも好きではなかった。証拠は当然ないものの、マカスカーは一ダースを超える殺人と多数の懲罰的な殴打の首謀者と考えてまずまちがいない」

「素晴らしい」

「そうでもない」パディが言った。「彼は一九九六年に、プロテスタントのティーンエイジャーを非常にむごたらしく殺した罪で終身刑になった。その若者のあやまちは、ただカトリックのガールフレンドとのあいだに子をもうけたことだけだったんだがね。しかしビリイはまもなく、北アイルランド和平合意の条項によって釈放された。当たりまえだが、性格が矯正されたとか、そういう理由からではない。以来、強請（ゆす）りたかりや強盗をくり返している。そして、父親を殺されたということでいまもローマ・カトリック教徒を憎んでいる」

「その彼がいつイングランドに来た？」

パディはもう一度まわりを見て、誰も聞いていないことを確かめた。「六年ほどまえだ。シャンキル・ロード義勇軍が金のことでほかのプロテスタント系の民兵組織と対立して、縄張り争いに発展した。ビリィの側が負けたんで、仲間たちとウェスト・ベルファストから逐電（ちくでん）した。噂だと、着の身着のままで逃げ出すくらいあわててたらしい。その後みんなでマンチェスターに移ったが、邪悪な性質を忘れるほどあわててはいなかった」

「どうしてそのマカスカーが競馬の世界に？」私が訊いた。

「マンチェスターを拠点とする〈正直者（オネスト）ジョー・ブレン〉という、似つかわしくない名前の賭け屋がある。ビリィはすぐにそこで活動するようになった。〈オネスト・ジョー〉を買ったのかもしれんし、力で奪い取ったのかもしれない。どっちにしろ、いまはそこを牛耳っていて、マンチェスターやリヴァプール近辺のほかの独立系の賭け屋を買い上げながら事業を急拡大してる」

「あるいは、彼らを脅して服従させながら」私が言った。

「そっちのほうがずっとありそうだ」パディも同意した。

「にしても、有罪判決を受けたテロリストがどうやって賭け屋の免許を得たのだろう」

「おそらく和平合意のときになんらかの取引があったんだ。党派間の紛争に関する前科は犯罪履歴から消すとかなんとか。それか、免許を持ってるのは彼以外の人間かもしれない。よくわからないが、ともかくビリイ・マカスカーは〈オネスト・ジョー〉を支配していて、友人を作ろうとしてないのは確かだ」

「どうしてあんたがそんなに彼のことを怖がる？」私が訊いた。

「おれはローマ・カトリック教徒だからさ。〝父と子と精霊の御名において(イン・ノミネ・パトリス・エト・フィリイ・エト・スピリトゥス・サンクティ)〟」言いながら突然十字を切り、細い指の一本を私の胸に向けて締めくくった。「あんたも怖がるべきだ。みんなそうだ。巷の噂じゃ、ビリイは朝食にカトリックの赤ん坊を食ってるらしい。だからさっき言ったように、ビリイ・マカスカーにちょっかいを出しちゃいけない」

私は出していない。

だが、彼のほうから出してきたのでは？

## 6

マリーナとサスキアと私は最終レースのあと検量室の外で待ち、家路につこうと出てきたジミイ・ガーンジイを捕まえた。

「よくやった、ジミイ」私が彼の横を歩きはじめると、マリーナとサスキアがあわててついてきた。「最後に勝ちきった」

「はあ、ありがとう、シッド」彼が気のない口調で答えた。「あのアホ馬のポッドキャストがちゃんと跳べたら、二マイルのチェイスでも勝ってたよ。愚かしい犬の餌だ。軽く勝てたはずのレースで最後の障害に引っかかりやがった」

「だが、危なげない落馬だった」芝の上でジミイが二回転がってすぐに立ち上がったのを思い出した。幸い後続の馬はおらず、伸ばした左手の掌を剃刀のように鋭い蹄鉄が踏みつけて、筋肉、骨、腱を細切れにすることはなかった。それが私の競技人生を終わらせた最後のレースで起きたことだった。

「傷ついたのは体よりプライドだったな」彼も同意した。「ところでどうしてここへ？最近あまりあんたを見かけてなかったが」

「じつはきみと話したかった」

「へえ」驚いたようだった。「電話ってものがあるのに？」

「直接会うほうがずっといい」

「なんについてだ？」

「レッド・ロゼットについて」

「あいつがどうした？」

「先月のサンダウンの走りだ」私が言った。「ノービス・チェイスの。マーシア・ゴールドカップの日だった」

ジミイは小さく首を振った。「思い出せないな。乗る馬が多いから。勝たなかったんだろう。勝ったら憶えてるはずだ」

「そう」私が言った。「勝たなかった。最後の障害でしくじった。きみは直前に一歩入れたが、その余地はなかった。馬は近づきすぎ、障害をかき分けて進んでしまった。思い出したか？」

「そうだな、なんとなく。馬鹿げたミスだった。馬が疲れて跳びきれないと思ったんだ。距離の判断を誤った」

「そうだな」私もまねた。「マーシャン・マンはどうだ？　ヘネシイの日にここニューベリイであったノービス・ハードルで走った。あれも馬鹿げたミスだったのか？」

ジミイは歩くのをやめた。

「何が言いたい？」こちらを見ずに訊いた。

「別に何も」言いたいことがあるのは明らかだったが。「ただ、過去のレースではすべて先行して、差したり追いこんだりしなかった馬が、このときには最後の直線でとうてい追いつけないほど後方グループにいすぎたのはなぜか、きみなら説明できるのかと思ってね」

「まちがったことはしてないぞ」堂々と宣言した。

「本当に？」私が当てこするように言った。

「ほっといてくれ」彼が言い、さらに早足で歩きはじめた。

私は数歩ついていったが、止まってうしろから呼びかけた。「ビリイ・マカスカーにもそう言ったのか？」

ジミイの足が一秒の何分の一か止まった。ほとんど見て取れないほどだったが、私は気づいた。彼はすぐに立ち直って、そのまま振り返らずに競馬場出口へと歩き去った。

「それが北アイルランド訛りで電話をかけてきた男かもしれないのだ」

「ビリイ・マカスカーって誰？」マリーナが訊いた。

「ベルファストの民兵組織にいたごろつきだ。いまはマンチェスターで賭け屋をやっている」

「でもその人、いったい誰なの？」

私たちは駐車場を無事引き返してレンジローバーのなかにいた。

「知らせる」私が言った。「彼であると確信したときに」

「警察に知らせて」マリーナが要求した。

それはマリーナが聞きたかった答えでも、予想していた答えでもなかった。

「なんてこと！」彼女が言った。「ここまでだってひどいのに、くそテロリストに狙われてるなんて」

「マミイ！」サシイが後部座席から叫んだ。「いけない言葉！」

「シーッ、ダーリン」私が言った。

私が不安になったのは、マリーナが使った〝くそ〟といういけない言葉ではなく、〝テロリスト〟のほうだった。エンジンをかけようとしたところで、ふいに仕掛け爆弾で車が爆発する映像が頭に浮かんだのだ。

「いったい何をしてるの?」私が運転席から外に出てレンジローバーのボンネットの下を確かめはじめると、マリーナが苛立って訊いた。車のまわりと下も全部調べたが、普段とちがうところはなかった。私が見たかぎりだが。

「ちょっと調べただけだ」車内に戻って微笑んだが、それでも不安をいくらか抱えたまま、ついにエンジンの始動ボタンを押した。

何も起きなかった。起きるわけがない。V6ツインターボの3リッターディーゼルエンジンがなめらかに息を吹き返しただけだった。

メロドラマチックになりすぎた自分を無言で叱った。ただでさえ緊張が高まっているときなのだ。

しかし、A34号線を五十マイルかそこら走って家に向かうあいだも、道を見るのと同じくらいの時間をかけてバックミラーを確認していた。尾行してくる車がいたとしても、見つけられなかった。

家に着いたときにも用心して、マリーナとサスキアをロックした車に残し、招かれざる客が草むらで待ち伏せしていないか確かめた。

「こんな生活は続けられない」みなで無事家のなかに入り、すべてのドアに鍵をかけ直したところでマリーナが言った。「犬たちを外に出すたびに、あなたに庭を捜索してもらうなんて」

「たしかにそうだ」同意した。「だが、犬たちは何か聞こえたら吠えるだろう」

「あなたはどうするつもり？」彼女が訊いた。

「何ができる？」

「警察に連絡して、そのマカスカーという男がわたしたちの生活を脅かすのをやめさせてもらって。手始めに、サシイを学校から連れ去ったことで彼を逮捕できるでしょう。だからいますぐ電話して」要望ではなく命令だった。

「オーケイ」私が言った。「そうする」

事務室に入ると、マリーナがついてきた。私は主任警部の名刺にあった電話番号にかけた。

「ワトキンソン主任警部をお願いします」電話に出た相手に言った。

「今日は休みです」相手が答えた。

「シッド・ハレーに電話が欲しいと伝えてもらえますか？」

「ああ、ハロー、ミスタ・ハレー。部長刑事のリンチです。木曜の午後に主任警部とお宅にうかがった。私でよければ？」

「電話をかけてきた男の素性がわかったと思う。例の北アイルランド訛りの」

「誰でした？」リンチ部長刑事が訊いた。

「ビリイ・マカスカーという男だ、ウェスト・ベルファストから来た」

「わかったと思う、と言ったが、ちがう可能性もある？」

「確信は持てない」

「疑わしいとあなたが思うだけで、その男を誘拐容疑で逮捕するわけにはいかない。でしょう？　何か証拠は？」

何がある？　ギネスを燃料にしたパディ・オフィッチのおしゃべりと、私がビリイ・マカスカーの名前を出したときにジミイ・ガーンジイが一瞬立ち止まったことだけだ。根拠薄弱であることは私にもわかった。

「あまりない」認めて言った。「しかし一応その名前を調べてみる価値はあるのでは？」

「メモしておいて、月曜に主任警部と話します」

「われわれはどうなるんです」鋭く言い返した。「うちの家族は？　この男に脅されながら生活していて、警察は真剣に安全を守ってくれない。そう感じる。彼は一度、学校から娘を連れ去った。そんなことは二度とさせない。われわれには警察の保護が必要だ」

マリーナが横で同意してうなずいていた。

「そのことも主任警部と話します」

「この週末は？」

「ミスタ・ハレー、申しわけないが、こちらにはたんに、あなたがたの個人的なボディガードを務める人員がいないのです。ドアをすべてしっかり施錠して、もしそのマカスカーという男が連絡してきたら、また電話をください。主任警部は月曜にまちがいなくあなたに電話する」

適当にあしらわれて、わが家の安全が軽んじられ無視されているように感じた。もっとも、驚きはなかった。警察は重大犯罪を発生前に防ぐより発生後に捜査するほうがはるかに好きだ。彼らとの長いつき合いで、私はそう信じるようになっていた。暴力行為で起訴、保釈されて公判を待っている者たちの次なる暴力犯罪がいかに多いことか。

「それで?」会話の私の部分しか聞いていなかったマリーナが言った。

「部長刑事だった。ワトキンソン主任警部と話して月曜に知らせてくれるそうだ」

「月曜!」彼女が叫んだ。「月曜までにわたしたち全員が死んでるかもしれないのに」

「マリーナ、お願いだ、落ち着いて」私は懸命に彼女をなだめようとした。「必要ならあの男に言われたことをする——少なくとも月曜まで」

その日の夕方から夜にかけては、ほとんど事務室のコンピュータのまえで、北アイルランドの〝トラブルズ〟全般とビリイ・マカスカー個人について調べた。

トラブルズのあいだ、イラクとアフガニスタンを合わせたよりはるかに多くのイギリス兵が北アイルランドで死亡しているのには驚いた。一九六九年から二〇〇一年までに七百名以上のイギリス兵がアイルランド関連のテロ行為で亡くなっているが、そのどれもビリイ・マカスカーの仕業ではなかった。

パディによると、ビリイは治安部隊には手を出さず、もっぱら少数派のカトリック系住民を殺していたということだった。

トラブルズに関する情報は山ほどあったが、ビリイ・マカスカーについては短く触れたものがふたつあるだけだった。ひとつはベルファストの王立裁判所の公判記録にある簡潔な説明で、マカスカーはダレン・ペイズリイという男を廃工場の床に釘で打ちつけて放置し、脱水症状で死亡させたことにより殺人罪を宣告されていた。その記録によると、マカスカーはペイズリイの父親に息子の居場所を知らせたと主張したが、父親は決してそのような通知は受けていないと否定したようだ。

記録には小さな写真がついていた。逮捕後に警察署で撮られたマカスカーの顔写真である。私は食い入るように見つめた。撮影から二十年近くたっているが、たいへん目立つ顔つきだった。頬骨が高く、額が下向きに突き出しているせいで、両目が深く落ち窪んで見えた。

ふたつめの情報は、聖金曜日和平合意によってメイズ刑務所から釈放された四人のリストだった。ビリイ・マカスカーは終身刑を受けながら、服役わずか二年半で塀の外に出ていた。どうやったのか、彼が仲間のプロテスタント教徒を殺したのは党派間の対立だったと当時の政府を説得したようである。

ほかには何もなかった。《ベルファスト・テレグラフ》から《キャリックファーガス・アドバータイザー》に至るまで、北アイルランドの新聞という新聞のオンライン・アーカイブを検索してみたが、ビリイ・マカスカーという名前はただの一度も出てこなかった。明らかに自分の名をメディアから隠すことに長けている。

〈オネスト・ジョー・ブレン〉はマンチェスターとリヴァプールの日刊紙に何度か出ていた。とくに賭け屋の買収に関する記事だったが、どこにもビリイ・マカスカーがオーナーであるとは書かれていなかった。

パディ・オフィッチがまちがっていたとか？ それはない。パディはこと競馬については歩く百科事典であるし、マカスカーに対する彼の恐怖心は疑いの余地なく本物だった。

机の電話が鳴りだした。

腕時計を見た。真夜中の十五分前──まさにこのまえと同じだった。

「何が望みだ」私が電話に出て言った。

「ああ、ミスタ・ハレー」もはやなじみになった声が言った。「出てよかった。今日はニューベリイのレースで愉しくすごしたのか？」

「おまえの知ったことではない」私が言った。

「ほう、それはちがうと思うぞ」見下したような明るい調子で言った。「あんたの行動は、いまやすべてこちらの関心事だ」

「逆はどうなのだ」私が言った。「おまえも私の関心事になるのか？」

間ができた。「ミスタ・ハレー」彼が言った。ユーモアは完全に消えていた。「あんたが言われたとおりにしなかったら、おれは馬鹿でかい関心事になる」

「誘拐犯で殺人犯の言うことをなぜ私が聞かなければならない？」

「おれが殺人犯だと誰が言った？」

「ダレン・ペイズリイの父親は言うだろう、少なくとも」

電話の向こうにかなり長い間ができた。こんなに早く手札を見せてよかったのだろうか。昔、私があるきわめつきの悪漢をなんとか倒すことができたのは、彼が私を敵として過小評価したという一点があればこそであった。今回、もうそのチャンスはなくなった。

「報告書を送る。それに署名しろ」

「しない」私が言った。「私が署名するのは、自分で書いた報告書だけだ」

「楽な道を選ぶことだ。報告書にさっさと署名すれば、悲しむことはずっと少なくなる。どうせ最後には署名するんだから」

「逆だ」私が言った。「私から離れてさっさとウェスト・ベルファストに帰れば、おまえが悲しむことが少なくなる」

「警告してやってるんだぞ、ミスタ・ハレー」彼が言った。

「こっちも警告している、ミスタ・マカスカー」

私は電話を切った。すぐ罵り合いになることがわかっている会話を続けても、ほとんど無意味だ。

私は坐ったまま机の電話を見つめた。当然また鳴った。

「いいかよく聞け、この野郎」受話器を取るなり言ったが、向こうは彼ではなかった。

別の声、イングランド人の声が途中で割りこんだ。

「ミスタ・ハレー、リンチ部長刑事です」

「誰だって？」

「リンチ部長刑事、ワトキンソン主任警部の部下です。いまの通話を傍受していた」

そのことを忘れていた。

「もしあの男がまたかけてきたら、ビリィ・マカスカー本人であることを確認するように仕向けてください。そうすれば逮捕令状を取れる」

「もう確認できたのでは？」私が訊いた。「彼は否定しなかった」

「あなたがまちがっていても否定しないでしょう。捜査を攪乱するために」

「それなら一度切ってくれ。彼がまたかけてくるかもしれない」

そこからゆうに一時間以上、机の電話を見つめていたが、結局鳴らなかったので、おとなしく階段を上がってベッドに入った。

マリーナはまたサスキアの部屋で寝ていたので、私は明かりを消して広いベッドにひとりで横たわり、次にどうすべきか考えた。

われわれの友人がシッド・ハレーを引き入れるのは、棒でスズメバチの巣をつつくようなものだ、と主任警部は言った。私は自分自身のスズメバチの巣を本気でつついてしまったように感じていた。

渇きで死ぬまで床に何日も磔にされたダレン・ペイズリイのことを考えると、体に震えが走った。

スズメバチの巣をつつくというより、毒蛇が何匹も入った袋に手を突っこんだようなものかもしれない――それも、本物のほうの手を。


月曜の朝十一時にワトキンソン主任警部が電話をかけてきた。

「青いゴルフの捜索はどうです?」私が訊いた。

「進展がない」彼が言った。「ゴルフのなかではダークブルーが人気らしく、忌々しいことにその色のゴルフがまだイギリスの道路を何千、何万と走っている」

「ビリイ・マカスカーの名前で登録された車はなかった?」

「調べたかぎりではね。素性をつかんでいることを相手に知らせたのは、賢明ではなかったかもしれない」

「どうしろと言うんです」私が訊いた。「腹を見せて転がり、おとなしくしたがえと?」

「いや」彼が言った。「だが、その情報は外に出さないほうが安全だったかもしれない」

「彼の名前を知っていると言うことによって、むしろ家族も私も少し安全になるかと思ったのです。警察がすぐに容疑者を特定できる状況で、われわれに危害を加えるほど彼も愚かではないはずだから」

「そこは当てにならないかもしれない。今朝、北アイルランド警察の同僚たちとビリイ・マカスカーについて一時間ほど話したんだが、有罪となった殺人は一件でも、ほかに何人も殺していることが知られ、ほかの犯罪も数え上げれば切りがない。そのくせ最近では訴追を免れることがじつにうまくなっているようだ」

「マンチェスターの警察とも話してみた？」私が訊いた。

「ああ、話した」彼が言った。「だが、マカスカーはマンチェスターの裁判所に呼ばれるようなことは避けているらしい。ただ噂はいろいろ飛び交っている。強請り、マネーロンダリング、その他もろもろ」ほとんど無頓着といった口調だった。

「われわれを保護してくれるんですか？」

「あなたの村の定期的なパトロールはかならず手配するが、ほかにやれることはない。じつは、改めて命令が出なければ、そちらの電話の傍受も今夜十二時までしかできないのだ。うちの警視が確保した予算ではおそらくできないだろうね」

「マカスカーが何をしでかせば、わが家のまえに武装警官を配置してくれるんです？」

「ミスタ・ハレー」主任警部が言った。「あなたや家族にそれほどの危険が差し迫っていると言う理由がわからないのだ」

「昨夜の彼の電話を聞きました？」ほとんど信じられない思いで訊いた。「私が彼の報告書に署名しなければ、もっと悲しませてやると言った」

「いっそその報告書に署名したらどうだね。理事たちには、強要されて署名したものだから無視してほしいと言えば？」

「それは彼の目から見れば、そもそも署名しなかったのと同じだ。いずれにしろ、私にもプライドがある。わかるでしょう」

「心の高慢は倒れに先立つ（旧約聖書箴言第十六章第十八節）とか？」主任警部が言った。「名より実を取って、言われたとおりにする頃合いかもしれない」

「あなただって本心では、私がマカスカーの馬鹿げた報告書に署名するだけで彼がいなくなるとは思っていない」私が言った。「ああいう手合いには、まえにも会ったことがある。誓って言うが、これはくだらないものに署名するかどうかという話ではなく、シッド・ハレーを屈服させるかどうかなのです」

「それは自惚れだ」

「そう思うかもしれないが、私は人生でこれと同じ状況をあまりにも多く経験してきた。だから調査の仕事を辞めたのです。警官でもないのに、会う人会う人が個人的な憤懣をぶつけてくる。証拠の傷も残っている。私を殺せば、シッド・ハレーを殺した男ということで刑務所内の地位だか何かが上がると考えている男さえいた」

「だが、彼はあなたを殺さなかった」

「そう、たしかに」だが私は、ぞっとするくらい彼がそれに近づいたことを憶えていた。シッド・ハレーを殺そうとするギャングの待ち行列がどんどん長くなるのに気づいたおかげで、調査を辞める決心は容易になった。結果として、シッド・ハレーが悪漢を追い立てることから引退したと世に知らせたのだ。その後彼らは怖れる必要がなくなった
——私と家族をそっとしておいてくれるかぎり。

その告知がビリイ・マカスカーに充分伝わっていなかったのは明らかだった。いまや反撃する以外に選択肢はほとんどなくなった。そして私は反撃する。

## 7

火曜の朝、マリーナが大いに困惑するのを尻目に、私は義手の毎年の保守点検のためにバンベリイからロンドン行きの列車に乗った。

「家にいてサシイとわたしを守ってほしいのに」朝食時にはマリーナが不機嫌な顔で言った。

「サシイは学校に行けば大丈夫だ」私が答えた。「警備員を雇って、親かほかの保護者が直接迎えに来ないかぎり子供を校外に出さないようにしている。昨日の午後も、私が本当にサスキアの父親であることを納得させるのに五、六分かかったよ。身分証がなかったし、父親にしては歳をとりすぎていると思ったにちがいない」

マリーナはそれでも不満だった。「わたしはどうなるの?」

「一緒にロンドンに来るかい? 私が病院にいるあいだは買い物でもすればいい」

ロンドンで一日買い物となれば普段なら喜んで飛びつくところだが、彼女がポーラ・ガウシンとすごすことにしたのは、いかに不安であったかを物語っている。アナベルの母親でマリーナの親友でもあるポーラは、隣村の学校のすぐ横に住んでいる。

「万が一サシイに何かあったら、すぐ駆けつけられるから」マリーナが言った。とはいえ、家族三人のなかでサスキアがいちばん心配していないのは、ふたりともわかっていた。彼女はいつものように嬉しそうに登校し、まえの週に不適切な人物に預けられたことなどこれっぽっちも気にしていないようだった。

私はパディントン駅からローハンプトン・レーンまでタクシーに乗り、もう勝手知ったるクイーン・メアリ病院に入って、廊下を人工器官部へと進んだ。

いまの左手はこの十四年間で三つ目だった。ひとつまえの義手は、手錠をはずすためのバールとして使ったことで修復不可能なまでに壊れた。クイーン・メアリの技術者たちは喜ばず、私も手放すのが悲しかった。まさにわが命を救ってくれた腕だったから。

私の思考と運動神経刺激で動く義手の機械工学は純粋な天才の技と言っていいが、それでも医師たちはまだ指先の感覚を与えられないでいた。その点ではいまの義手も、ピーター・パンのフック船長が有名にした旧式の鉤爪（フック）と同程度にしか役に立たない。

しっかり装着されたファイバーグラスのシェルから左の前腕をゆっくりはずし、自分の偽の一部を技師のひとりに渡した。彼はコンピュータにつながった線の先のプラグを、バッテリー部の横にある小さなソケットに差しこんだ。

「すべて正常なようです」彼がコンピュータの画面を見ながら言った。「モーターはどれも問題なく動いています」自分の体から離れた左手が技師の作業台で自然に開いたり閉じたりするのを見るのは、少々気味が悪かった。「操作しづらいことがありますか？」

「ないと思う」私が言った。「しかし正直言って、もうあまり使っていないのです。服のように、どちらかと言うと見た目のためにつけていて」

「たいへん高価な服だ」彼が言った。

知らないとでも思うのか！　二代目が壊れたときに保険会社は、バールとしての使用は被保険危険に含まれず、とうてい通常の摩耗とも見なされないと断定した。よってこの新装置は私が自費で払うしかなかったのだ。

「それに感覚を加えることはできないんでしょうね？」技師に訊いてみた。

「残念ながら」彼が答えた。「アメリカで指に圧力センサーをつけて電極で使用者の脳に伝える研究がおこなわれていると聞きますが、まだ初期段階です。成果は届いていない」

「残念だ」

「内部の掃除をして潤滑油を差すのに二十分ほどかかります。外でお待ちいただいてもかまいませんが」明らかに自分の作業を肩越しに見られたくないようだった。私もすでに全工程を一度見たことがある。

「ミスタ・ハロルド・ブライアントと会う約束があるのです」私が言った。

「ああ、ハリイ・ザ・ハンズね」技師がニッコリして言った。「あなたに狙いをつけたんですね？」

「狙いをつけた？」

「手の移植手術の候補として。非常に熱心な人で、腕もいい。素晴らしい結果も出ている。まだこっちの仕事がなくなるほどじゃありませんけど」彼は笑った。

笑うようなことだろうか。

「これまで何件ぐらい手術している?」私が訊いた。

「一件だけです」技師が答えた。「少なくとも、こっちに来てからは。ですが、そのまえにアメリカの移植チームで何度かやっています。たしかケンタッキー州で」

実績が一件では、とても充分とは思えない。

私は本当にハリイ・ザ・ハンズの二番目の実験台になりたいのか?

「ハリイとの面会が終わるころにはできてますよ——まだこれが必要なら、ですけど」

また自分のちょっとしたジョークに笑う技師を残して廊下を外来に向かい、ハリイ・ブライアント医師と話すために診察室に入った。王立外科医師会フェロー、ハリイ・ザ・ハンズは私を待っていた——しっかり狙いをつけて。

「ミスタ・ハレー」大男にしては驚くほど柔らかな声で言った。「ようやくお会いできて光栄です」机の向こうで立ち上がり、身を乗り出して私の右手をしっかり握った。

「どうぞ、おかけください」

私は机を挟んだ向かいの椅子に腰をおろした。

「さて」彼が椅子の背にもたれて言った。「新しい手が必要な理由を話してください」

ハリイ・ザ・ハンズと私は一時間近く話したが、議論は私が期待していた方向に進まなかった。

彼が賢すぎたのか、私が愚鈍だったのか、それとも、彼の提供するものを私が欲していて、あちらから実験台二号になってくれと説得する必要がいっさいなかったせいなのか、ふと気づくと彼ではなく私のほうが手術の候補者になりたいと売りこんでいた。

「いつごろになりますか?」私が訊いた。「どのくらい早く?」

「まずいくつか検査をする必要がある。残っている前腕を診て移植に適しているかどうか。そのあとは運次第です。ドナーが現れるのを待たねばならないので」

ドナー。彼がその言葉を使ったのは初めてだった。

突然すべてに心理的な様相が加わった。これはたんに失ったものをつけ替えるだけではない。それをはるかに超えて、別の誰かの手をもらい受けるということなのだ。

「保証はできません」ハリィが言った。「私がアメリカにいたときには、拒絶反応の問題があった。レシピエントの免疫システムによる物理的な拒絶反応だけでなく、そもそも自分のものでない新しい手足をどうしても受け入れられない心理的な拒絶も」

「そのときどうしました?」私が訊いた。

「移植した手をはずすしかありませんでした」

「つまり、移植はなかったことにできる?」

「そういう精神状態で今回の手続きに入るべきではありません。そう、たしかに手をはずすことは可能だし、それが必要になる場合もありますが、除去すると腕がいまのままでなくなる可能性がかなり高い」

「どんなふうに？」

「いまよりもっと上で切除しなければならないでしょう。ことによると肘より上で」

「ああ」私が言った。

「ですが、好ましい面も見るべきです。私の経験上、手の移植が非常にうまくいった例もある。十年以上前に移植手術を受けて、いまは完全に普通の生活を送っている患者さんも複数います」

「わかります」私が言った。「ユーチューブの動画を見たので」


弾むような足取りでクイーン・メアリ病院から出た。急に鋼鉄とプラスチックを捨てて、触覚のある生きた左手を持つ見込みが出てきたのだ。私は大いに興奮していた。ハリイと面会したあと、彼のチームのひとりにつれていかれて検査を受けた。採血、レントゲン。右腕の計測はサイズと肌の色を合わせるためだった。それから心理学鑑定の長い質問票を渡されて埋めた。

私はうつむいて、新たに装着された義手を見た。

「おまえの時代ももうすぐ終わりだな」声に出して言い、一緒にハマースミス行きのバスを待っていた女性に怪訝な目で見られた。私が笑みを送ると、彼女は少し遠くに移動した。

移植という考え全体にすっかり没頭して、現在進行中のビリイ・マカスカーとのいざこざを忘れかけていた。少なくとも、坐ってバスを待っているときに携帯電話が鳴るまでは。

「ミスタ・ハレー」なじみの声が言った。「報告書は届いたか？」

「いや」私は郵便配達人が来るまえに家を出ていた。「だが、届いたとしても変わらない。署名はしないし、おまえのくだらないゲームにつき合う気はない」

「これはゲームではないぞ、ミスタ・ハレー」

「ならなんでもいいが、私はつき合わない」

電話を切った。

あの警官はなんと言ったのだったか。〝名より実を取って、言われたとおりにする頃合いかもしれない〟

断じてするものか。

マリーナが三時にバンベリイ駅で拾ってくれた。私たちはその足で学校にサスキアを迎えに行った。

「いい一日だった？」マリーナが訊いた。「あなたの手は車検(MOT)を通ったの？」

「ああ」私が言った。「手は合格だった。そう、いい一日だったよ」間を置いた。「移植手術をする外科医に会った」

「どういう用件だった?」

「私に新しい手を与えたいそうだ」

「え?」マリーナが叫び、まえで停まったバスにぶつかりそうになった。「冗談でしょ」

「冗談どころか」私が言った。「動かせるし、感覚もある手を取り戻せるという話だった」

「でも、なくなってずいぶんたつのに」

「関係ないらしい。むしろ手をなくして何年かたっている患者のほうがいいそうだ」

「でも、いつ?」

「まずこの腕が移植に適しているかどうか検査して、組織型を調べ、適合するドナーを待つことになる」

「わっ!」マリーナが言った。「なんて恐ろしい」

「ハリイ・ブライアント――それが外科医の名前だ――によれば、新しい手を自分のものだと思うことがたいへん大事らしい。亡くなった人のものと思いつづけないことが」

「でも少し不自然じゃない? 誰かが亡くなるのを待つなんて」

ハリイ・ザ・ハンズの診察室から出るときに彼が言ったことを思い出した。「検査をすべてクリアしたら、あとは待つだけですよ。雨乞いをして」

「なぜ雨乞い？」私が訊いた。

「雨が降るとかならずドナーが増えるので」

「どうして？」

「バイク乗りです」彼が言った。「路面が濡れてバイク乗りの死亡事故が増える」

その会話を思い出すだけでもぞっとした。

私もマリーナに賛成だった。ほかの人の一部をもらうために彼らが死ぬことを願うのは、大いに不自然な心境だ。


サシイが跳ねながら校門までやってきたが、警備員が解放してくれるまで順番を待たなければならなかった。

「ハロー、ダーリン」レンジローバーに飛び乗ったサシイに私が言った。「今日は何を習った？」

「なんにも」サシイがきっぱりと言った。「でも、お昼の時間にアナベルとけんけん遊びをして、それでね、マミイ、わたしが勝ったの」

「おめでとう、ダーリン」マリーナが言った。

私はニコニコしながら数マイル運転し、家の門を通り抜けた。

「犬たちは？」私の顔からたちまち笑みが消えた。

「犬舎に入れてきた」マリーナが確信をこめて言ったが、犬舎を見るとゲートが大きく開いていた。「絶対閉めたわ。二時ごろ様子も見に来た。そのときには、なかにいた」

「ここにいてくれ」私はレンジローバーをドライブウェイに駐めた。「見てくる」車の外に出た。「ドアをロックして」

マリーナもサスキアも、恐怖に目を大きく見開いてこちらを見ていた。

犬舎に歩いていった。庭の隅にある小さな煉瓦（れんが）の小屋で、フェンスで囲った芝生のドッグランがついている。留守のあいだ狭い家に閉じこめなくてすむように、越してきてすぐに作った。雨が降れば小屋に入れるし、天気のいい日には寝そべって日光浴もできる。

「おまえたち、いるか？」呼んでみたが、二頭とも姿を見せなかった。「マンディ、ロージイ、どこにいる？」

開いたゲートをくぐって犬舎のなかに入ったが、やはりいなかった。いるとは思わなかった。二頭とも私たちが家に帰るとかならずゲートまで走ってきて後肢で立ち、前肢を手すりにかけて熱烈に尻尾を振るからだ。どちらも私たちから隠れているということはまず考えられない。

いくらか恐怖を覚えながら家まで歩いていったが、誰かが無理に侵入した痕跡はなかった。それでもきわめて慎重になかに入り、二階も一階も徹底的に調べた。ペットのウサギが鍋で煮えていたり、血まみれの馬の頭がサテンのシーツのあいだに転がっているイメージが頭に浮かんだが、そんなものは何もなかった。

庭に戻り、低木の下に茂った草のなかまで含めて隅から隅まで捜索した。何もなし。

犬たちはわが家の敷地のどこにもいなかった。

レンジローバーに引き返した。

「どうなってるの、シッド？」マリーナが不安を募らせて訊いた。「犬たちはどこ？」

「わからない」私が言った。

「誰かに連れていかれた？」

「自分たちで出て逃げたのかもしれない」

サシイがとても悲しそうな顔をした。「どうして逃げるの？　わたしたちと暮らすのが嫌だった？」

「嫌なわけないでしょ、ダーリン」マリーナが言った。「心配しないで。見つけるから」

私にもマリーナの自信があればと思った。が、口には出さないことにした。

「捜しに行く？」サシイが哀れな声で言った。「ロージイとマンディを連れて帰りたい」泣きだしたので、マリーナが慰めようとした。

三人とも泣きたい気持ちだったと思う。ロージイとマンディはほとんどサスキアと同じくらい家族の一員だった。二頭がいなくなった原因が誰であるかは自明と言ってよかった。

ビリイ・マカスカーは正しかった。これはゲームではない。戦争だ。

「あいにく犬泥棒はよくあることです。犬舎に南京錠はかけていましたか？」

「泥棒ではない」私が言った。「誘拐だ」

「犬拐ですな。身代金の要求はありましたか？」リンチ部長刑事はあまり身が入っていなかった。「それに、いなくなったのがビリイ・マカスカーの仕業であるとどうしてわかるんです？」

「とにかくわかる」私が言った。

先週、サー・リチャード・スチュアートが私の家を訪ねていたときに、まったく同じことをまったく同じ苛立った調子で言ったのを思い出した。レース結果が操作されているという彼の確たる認識を私が疑ったときだった。

私ももう疑っていなかった。

「犬たちのために警察は何をしてくれます？」私が訊いた。

「できることはありません」リンチ部長刑事が言った。

「誰かこちらに送って、犬舎の指紋を採取するのは？　あるいは捜索隊を組織するとか？」

「ミスタ・ハレー、たとえ犬たちが勝手に出ていったのではなく、連れ去られたと私が確信したとしても、捜索にまわせる人員はいないのです。犬は法律上、所有物と見なされるので、その窃盗の深刻さは、たとえば自転車やガーデンチェアを盗まれたのと変わらない。だから捜索隊を派遣するわけにもいかないでしょう?」

「アメリカの西部では馬泥棒を絞首刑にしていたと聞いたことがあるが」

「それはそうなんでしょう。イギリスでもかつて羊泥棒は重罪だったが、ありがたいことに、われわれも二百年のあいだに進歩した」

「しかし、あの犬たちはうちの家族だった」

「かもしれない」彼が言った。「ですが、しょせんただの犬です」

ただの犬!

私たちにとってはちがった。私たちにとってはわが子のようなものだった。

「それならどうすればいいんです」私が訊いた。

「地域の野犬捕獲員に連絡してください。見つかった迷子犬はすべて彼のところへ行きます。タグはつけていましたか?」

「ええ」私が言った。「首輪に。マイクロチップもつけている」

「だったら、そのマイクロチップの会社に連絡して、犬がいなくなったことを伝え、情報の更新をお願いするんですな。あとは待つしかない」

ビリィ・マカスカーの電話をか、と思った。そのあとは? 身代金の要求? さらなる文書への署名? 彼の罪の赦免? 屈辱に耐えてしたがえというのか?

反撃したくてたまらなかったが、敵の姿が見えないのにどう反撃しろというのだ。

問答無用で彼を捜すべきときだった。

## 8

マリーナはサスキアを連れてレンジローバーで犬たちを捜しに行き、私は家のなかでビリイ・マカスカーからの不可避の電話を待ちつづけた。

玄関ドアの郵便受けの穴の下に置いた籠から郵便物を取ってきた。請求書やジャンクメールに、例の〝報告書〟が交じっていた。茶色の薄手の封筒で、私の名前と住所が印刷された白いラベルのほかに目立つ特徴はなかった。

封筒の端だけをつかみ、表面に触れないように注意した。紙に指紋がついているとは毛ほども期待していなかったが——ついていても郵便配達夫のものだけだろう——マカスカーがうっかりした可能性もなくはない。

肉切りナイフで封筒を開け、中身を台所のテーブルの上に出した。

入っていたのは、どこにでもある白いコピー用紙一枚だけだった。短い一段落がパソコンで印刷され、見出しは〝サー・リチャード・スチュアートの告発に関するシッド・ハレーの報告書〟だった。

サー・リチャード・スチュアートより、特定のレース結果が疑わしく、異常な賭けのパターンが見られるとのことで調査を依頼された。私は当該レースをくわしく調べ、そのレースに出走した数人の騎手から事情を聴取した。そして、指摘された賭けのパターンは異常または特別ではなく、サー・リチャードの主張を裏づける証拠は存在しないという結論に至ったことを報告する。

その下に私の署名と日付の欄があった。

論外だった。この男は私が思っていたより愚かだ。

そもそも本物のシッド・ハレーの報告書なら、正式なヘッダーつきの用紙を使い、〝いつ〟〝どこで〟〝どの〟騎手と話したかという詳細なメモが加わる。告発されたレースのひとつずつについて、証言や証拠から導き出されたくわしい推論と結論が示されることは言うまでもない。

真実であれ虚偽であれ、こんなゴミに私が署名することはありえなかった。私には生きる基準というものがある。

マリーナとサスキアは八時ごろ帰ってきた。犬たちは乗っていなかった。ふたりが見つけてくるとは一瞬も思っていなかった。それどころか、もう犬たちはずっと見つからないのではないかと怖れていた。

マカスカーは殺し屋だ。残忍な殺人で一度は有罪になり、余罪が数多くあることも明らかだった。犬を二匹殺したところでさして良心は痛まないだろう。むしろ愉しむかもしれない。

かわいそうなサスキアをなだめることは不可能だった。マリーナの肩に顔をうずめてバケツ何杯分も泣いていた。マリーナは彼女を抱いたまま台所に入った。

「寝る時間よ」マリーナが私に言い、サスキアを二階の子供部屋へ連れていった。

私はもう一度、紙に目をやり、印刷された段落を読んだ。

そのレースに出走した数人の騎手から事情を聴取した。

そう、たしかに私は土曜日、ニューベリイで騎手と話した。だが、なぜそれをマカスカーが知っている？

私の動きを監視していたのか？　それとも、ジミイ・ガーンジイかアンガス・ドラモンドが彼に報告した？

事務室に入って、自分が作ったくわしいリストをまた確認した。サー・リチャードが疑ったレースの百頭を超える出走馬の騎手と調教師を全員あげてある。

問題の九レースに出た騎手は合計三十六人だった。その三分の一は一レースにしか出ておらず、八人は二レース、残り十六人が三レース以上に出ていて、九レースすべてに騎乗したアンガス・ドラモンドとジミイ・ガーンジイもそこに含まれた。

まず三レース以上に出た騎手たちに集中することにした。ガーンジイとドラモンドにかぎらず、最近競馬界に入ったばかりの若い騎手数名を除いて私は彼らのほとんどをよく知っていた。

馬場人名録のウェブサイトを用いて彼ら全員の住所を調べたところ、十六人中十一人がランボーンの半径六マイル以内に住んでいた。ランボーンはバークシャーの村で、競走馬、とくに障害レースの馬の調教の中心地である。一日で何人か訪ねてまわれるだろうが、地元の障害レースがない日を選んで、彼らが家にいることを祈らねばならない。レースの予定を確かめると、怖れていたとおり今週レース開催がゼロの日はなかった。しかし、ウェザビイでひとつだけという日はあり、それが二日後の木曜だった。ランボーン近郊に住む南部の騎手たちが、週なかばにそれほど北まで出かけることはないだろう。

次に調教師のリストを見ようとしたところで、サスキアを寝かしつけていたマリーナが二階からおりてきた。

「シッド」彼女が強い口調で言った。「何がどうなってるの? 犬たちはどこ?」

「何が起きているかはわかるだろう」私が言った。「犬たちがどこにいるかは、私にもわからない」

「でも、誰が犬たちを連れ去ったのかはわかるのね」

「わかると思う」私が言った。「少なくともその手配をした人間は。先週木曜にサシィを学校からさらう手配をしたのと同じ男だ。うちに電話をかけてきて、ゴミ以外の何物でもない報告書に署名しろと私に要求している男だ。北アイルランド訛りの」

「ビリイ・マカスカー？」彼女が言った。「テロリストの？」

「そう」

「彼は何が望みなの？」これは修辞的な質問だった。マリーナは答えを知っている。

「そのゴミ報告書に署名して、さっさといなくなってもらえば？」

「報告書に署名しても、ああいう男はいなくならない」

「だったらどうやって排除するの？」マリーナが叫んだ。

「シーッ、サシイが起きる」だがマリーナは気にしていなかった。怖れ、怒っていて、いまそれをぶつける相手は私しかいない。

「その人がやれということをすればいい。なぜできないの？」私に叫んだ。「わたしはあの犬たちが大好きなの」泣きだした。私は立って彼女に腕をまわそうとしたが、押し戻された。「彼が望むことをして」彼女はむせび泣いた。

ほかに選択肢があるだろうか。

「わかった」私が言った。「このクソ報告書に署名する。だが、それで終わりにはならない。いずれきみにもわかる」

そこで合図があったかのように、机の電話が鳴りはじめた。

「出ないの？」ふたりで立って電話を見ながら、マリーナが言った。

私は受話器を取った。「ハロー」とりあえず言った。

「ハレーさんのお宅ですか？」聞いたことのない声だった。もちろん北アイルランド訛りではない。

「ええ」少し安堵して言った。

「フィリップ・ヨークと申します」彼が言った。「獣医で、あなたの犬を手当てしています。首輪のタグにそちらの名前と電話番号が書かれていたので」

「はい」興奮して言った。「二頭いなくなったのです。今日の午後から」

「ここにいるのは一頭だけです」フィリップ・ヨークが言った。「ただ、残念ながらいい知らせではない」

「え？」

「そうなのです」彼が言った。「高速道路に放されて一台以上の車に轢かれています」

「え？」くり返しながら、感情を抑えようとした。「彼女の具合は？」

「よくありません」彼が言った。「まったくよくない。電話したのは、安楽死させることを伝えるためです」

「いけない」本能的に言った。「何かできることがあるのでは？」

「ミスタ・ハレー、申しわけないが、ほかにできることはありません」権威に満ちた声で言った。「背骨が折れている」

　マリーナが横でまた泣きだした。私の言うことしか聞こえていないはずだが、会話の内容を正確につかんでいた。

「どっちの犬ですか？」私ももう声から悲しみを消すことができなくなった。

「タグにはマンディと」

「どこで見つかったのですか？」私が訊いた。

「高速道路です」

「どこの？」

「M6です」彼が言った。

「M6？　どのあたり？」

「スタッフォドのすぐ北です。この病院は十四番出口のクレスウェルにあります。二十分ほどまえに警察があなたの犬を運んできました」

机の時計を見ると、九時半だった。

「だが、ここはオックスフォドシャーのバンベリイの近くです」私が言った。

「バンベリイはここから八十マイルほどですね」彼が言った。「家内の両親がそこに住んでいる。犬はいついなくなったとおっしゃいました？」

「今日の午後です。二時ごろ妻が確認したときにはいましたから、だいたい二時から三時半ぐらいかと」

電話の両端でその意味を考える間ができた。

「だとすると、マンディはたんにそこを抜け出したのではない」

「ええ」私も同意した。

「警察に知らせましたか？」

「ええ。ですが、あまり助けてくれなかった。法律上、犬はたとえばガーデンテーブルのような所有物と変わらないらしくて」私はまた黙った。真の心の友を失った悲しみに圧倒されていた。「法律なんてろくでもない」

「残念です」獣医が言った。飼い主にとって犬が〝所有物〟などよりはるかに大切であることを知りすぎるほど知っているのだろう。

「もう一頭の情報は何かありませんでしたか？」私が訊いた。

「警察は二頭目については何も。そちらから問い合わせてみれば？」

「ええ、そうします」

「遺体はどうしましょうか。こちらで処分するのはたいした手間ではありませんが、もし……」最後まで言わなかった。

「明日引き取りに行っても？」

「もちろん結構です」彼が住所を告げ、私は書き留めた。「本当にお気の毒です」

「ありがとう」私が言った。「電話で知らせていただいて感謝しています」

「どういたしまして」彼が言った。「ではそろそろ。明日お待ちしています」

「では明日」私が言った。「あ、ちょっと待って。あとひとつだけ」

「はい？」

私は涙ぐんでいた。「どうかマンディを最後になでてやってください、私たちの代わりに、その……」

「もちろんです」彼が言った。「いまは眠っています。すでに完全な鎮静状態で。何も感じないし、知ることもありません」

慰めなのだろうが、あまりそのようには感じられなかった。

悲しみの大きな発作で体じゅうが震えているマリーナを立ったまま抱きしめた。マンディは過去六年間、わが家の一員だった。生後二カ月の小さな赤毛の喜びをブリーダーから引き取って大興奮したときからずっと。

「明るい面を見よう」私が言った。「ロージィはまだどこかに放されているかもしれない。とにかくあの子を捜さないと」

「どうやって？」

「まずスタッフォドシャー警察を訪ねてみよう」

「スタッフォドシャー？」

「マンディはM6のスタッフォドの北をさまよっていた」私が言った。

M6はわが家からマンチェスターに向かうルートだ、と思った。

スタッフォドシャー警察は、われわれがマンディを失ったことに同情するどころか、高速道路に犬を放ったと言って怒っていた。まかりまちがえば大事故になったかもしれない、と。

私は自分たちがやったのではないと説得しようとしたが、無駄だった。二頭目がまだった。

どこかにいるという情報も、彼らの機嫌をよくする方向にまったく働かず、むしろ逆だった。

「明日は何時に明るくなる？」私が電話を切ると、マリーナが訊いた。

「六時ごろだ」

「じゃあ五時にここを出ましょう」問いかけではなく指示だった。


ビリイ・マカスカーがまた真夜中の十五分前にかけてきた。

「クソ野郎」ベッド脇の電話を取って言った。

「ほうほう、ミスタ・ハレー、言葉に気をつけろ」

「今度という今度は、やりすぎたな」私が言った。

「さすがはイングランド人、動物のことに感傷的になりすぎだ。どうして言われたとおりに行動しない？　そしたら去ってやるのに」

こいつの言葉が信じられるか？

「犬はどこだ」

彼は私の質問を無視した。「報告書は届いたか？」

「ああ」

「よし」声に喜びと自信があふれていた。「それに署名してＢＨＡ保安部長宛に送るのだ」

「送らなければ?」

「ああ、ミスタ・ハレー、送ると思うぞ。奥さんはずいぶん美人じゃないか。あの顔が危険にさらされるのはじつに残念だ。そうだろう?」

「蛆虫(うじむし)め」

「言われたとおりやりたまえ、ミスタ・ハレー」

彼が電話を切った。

私はベッドの端に坐って、どうしてこんな混乱に巻きこまれてしまったのか考えた。さらに重要なこととして、どうすればここから抜け出せるのか。

彼の忌々しい報告書に署名することで何かが大きく変わるだろうか。たぶん変わらない。それならなぜ頑なに署名しない? プライド、だと思った。だがワトキンソン主任警部は、心の高慢は倒れに先立つと言った。名より実を取るべきだと。

名より実を取れ。私は自分に言い聞かせた。そしてマリーナの美しさを守れ。

私は階下の事務室に入り、書類に署名した。

## 9

捜索を開始して五時間近くがたち、これ以上は時間の無駄だとマリーナに言い聞かせようとしたが、うまくいかなかった。彼女はロージイが見つかるまでいつづける決意を固めていた。

私たちは朝五時前のまだ暗いうちに家を出た。サスキアは毛布にくるまって後部座席にいた。私は四時間も眠っていなかったが、目は冴えて気力も充実していた。東の地平線に太陽が顔をのぞかせるころ、M6の十四番出口に近づいた。

どこから始める?

前夜の警察の話では、マンディは出口の半マイルほど手前の北行きの車道にいたらしかった。そこから始めるのがよさそうだったが、当然ながら、舗装した路肩に駐車するのは緊急時にかぎられている。

これは緊急時だと考えることにして駐車した。

高速道路にはすでにかなり車が流れていて、早起きのトラックが次々と恐ろしいスピードで追越車線を走っていった。高速道路を走る車がどのくらい速いかは、ほんの数フィート横に自分が立つまでわからない。スティープルチェイスの障害のすぐ横で見るまで、飛越する馬のペースが実感できないのとよく似ている。

道中、マリーナと話し合ったときには簡単に見つかるものと思っていた。みなで代わる代わるロージイの名を呼べば、草むらからひょっこり出てくるだろうと。

残念なことに、そううまくはいかなかった。

トラックが轟音(ごうおん)を立てて絶えず通りすぎるので、車のうしろに並んで互いに叫び合っても聞こえないほどだった。

りよう」

「これじゃだめだ」大声でマリーナの耳元に言うと、彼女がうなずいた。「高速からお

私たちはレンジローバーに戻り、十四番出口でおりた。

M6が走っているそこは、かつて鉱物資源が採掘されていた場所だった。あちこちにもう使われていない砂利採取場があり、いまは水がたまっている。そしてその土地全体を、バーミンガムとクルー間のウェスト・コースト本線の線路が横切っていた。

かりにロージイがマンディと同じ場所で解放されたのだとしても、これほど広い空間で迷子犬一頭を捜すのは非常に困難であることがわかってきた。

しかしマリーナはへこたれず、私も整備されていない細道を何本も車で往き来して、昔の砂利採取場に入り、金網のフェンスや南京錠のかかったゲートで行き止まっては引き返した。私が運転しているあいだ、マリーナは助手席で立ち上がってサンルーフから上半身を出し、声をかぎりにロージイの名を呼んだ。サスキアと私も車の横の窓を下げて叫びに加わった。といって、私たちの声は遠くまで届かない。近くの高速道路を途切れなく走る車の騒音が大きすぎ、ほかの音が呑みこまれてしまうのだ。呼びかけに応えてロージイが吠えたとしても、すぐ近くでなければ聞こえなかっただろう。

レンジローバーで高速道路の下をくぐって反対側にまわり、採取場にたまった水のまわりに造られた公園に入った。

ここでもマリーナとサスキアがロージイの名を叫んだが、反応はなかった。ただ何人

か、地元の人たちが飼い犬を散歩させていた。

「アイリッシュセッターを見ませんでしたか？」ひとりに近づいて訊いてみた。

「いや、残念だが」彼が自分のゴールデンレトリーバーの首輪をしっかりつかんで答えた。「いなくなったのはいつだい？」

「昨日の午後です」私が言った。

彼は首を振った。「わけがわからないからね、赤毛のセッターは。すぐいなくなる。けど、アフガンハウンドよりはましだよ。あいつらは絶対帰ってこない」

私はアフガンハウンドは飼うまいと心に留めた。

「行こうか」マリーナに言った。「これ以上は時間の無駄だ」

「もうちょっとだけ」彼女が懇願するように言った。「もうちょっとがんばらないと」

　砂利道を走るのはこれで本当に最後だと私が思ったその道で、ロージイが見つかった。そろそろ家に帰らなければならないことを、どうやってマリーナとサシイに伝えようかと悩んでいた次の瞬間、私たちのかわいいロージイが尻尾を激しく振りながら車に走ってきた。家から八十マイル離れたところで会うのが不思議でもなんでもないように。

　マリーナとサスキアはおいおい泣き、私も涙を少しこぼして、おのおの彼女を過去最大の力で抱きしめた。

ただの犬？　はっ！　なんたるナンセンス。

マリーナは喜びのあまり車の横でくるくる踊りまわり、サスキアと私はロージイに水と犬用のビスケットを与えた。ロージイはあっという間に平らげた。普段の食事時間は夕方五時だが、昨日は何も与えられなかったのだ。

「次はマンディを捜さなきゃ」サシイが小鳥のように高い声で言った。

　マリーナと私は顔を見合わせた。

「サシイ、ダーリン」マリーナが言った。「とても残念だけど、マンディは帰ってこないの」可能なかぎりやさしい口調でサスキアにすべての事情を理解させようとしたが、私たちのかわいい娘はわけがわからず、取り乱した。

「でもどうして、マミイ？」泣いて叫びつづけた。「どうして誰かが連れていったの？なぜマンディは帰ってこないの？　なぜ？　どうして？　どうしてなの？」ロージイに顔をなめられてもサシイは嘆きつづけ、慰められなかった。

　この悪夢はつまるところ私の責任なのだろうか、と自問した。マカスカーが求めたことにさっさと同意しなかったから、みなにこんな痛ましい思いをさせることになったのだろうか。

　みじめな気持ちだった。

だが、犬たちを拉致したのは私ではない。高速道路で車にはねられるようなところに放ったのも。私は株や社債、英国債を取引する生活に満足していた。招かれざる客はマカスカーだった。こちらから彼を探し求めたわけではない。呼びもしないのにあちらが勝手に現れたのだ。

そう。非は私ではなく彼のほうにある。絶対に。

だが、どうやって彼に償わせる？


私たちは正午すぎにフィリップ・ヨークの動物病院に行った。

マリーナと私は、どうするのが最善か話し合っていた。とくにサスキアにとって、どうすべきか。私は最初、マンディの遺体を持ち帰って埋葬するのがいいと思っていたが、考えるうちに、それがいちばんかどうかわからなくなった。私たちはまえに進まなければならない。場合によっては新しい子犬を迎えることによって。だとすると、庭にいつまでも過去を思い出させる墓が残っていることは逆効果になるかもしれない。

フィリップ・ヨークはそこを完全に理解していた。

「処分はできますよ」彼が静かに、私だけに言った。「問題ありません」

「具体的にどうするのですか？」私はマンディがどこかのゴミ捨て場でカラスにつつかれることは望まなかった。

「火葬です」彼が言った。「持っていってくれるサービスがあるのです。うまくやってくれます」

「お願いします」私が言った。

誰もマンディを見ることはなかった。

獣医はロージイをざっと診察して、健康であると宣言した。出発前に私が代金を支払おうとすると、固辞した。「警察活動への協力金が毎年出るのです。それに、持ちこんできた人たちに請求書を出す」

「ロージイのほうは？」私が訊いた。

「犬が健康だと言うことに料金はかかりません」微笑んで言った。私たちは温かい握手を交わした。「あなたの騎乗を憶えていますよ。残念な事故でした」私の左手をちらっと見やった。誰もがそうする。「私は若いころ、ヘイドックの競馬場で馬を診る獣医のひとりでした。レースはいまも好きです。とくに障害のほうが。しかし、いまはここの仕事にかかりきりで時間がありません」

「忙しいことで不満を言ってはいけない」私が言った。

「ですね」彼も同意した。

ロージイをオックスフォドシャーに連れ帰ると、姉犬がいないことに当惑したようで、彼女のベッドに寝そべったり、家や庭のまわりを捜すようにうろうろしたりをくり返していた。ロージイがしゃべれて、何があったのか私たちに説明することができたらどれほどよかったことか。

マリーナはミセズ・スクワイアに電話をかけ、今日サスキアは学校を休むと伝えていたが、学校が終わる時間にまだ悲しんでいる娘をガウシン家に連れていき、アナベルと遊ばせた。ほとんどサスキアのためなのだろうが、マリーナ自身のためでもあった。彼女もマンディを失ったことにひどく落ちこんで、ポーラに慰めてもらう必要があったからだ。

外国籍の相手と結婚することの短所のひとつは、たいがい家族がかなり遠方にいることである。マリーナは母親の肩で思う存分泣くこともできたが、両親のファン・デル・メール夫妻はオランダ北部のフリースラント州に住んでいる。たびたび私たちを訪問してくれても、泣きたいときにいることはまれだった。

マリーナとサスキアが出かけたあと、私は事務室にひとりで坐り、机に置いた署名ずみの報告書を見つめた。不本意な思いで抽斗から封筒を取り、住所を書いた――〝英国競馬統括機構保安部長、ピーター・メディコス様、七十五、ハイ・ホルボーン、ロンドン、WC1V6LS〟。

用紙をたたんでなかに入れ、封をしたが、そのまえにコピーを取ることを忘れなかった。そして封筒の右上隅に速達分の切手を貼った。

封筒を見た。

自分は正しいことをしているのだろうか。

ノー、が単純な答えだった。私は正しいことをしていない。だが、この件でほかの選択肢があるだろうか。マカスカーはマリーナの顔を傷つけると脅迫し、その脅迫は本物だと私は思っている。ビリイ・マカスカーについてひとつ学んだことがあるとすれば、他者に苦痛や危害を加えることに彼が一点のやましさも感じないということだ。道徳心の欠片(かけら)も持っていないらしく、だからこそ非常に危険な敵になっている。

郵便物が村の芝生の広場から回収されるのは午後四時だった。

私は四時五分前に封筒を持って家から出、真っ赤な郵便ポストに投函した。スロットから入れるまえに、ほんの一瞬ためらった。

やってしまったことはしかたない。自分に言い聞かせて家に戻った。

ロージイが近づいてきて、悲しげな目で私を見上げた。〝マンディはどこ？〟と訊いているようだった。頭をなでてやると、また所在なげに玄関ホールのベッドに戻っていった。

私たちはどちらも新しい環境で生きることを学ばなければならない。


木曜の朝、《レーシング・ポスト》でウェザビイのレースに出走する騎手を確認したあと、朝早く家を出発し、出走しない騎手を訪ねるために南のランボーン村へ向かった。前夜には今後やるべきことを頭のなかで検討していた。

株取引と、聡明でありながら金のない起業家への資金援助の仕事に戻って、ビリイ・マカスカーにはほかの哀れな誰かを脅させるべきなのかもしれない。しかし、彼が私を放っておくだろうか。

一度あれほど馬鹿げたものに無理やり署名させたのだから、もう一度やれと言ってこないだろうか。

疑わしいレースに出場したほかの騎手の話を聞きに行っても、失うものはない。

マリーナは私がそうすることを喜ばなかったし、いまもあまり喜んでいない。

「何日か両親のところへ行ってこようと思うの」彼女が夕食のときに言った。「サスキアを一緒に連れていく。学校は金曜から復活祭の休みに入るから、土曜の朝に出て、水曜の午後のアナベルの誕生日パーティに間に合うように帰ってくる。ここからしばらく離れていたい」

私から離れるという意味か？

「いい考えだ」前向きに聞こえるように答えた。

「フローニンゲン行きの飛行機を予約するわ。パパが空港まで迎えに来てくれる」

私はまずロバート・プライスを訪ねた。スティープルチェイスの十指に数えられる騎手で、少なくともここ八年はその座にいる。

馬場人名録によると、彼はランボーン村のはずれのハンガーフォード・ロードに面した農場のコテージに住んでいた。

「はい？」ドアロに出てきた二十代なかばの女性が言った。「なんのご用？」

「ロバート・プライスを捜しています」私が言った。「ここに住んでいると思ったが」

「ええ」彼女が言った。「わたしは彼のガールフレンドです」

「シッド・ハレーです」右手を差し出して言った。「私もかつて騎手だった」

「あなたのことはよく知ってるわ」私の左手にちらっと目を落として言った。「わたしはジュディ。ジュディ・ハモンド」私の手を握った。「昔、父の馬に乗ってましたよね」

「ブライアン・ハモンド？」

「ええ」彼女が言った。「父の調教場にときどき乗りに来てましたよね。チャンピオン・ジョッキイがうちに来るなんて、とみんなで興奮してました」

「冗談を」

「いいえ、ほんと。あなたが馬に乗るのを見るために学校から抜け出したこともあるわ。魔法のようだった」彼女は顔を赤らめた。

私も困ったが、嬉しくもあった。自分の騎乗が魔法のようだったころから長い時間がたったが、完全な手がふたつそろい、すべての指で手綱を感じられたときのことを思い出すのはいいものだった。

「ロバートは？」話題を変えて訊いた。

「父の調教場で新米騎手に教えてるんですけど、もうすぐ戻ってくるはずです。入って待ちます？」

「ありがとう」私はコテージに足を踏み入れた。「彼はしょっちゅうお父さんの馬に？」

「いつも乗ってますよ。ボブは長年うちの厩舎の所属だから」

ハモンド家はどんな様子なのだろうと思った。私の経験で言えば、調教師のうら若い娘と同棲している厩舎所属の騎手は、調教師の妻から好感を抱かれやすいとは言えない。家族が使用人と寝ているようなものだからだ。

「コーヒーはいかが？」ジュディが振り返って訊いた。「わたしも飲むつもりだったの」

「いただきます」彼女について台所に入りながら言った。「いい家だ」

「改修中なんです」彼女が微笑んで言った。「ボブと一緒に住みはじめて二年になります」ケトルの沸騰した湯をマグカップふたつに注いだ。「ミルクは？」

「入れてください。砂糖はなしで」

彼女が湯気の立つカップを差し出し、私たちは台所のテーブルで向かい合って坐った。先に別の場所へ行き、あとで戻ってくればよかったと後悔しかけたときに、玄関のドアが開く音がした。

「ただいま」廊下から男の声がした。「そこの車は誰の……」言い終わるまえに台所に入ってきた。「シッド・ハレー。信じられないな。久しぶり、シッド。もう何年にもなる」彼のボディランゲージは言葉ほど私を歓迎していなかった。

「やあ、ロバート」私はまっすぐ彼の目を見た。ロバートはすぐ目をそらした。早すぎる、と思った。

「粗末なわが家にまたどうして？」彼は笑って、テーブルの端の椅子に腰をおろした。精いっぱい気楽な調子で話そうとしているが、内心そうではないのがわかった。何かが彼をひどく動揺させ、私がいることでそれに火がついていた。

「メイン・ヴィジットはジュディのお父さんの馬か?」私が訊いた。ロバートは何も言わなかった。「テンダー・ウィスパーとロブスターポットは?」その三頭が、怪しいレースで彼の乗った馬だった。

メイン・ヴィジットは、ニューベリイのヘネシイ・ゴールドカップの日にハンデキャップ・ハードルで二着だったが、私の見立てでは、公式記録にある七馬身よりずっと僅差でゴールすべきだった。

「ああ」ようやくロバートが言った。もう少しも笑っていなかった。「三頭ともそうだ」

「ビリイ・マカスカーというアイルランド人を知らないか?」

電灯のスイッチが切られたように彼の顔から血の気が引いた。

「どうしたの?」ジュディが彼の反応に驚いて叫んだ。「ボブ、ダーリン、あなた大丈夫?」立って彼に水の入ったグラスを持ってきた。「さあ、飲んで」

水を飲むと少し顔色が戻った。

「大丈夫だ」彼が言ったが、とてもそういう声ではなかった。「大丈夫、本当に」

「いったいどうしたの?」ジュディが大声で訊いた。「ビリイ・マカスカーって誰?」

一瞬、またロバートが血色を失うかと思ったが、水を飲んで持ちこたえた。

「ロバートと私の知り合いです」私が言った。「だろう、ボブ?」

彼は両肘をテーブルにつき、両手に顔をうずめて、わずかにうなずいた。

「お引き取りいただくほうがよさそう」ジュディが私に言った。女子学生のヒーローに向ける崇拝の念はすっかり消え失せ、腰に両手を置いて私の横に立っていた。

「オーケイ」私は立ち上がり、廊下に出た。「ですが、電話するようにロバートに伝えてください。私たちは同じ側に立っているかもしれない」

「どの側？」彼女が喧嘩腰で訊いた。

「天使の側」私が言った。

彼らにまたすぐ会えるとは思えなかった。

## 10

村に帰ってサスキアを学校に迎えに行くまえに、どうにかあとひとりだけ、私のリストの騎手に会うことができた。

アッパー・ランボーンの自宅にいたデイヴィッド・ポッターである。彼はゴルフに出かける準備をしていた。私はレンジローバーをドライブウェイの彼のジャガーのすぐうしろに駐めた。

デイヴィッドはここ二十年のほとんどで厩舎に所属しないフリー騎手で、絶えずあちこちに移動しては騎乗していた。腕はよく、並以上の成績で勝っていたが、なぜか本当に大きなレースでの優勝はなかった。彼がまだ駆け出しの新人だったころ、私たちはかなり頻繁にレースで競い合ったが、友人にはならなかった。《レーシング・ポスト》のサイトによると、このところデイヴィッドが乗るレースはますます少なくなり、週に二、三回ということもあった。何不自由なく暮らすには足りないはずだが、ジャガーを乗りまわすことはできるらしい。

「おいおい、シッド」彼が叫び、ゴルフバッグを肩にかけて家から出てきた。「そのつまらん車をどかしてくれ。スタート時間に遅れそうなんだ」

「いいとも」私が言った。「いくつか質問に答えてくれたらな」

「質問とは?」

「ビリイ・マカスカーという男について何を知ってる?」

「聞いたこともない」デイヴィッドが自信満々で言い、クラブを車のトランクに入れた。

「アイルランド人だ」私が言った。「ウェスト・ベルファスト出身の」それでピンときたらしく、完全に私に注意を向けた。「脅しと暴力を得意としている」

デイヴィッドはどうしようかと悩んでいるように、何秒か立って私を見ていた。

「なかに入ってくれ」彼が言った。

デイヴィッドはゴルフに間に合わなかった。

彼の場合、夫に先立たれて老いた母親が手段に使われた。まず脅迫があり、次に彼女の家の一階の窓が真夜中にすべて割られた。気の毒な女性はその経験が大きな心の傷となり、次の週は精神科病院ですごすことになった。

「ほかにどうしろというのだ？」デイヴィッドが言った。「たった一レースだし、どのみち勝てる見込みはなかった。ところが二回目があり、三回目、四回目と続いた。いまやおれは電話が鳴るたびに震え上がっている」

「四レースだったのか？」私が言った。「こちらで突き止めたのは三レースだったが」

私たちは台所のテーブルで向かい合って意見交換していた。デイヴィッドの妻のジョイスがまわりのものをふいたり磨いたりして、せかせかと働いていた。

四番目のレースはサー・リチャードのリストには載っていなかった。一月にサンダウンでおこなわれた三マイル半のステイヤーズ・ハードルだ。

「本当におかしなレースでな」デイヴィッドが言った。「騎手はみんな勝ちたくないようだった。いまも憶えてるけど、最後から二番目のハードルに向かう低い地点のコーナーで、ジミイ・ガーンジイが先頭にいて、ほかのみんなが来てるかどうかキョロキョロ見てたんだ。あれは笑える光景だった」

「で、どうなった？」私が訊いた。

「ジミイが勝った。誰も挑もうとしないのがわかると、彼は腰を落として単騎でゴールまで一気に駆け抜けた。十馬身かそこらは開いてたな」

「インターネットでそのレースを見ることは？」私が訊いた。

デイヴィッドがノートパソコンを取ってきて、《レーシング・ポスト》のサイトにログインし、公式記録を検索した。

十二頭が出走し、ジミイ・ガーンジイがたしかに十五馬身差で勝利していた。乗ったのはラ・シャンパーニュという馬で、最終オッズは五対一だった。

「あんなに差がつくのはありえない」デイヴィッドが言った。「ほかの全員がやる気がなかったんだ、本当に」

本当だと思った。

ウェブサイトによると、ラ・シャンパーニュのトートの払戻金は十ポンド二十ペンスで、ほぼ賭け屋のオッズの九対一に相当する。このレースがサー・リチャードのリストに載っていなかったのも無理はない。彼はトートの払戻が賭け屋の最終オッズよりかなり低いレースを探していたからだ。その逆ではなく。

そのレースの詳細を見てみた。十二頭中三頭が途中で脱落していた。二周目のバックストレッチの最後のハードルで一頭が転倒し、ほかの二頭を巻き添えにしたのだ。

〝巻き添え〟は負け方としては絶対的に最悪である。うまく跳んだのに、すでにコースに倒れている馬にぶつかるのだから。つねに予想外で、なんの予兆もなく発生する。私も巻き添えで落馬して地面に激突したレースを嫌というほど鮮明に憶えていた。

「たぶんその三頭のどれかが勝つ予定だったんじゃないかな」デイヴィッドが言った。

「それがもう走ってないのを見たジミイが、飛び出して勝つことにした」

「ちょっと待った」私が言った。「つまりジミイは、どの馬が勝つ予定か事前に知っていたということか？」

「だろうよ」デイヴィッドがゆっくりと、その意味を考えながら言った。「おれは自分が勝っちゃいけないと言われてただけだから」

「誰に？」

「アイルランド人に。電話で、レースのまえの夜」

デイヴィッドは台所の石のタイルで大きな音を立てて椅子をうしろにやり、その背にもたれて両手を頭のうしろに当てた。

「これからどうするつもりだ？」彼が訊いた。

「どういう意味だ？」

「保安部に行くのか？」

「そうすべきか？」

「おれはすべてを否定する」デイヴィッドが言った。

「それならどうして私に話した？」

「さあな」体をまえにやった。「不意をつかれたってとこかな」

「すると、供述書に署名してくれる可能性はないんだな？」

「寝言は寝て言え」彼が笑いながら言った。

「だが、その男は排除したいのだな？」

「もちろんだ」デイヴィッドが答えた。「ただ、騎手免許を取り上げられるのは御免だ。四レースで馬を止めたことを認めたら、そうなるのはまちがいない。やむをえない事情があったとしてもね。BHAの連中がどんなだか知ってるだろう。最低でも二年間の免許停止。そして彼らは絶対赦（ゆる）さないし忘れない」

　そのとおりだった。私も彼も知っていた。

「シッド、おれも歳だ。たぶん、あと長くて二シーズンだろう。騎手を引退したら調教師になりたい。そのためにも免許は必要だ。将来を棒に振るつもりはない」

　それなら馬を止めるべきではなかった、と思ったが、ビリイ・マカスカーに脅されて、やりたくないことをやった人間は彼ひとりではない。私もそのクラブの一会員である。


　マリーナとサスキアは土曜の朝早くに発った。バーミンガム空港までタクシーを予約していた。

「送っていくよ」タクシーの話を聞いたとき、私が言った。

「シッド、いいの。サシイはマンディのことでとても動揺してるから、静かにタクシーで行くほうがいいでしょう」

　誰にとって？

　ふたりがいなくなると、私はとたんに寂しくなって、みじめな思いで家のなかをうろついた。マリーナは、そもそも犬たちが連れ去られたのは私のせいだと思っていた。口には出さないが、それは言われなくてもわかった。マカスカーの要求にさっさとしたがっていれば最初からこんなことは起きず、マンディもまだ生きていた。そう信じている。

彼女が正しいのかもしれない。といって、私の責任になるだろうか。

提督に電話をかけた。

「テレビで一緒にレースを観る訪問者はいかがです?」私が訊いた。

「ひとりだけかね?」

「ええ。一日じゅうひとりなんです。気分が晴れることをしたくて」

「ではまず昼食に来たまえ」彼が言った。

「あまり面倒はかけたくありません」

「面倒ではないよ。心配しなくてもミセズ・クロスが何か作ってくれる」

ミセズ・クロスは私がチャールズと知り合ったときから家政婦をしている。つまり彼の娘のジェニィが新進気鋭の若い騎手——私のことだ——と恋に落ちたときからなので、かれこれ三十年近くになる。

「ありがたい」私が言った。「でしたら一時に行きます」

午前中の残りは請求書を支払ったり、メールに返信したりして、たまっていた書類仕事を片づけた。

十一時ごろ、クイーン・メアリ病院から手紙が届いた。私はしばらく机のまえに坐って、それを開封せずに眺めた。火曜に受けた検査の結果にちがいない。

何が書かれていてほしいのか。

移植に適合していると書かれていれば、あるいは書かれていなければ、喜ぶのか、失望するのか。

どうした、と胸につぶやいた。臆病者になるな。早く開けてしまえ。

封を切り、入っていた一枚の紙を取り出した。ハリイ・ザ・ハンズからの手紙だった。

親愛なるハレー様
火曜にお目にかかれて光栄でした。

あなたの医学的な検査の結果を私のチーム内で検討し、心理学鑑定の質問票についてもくわしく評価いたしました。

本書簡にて、あなたが手および手根の完全移植に関するすぐれた候補者であることをお伝えでき、たいへん嬉しく思います。

できるだけ早期に当院に予約を入れていただき、手術前の手続きについて話し合えましたらありがたく存じます。

謹白
ハロルド・ブライアント、王立外科医師会フェロー（FRCS）
移植チーム長

ワオ、と思った。本当に実現するのだ、しかもすぐに。

「マリーナはどこに行った?」チャールズが昼食の席で訊いた。

「母親のところへ帰りました」私がふざけた調子で行った。「サスキアも一緒に」

チャールズは食べていたスモークサーモンから目を上げた。「この先ずっと?」

「いいえ」私が言った。「少なくとも、そうでないことを願っています」

「厄介事かね?」チャールズが訊いた。まわりくどい言い方をする人ではない。

「多少は」

「リチャード・スチュアートにかかわることで?」

私はうなずいた。

「とばっちりだな。どうして彼は懸念を胸にしまっておいてくれなかったのだ?」いい点を突いていた。そもそもビリイ・マカスカーはサー・リチャードの懸念をどうやって知ったのだろう。サー・リチャードのクラブにいる誰かからか? ありえない。だとしたら、どうやって?

「いまは彼の言ったことを信じているのだな?」チャールズがどこか満足げに言った。

「ええ」私が言った。「完全に」

私はチャールズにすべてを話した――電話、脅迫、赤の他人がサスキアを学校から連れ去ったこと、ニューベリイのレースに行ってジミイ・ガーンジイとアンガス・ドラモンドに会ったこと、犬たちの誘拐、マンディの死、ランボーンにほかの騎手を訪ねたこと、何から何まですべて。馬鹿げた報告書を送りつけられ、署名したことまで話した。

「厄介事だ、まさしく」彼が言った。「警察はなんと?」

「サシイの誘拐について捜査していますが、優先順位が高いとは思えません。このマカスカーという男は、自分が何をしているかよくわかっている。私たちが拉致を知るまえにサスキアを家に帰したので、警察は友人の誰かが好意で彼女を拾って家まで送ったと思っているんでしょう。その人物は怖くなって名乗り出ることができないのだと」

「犬たちのほうは?」チャールズが訊いた。

「はっ」私が言った。「笑わせないでください。彼らは犬の盗難には自転車泥棒ぐらいの関心しか寄せません。というか、もっと無関心です。自分たちでそう言っている」

「そんな非常識があるか」提督は私の代わりに怒っていた。

「警察から見れば、犬はただの所有物なのです」

「ナンセンスにもほどがある」彼が言った。

私たちはしばらく黙ってサーモンを食べた。

「それで、そのマカスカーとやらをどうするつもりだね?」チャールズが極上のシャブリをひと口飲んで言った。

「わかりません」私が言った。「こちらは彼の脅迫に真剣に応じました。彼が望んだことをした。だから彼はもういなくなって、私に平和な生活を送らせてくれるのかもしれない」

「そしてきみはほっとひと息ついて、彼のことは放っておくのか?」

「ほかに何をしろと言うんです？」私が訊いた。「やつを打ち負かす方法を考えてはいますが、犬の死の復讐をするためにマリーナの美しさとサスキアの命を危険にさらせますか？」

「ならば訊くが、報告書に署名したのに、ロバート・プライスとデイヴィッド・ポッターに会いに行ったのはなぜだね？」

いい質問だった。

「おそらく真実に対する飽くなき欲求があるんでしょう」

ケンプトン・パークの全天候馬場のレースと、ドバイはメイダン競馬場のレースのテレビ放送を見たが、ふたりともあまり熱中できなかった。

「平地競走は障害ほど胸が躍らないのだ」チャールズが言った。「馬たちが一、二年しか走らないからだと思う。障害馬ほどじっくり知る時間がない」

画面にBHA保安部長のピーター・メディコスが映った。トレードマークのツイードのスーツとよれよれの中折れ帽で、ケンプトンのパドックの馬を見ていた。彼は木曜の朝に机に届いたであろう一枚の署名入りの報告書をどうしただろう。

はるか昔、私が調査報告書を競馬当局に提出するときには、かならず添え状、論考、詳細な分析と合理的な結論に加え、面会記録と、結論を導くもととなった証拠の数々を添付したものだった。

だから彼は私の最新の報告書を見て驚いたにちがいない。偽物だと見破ってほしいという気持ちもあった。直接本人に伝えるべきかもしれない。

「マリーナとサスキアはいつ戻ってくる?」チャールズが訊いた。

「水曜です」私が言った。「正午に到着して、サスキアはそこからまっすぐ学校の友だちの誕生日パーティに行きます」

「すると、きみはあと四日間どうするんだね?」

「ひとりで生活できないような言い方ですね」

「ここにはいつでも滞在していい」チャールズが言った。「私も話し相手ができるし」落ちこんでいるような声だった。

「チャールズ、寂しいんですか?」

「まあ、少しね」彼が言った。「ジルとジェニイが外国に住み、きみとマリーナが忙しい日々を送っていると……いや、どうだろう。あまりにも多くの友人が止まり木から落ちて、年がら年じゅうくだらん葬式にばかり出てる気がしてな。もうすぐ私の番が来るんだろう」

「馬鹿な」私が言った。「あなたはあと何年も生きる」

「そうか? そんなに生きたいかどうかもよくわからん」ため息をついた。「昔はロンドンに出て何日かクラブに泊まるのが大好きだった。ほら、仲間と昼食や夕食をとり、ポートワインを飲んでくつろぎ、考えごとをし、世界の問題を解決したり、その手のことをするのが。軍艦の士官室にいる昔に戻ったようだった。しかし、このまえクラブに行ってみると、顔のわかる人間が数えるほどしかいないのだ。なじみのバーテンダーのジャックまで引退してしまった。シティで働いているような若い連中ばかりで、食堂では彼らの携帯電話が絶えず鳴っている」そういう行動が気に入らない様子だった。「リチャード・スチュアートもいなくなっては、あのクラブに泊まることはもうないかもしれない」

「サー・リチャードがそれほどの知り合いだったとは思いませんでした」私が言った。

「私もだよ。クラブで会うだけだったが、長年のうちに友人になったのだ。彼がいなくなって、本当に寂しくなる」またため息をついた。

「チャールズ、ほら」私が言った。「私を元気づけてくれるはずでしょう、気落ちさせるのではなく」

「もっとワインだな」微笑んで言った。「われわれにはそれが必要だ」そこで彼は冷蔵庫からシャブリをもう一本取ってきた。

ドバイからの生中継でワールドカップのレースを観た。優勝したのはアイルランドの億万長者が所有するアメリカ育ちの牡馬(ぼば)で、フランス人騎手が乗っていたが、イギリスが勝利をもたらしたと称(たた)えられていた。ニューマーケットのイタリア移民が調教していたからだ。サラブレッドの競馬はかくもグローバルになっている。

「この手が新しくなったらどう思います？」チャールズに訊いてみた。

「どうした？　動かなくなったのかね？」彼は私の義手を見た。

「いいえ」私が言った。「新しい本物の手です。感覚がある。移植で」

「理解できない」

「手首から先の移植をしないかと提案されているのです。アメリカではずいぶん成功例があるらしい」

「だが、その手はどこから来るのだ？」

「ドナーから。どんな移植もそうですが、ドナーが必要です」

「死人から、という意味かね？」

「もちろん」私は笑った。「生きている人の手を切断して、こちらにまわしてもらうわけにはいかない」

　チャールズは顔をしかめた。「素直に喜んでいいものかどうか」

「心臓移植の心臓がどこから来ると思います？　あるいは腎臓が」

「わかるよ」彼が言った。「だが、それらは……体内のものだろう。誰かが心臓を見て、〝あれは死んだフレッドの心臓に似てるな〟とは言えない。だが、手なら言える。そのうえ他人の指紋を持つことになるんだぞ」ぶるっと震えた。

「あなたに言わなければよかった」

「本気でそれに同意するつもりかね？」

「チャールズ」私が厳しい調子で言った。「片手だけで生きるのがどういうことか、少しでもわかりますか？　必死で努力しなければボタンもかけられない。新聞も広げて持てないし、ネクタイも結べず、手をふたつ必要とするほかのありとあらゆることもできないんです。トイレットペーパーをロールから破り取るようなことも。親切なミセズ・クロスが私の食べるものを全部小さく切ってくれているのに気づいていますか？　私がナイフとフォークを同時に使えないからです。拍手すらできない」

「手を移植すれば、それらすべてができるようになるのか？」

「ええ」私が言った。「なります」

「なるほど」彼が言った。「それなら新しい手のほうがよさそうだ」

そう、と思った。おそらくそのほうがいい。

## 11

日曜にはユトクセターのレースに出かけた。提督も連れていった。

土曜の夜は泊まっていけと言われたが、ロージイに餌をやらなければいけなかったので、家に帰った。

「いつでも彼女をここに連れてくるといい」チャールズが言った。「この家に犬がいなくなってからずいぶんたつ」

「犬がいれば寂しくなくなるかもしれませんね」私が言うと、彼は首を振った。

「私は歳をとりすぎて長い散歩には行けない。犬にはそれが必要だ」

実際そうだった。

エインズフォードから帰ったあと、日が暮れきらないうちに私はロージイを家の裏の畑まで連れ出してやった。

ロージイはわずか数日でマンディがいないことに慣れてきたようだった。ただ、かつてそうしていたように玄関ホールのベッドに寝そべることは減り、家じゅう私のあとをついてきた。

ロージイは大喜びで冬の小麦畑を走りまわった。このところの好天で、麦は彼女の背くらいまで伸びていた。ロージイが一歩ごとに跳んで首だけ茎の上から出し、私がまだいるのを確かめるのは微笑ましい光景だった。彼女が緑の海を泳いでいるように見えた。

しかし、私の思考はひとつの大きな疑問に戻りつづけた。過去一週間、それが意識のまわりをぐるぐる巡っていた——ビリイ・マカスカーについて何かすべきだろうか。

道義に適った答えはイエスだった。だが、代価をどこまで許容する？

人生で痛めつけられたことは何度もある。その大半はレース中の落馬によるものだが、私と同じ人間から打擲されたこともそれなりにある。

スティープルチェイスの騎手は怪我をする。しかも頻繁に。それが競技生活であり、対処できないなら単純な話、チェイスの騎手にならなければいい。だが私は殴られ、撃たれ、刺され、鎖で打ち殺されそうになった。

頭がおかしいと言われるかもしれないが、競馬以外のこうした怪我は、みずから正しいと思うことをするために払う価値のある代償だった。それに、撃たれるとか刺されることは予見できなかった。だが、今回のビリイ・マカスカーの場合、どうなるかはわかりすぎるほどわかっている。すでに本人から言われたのだ。

レースで落馬を期待する騎手はいない。時速三十マイルで走りながら六フィート以上の高さから振り落とされることなど考えたくない。落ちればかならず怪我をする。骨を折ったり肩を脱臼したり、かなりの重傷になることもある。それでも騎手は来る日も来る日もレースに出る。確率としては平均十二から十四回の騎乗で一回、分速半マイルの勢いで地面に叩きつけられるとわかっていながら。

もちろん、走るまえから落馬で終わると覚悟しているわけではない。どんな騎手も、確率的にはたいへん危険だが自分はつねに安全に最後まで走れると想定している。

ビリイ・マカスカーとの闘いは、レースの最初の障害で確実に落馬して骨を折ることがわかっていながら騎乗するようなものだった。

それでも私はスターティングゲートに並びたいだろうか。

晴れた日曜のユトクセター競馬場のスタンドは満員で、さらに人があふれていた。地元の住民に加え、ストーク、ダービイ、リッチフィールドといった街からの客も詰めかけ、みなレースの一日を愉しもうとしている。

「何か目的があってここに来たのかね？」車から場内へ歩きながらチャールズが訊いた。

「どういう意味です？」私が訊いた。

「また別の騎手と話す計画でもあるのかと思ってね」

「どうでしょう」

チャールズは微笑んだ。「きみは変わらんな、シッド。わかるだろう。中身は変わらない。一度探偵になった者は、ずっと探偵だ。私には例の男について何もしないと言いながら、そんなことはない。私にはわかる」

彼の言うとおりなのか？

「アンガス・ドラモンドともう一度話したいのです」私が言った。「彼は午後ここで三回乗ります。長々と運転してティヴァートンの自宅に会いに行くより、はるかに楽ですからね」

アンガスと話す好機だと思った理由はもうひとつあった。ジミイ・ガーンジイが百五十マイル離れたフォントウェル・パークで四頭に騎乗することになっていたからだ。

そのように計算して動いてはいるが、危険なことになる可能性は大いにあった。

私はジミイ・ガーンジイがマカスカーの側にいるとほぼ確信していた。デイヴィッド・ポッターから聞いたサンダウンの第四レースで、どの馬が勝つか知っていたようだからだ。ロバート・プライスもあちら側かもしれない。けれどもアンガス・ドラモンドは、デイヴィッドのように、加害者というより犠牲者という感じがした。

その勘がはずれれば、アンガスはまちがいなくマカスカーに、私がまだあれこれ質問していることを報告するだろう。そこから最悪の結果も生じうる。しかし私の読みが当たっていれば、この戦争でもうひとり味方になりそうな人間が見つかったことになる。

たぶんそのとき私の頭にあったのは、BHAと交渉して、訴追その他の制裁を免除するという約束を取りつけたうえで、マカスカーとガーンジイに対抗する証言をしてくれる騎手を充分な数だけ集めることだった。そうなれば、このふたりを競馬から永遠に遠ざけることができそうだ。

容易な道のりではない。それはデイヴィッド・ポッターの態度からあまりに明白だった。彼はBHA保安部よりビリイ・マカスカーを怖れている。BHAのことも震え上がるほど怖いはずなのにだ。

チャールズと私が入口から場内に入ろうとしたそのとき、ピーター・メディコスとばったり出くわした。

「ハロー、シッド」彼が言った。

「ハイ、ピーター」私が応えた。「義父をご存じですか？」

「提督」ピーターが表敬で中折れ帽を軽く持ち上げて言った。「エインズフォードの生活はいかがです？」

「良好だ、おかげさまで」チャールズが言った。

イギリスの競馬場の常連でピーター・メディコスが知らない人間はあまりいない。人の顔に関する記憶力は抜群と言われている。当然ながら顔以外のこともいくらでも憶えているだろう。

「日曜にこんなに働いているとは知らなかった」私が言った。「誰かを追っているとか?」

「週に七日働いているのだ、シッド」ピーターが笑みを浮かべた。「正しき者に休日はない。昨日はケンプトンだったし、つねに不適切な行動や悪ふざけに目を光らせている。ただ、この近くに週末用のコテージを持っているから、ユトクセターはどうしても贔屓になる」

「サー・リチャード・スチュアートの死の捜査に進展はありました?」私が訊いた。

「警察は自殺にちがいないと思っているようだ」

チャールズが割りこもうとしていたので、彼のほうを見てわずかに首を振った。チャールズはすぐさま理解した。私が見たところ、ピーター・メディコスはすでに私たちのことを知りすぎている。義父がサー・リチャードと二十年以上前から友人だったという情報まで与える必要はないと思った。

「そうだ、先週、彼の奇妙な懸念について紙一枚の報告書を送ってくれたな。おかげで私の考えと一致していることが確認できた。念のため言っておくと、送ってほしかったわけではないので、代金を請求できると思わないでくれ」

「思いません」私が言った。

あの紙は無視してください、書いてあることは全部嘘で、サー・リチャードは最初から正しかった、と言いたくてたまらなかったが、言えばほかの質問がいくらでも出ただろうし、私はそのほとんどに答えたくなかった。

少なくとも、いまのところ。

アンガス・ドラモンドと話すのは想像していたより困難だった。彼が積極的に私を避け、午後はほぼずっと騎手更衣室に隠れていたからである。騎乗のために出てくると検量室からパドックまで一直線に走り、つけ入る隙を与えなかった。

これでは埒が明かない。一日が終われば彼は自分の車に駆けていき、そのままいなくなるだろう。あちらはレースができる三十一歳の騎手で、こちらは騎手時代より腰まわりに肉がついてきた四十七歳間近だ。ル・マンふうに自分の車まで走って出発する競走になれば、アンガスが易々と勝ってしまう。

だからズルい手を使うことにした。

彼の最後の騎乗は第六レースで、出馬表の下から二番目だった。案の定、そのまえに検量室から飛び出してパドックまで走り、終わったあとも走って戻って、ひと言も声をかけるチャンスがなかった。

私は彼が着替えて出てくる更衣室のすぐ外で待った。

アンガスは出てきて私を見ると、こちらに一瞥もくれずにまえを通りすぎて出口に突進した。走るだけ無駄だということがわかっていなかった。すぐにはどこにも逃げられない、とにかく自分の車では。

　あとを追って早足で駐車場に入ると、アンガスが苛立ってＢＭＷの横に立っていた。

「パンクはしていない」私が言った。「空気が抜けているだけだ」

「あんたがしたのか？」彼が私を見ながら助手席側のタイヤを指差して叫んだ。

「そうだ」私が言った。「だがポンプがあるから、また空気を入れればいい」

「イカれてるんじゃないか？　どこの馬鹿が人様のタイヤの空気を抜く？」

「どこの馬鹿が」そのまま言い返した。「馬を止める？」

「いったいなんの話だ。わけがわからない」言ったものの、彼のボディランゲージは別の答えを返していた。アンガスは怖れていた。

「いや、わかるとも、アンガス」私が言った。「わかると思うぞ」

「ジミイがあんたとは話すなって。面倒なことになるからと」

「だとしたら、ジミイは愚かだ。私はきみのただひとりの味方かもしれないのに」

　彼は驚いた。「味方？」

「そうだ」私が言った。「味方だよ。きみはその理由を話してくれるだけでいい」

　アンガスは逃げ道を探しているかのように左右を見まわした。「話したってわかるもんか」

「話してみろ」私が答えた。「私も脅迫されているのだ。きみも想像できるだろう」

アンガス・ドラモンドは改めて私を見た。「ほかに選択肢がなかった」彼が言った。

「両親の農場を焼き払うと言われて」

「アイルランド人に?」

今度は本当に驚きの目でこちらを見たが、やがてうなずいた。「干し草をいっぱい積んでる納屋に火をつけて、言うとおりにしないと農場を焼け野原にすると脅してきた。ほかにどうしろっていうんだ?」

最終レースが終わり、人々が駐車場にどっと流れこんできた。みな混雑を避けようとして混雑を作り出している。

「ポンプを取ってくる」私が言った。「ここにいてくれ」

彼はあきらめたような態度でうなずいた。

レンジローバーまで行き、トランクを開けてトレイを持ち上げ、下の仕切りから電動エアポンプを取り出した。

「どうした?」チャールズが車まで歩いてきて訊いた。

「アンガス・ドラモンドのタイヤに空気を入れてやるんです」

「パンクか?」

「いいえ。誰かが空気を抜いたんです」

チャールズはもの問いたげに眉を上げてみせた。私は笑った。

「それならここで待とう」彼がレンジローバーの助手席に乗りながら言った。

ポンプがタイヤに空気を入れる軽い労働をしているあいだ、アンガスがビリイ・マカスカーとの不快な出会いについて話した。ただ、彼はマカスカーという名前を知らなかったが。

「最初はくたばれと言ってやった。いきなり電話をかけてきて馬を止めさせようとするのは彼が最初でもなかったから。そいつらと同じように、適当に聞き流そうとした。そしたら、協力しないと後悔するぞって。どういう意味だと訊いたら、まあ見てろと言った。次の日の夜、まる一年分の干し草を積んであった壁なし納屋（ダッチ・バーン）から火が出た。三日間燃えつづけて、夜は何マイルも先から炎が明るく見えるほどだった。一生懸命刈り取ってベール（干し草を保存のため円筒形ないし直方体に固めたもの）にした労働がふいになって、おふくろは胸が張り裂けそうになった。

それも最初は事故だろうと思った。干し草は正しい手順で乾かさないと、ベールのなかに自然に熱がこもって発火することがあるから。そうにちがいないと家族で話してたら、例のアイルランド人が電話してきて、彼が火を放ったと言った。望みどおりにおれが行動しなければ、農場の残り全体が同じようになると」

「きみの両親はアイルランド人からの電話について知っているのか？」

「いや、もちろん知らない。両親だろうと誰だろうと、ほかの人間に言ったらかならず農場を燃やすと脅されたから」それを私に言ったことで急に心配になったようだった。

「うちに来て、火事の熱で金属がひん曲がった納屋の焼け跡を見ていったけど、電話のことは彼らに言わなかった。怖くてたまらなかったから。警察は放火だともなんとも言わなかったな。親父は保険金を申請した」

「警察はなんと？」

「それで、きみは馬を止めたのか」

「ああ」ゆっくり答えた。「止めたよ。けど、そのあとまた電話がかかってきて、別の馬を止めろと言われた。そしてまた。次から次へと」みじめな顔だった。

私はポンプの電源コードを彼の車のシガーソケットから抜き、ポンプに巻きつけた。

「これで新品同様」ニッコリしてタイヤを軽く蹴った。

「これからどうするつもりだい？」アンガスが訊いた。「保安部に行くのか？」

「いや」私が言った。「まだだ。いまは誰にも言うつもりはない。私に話したことも、誰にも言わないように」

「イカれてんじゃないか？　言うわけないだろ」

「とくに、ジミイ・ガーンジイには言わないでくれ」

「ジミイ？」また驚いて言った。「どうしておれがジミイに言う？」

「どの馬を止めるか、彼がきみに伝えるんじゃないのか？」

「いいや。指示はアイルランド人から直接受ける」

「だったらなぜジミイは私と話すなと言った？」

「さあな」アンガスが言った。「先週ニューベリイでおれたちがあんたを見たとき、シッド・ハレーはつねに厄介のもとだと彼が言ったんだ。だから離れて黙ってろって」

「ジミイも馬を止めているかどうか、きみは知ってるか？」私が訊いた。

「やってるかもな。おれが止めたレースのすべてで彼も乗っていて、そのどれでも勝ってない。過去の成績によれば勝つべきだった。怖くて本人には確かめてないけど」

信じがたい話である。

マカスカーは数多(あまた)の騎手を脅して怯えさせ、あらゆるレースを思いどおりに動かしている。騎手たちはみなBHAの懲罰や、家族の納屋を焼かれたり、寡婦の老母が夜中に襲撃されて精神を病んだり、その他いくつもの恐ろしい結果を避けたいがために、あえて互いに話し合ってもいない。

邪悪な企てだ。だが、どうすればやめさせられる？ さらに重要なことだが、やめさせたあとマカスカーの報復から自分と家族をどうやって守る？ それを言えば、ほかの者たちも。

提督とエインズフォードに帰る道中では、ほぼ何もしゃべらなかった。運転しながら考えていたが、ついにチャールズが知りたがりの性格に負けて口を開いた。

「それで、彼はなんと言った？」

「両親の農場の納屋をマカスカーが燃やして、馬を止めなければ農場の残りの部分も同じようにしてやると脅したそうです」

「なんてことだ」チャールズが言った。「警察に行かないと」

「そうですか?」私が言った。「行って何かいいことがありますか?」

「マカスカーを逮捕できるだろう」

「できます?」私が訊いた。「どういう証拠にもとづいて? アンガスはさっき私が教えるまで彼の名前を知らなかった。彼にとっては、たんにどこかのアイルランド人からの電話だったのです。それに、たとえ逮捕しても、そのあとは? 何トンか干し草を燃やしただけだから刑期はそう長くない。どのみちすぐに保釈される。そうなったら、ドラモンドの農場は守れません。マリーナとサスキアは言うまでもなく。この男は数時間質問を受けるだけでなく、永久に阻止されなければならない」

「ならどうするつもりだね?」チャールズが訊いた。

「いま考えています」

エインズフォードまでの最後の数マイルで考えつづけたが、使えそうなアイデアはほとんど浮かばなかった。

ビリイ・マカスカーを殺してしまうことが、唯一長期的に満足のいく解決策のようだった。それなら以後私たちを脅すことは完全になくなる。幽霊として戻ってきて私たちに取り憑くなら別だが。しかし、この戦略には大きな穴があった——私はこの先二十年かそこら、国のどこかの刑務所ですごすつもりはないのだ。やりたいことはほかにある。

次に考えたのは、誰かを説得して彼を殺させるのはどうかということだったが、殺人の共謀で有罪になれば、刑期は殺人そのものと変わらない。いずれにせよ、いまは殺す相手がどこにいるのかもわからないのだ。プロの殺し屋をどうやって見つけるかは言うに及ばず。

「休んでいくかね？」ドライブウェイに車を入れると、チャールズが言った。

「そうしたいところですが、家に帰らなければ。ロージイが午後ずっと犬舎でひとりきりでしたし、餌もやらないと」

「犬舎に鍵はかけてきたろうね」彼が言った。

「もちろん。大きくて頑丈そうな新品の南京錠を。それに金曜の朝、まわりのフェンスを上からふさぐ金網を溶接してもらったので、いまは完全なケージです」

チャールズは厩舎の扉と逃げた馬に関する諺（馬が逃げたあとで厩舎の扉に鍵をかけてもしかたないという諺。あとの祭りの意）を引用したかっただろうが、ありがたくもその誘惑に耐えてくれた。

月曜の朝、私はニューベリイのレースの日に病休だった騎手のトニイ・モルソンに会いに行った。

トニイは三十歳前後で、そこそこ成功していた。おもにミッドランズで、厩舎専属の騎手を雇うほど馬がいない田舎の小規模な調教師のために騎乗している。ニューマーケットで平地競走の見習いとして働きはじめたが、自身の体重が増えすぎたため、スティープルチェイスに転向した。私はトニイが競技生活に入るはるかまえに引退していたが、ここ数年彼をかなり見かけていた。トニイはサー・リチャード・スチュアートの疑った四レースで騎乗していた。

住まいはバンベリイの北にあるチッピング・ウォーデンだった。家を見つけるのにしばらくかかった。教会の裏手の細い道の奥にあって、ローズ・コテージと呼ばれるからには藁葺(わらぶ)き屋根がのっているような古風な家で、その名のとおり前庭にバラでも植えているのだろうと思っていたからだ。

ところがちがった。

実際のローズ・コテージは箱型のモダンな造りで、教会の墓地に隣接するもっと大きな家と同じ敷地にあり、前庭はまったく庭ではなくコンクリートの駐車エリアだった。そこに車が一台駐まっていた――ダークブルー、4ドアのフォルクスワーゲン・ゴルフが。車の横は大きく凹んでいた。

これはたんなる偶然か？　偶然でなければ何だ？

## 12

トニイ・モルソンの家の呼び鈴を鳴らし、玄関ドアをかなりの力で叩いた。家のなかのどこかで犬がうるさく吠えはじめ、トニイがドアをわずかに開けた。こちらが誰かわかるなり、また閉めようとしたが、私のほうが動きが速く、すかさずドアの隙間にサイズ八の靴を押しこんだ。

「帰ってくれ」トニイが叫んでドアを強く押したが、無駄だった。

「小児誘拐の最大量刑が終身刑だということを知っているか？」

「何を話してるのかわからない」彼が叫んだ。

「わかるさ、トニイ、わかると思うぞ」私が穏やかに言った。「しかもサスキアの学校の校長は、顔を見れば犯人がわかると言っている」

「帰れ！」また叫んだ。今度は声にパニックが感じられた。

「トニイ、私がいま帰ったら、次は警察と戻ってくる。彼らはこの十日間、そこにある車を探しているのだ」トニイは板が曲がるくらいドアを押しつづけた。「あるいは、話し合ってもいい。きみと私のふたりだけで」

「あんたとは話したくない」彼が言った。

「だとしたら、そうとう愚かだ」私が答えた。「すぐに警察がこのドアを打ち壊して、きみは修理したくてもこの先何年も戻ってこられない。そうしたいのか？」間を置いた。「それとも、私がアイルランド人を止めるのを手伝ってくれるか？　そもそもきみをこんな混乱に引きこんだ張本人を？」

　当てずっぽうだが、大きくはずれてはいないはずだった。

「彼があんたをよこしたのか？」トニイが訊いた。

「いや、もちろんちがう。彼は私がここにいることを知らない」

「本当だな？　彼はおれたちのことをなんでも知ってるみたいだぞ」

「きみの何を知っているのだ？」

トニィは答えなかったが、徐々に力を弱め、やがてドアを大きく開いた。一週間も寝ていないような、ひどく具合の悪そうな顔だった。

「大丈夫か？」

「いや」ガックリして言った。「だが、入ってくれ」

三十代なかばの若い女性が居間のソファに坐り、あろうことか、両目の下に大きすぎる隈を作ってトニィより具合が悪そうだった。サスキアが描写したとおりブルージーンズと赤と白の運動靴をはき、怯えきっている。トニィが彼女の向かい側にある肘掛け椅子のひとつを勧めた。

「マーガレット、なあ」彼が言った。「こちらはシッド・ハレー、サスキアの父さんだ」

ありえないことだが、突然彼女はいっそう怯えた表情になった。

「本当にごめんなさい」彼女が言った。「あの子を傷つけたりしませんでした。わたしたち、子供が大好きなんです」顔を涙が流れた。「できるだけ早く家に帰したの。本当に、本当にごめんなさい。そうでしょ、トニィ？」私に赦しを乞い、夫に助けを求めていた。

「ああ」彼が妻の横に移動し、肩を抱き寄せて言った。「本当に悪かった。ふたりともそう思ってる。ほかに道がなかったんだ」

彼らは悲愴で、見ていて痛ましいほどだった。

「もちろんあったとも」私が怒って言った。「なのに、きみたちは六歳の子を拉致することを選んだ」あの日の午後、サスキアが学校からいなくなったときに感じた、まわりが見えなくなるほどの恐慌はまだあまりにもはっきりと記憶に残っている。「うちの犬たちはどうなのだ」と続けた。「犬たちも連れ去ったのか？」

「犬たち？」トニイの驚きは本物らしかった。「犬たちには何もしてない」

彼を信じたい気持ちになった。

「警察に通報するの？」マーガレットが訊いた。

「そうしなければならない」私が言った。「だがそのまえに、なぜほかに道がないと感じたのか話してもらおう」

「アイルランド人だ」トニイが言った。

「アイルランド人がどうした？」

「おれたちを脅迫した」

「どのように？」

「どうやったのか、わたしがトニイのまえに結婚していたことを突き止めたの」マーガレットが静かに言った。

「それがどうした？」私が言った。「私だって二回結婚している。そんな人は何百人もいる」

「でもマーガレットは離婚してないんだ」トニィが言った。

重婚罪か。

「それだけなのか？」信じられない思いで言った。「たんなる重婚から誘拐までにはずいぶん飛躍がある」

「そう」トニィが首を振りながら悲痛な声で言った。「それよりひどい。はるかに」沈痛な顔で妻を見た。「マーガレット、彼に話すしかないよ」彼女は無言だったが、体をゆっくりと前後に揺すっていた。やがてわずかにうなずいて同意した。

「おれたちには息子がふたりいる。かわいい子たちだ。ジェイソンとサイモン。双子で来月十三歳になる」言葉を切って、頰を流れる涙をふいた。「ただ、おれの息子ではない」マーガレットがすすり泣きはじめた。「ふたりにとって、おれはたったひとりの父親だが、彼らはおれの生物学的な息子ではない。マーガレットの最初の夫の子だ」

それでも何が問題なのかわからなかった。

「フランスの法廷が彼らの親権を父親に与えたあと、おれはマーガレットがふたりを連れて逃げるのを手伝った」

サスキアは彼らが誘拐した最初の子ではなかったということだ。

「なぜフランスの法廷が？」私が訊いた。

「マーガレットはフランス人の男と結婚していたんだ」トニィが言った。

私がくり返し先をうながし、少しずつ話の全体像が見えてきた。マーガレットは感化されやすい十八歳の画学生時代にパリに留学し、ピエール・ボーダンという、裕福なパリの実業家の三十五歳の御曹司にのぼせ上がった。双子を妊娠し、仔細あって彼と結婚したが、ボーダンは数かぎりない十代の娘たちと寝ていて、マーガレットはたんに列の次に並んでいただけだったようだ。なぜ彼がマーガレットと結婚したのかはわからない。子供ができたからかもしれないが、結婚後はたちまちもとの生活に戻り、新たな若い娘たちとベッドをともにするようになった。マーガレットは出産が近づくころには、裁判所に離婚と双子の親権取得を申請していた。

ところが、パリ郊外で双子が生まれたその日のうちにフランス人判事が出した判決は、子供はフランスで生まれたため必然的にフランス人であり、フランス人の父親とフランスにとどまるべきである、というものだった。一方、離婚は認められた。

「ピエールの父親が手をまわしたんです」マーガレットが静かに言った。「彼は双子だけを欲しがった。孫はふたりだけだったから。地位の高い友人も大勢いた。フランスにわたしのかわいい息子たちを残して帰国したら二度と会えなくなるのはわかってたけど、どうしてあんな国に残れるというんです？　ピエールにあんなふうに捨てられて」

「だから、あの夜」トニイが言った。「おれはマーガレットと子供たちをモンパルナスの病院から連れ出して、車でベルギーのオステンドに行き、そこからドーヴァー行きのフェリーに乗った。入国審査のときには赤ん坊を車の後部座席の床に隠して」

「それから？」私が言った。

「マーガレットとおれは翌日結婚した、彼女はまだ正式に離婚してなかったけど。そして双子をイギリスで自分たちの子として届け出た」

「きみたちはどうやって知り合った？」私が訊いた。「しかもそんなに早く結婚するほど」

「幼なじみだったんだ」トニィが言った。「学校もずっと一緒だった。マーガレットがパリに行ったときには絶望した。けど、助けが必要になったときに、おれのところに戻ってくれた」彼女に温かい笑みを向けた。

たいへん愛しているにちがいない。彼女が一度去り、初めて会ったようなフランス人と結婚したことを赦して、その男のふたりの子と一緒に連れ帰るとは。

「トニィはわたしが世の中から一度消えるのを助けてくれたんです」マーガレットが彼の手を握って言った。「新しい夫、新しい名前、新しい生活を与えてくれた」

「どうしてそれをアイルランド人が知ったのだろう」

「わからない。真実を知っているのは、おれたち以外に四人しかいないはずなのに」トニィが言った。「マーガレットの両親と妹、そしてモンパルナスの病院の鍵のかかった新生児室から双子を連れ出すのを手伝ってくれた看護師だ」

「全員生きている？」

「家族はね」トニィが言った。「看護師はわからない」

「双子を連れ出して以降、その看護師との連絡は?」

「何度か手紙をやりとりしたわ」マーガレットが言った。「ムシュー・ボーダン・シニアが病院に来て、双子がいなくなったことを知らされたときの修羅場について教えてくれた。子供が見つかるまで関係者全員に訴訟を起こすと脅したんですって」

「すると看護師はあなたの新しい名前を知っている?」私が言った。「ここの住所も?」

「知ってますよね、手紙が届くんだから」

「あなたの両親と妹は?」

「母と父は誰にも言いません」マーガレットが断言した。「息子たちに聞こえるといけないから、このことについてはいっさい話さないんです。子供は何も知らないから」

「妹は?」

「言いませんよ」マーガレットは私より自分を納得させようとしているようだった。

「少し口が軽くなることはあるかもしれないけど、とくにお酒を飲んだときなんか」

「その妹はどこに住んでいる?」私が訊いた。

「マンチェスター」

　これも偶然だろうか。

「アイルランド人が初めて電話をかけてきたのはいつだった?」

「二年半ほどまえだ」トニイが言った。「なんの前兆もなく、いきなり」

　二年半となると、サー・リチャード・スチュアートが疑問視したレースのどれよりもまえである。

「具体的にはなんと？」

「おれたちの秘密を知っていて、彼の言うとおりにしなければフランスの当局に知らせる、と。とても信じられなかった。充分注意を払ったものと思っていたから」

「彼のために馬を何回止めた？」

トニイはいくらか驚いて私を見た。「どうしてそれを？」

「だからここへ来たのだ」私が言った。「馬を止めることについて話したかったから。きみが先週ニューベリイをサボったことについても」

「病休を申請したんだ」

「知っている。だが本当に病気だったのか？」

「いや」と認めた。「本当は怖くて行けなかった。あの……ことからまだ全然時間がたってなくて……」尻すぼみになった。私の娘を誘拐してから、という意味だろう。「警察がおれを捜してるのが怖かった」

トニイがあの日ニューベリイにいたら、私は検量室の外で馬のことを訊いていただろうから、彼のダークブルーの車もその凹みも見ることはなかっただろう。

「だから、馬を何回止めたのだ？」とくり返した。

「何十回も」トニイが暗い顔で言った。「ほとんどの馬は最初から見込みがなかったけど、五、六回はがんばれば勝てたかもしれない」

私ですら驚いた。

「何十回とは、もっと正確に言うと？」

「わからない」彼が言った。「とにかくたくさん。数えてないよ。電話がかかってきて、勝ってはならない馬の名前を告げられる。ときには週に一回だったり、二回だったり。今年のチェルトナム・フェスティバルだけでも四回あった。もっとも、あの馬たちはみんな、おれが勝たそうとしても勝てなかっただろうけど。

二頭は転倒して、誓って言うが、あれはわざとじゃなかった。シュープリーム・ノービスの最初の障害でこけたやつなんか、とくにそうだ。おれが先頭で、うしろに二十頭いた。地獄みたいに蹴られて、いまでも傷が残ってる。おれは悪い人間かもしれないが、あんなことをわざとするほどイカれちゃいない」

顔を引きつらせて笑った。

「まだ続いているのか？」私が訊いた。

「もちろん」彼が言った。「明日、トウスターの二マイル半のチェイスでアッカーマンという馬に乗ることになってるけど、いま言っておくと、勝たないよ。ほかの馬が全部転んでも、勝たない。そんなことになると厄介だ」

「指示の電話をいつ受けた？」

「今朝、あんたが来るちょっとまえに」

月曜午後の大半は、トニイと過去二年半のレース結果を振り返ることに費やした。彼が負けろと言われた馬のリストめいたものを作り、パターンを見いだそうとしたのだ。サー・リチャード・スチュアートのリストにあった四レースはすべてそこに含まれていたが、トニイはその四レースについて、とくに普段とちがうことは憶えていなかった——意図的に馬を止めることが〝普段とちがわない〟ならだが。

とくにトートの払戻に注目した。トートの払戻金が、勝利馬の最終オッズから想定されるより明らかに低いレースはほかにないだろうか。

非常に怪しいレースがふたつあったが、ロンドンに近い南部の競馬場というこれまでのパターンからはずれていた。ひとつはヘイドック・パークで、もうひとつはエイントリイ。どちらも昨年秋の重賞レースの土曜日で最後から二番目のレースだった。ヘイドック・パークもエイントリイも、賭け屋〈オネスト・ジョー・ブレン〉のマンチェスターからリヴァプールにかけての縄張りにすっぽり入っている。

一方、トートの払戻金がおおむね想定どおりというレースも多かった。トニイが騎乗した問題のレース群には、ひとりの騎手を除く全員がマカスカーに脅されて馬を止めた〝超八百長〟レースだけでなく、明らかにトニイだけが努力しなかったレースも含まれている。

だとしても、その情報自体が賭け屋にとっては信じられないくらい有益だ。ある馬が絶対勝たないとわかっていれば、その馬に払戻が生じないという確実な情報にもとづいて高いオッズをつけることができる。高いオッズをつければ、賭ける人が増えるのだ。

マカスカーはモルソンの双子の情報を用いてトニイの騎乗を二年半支配してきたが、超八百長レースへとギアを上げたのは昨年の十月からという感じが強くした。トニイを思いどおりに走らせるのがいともたやすいとわかって、一レースの騎手全員を支配するまで商売を拡大したのではなかろうか。

さらに、客の賭けを受けつけるだけではとうてい満足できず、自分の金をトートにつぎこむようになった。トートなら当局を警戒させるような異常な賭け方の記録が残らない。インターネットでの購入ではそうはいかないだろう。

ウィン・ウィンの状況である。

サー・リチャード・スチュアートがあれほど怖れたのも無理はない。充分怖れるに足る理由があるのだ。私のこの推理が当たっているなら、イギリス競馬全体の信頼性が根底から揺らぐことになる。

## 13

火曜日、私はトニイ・モルソンがトウスターの二マイル半ハンデキャップ・チェイスでアッカーマンに乗るのを観に行った。だがそのまえに午前のほとんどを使って、たまっていたほかの仕事を片づけた。いまの調査は、株価を追う私の〝本業〟をぶち壊してくれている。

火曜の朝には、フリースラントの実家にいるマリーナから対応に窮する電話もあった。

「お願い、シッド」彼女が懇願した。「とにかくあの男を煩わすのはやめて」

「こっちは彼が望んだことをした」私が言った。「もう放っておいてくれるだろう」

あるいは、放っておかないかもしれない。

マカスカーにとっては、私が何かをする必要はない。私がシッド・ハレーでいるだけで充分煩わしいのだ。

マリーナには理解できない。彼女は科学者であり、合理的な思考と論理的な分析に慣れている。ビリイ・マカスカーはそのどちらとも縁がない。彼の行動はすべて感情と強欲で決まる。競馬界の大物、ボス、支配者でいたがり、あらゆる行動がその目的にしたがうのだ。止められないブルドーザーのようであり、排土板で論理、法律、常識を押しのける。

「本当に怖いの」マリーナが言った。「家に帰りたいんだけど、帰れるかどうかわからない」

「大丈夫だ」できるだけ安心させようとした。「きみといつも一緒にいる。なんでも一緒にやって、サスキアの安全も守る」

「わかった」心細げに言った。

「明日の朝、空港に迎えに行くよ。約束する」

ノーサンプトンシャー州にあるトウスター競馬場は、騎手時代をつうじて大好きだった。

速い馬と同じくらい正しい戦略が重要な走路である。障害はどれも跳んでくれと言わんばかりだが、持久力が本当に試されるのはゴール直前の一マイルで、最後まで上り坂が続く。トウスターでは、ゴール前のきつい坂で使う燃料を馬に残しておかなかったことで負けた者たちが数知れない。

アッカーマンは、二マイル半ハンデキャップ・チェイスのスタートから飛び出した。午後最初のレースだった。十頭の先頭で一周目のグランドスタンド前を快調に飛ばし、急カーブのコーナーをまわって後続を引き離しながら乾濠(かんごう)に向かった。

トニイは飛ばしすぎている、と思った。

アッカーマンの過去競走成績は見ていた。七歳の鹿毛の去勢馬で、障害レースに二十一回出て勝ったのはわずか二回、上位入賞が六回だった。それでもこのレースではオッズ四対一の本命になっている。

二回の優勝は前年のシーズンで、どちらも出だしはゆっくり、最後の障害を越えるまえに先頭に立って逃げきっていた。

この日のトニイはまったくちがうレースをしていた。彼がリードを保ったまま十頭は坂を下り、走路のいちばん低い地点にある水濠を越えた。

トニイの作戦はわかった。馬の体力消耗を狙っているのだ。案の定、最後のコーナー前の上りで四頭に軽々と抜かれた。

アッカーマンは最後から二番目の障害でまだ四位につけていたが、疲れて左右に揺れだし、トニイが怒ったように駆り立てても明らかに反応していなかった。

最後の障害でまえの三頭のうちの一頭が倒れたが、アッカーマンに勝つ見込みはなく、勝利馬は最後の直線でリードを広げて十馬身差でゴールした。もとよりアッカーマンは優勝しそうになかったが、トニイの戦略によって敗北が確実となった。といって、三着はさして不名誉でもなく、順位を少しでも上げるためにトニイが終盤で尽力しなかったと責めることは誰にもできない。危害は最後の直線に入るはるかまえに加えられていたのだ。

私は三着までの馬が入る脱鞍所まで行き、三着馬用のスペース近くに立っていた。

「次はもとのやり方に戻ろう」馬からおりて鞍をはずしているトニイに調教師が強い調子で言った。「まえ言ったように、こいつはまちがいなく最後まで力をためておくのが好きなタイプだ」

「かもしれませんね」トニイが答えた。「ですが、やってみる価値はあった」

調教師はことさらやってみる価値があったとは思っていないようだった。すでに彼の表情から、次のレースではおそらく別の騎手を使うであろうことがわかった。

トニイは私のすぐまえを通りすぎて検量室に行った。顔は無表情で、私に気づいていたとしても外からはわからず、ただまっすぐまえを見て唇を引き結んでいた。

いろいろな意味で自分のキャリアをふいにしていることがわかっていたにちがいない。

「ハロー、シッド」うしろでベルファスト訛りの声がした。

私は振り返って、微笑んだ。「ハロー、パディ、ギネスでもどうだ？」

「そう来なくっちゃ、ご友人（ミー・オールド・マッカー）」

グランドスタンドの下にあるバーに移動した。私は彼に黒ビール一パイント、自分にラガー半パイントを買った。

パディ・オフィッチがトウスターにいないだろうかと期待していたのだ。彼は競馬場から十マイルかそこらの小さなマーケットタウン、ブラックリイに住んでいる。

「それで、パディ」カウンターからカクテルテーブルに飲み物を運んで、私が言った。

「ビリイ・マカスカーについてほかに何を話してくれる？」

パディはスズメバチを呑みこんだような顔をした。左右を見まわして、誰も聞いていないのを確かめた。

「なんてこった。静かに！」ささやき声に力をこめて言った。「あんたに何も言わなきゃよかったと後悔してる。あれからずっと悪夢を見てるんだ」またまわりに目を配った。

「それに、聞いたところじゃ、騎手たちに彼のことを尋ねてまわってるそうじゃないか」

「誰からそれを？」私が驚いて訊いた。

「危険なゲームだぞ、言っとくが」

「なあ、パディ、誰がそんなことを言った?」

「誰も」彼がニヤニヤして言った。

パディの小さな罠にはまったのがわかった。彼が想定していたことを単純に認めてしまったのだ。実際に騎手たちに尋ねてまわっていると。愚かだった。私には愚かでいられる余裕はない。昔のシッド・ハレーなら絶対こんなまちがいはしなかった。

何より心配なのは、いまやパディが、まわりに言わずにいられないことを知ってしまったことだった。

それがパディという人間である、まちがいなく。

ギネスのお代わりを買う列に並んでいるパディをカウンターに残して、レースを観るためにバーの外へ出た。トニイ・モルソンが第三レースでもう一度、別の調教師の馬で走ることになっていた。十三頭が出走する二マイルのノービス・ハードルである。彼の馬が直線コースの遠い端にあるスタート地点にゆるい駈歩(かけあし)で向かうのを見た。

今回のトニイのレース運びは完璧だった。最後の直線まで馬を抑えて三位につけ、最後のハードルふたつを力強く飛越させたあと嵐のように坂を決勝標へと駆け上がり、二頭を振りきってクビ差で優勝した。

トニイがすぐれた騎手であることは疑いの余地がない。だからまだ彼に騎乗させたい調教師がいる。だが、担当馬を勝たせたい調教師ではなく、負けさせたいほかの誰かの指示にトニイがときおりしたがう状況に、彼らはあとどのくらい耐えられるだろうか。

ロバート・プライスも第三レースに出走していた。私は鞍を腕にかけた彼が検量室に入るまえに捕まえようと、まっすぐ歩いていった。

「やあ、ロバート」彼の横に並んで言った。ロバートは電気牛追い棒でつつかれたかのようにビクッとした。「電話を待っていたんだが、いつまでたってもかかってこないから」

彼は何も言わなかった。助けを求めるようにまわりを見ただけだった。助けてくれる人がいなかったようで、下を向いて歩調を早めた。

私もそうした。

「ジュディにまだ話していないのか?」追いつきながら私が訊いた。

「何を?」小声で答えた。

「ビリイ・マカスカーのことを」

「ほっといてくれ」彼は走り出した。

「どうして彼を知っている、ロバート?」背中に叫んだが、ロバートは立ち止まりも振り返りもしなかった。階段を数段飛ばしで駆け上がって検量室に入り、騎手更衣エリアの聖域へと消えた。私もそこまではついていけない。

メインのグランドスタンド正面の階段から残りのレースを観戦した。トウスターでは、スティープルチェイスのコースがほかのコースの外側のいちばん場内施設寄りにあり、グランドスタンドは国内のどの競馬場より走路に近く造られている。その組み合わせによって観客は自分がレースに出ているような感覚を味わうのだ。ターフを走る馬の蹄(ひづめ)の地響きが人々の歓声をはるかに上まわる音量で耳に届く。それだけでどんな人の鼓動も速くなる。私も例外ではなく、三マイル・チェイスでアタマ差の勝利を収めた馬にほかのみなと大きな声援を送った。自分が騎乗していない胸の痛みを感じずにレースを観たのは初めてだったかもしれない。歳をとってきた、と思った。

競馬、とくに障害レースの騎手は若い男性のスポーツだ。若い女性の騎手も増えている。平地の騎手が四十代後半や五十代でも乗っていることが多いのに対し、障害の騎手は度重なる落馬でずっと早く引退する。

このときの私は、目のまえにかかっていたカーテンが上がったかのようだった。トウスターにいたこの日、まだ自分でやりたいと狂おしく望んでいたことを他人がやるのを、ようやく観て愉しむことができるようになった。騎手としてのキャリアがあれほど短く終わってしまったことに対する不公平感、毎日のように思考に割りこんできて私をレースから遠ざけていたあの感覚がついに消え去ったのだ。

だから最後のレースが終わったあと、私は喜びに胸躍らせ、新たに弾むような足取りで自分の車に向かった。

昼時には陽光が降り注いでいたのに、急に黒雲が広がって夜は大雨になりそうな気配だったので、観客の多くはすでに帰路についていた。足早に歩く私の頭にも、最初の雨粒がポツポツと落ちてきた。

しかし、家にはたどり着けなかった。

黒いアノラックを着た大男がふたり、私の隣に駐めた車のうしろにしゃがんで待っていた。私がレンジローバーのドアハンドルに手を伸ばしかけたとき、男のひとり目が腕を私の首にまわして絞め上げ、ふたり目がみぞおちを殴りつけた。その強烈なパンチで息が叩き出され、両膝がガクンと折れた。それでも地面に倒れてしまわなかったのは、たんに首を絞められていたからであった。

勘弁してくれ、と意識を失うかどうかの境目で思った。殴られるのはもういい。

何か言おうとした。助けを呼ぼうとしたが、叫ぶための空気が肺に残っていなかった。

二番目の男がまた私を殴った。今度は狙いを下げて、股間を。

「騎手に訊いてまわるのはやめろ」最初の男が耳元で言った。

彼が腕をはずし、私は両脚のあいだを押さえてずるずると芝の上に倒れた。二番目の男が置き土産よろしく私の顔を蹴りつけ、ふたりは影のなかへ溶けこむように消えた。

すべては数秒のあいだに起きたことだった。

誰も助けには来なかった。あまりにも早く終わったので、かりに誰かが見ていたとしても、やめさせることはできなかっただろう。

私は体を丸めて地面に横たわり、息をしようとした。雨が強くなり、大きな雨粒が私のまわりの車に当たって跳ねはじめた。

ひざまずくところまでなんとか起き上がったが、まだ体はふたつ折りにして、額を濡れた芝につけていた。そこそこのパニックが喉元まで上がってきた。息がうまくできない。横隔膜(おうかくまく)が痙攣(けいれん)して肺に充分空気が入らなかった。

以前にも何度か、落馬した際にこうなったことがあった。たんに落ち着いて待っていれば、筋肉の痙攣がおさまってまた正常に動きはじめることはわかっていたが、早くそうなることをひたすら祈った。なぜなら、いまのところ息ができず、脳への酸素供給不足で視界が雨の現実世界よりいっそう灰色になってきていたからだ。

突然、呼吸の力が急激に回復して、私は湿った空気を肺いっぱいに吸いこんだ。視界も天然色に戻り、そこでようやく、あざやかな緑の芝の上に自分の鼻の先から明るい赤の血が滴りつづけていることに気づいた。

ひどい気分だった。

舌でソーッと歯をなぞってみた。あってはならない鋭い角はなく、少なくともそのことには安心した。次に注意深く右手を鼻に当ててみた。鼻も折れていなかった。血は左目のすぐ下の傷から流れ出していた。男のブーツに蹴られて頬が切れたのだ。

顔はあまり痛くなかったが、それはおそらく腹の燃えるような痛みとさらにひどい股間の痛みがあるからだった。怪我に追い討ちをかけるように、私はびしょ濡れで寒くなっていた。

ゆっくりと立ち上がった。多少ましになったとはいえ、鼠蹊部の痛みがあるために体はまだ起こせなかった。

「大丈夫ですか？」頭の上のどこかから声がした。

「いや、あまり」しわがれ声で答えた。

顔を上げると、もたれかかっていた車の持ち主がキーを手にして立っていた。

「酔っている？」酔っ払いはあまり好きではないという口調で訊いた。

「いや」私が言った。「襲撃された」

「襲撃？」とくり返した。「強盗に遭ったんですか？」

そうなのか？　何も盗まれていなかった。財布も携帯電話もポケットにあった。

「奪われたものはない」自尊心以外、と思った。なんとかまっすぐ立った。「大丈夫です。ありがとう」

「でも、血が出てる」彼が言った。

「ええ。すぐに止まる」

「あれ、あなたシッド・ハレーでは？」笑いだしそうだった。「あなたの走りが好きでねえ。あの騎乗はまさに天才だった」

よりにもよってここでファンに会うとは。サインを求められないことを祈った。

「大丈夫です」早く車に入って去ってくれることを願いながらくり返した。

「たしか腕をなくされたはずですよね?」私の両手を見おろして言った。

「お願いだ」私が言った。「もう行ってもらえませんか?」

「助けてあげようと思ったのに」少しムッとして答えた。

「ええ、わかっています。ありがとう。でももう大丈夫なので」

「あのふたりの男にやられたんですか?」彼が訊いた。「黒いアノラックと革手袋の?」

「ええ」見ていたのかと思い、私は顔を上げて言った。

「だと思った」彼が言った。「走っていくのを見て、ろくなことじゃないのがわかった」

しかし誰もが走っていた。雨が降っているから。

「どっちへ走っていきました?」私が訊いた。

「みんな帰ってるのに、また競馬場のほうに戻っていきましたよ。ぼくにぶつかりそうになった。笑ってました」

「どんな連中でした? もう一度見たら彼らだとわかりますか?」

彼は急に不安顔になった。私の顔の血はまだ止まっていない。「巻きこまれたくないな」

すぐにでも出発したくなったようだった。車のドアを開けて、なかに入りかけた。

「あなたとぶつかりそうになったあと、彼らがどの方向に行ったかわかりませんか?」閉めようとしたドアを私が止めて訊いた。

「いいえ」彼はドアをもっと強く引いた。

「お互い話していた？」

彼はドアを引くのをやめ、私を見上げた。

「ええ。話してましたよ。ふざけ合ってる感じで」

「アイルランド訛りがあった？」私が訊いた。

彼はうなずいた。「ええ、ありました」

だろうと思ったが、あの男の短い言葉では確信が持てなかったのだ。

いまは確信した。

男たちのどちらも頬骨は高くなく、額も突き出しておらず、マカスカーが警察で撮られた顔写真とはちがっていた。だからボス本人ではないが、マンチェスターに拠点を移したシャンキル・ロード義勇軍のメンバーであることに疑問の余地はなかった。

## 14

トウスター競馬場の駐車場で三十分以上、レンジローバーのなかに坐っていた。ハンドルにもたれてじっと動かず、内臓と局部の痛みが引いてまた動作ができるまで待った。

この感覚にはすっかり慣れていたが、相変わらず好きにはなれない。

騎手時代に激しく落馬したあと、更衣室のベンチに坐って、打ちのめされた体の痛みがある程度おさまるのを待ったものだった。そうして勝負服から普段着に着替え、家に帰って温かい湯のなかで傷を癒した。

ようやく背筋を伸ばし、バックミラーで自分の姿を見たが、魅了されることはなかった。左目の下に一インチほどの傷があり、残りの顔全体に血がこびりつき、シャツにも染みていた。シャツはまだ雨に濡れたままだった。

ただ、出血は止まっていた。深傷(ふかで)ではなく、表面を引っかいたくらいだ。慎重にティッシュを当ててみて、縫う必要はなかろうと判断した。救急外来でこれから数時間すごして医者にしつこく質問される気にはなれない。家に帰る必要もあった。ロージイが犬舎にいて、夕食はいつかなと考えている。

レンジローバーのエンジンをかけ、駐車場の出口に向かった。

ほとんどの客は帰っていたが、交通整理の警官がひとりだけ残って、入口のアーチをくぐる最後の車数台に指示をしていた。ふと、停まって襲撃のことを話そうかとも思ったが、加害者たちはとうにいなくなっているし、起きたことについてノーサンプトンシャー警察で長々と面倒な説明をしなければならなくなる。

やはり今度ワトキンソン主任警部かリンチ部長刑事と話すときにしようと決めて、交通整理の警官の指示どおり幹線道路に出て、家に帰った。

水曜の朝十一時、マリーナとサスキアをバーミンガム空港に迎えに行った。目のまわりには立派な黒いあざができていた。

前夜はことさらぐっすり眠ったわけではなかった。一、二度、病院に行かなかったのは懸命な判断だったのだろうかと思ったりもした。

最大の問題は腹のなかだった。昔、私の胃はつまらない悪党の標的として使われたことがあった。彼は——本人も私もたまげたことに——三八口径のリボルバーの引き金を本当に引いたのだ。

その結果、私の消化管は通常と異なる刺激にあまりうまく対処できなくなった。北アイルランドのたくましい元テロリストからのまともな一撃は、通常からほど遠い。

かくして、夜の結構長い時間を便器に坐ってすごすことになったのだ。

その間に考えた。

騎手に訊いてまわるのはやめろ、と男のひとりが言った。

私が訊いてまわっていることを、マカスカーはどうやって知ったのだ？

誰かが彼に話したからだ。

しかし誰が？

第三レースのあとでロバート・プライスに会ったときのことを思い返した。助けを求めるようにまわりを見ていた。あの黒いアノラックの男ふたりを捜していたのか？　だとしたら、彼はあの男たちがいることを知っていたにちがいない。私が株式取引だけの生活を送っていないことをマカスカーに知らせたのがロバートという可能性はあるだろうか。

マリーナは私の顔の怪我にかなりショックを受けた。蹴られたそのときより、翌朝のほうがはるかにひどい見た目だったのだ。切れたところは醜い赤紫色になり、まわりのあざは一分ごとに黒ずんできている。そのうえ目は血走って、虹彩の両側の白目に赤い線が入っていた。

「どうしたの?」彼女がサスキアを怖がらせないように穏やかに訊いた。サスキアは黒いあざがあろうとなかろうと、ダディに再会したことを単純に喜んでいる。

「ドアにぶつかった」私自身、彼女が信じるとは思っていなかった。

「相手はどうなったの?」彼女が訊いた。

「ふたりいた」私が言った。「しかも悲しいことに、彼らは無事立っている」

「なんの話?」サスキアが私たちを見上げて訊いた。

「なんでもないよ、ダーリン」私が言った。「ダディはちょっと目をぶつけてね」

私はサスキアを抱き上げて、傷ついた腹の痛みに顔をしかめた。マリーナがそれを見て不機嫌そうに唇を引き結んだ。「もうやらないと思ってた」

「もうやらない」私が言った。

彼女はフリースラントの両親宅にとどまっていればよかったと思っているような顔だった。

「アナベルのパーティは何時?」緊張を和らげようと私が訊いた。

「三時半」

「だったら行こう。一度家に帰る」

真夜中の十五分前、またマカスカーが家の電話にかけてきた。マリーナと私はこれから寝ようというところだった。

「メッセージは受け取ったか、ミスタ・ハレー?」彼が訊いた。

「失せろ」半分寝ている声で私が答え、受話器を戻した。

電話がまたすぐに鳴ったが、無視した。

「出て、さっさと」六回目の呼び出し音でマリーナが叫んだ。「サスキアが目を覚ますわ」

私は受話器を取った。

「ミスタ・ハレー、多少の礼儀を学ぶべきだな」すっかりなじみになったアイルランド訛りが言った。

「おまえもだ」私が答えた。「競馬場の駐車場で人を殴るのはとても礼儀正しいとは言えないだろう」

「おいおい、ミスタ・ハレー」彼が言った。「思うに、彼らはあんたにほとんど触れてもいないようだな。きちんと殴っていたら歩くこともできないはずだ。膝小僧はきわめて治りにくいことで知られるから」

暴力など日常茶飯事だというような、くつろいだ口調だった。彼の世界では実際にそうなのだろう。

だが、これがほとんど露骨な脅迫であることもわかった。

「おまえに頼まれたことはした」私が言った。「もう私にかまうな」

「そうする、もちろん」彼が言った。「とりあえずな」

「永遠にだ」断固として言った。

「ミスタ・ハレー、主導権はそっちにはない、わかるか？」声に明白に含まれる脅しが、私の名前のくり返しとその独特の発音で増幅されていた。「主導権はあんたではなく、おれにある。あんたがいつまた役に立つのかは、おれが決めるのだ」

私は何も言わなかった。

「それまで」彼が続けた。ふいに声から威嚇(いかく)する調子が消えた。「メッセージの意味をよく考えることだ」

「もし逆らえば？」

「じつにまずいことになるぞ、ミスタ・ハレー」

「脅しているのか？」私が訊いた。

「いいや」彼が言った。「だが、助言だと言っておこう」電話を切った。私は無音になった受話器を持ったままベッドの端に坐っていた。

「放っておいてくれることになった？」マリーナが訊いた。

「だといいが」私が言った。

怪しいものだ。

暗いなか横たわって、次に何をすべきか考えた。おそらくそれがいちばん理に適っている。うずく膝頭は絶対何もするなと言っていた。

一方で、自分が生涯大事にしてきたあらゆることに反する。

愛する競馬にマカスカーがこれほどの危害を加えうるというのは、考えるだにおぞましいが、彼の悪行をこれだけ知りながら自分として何もできないことのほうが嫌だった。

それとも、できるのか？

騎手たちに質問を重ねて共同戦線を張り、競馬当局に訴えるという計画はうまくいきそうになかった。私が質問してまわっていることを、彼らのうちの誰かがマカスカーに知らせる可能性があるからだ。ロバート・プライスとジミイ・ガーンジイには二度と近づこうと思わなかった。いまやふたりともマカスカーの配下にあると考えざるをえない。

だとしたら、ほかにできることはあるのか？

ピーター・メディコスに匿名の手紙を送って、まえの週に送ったでたらめの報告書を廃棄してもらうことも考えた。が、彼は注意を払うだろうか？　日曜のユトクセターでは、彼がずっと考えていたことが裏づけられたと言ったのではなかったか？　当然そう信じつづけているだろう。

サー・リチャード・スチュアートは、競馬の警察保安機能を自選のジョッキイ・クラブからまず競馬監理機構（HRA）に、次いでいまの独立性の高い英国競馬統括機構（BHA）に移行させた〝古参組〟の最後のひとりだった。

その新組織では競馬界の新たな最高権威が形作られている。かつてジョッキイ・クラブにいた爵位つきの裕福な上流階級の地主たちは去り、代わりにスポーツ業界の管理者やビジネスマンが加わっている。

過去六、七年の人の入れ替わりが激しかったので、BHA上層部からは情報が入ってこなくなった。サー・リチャードがいなくなったいま、理事会で個人的に知っている人もいなくなった。忠告したくても厳秘の情報を渡せる相手はいないし、競馬界でのシッド・ハレーの立場もほんの十年前とは大きく変わっている。

もう椅子でくつろいで、この事態にほかの誰かが気づくことを祈るべきなのかもしれない。そうすれば、ビリイ・マカスカーは私ではなく彼らの問題になる。またマカスカーが偽報告書を書けと言ってこないかぎりだが。しかし、マカスカーを放っておくと競馬界にどんな害を及ぼすだろう。賭け手の信頼が永遠に失われてしまうだろうか。

それに、モルソン夫妻をどうすべきだろう。彼らがサスキアを学校から連れ去ったのはまちがいない。私のまえですべて認めた。警察はまだボディに凹みがある彼らのダークブルーのフォルクスワーゲン・ゴルフを探している。自分はあのふたりが見つけられることを心から望んでいるか？　彼らのまわりで世界が崩壊し、十三歳の双子がフランスに強制送還されることを？　といって、私が犯人を見つけたことを警察に告げずに車の捜索をやめさせる手立てなどあるのか？

疑問はいくらでもあり、答えはほとんどなかった。

ついにうとうとしはじめたが、体感的にはあっという間に目覚ましが鳴って、起こされた。


木曜日、マリーナ、サスキアと私は家族らしくあらゆることをした。

素晴らしい天気で、学校はまだ復活祭の休日だったので、私たち三人はチャールズと昼食をとるために、ロージイを連れてエインズフォドまで丘を越える長い散歩に出た。サスキアもロージイも、マンディが帰ってこないという事実を少しずつ受け入れはじめていた。マンディのお墓はどこ、とサシイが訊くこともなくなった。

提督は、長いドライブウェイをおりていく私たちを家の外で出迎えた。「みんなが丘の道をおりてくるのが見えたのだ」両腕を大きく広げて歓迎しながら言った。「三月なのに絶好の日和だな。昼食は庭にしようじゃないか」ニコニコしながらサスキアの手を取り、みなで裏のパティオにまわった。

私の目のあざについてはマリーナも私も何も言わず、チャールズは訊かないほうがいいことを知っていた。ミセズ・クロスだけは心配そうな顔をしたが、やはり黙っていた。

訪問の連絡をしたのが直前だったにもかかわらず、ミセズ・クロスは豪華な食事を用意していた。大人には冷製の肉料理とサラダ、サスキアにはフィッシュ・フィンガーとポテトフライ、ロージイにはグレイヴィのかかった肉の塊である。

「悪くなってないといいんですけど」彼女が私に言った。「ドッグフードの缶がどのくらいまえから食料貯蔵庫にあったのかわからないので。長年この家で犬は飼ってないんですけど、どうしても捨てられなくて」

「大丈夫」私が言った。「悪くなっていたらロージイは食べませんから」

ミセズ・クロスと私が見ていると、ロージイはきっかり二十秒で肉を平らげた。ミセズ・クロスは笑った。「大丈夫だったようね」

残りの私たちは日除けの下でガーデンテーブルを囲み、もう少し落ち着いた食事を愉しんだ。

「この天気だ、サンダウンのヴィクター・ルドラムではインボイスが確実に有利になるな」チャールズが皿からハムを取りながら言った。「インボイスは硬い馬場が大好きだ」

インボイスは土曜のヴィクター・ルドラム・スティープルチェイスの本命だった。一連のノービス・チェイスですでに二勝している。

「火曜の夜の雨はいけなかった」トウスターの駐車場でずぶ濡れになったことを思い出して、私が言った。

「あれくらいじゃ足りんよ」チャールズが首を振りながら言った。「もう何週間もサンダウンのコースに水をまいているが、まだ岩のように硬い。水はけがよすぎるのだ」

「ずいぶんくわしいんですね」私が言った。

マリーナが、失礼なことは言わないでというふうに私に鋭い目つきを向けた。

「ジョン・チェスターフィールド——サンダウンの理事だが、ゆうべ彼が電話でそう言っていた」

「それほど幅広い人脈があるとは知らなかった」皮肉をこめて言うと、またマリーナのたしなめる視線が返ってきた。

「彼は私のクラブの会員なのだ」チャールズが少々もったいぶって言った。「というか、経営委員会の会長でね。ほかのことを話し合っていたときに、彼がコースの状態を教えてくれた」

「母があなたによろしくと言っていました、チャールズ」マリーナが話題を変えた。

「ありがとう」チャールズが応じた。「今度話すときに、私のほうからもよろしくと伝えてください」

「ありがとうございます、チャールズ。そうします」マリーナが素晴らしく明るい笑みを送って言った。私はそれを見ていた。彼女が微笑むのはしばらくぶりだ。雲間から太陽が出たようだった。

昼食後、マリーナとサスキアはミセズ・クロスについて鶏を見に行った。昔、囲いつきの菜園だったところで飼っているのだ。

「新しい情報は？」チャールズが私に訊いた。

「情報とは？」

「アイルランドのテロリストに関して」

「この火曜、彼の仲間のごろつきふたりにひどく殴られました」私が言った。「これ以上、騎手に余計な質問はするなと脅されて」

チャールズは驚愕しなかった。意外というそぶりすら見せなかった。たんに受け入れてうなずいた。

ひと昔前、彼は自宅に招いた客が私に暴力をふるうのに加担したことがある。当時、そうする理由は充分あったし、チャールズは軍人である。軍で適切に暴力を行使することは許されるだけでなく、むしろ奨励され、訓練もほどこされる。

「そしてきみは？」彼が言った。

「なんです？」

「警告にしたがって、騎手に質問することをやめるのかね？」

私たちは、マリーナとサスキアが手をつないで、陽光のなか笑い合いながら庭をこちらに歩いてくるのを見ていた。いまや彼らが私の人生であり、ふたりが幸せであることが自分にとって何より重要であった。

「あなたはどう思います？」あきらめた口調で言った。

「うーむ」チャールズが同意してつぶやいた。「きみの問題はわかる。だが、私のほうから警告をいくつか発することはつねに可能だ。つまり、この事態について何人かに話すということだ。差し当たりジョン・チェスターフィールドに話してみてもいい、今度クラブで会ったときにでも。きみのおかげで競馬界に影響力を持つ知り合いがずいぶん増えた。静かに噂を広めることはできる」

「どうでしょう」私が考えながら言った。「それはあまり名案ではないかもしれない。私がやめたのに、今度は私の義父がやりはじめたということをマカスカーの耳に入れたくないので」

「きみはそいつを阻止したいのか、したくないのか?」チャールズが訊いた。

「したいのですが、どんな犠牲を払ってもというわけにはいきません。あなたは彼がどういう男かわかっていない」

「そうかね? わかってると思うぞ」チャールズが言った。「私もそれなりにごろつきや独裁者を知っている。手始めに、毛沢東だ」

「彼に直接会ったことがあるとは知りませんでした」

「会ったことはないが、彼の仲間の数人とは会った。それで毛沢東がどういう種類の人間かは充分わかる」不快感に顔をゆがめた。「彼らをおとなしくさせるのは不可能だ。わかるだろう。こっちも立ち上がって闘わなければならん。ウィンストン・チャーチルは正しかった」

「チャールズ、これは第二次世界大戦の話じゃありませんよ」

「ちがうのか?」彼が答えた。「誰かがさっさとヒトラーに立ち向かっていれば、そもそも戦争は起きなかったかもしれんぞ」

マリーナとサスキアが戻ってきて、その話題は中断した。

「マミイ、マミイ」サシイが言った。「イワシの缶詰やらない?」

サーディンズというのは、サスキアがいま夢中になっている遊びで、かくれんぼに似ているが、鬼を見つけた者が最初の鬼に加わっていき、最後に捜す者がひとりだけになる。

「いいえ、ダーリン、いまは無理」マリーナが言った。「そろそろ家に帰らないとね。三月と四月の天気のいい日は、太陽が出ているうちはすごしやすいけど、日が傾きはじめたとたんに寒くなるから。チャールズ、素敵なランチをどうもありがとう」

「いつでもおいで」チャールズが言って彼女に接吻した。

「バイバイ、おじいちゃん」サシイが言った。

「バイバイ、ダーリン」チャールズが答え、屈んで彼女にも接吻した。「また近いうちにな」

「うん」サシイが元気に言って盛んに手を振り、私たちは出発した。

私たち三人とロージイはまたわが家へと丘を越えた。ロージイはクローバーと早めに咲いたキンポウゲのあいだを飛び交うちょうちょうを追いかけ、サスキアはマリーナと私のあいだを歩いて、つないだ両手をいつまでも前後に振っていた。

記憶にあるなかで最高に幸せな時間だった。

それが長く続かなかったのは本当に悔しかった。

# 15

聖金曜日の朝、マリーナと私が朝食を終えたころにジュディ・ハモンドが電話をかけてきた。

「気が変になりそう」彼女が言った。「あなたがここに来てから、ボブが別人になったみたいで。すごく怯えていて、家からほとんど出ようともしない。今日は父の厩舎公開日なんですけど、それにも行かないって。あなた彼に何をしたの？」腹を立てていた。「それに、ビリイ・マカスカーって誰？　ボブは話してくれない」

泣いていると思った。

「ジュディ」私が言った。「助けてあげることはできない、ロバートが私に話す気にならないかぎり」

何を言っている！　頭がおかしくなったのか？　膝頭がどうなってもいいのか？

ロバート・プライスには金輪際かかわらないと決めたはずだった。もし私が疑っているとおり彼がマカスカー側の人間だとしたら、私がロバートに話したことはすべてボスに報告される。

チャールズが言ったことは正しかったのかもしれない。一度探偵になった者は、ずっと探偵だ。

おそらく私はあきらめられなかったのだ。

おそらく心のなかでは、あきらめたくなかったのだ。

「彼はあなたには話しません」ジュディが確信に満ちて言った。「わたしにだって話さないんだから」

「とにかく訊いてみてください」私が言った。「絶対に秘密は守るからと。それから、もし話さなければ、いずれ近いうちに警察がお宅のドアを叩くことになると」

「警察！」恐怖に震える声で叫んだ。「ああ、なんてこと！」

「そう、警察だ」とくり返した。確実にそうなるかどうかはわからないが、ここで必要な効果は得られそうだった。「あと、このことはほかの誰にも言うなとロバートに伝えてください。とりわけビリィ・マカスカーには」

「いったい何が起きてるの？」彼女が訊いた。

「ロバートに訊くことです」

いったいいったい何が起きてるの？　いい質問だ。


「検査結果が出たよ」台所のテーブルでコンピュータのキーを叩いているマリーナに言った。「きみが留守のあいだに手紙が来た」

「なんの検査？」画面に集中したまま彼女が訊いた。

「移植の適合性検査」

彼女はタイプの手を止め、私のほうを見た。「それで？」

「合格だった」微笑んで言った。「彼らは私を最高の候補と考えているようだ」

マリーナはしばらく無言で、私が言ったことの途方もない意味について考えていた。

「完全に迷いもなく、そうしたいの？」

「いや」私が言った。「迷いはある。ただ、いまつけているこれは大嫌いだ」私はプラスチックの義手がついた左腕を上げてみせた。「なんだってこれよりはいい」

「どんな手術にも危険はある」マリーナが言った。

「わかっている。だが私は健康だし、まだ老いぼれてはいない。ほかの手術ならなんのためらいもなく受けるだろう」

「薬のことはどうなの？　拒絶反応を抑えるために、残る一生ずっとのまなければならない。どんな副作用がある？」

分子生物学の博士号を持っている人と結婚していることをほとんど忘れていた。

「ブライアント先生が言うには、薬は日々進歩していて、副作用があるとしても一般的に軽微だそうだ。まったく副作用がない人もいる」

「軽微ってどのくらい？」彼女が訊いた。「副作用が深刻になった人はどのくらいいる？　その場合、どんな症状が出た？」

「わからない」宿題をサボる怠け者の小学生になった気分で答えた。

「訊いてみるべきね」

「いま訊こう」

ハリイ・ザ・ハンズの手紙のいちばん上に印刷されていた直通番号にかけ、相手が診察室にいたことにかなり驚いた。

「聖金曜日にあなたがいるとは思いませんでした」

「当直なのです。銀行が休みだからといって事故はなくならない。昨夜は、愚かにも電動チェーンブロックに巻きこまれた若い農夫の手をずっと救おうとしていました」

「救えたのですか？」私が訊いた。

「もちろんです。まあ、救ったと思う。いずれ答えがわかるでしょう」あくびをしているのが聞こえた。「さて、シッド、ご用件は？」

「妻からあなたに質問があります」

「どうぞ」

マリーナが直接彼と話した。スピーカーフォンにして、私もふたりの会話を聞いていた。マリーナが反対意見を述べるたびに、ハリイは説得力のある答えを返すことができた。

私は聞きながら、気づくとどの論点でもハリイが勝つよう切実に願っていた。自分がどれほど移植を望んでいたかということの証左だったのだろう。

「わかりました」マリーナがようやく言った。「では、あとはシッドにまかせます」

「本当にきみはそれでいいのか？」私が訊いた。

「ええ、あなたがいいなら」

「オーケイ」私が言った。「ハリイ、先に進めましょう」

「そう早くは進みません」医師がスピーカーフォンから言った。「まず書類仕事の必要がある。そのあと、この病院とつながりのない精神科医の別の検査も受けてもらわねばならない。ですが、あくまで形式上の手続きと言っていい。来週のどこかでこの病院に来ていただいて話ができますか？」

「もちろん」私が言った。「月曜はどうでしょう」

先走りすぎているだろうか。

「復活の月曜日（イースター・マンデー）で私は休みです」彼が言った。「水曜の二時では？　精神科医を選んで呼ばなければならないが、彼らはたいがい午前中は都合が悪いのです」

「水曜の二時でかまいません」私が言った。「それが終わると、移植はどのくらいあとになりますか？」

「ふむ」彼が言った。「ドナーがどれくらい早く見つかるかによる。一週間かもしれないし、一年、あるいはもっとかかるかもしれない。それは誰にもわかりません。昼夜を問わず、つねにあなたと連絡がつく電話番号を教えてもらわなければなりません、適合する手が現れたときのために」

その間（かん）、雨と不注意なバイク乗りに期待をかけるのか、と思った。

ジュディ・ハモンドが六時にまた電話をかけてきた。

「何が起きてるのか、ボブはまだわたしに話してくれないけど、あなたと話すことには同意したわ」彼女が言った。「でも、電話はだめ。信頼できないって。こっちの家に来てもらえます？」

私のロバート・プライスに対する信頼は、彼が電話に寄せる信頼より大きいだろうか。

「いや」私が言った。「今晩は行けない。盗聴が心配なら外の公衆電話を使えと言ってください」

「あなたの電話は？」彼女が言った。

警察が私の電話の傍受をやめてから長くたつ。誰かが引き継いでいるだろうか。

「彼がいいと思うなら、私はかまわない」

「話してみます」彼女が言った。「でも、ここまで同意させるのに別れ話まで切り出したから」

「残念だ」私が言った。

「ええ」悲しげに言った。「わたしも。もうもとの生活に戻れないんじゃないかと思う」

私を責めていた。声に非難が感じられた。しかし本物の犯人を見つけたいなら、彼女は家のなかをもっとよく見なければならない。

「それと、ジュディ」私がきっぱりと言った。「もし彼がまだビリイ・マカスカーと連絡をとっているなら、私は話したくない」

「とってないわ」ジュディが自信ありげに答えた。

「どうしてわかる？」

「あなたのことよりビリイ・マカスカーのほうを怖がっているから。警察よりも怖がるべきだ、と思った。

「では、私に電話をかけさせてください」

「やってみる」ジュディが言った。


一時間後、ロバート・プライスがウォンテージの公衆電話ボックスからかけてきた。

「電話は信用できないんだ」彼が言った。「盗聴装置がこんなに出まわってると。あんたも公衆電話に行って、この番号にかけてくれ」その公衆電話の番号を私に読み上げた。

「ロバート」私が言った。「大げさに考えすぎだ」

「質問に答えてもらいたいなら、とにかく自宅以外の場所からかけてくることだ」

「わかった」私が言った。「そこで待て。十分でかけ直す」

マリーナは不機嫌になったが、私はレンジローバーを運転してエインズフォドまで行き、チャールズの電話を借りた。

「なんのつもりだ？」ロバートが、最初の呼び出し音で出るなり食ってかかった。「どうしておれにつきまとう？」

「いつでも喜んでやめる」私が言った。「だが、きみが八百長レースをしているうちはだめだ」

「誰がそんなことを言ってる？」

「なあ、ロバート」私が言った。「きみがやっていることはわかってる。だから、すっとぼけるのはやめろ。八百長はマカスカーの考えだったのか？」

「ああくそ」彼が言った。「もう無茶苦茶だ」

「私が片をつける。手伝ってくれ。ヘネシイの日のニューベリイ、ハンデキャップ・ハードルで走ったメイン・ヴィジットについて話してくれ」サー・リチャードの疑惑リストのなかで彼が騎乗した三レースのうち最初の一頭である。

「あれがどうした？」彼が訊いた。「絶対勝てないようにしただけさ。最初からたいしてチャンスはなかった」

みな口をそろえてそう言うことに気づいた。それでいくらか罪悪感が薄れるかのように。実際には薄れないとしても。

「あれが彼のために最初に止めた馬だったのか？」

「いや」くわしく語ろうとしなかった。

「なら、どれだったのだ？」

長い間ができた。

「ロバート？」

「サマー・ナイツだ」彼が言った。

とうてい信じられなかった。サマー・ナイツはブライアン・ハモンドの厩舎が抱える最高の馬だ。歴代最高かもしれない。チェルトナム・ゴールドカップで一回、キングジョージ六世チェイスで二回勝ったサマー・ナイツは、スティープルチェイスの世界に燦然（さんぜん）と輝くスターだった。

「いつ？」私が訊いた。

電話の向こうではっきりと聞こえるため息をついた。

「アスコットのニュートン・ゴールドカップ、二年前だ」

「当然本命だったのだろうな」私が言った。

「そう。たった四頭のレースで完全に本命だった」

「それで、どうした？」

「スウィンリイ・ボトム（アスコットのコース内の標高がもっとも低い難所）からのぼった最後の乾濠で障害に突っこみ、手綱を引いて馬から飛びおりた。馬が怪我をしたかのように」

二年前にテレビでそのレースを観たことをなんとなく憶えていた。

「だが、なぜ障害に突っこむ？　サマー・ナイツは当代随一のジャンパーだろう」

「ストライドを広げろと要求した。いつもよりずっと大きく。サマーはかわいそうに、どうすればいいかわからなくなった。混乱したが、おれの要求にしたがった。跳ぼうとしたが、彼にしても離れすぎていた。おれが思っていたよりずっと。本当に怪我させたんじゃないかと震え上がったが、大丈夫だった」

「疑った人はいなかったのか?」

「いなかった。サマーとおれは、すぐうしろではあったが集団の最後尾だったし、ちょうどそこでテレビカメラに向かってまっすぐ走っていた。みんなが見たのはサマーが障害に頭から突っこむ場面だけで、踏切が遠すぎたところは映らなかったのだ。それに、みなどちらかというと、彼が怪我したかどうかを心配していた」

「しかし、なぜそんなことを?」私が訊いた。

また長い間ができた。

「ややこしい」彼が言った。

「かまわないから話してくれ」

「マカスカーと会ったのは三、四年前だ。情報を求めておれに近づいてきた。最初は、失せろと言ってやった。けど……」また押し黙った。「金を出すと言ってきた。ハモンドの厩舎で少し調子の悪い馬とか、逆に格別調子のいい馬がいたら教えてくれるだけでいいと。まあ、その手のことだ」

「彼が賭け屋だということは知っていたのか?」

「ああ。当然だ」

騎手がその種のインサイダー情報を賭け屋に伝えることは――それを言えば、誰に伝えても――競馬施行規程の重大な違反であり、ロバート・プライスもそれは知っている。罰則は五年以下の騎手資格剝奪(はくだつ)だ。

「いくらもらった?」

「毎回二百ポンド――たいした金じゃない。だが、どうしても入り用だったのだ。家を買ったばかりで、ウィンカントンではひどい落馬で脚の骨を折っていた。冬のあいだじゅう四カ月も馬に乗れず、住宅ローンが払えなくなりそうだった」

おおかたマカスカーはそれを突き止めたのだ。

「まだ彼に情報を売っているのか?」

「あれは本物の悪党だ、請け合うよ。おれをこてんぱんにやりこめた」

「どうやって?」と先をうながした。

「嵌めたのさ。決まってるだろ。最初の何度かは現金を送ってきたが、郵便を使うより直接手渡ししたいと言ってきて、オックスフォードの立体駐車場で会うことになった。そこで現金の入った茶封筒を渡されて、その場で数えろと言われた。おれも間抜けだったよ。うっかりしてた。そのあと家にいきなりメモリカードみたいなのが送られてきて、おれが金をもらったときの動画が入ってた。総天然色でばっちりと。彼が封筒を差し出し、おれが全部十ポンド札の金を数え、分厚い封筒を上衣のポケットに入れて握手し、歩き去るところがね。何もかも映ってたが、もちろんマカスカーはカメラに背中を向けてたから、彼の顔は見えず、おれの顔だけだ――文句なしのクロースアップで」

「で、そのあとは?」私が訊いた。

「次の土曜のニュートンでサマー・ナイツを止めろと言ってきた。でないと動画をBH

Aに送るぞと。おれは、ふざけるなと返した。だが、サマーは止められない、出走数が少ないレースだし、ほかの馬は強くないからって。方法を見つけろと言うんだ。〝必要なら落馬しろ。とにかく絶対勝つな〟とね」また黙った。「レースでは焦りまくったよ、正直言って。サマーは完璧な走りだった。つまずきも、よろめきもしない。理由もないのに逸走するわけにもいかんだろ？　あんまりうまく走るから、おれはヤケクソになってきた。乾濠で無理な踏切をさせようと決めたのはそのときだ」

「ほかのレースでもサマーを止めたのか？」

「いや。けどマカスカーがいつまた要求してくるか、怯えながら暮らしてる」

「全部で何頭止めたのだ？」

「何頭か。多すぎるくらい」みじめさが極まったような声だった。「シッド、おれは免許停止になるよな？」

おそらく、と思った。

ほんの小さな誘惑がコントロール不能の暴走列車になり、何もかも破壊し尽くすようなことが、どのくらいの頻度で起きるものだろう。ビリイ・マカスカーがからむと、しょっちゅうあるにちがいない。

「私から質問されていることを、どうしてマカスカーに言ったのだ？」

「怖かったからだ」彼が言った。

ロバート・プライスではないかと疑ってはいたが、これで確信に変わった。

「どうやって言った?」私が訊いた。

「どういう意味だ?」

「私から質問されたことを、どうやってマカスカーに伝えた? 電話したのか、それともほかの方法か?」

「ああ、電話したよ」

「なら彼の番号は?」

教えたくないようだったが、私も脅しという戦略に完全に反対というわけではない。

「ジュディ・ハモンドはぜひ聞きたいだろうな、父親の厩舎に所属する騎手が馬を止めて勝たせないようにしていることを」威嚇する口調だった。「あるいは、厩舎で最高の馬が障害から遠すぎる踏切で危険にさらされていることを」

「あんたが言っても彼女は信じない」ロバートが言った。

「そうかな。信じるかもしれないぞ」私が答えた。「私も彼女の父親の馬に乗っていたのだ。知ってるだろう? どちらにしろ、危険を冒す覚悟はあるか?」

「くそったれ」気持ちがこもっていた。

「マカスカーの番号は?」もう一度訊いた。

彼が番号を言った。

07で始まる携帯電話だった。チャールズの机にあったメモに書き留めて、マカスカーが番号を変えていないことを願った。あちらからではなく、こちらから攻めるジグソーパズルの最初のピースである。

「たびたび彼に連絡するのか？」

「まったくしない」彼が言った。「いや、ほとんどだ。いまはしない。最初に番号を教えられたのだ、情報があれば彼に電話できるように。それが連絡先に残ってたから、先週あんたが家に来たあとでかけた」

「マカスカー本人が出たのか？」

「出たさ。たった一度の呼び出し音で」

翌日、サンダウン競馬場のヴィクター・ルドラム・チェイスでは、インボイスが四馬身差で優勝した。汗もかかないような余裕の勝利で、最後の障害までリードを保ったまま、追いこまれることもなくゴールを駆け抜けた。

私は居間のテレビでサスキアとそのレースを観た。

「あのレースで勝ったことある、ダディ？」彼女が訊いた。

「いや、ないよ」私が言った。「でも、あのコースのほかのレースでは何度も勝った」

「乗馬を習ってもいい？」サシイが訊いた。

「いいとも、ダーリン」私が言った。「マミイと相談してみよう」

しかしマミイが乗り気にならないことはわかっていた。長年のうちに二、三度、サスキアにポニーを買ってやったらどうだろうと提案してみたが、成果はゼロだった。マリーナはサスキアが怪我をすることを極度に心配している。私がそうだったからだ。

マミイはつねに〝危険回避〟派だ。癌の研究をする仕事と関係しているのではないかと思う。

逆にダディは〝危険覚悟〟派だ。手綱を引いて少し落ち着かせるほうがずっと安全なときにも、馬の腹を蹴って障害に立ち向かっていく。

挑む者に勝利あり、といったことだ。

特殊空挺部隊(SAS)に言えることは、騎手にも言える。

## 16

水曜の朝、サスキアは復活祭の休日明けの学校に戻り、私はバンベリイからロンドン行きの列車に乗った。二時にクイーン・メアリ病院のハリイ・ザ・ハンズに会う予約が入っていたからだ。彼と一緒にいた精神科医のトリストラム・スペイクマンは、蝶ネクタイを締めた風変わりな医師で、患者から多少狂気を分けてもらったように私には思えた。

「死ぬことが心配ですか?」彼が挨拶代わりに訊いた。

「ええ」私が言った。「つねに。ですが、取り憑かれているほどではない」

うむと言って螺旋(らせん)綴じのノートに書きこんだ。取り憑かれているかどうかを決めるのは彼だと考えているのかもしれない。

「自分を普通の人間だと思いますか？」彼が訊いた。

どう答えるべきだ？　さして普通ではないが、当然変人だとも思っていない。

「かなり普通です」と答えた。「目がふたつに耳がふたつ、これは普通だが、手は片方だけなので普通ではない」ありがたいことに、トウスター競馬場でできた目のあざはほとんど消えていた。

「手が片方しかないことで不安になりますか？」

「いいえ」私が言った。「〝不安になる〟は強すぎる言葉です。苛立つことはありますが」

「あなたはよく苛立ちますか？」

あなたの質問に苛立ちますと答えたくなったが、やめておいた。

「ええ、たぶん簡単に」

「私の質問に苛立ちますか？」

ワオ！

「少し」

「そう」彼が言った。「私でも苛立つと思う。とはいえ、しなければならない質問ですから」居心地が悪くなるような笑みを浮かべた。「さて、シッド……シッドと呼んでもよろしいか？」

「お好きなように」そう答えて、手のなかにある彼の名刺を見た。「あなたをトリストラムと呼んでも？」

「もっとひどい呼ばれ方をしたこともある」彼がまた微笑んだ。「さて、シッド、両親について話してください」

「さて、トリストラム」少しからかうつもりで答えた。「手の移植手術を受けることに私の両親がどうかかわるのだ？」

「あなたをもっと知りたいのです」彼が言った。「精神状態を合理的に分析できるように」

「精神状態は良好です」私が言った。「そして、両親はそのことにほとんどかかわっていない。父は私が生まれるまえに事故で亡くなり、母は私が十六歳のときに癌で死んだ」

「ふたりがいなくて寂しい？」彼が訊いた。

「父については最初から知らないので寂しくない。だが、母はいまもいてくれればと思います。生きていれば私の娘を見せてやれた」

「お母さんが亡くなったときには泣きましたか？」

「それはもう」私が言った。「しかし立ち直った。母親を亡くした誰もがそうなるように」

「立ち直れない人もいる」医師が言った。「多くの鬱は悲しみから生じます」

「私は鬱ではない」

「ええ」彼はまたノートに何か書いた。

それから一時間近く質問が続いた。時間がたつにつれ、私は彼に好感を抱き、質問にうながされて、想像もしていなかったようなことを話した——夢、将来への希望、恐怖、車の運転中に考えることまで。

話し合っていないのは八百長レースとビリイ・マカスカーのことだけという気がした。

「結構」ついに医師が言った。「これで終わりです」

「合格ですか？」私が訊いた。

「これは合格、不合格の問題ではない」彼が言った。「だが、あなたの質問の趣旨は、何か移植を受けるべきではない事由があったかということでしょうな」

「ありました？」

「ありません」彼が言った。「まったく。あなたは総じて心理学的に健康で、移植に適した候補者だと思う」

「よかった」

「だが、ご注意を。今回のやりとりで、あなたがときに衝動的になり、すべての結果を検討せずに行動することがわかった。反面、自身が何を望んでいるかはよく理解しているようです」

彼は優秀だと思った。非常に優秀である。

ハリイ・ブライアントは喜び、今後必要となるさまざまな書類手続きについて説明しはじめた。

「最終的な同意文書に署名してもらうのは手術の直前になります」彼が言った。「ドナーの手が現れたときですが、この移植にも限界があり、移植後の手の将来的な可動性を保証するものではないということを現時点で理解し、確認してもらわねばならない」

大量の文書を取り出し、ひとつずつ読んで空欄に署名するよう私に求めた。

「自己防衛ですか？」

「まさしく」笑って言った。「私はアメリカで訓練を受けましたからね、お忘れなく。彼らはどんなことでも裁判に訴える。移植した手の爪の伸び方がもう片方の手とちがうと言って、法的措置をとると脅してきた患者さんもいました」

「速すぎた？　それとも遅すぎた？」私が訊いた。

彼は笑った。「わかりません」

私は自分への連絡方法が細かく記された最後の書類に署名した。

「結構」医師は書類をすべてまとめた。「以上です。これであなたは正式に移植の順番待ちリストに登録された。ここに書かれた電話番号がつながらないところに行く場合には、かならず私たちに電話して、連絡方法を指示してください。外国に行くときには、離れているあいだリストから除外されます」

「なぜです？」私が訊いた。

「最長でも六時間のうちに、こちらに来てもらわなければならないからです」彼が言った。「適合する手が現れても、それより長く離れていると移植が不可能になるかもしれない」

「そのとき手はどうなります？」

「国内またはヨーロッパでほかの誰かに適合すれば、そちらにまわされるかもしれないが、たいがいドナーのもとにとどまるでしょう」

「つまり埋葬される？」

「ええ」彼が言った。「または火葬される」

「そうなったら悔やんでも悔やみきれない」私が言った。「この病院から六時間以内のところにずっといたほうがよさそうです」

そして雨を待つのだ。

大きな期待と興奮を胸に病院の門の外に出た。次にこの門をくぐるのは、新しい手を持つとき——五体満足な新しい人生が始まるとき——だろうか。

ポケットで携帯電話が鳴った。マリーナだった。

「ハロー、ダーリン」陽気な声で応じた。

「シッド、シッド」マリーナは恐慌を来していた。電話の向こうで過呼吸になっている。

「どうした？」電話に叫び返した。明るい気分は一瞬で吹き飛び、血中のアドレナリン濃度が最高値に達した。

「ここに警察がいるの」

「ここはどこだ？」

「サシイの学校。ソーシャルサービスの女性ふたりと一緒に」

「なぜ？」無力感を覚えて訊いた。

「サシイをこれから保護するって」

「え？」急に両脚の感覚がなくなった。

「サシイをこれから保護するって言ってる」マリーナがくり返した。彼女が誰かに叫んでいるのが聞こえた。「この子に触らないで！」

「いくらなんでも、そんなふうに勝手に保護はできないだろう」

「できるし、やろうとしてる」マリーナは泣いていた。「この子への性的虐待であなたを逮捕するとも言ってるわ」


ローハンプトンからメリルボーン駅に戻り、バンベリイ行きの列車に乗ったはずだが、途中のことはよく憶えていない。その後の移動の記憶は完全に抜け落ちている。

頭のなかをあらゆることが駆けめぐっていた。

わが娘への性的虐待で告発されるなどということが、どうしてありうるのか。まったくわけがわからなかった。

メリルボーン駅を出る列車のなかで、どうすべきか考えた。誰に連絡すればいい？

昔だったら親しく仕事をしたホワイトホール官僚のアーチィ・カークに電話していただろう。だが悲しいことに、彼はすでに仕事だけでなく人生からも引退している。

弁護士。それが私に必要なものだ。

ただひとり知っているのは地元の事務弁護士で、バンベリイでマリーナといまの家を買ったときに法的な手続きをすべてやってくれた。よく知っているとはとても言えないが、彼に頼むしかない。まして連絡先に彼の直通番号もまだ登録しているのだから。

「ジェレミイ・ダンコムです」二回目の呼び出し音で彼が出た。

「ハロー、ジェレミイ」私が言った。「シッド・ハレーだ。憶えていますか？　少しまえに私の家を調べてもらった」

「もちろん憶えています」彼が言った。「ナットウェルのいい物件だった」

「それだ」間を置いた。「ジェレミイ、いま少々問題を抱えていて、助言をもらえないかと思った」

「オーケイ」彼が言った。「どうぞ」

突然、子供への性的虐待で警察に逮捕されそうになっているという説明が容易ではないと感じた。まったく根拠を欠いた言いがかりであるにしてもだ。火のないところに煙は立たない、と言う心の声が聞こえた。

「私にはわからないなんらかの理由で、警察が私に事情聴取をしたいようなのだ」

「何について？」彼が訊いた。

「つまり」私が言った。「非常に馬鹿げた話だが、彼らは私が自分の娘に淫らな行為をしていると考えているらしい」

〝性的児童虐待〟という言葉はどうしても使えなかった。電話の向こうに雄弁な沈黙が流れ、列車の向かいの席に坐った男性が軽蔑の眼差しで私を見た。

「事実なのですか？」ジェレミイが言った。

「いや、もちろん事実ではない」

「いま警察と一緒にいるのですか？」

「いや、ロンドンからバンベリイに向かう列車のなかだ。妻が電話をかけてきて、警察が私を捜していると言った。その理由も」

「これからどうしたいですか？」

「まっすぐバンベリイ警察署に行って、こんな信じがたいナンセンスは終わりにしたいが、まず弁護士に連絡すべきだと思った。あなたしか知らないのだ」

「私はあまり適任ではない」ジェレミイが言った。「通常担当しているのは不動産取引で、ときどき遺言書を扱う程度ですから。あなたには犯罪専門の事務弁護士が必要だ」

「あと一時間でどうやって見つければ？」

「うちの事務所にはふたりいますが、ふたりともこの午後はバンベリイ治安判事裁判所にいるはずです」

「警察署の隣だ」私が言った。「どちらかに連絡して、一時間後にそこで私との面会を手配してもらえないだろうか」

「やってみましょう」あまり自信がなさそうだった。「ですが、面会できるとはかぎりませんよ。どちらも法廷の事件で手一杯だし、水曜は裁判が長くなりがちです」

私は電話を切り、まえの席の男性に微笑んだ。笑みは返ってこなかった。

素晴らしい。次はどうなる？

手のなかで電話が鳴った。非通知番号からだった。

「ハロー、ミスタ・ハレー」ビリイ・マカスカーが言った。「元気かな？」

「なんの用だ」私が言った。

「騎手に質問するのはやめろと言ったはずだがな」

腕に鳥肌が立ち、うなじの毛が逆立った。私が質問しつづけていることを、どうして彼が知ったのだろう。

「やめている」私が言った。

「ほう、やめてないと思うぞ、ミスタ・ハレー」彼が言った。「だから代償を払ってもらう」

「どういう意味だ」

「じつにかわいい娘だな」彼が言った。「児童養護施設でつらい思いをしないことを祈るよ」

「クソ野郎」叫んだが、相手はもういなかった。電話が切れた。

目を上げると、車輛内のほとんどの乗客がこちらを見ていた。私はみなに笑みを送った。顔を背ける人さえいた。

なぜマカスカーはこんなことができる？

レースでどの馬が勝つかを決めたり、夫婦を脅して無理やり子供を誘拐させたりすることが可能なだけでなく、サスキアをソーシャルサービスに保護させ、私を逮捕させることまでできるようだ。

彼の禍々（まがまが）しい触手はどこまで伸びるのだ？

私はロバート・プライスに電話をかけた。

「マカスカーには連絡するなと言ったつもりだったが」強い口調で言いながら、あまり大きな声にはならないようにした。同乗者たちの注意を惹きすぎている。

「連絡なんかしてない」彼が言った。「誓ってもいい。するもんか」

ならどうやってマカスカーは知った？　電話が盗聴されていると主張したロバートが結局正しかったということか？　私の電話も盗聴されていた？　われわれの短いやりとりをマカスカーは聞いていたのか？

金曜の夜にロバートと話したことを思い出そうとした。どの電話で話したのだったか。マカスカーはあのときの会話をどのくらい聞いたのだろう。なかんずく、私が彼の電話番号を入手したことを知っているのだろうか。

次にマリーナにかけてみたが、家の電話には誰も出ず、彼女の携帯はすぐ留守番電話サービスにつながった。

　誰に相談すれば？　時間の猶予はあまりないかもしれない。

　厄介なことに巻きこまれたり痛めつけられたりしたとき、私はつねにエインズフォドのチャールズという聖域に頼ってきた。このときも例外ではなかった。

「とんでもない話だ」私が直近の災禍について話すと、彼が言った。

「わかっています。あなたにもわかっている」私が言った。「だが、ほかの人たちはまだ信じています」

「信じるわけがないだろう」

「いいえ、信じます」私が言った。「昔、人に対する最大限の悪口は売春婦呼ばわりすることだった。しかしいまは、小児性愛者とか児童虐待者に比べたら売春婦のほうが立派だと考えられている。その種の人間とわずかでもかかわっているようなことが仄(ほの)めかされるだけで、人々の目には極悪人のように映る」

「ならばこれからどうする？」チャールズが訊いた。

「バンベリイ警察署に行きます。そこですべて解決することを望んで。ただ、弁護士が必要なのです、いますぐ」

「法廷弁護士の友人がいる。私のクラブにいる勅選弁護士(QC)だ。電話してみよう。何か解決してくれるかもしれない」

　私は礼を言ったが、高潔な勅選弁護士でさえ児童虐待者からはできるだけ離れていようとする。自分のイメージ、ひいてはキャリアに悪影響があるからだ。

私はバンベリイ警察署までたどり着けなかった。

列車からおりたプラットフォームで、制服警官ふたりと私服の警官ひとりが待っていた。

向かいに坐っていた男性が、ハイ・ウィコムを通過したときに携帯電話を持ってトイレに立ったのを思い出した。私は制服警官ふたりに左右からしっかり両腕をつかまれながら、頭のなかで彼が自己満足の笑みを浮かべているところを想像した。

「ミスタ・ハレー」目のまえに立った私服警官が言った。「部長刑事のフリートです。二〇〇三年性犯罪法にもとづく児童虐待容疑であなたを逮捕します。何も言う必要はありませんが、のちに法廷で用いる事項につき質問されて答えなかった場合、弁護上不利になることがあります。また、発言はすべて証拠として提出される可能性があります」

私は何も言わず、導かれるままに駅から出て、待ち受けていた警察車に乗りこんだ。

連行されたのはバンベリイではなくオックスフォードの警察署だった。

体格のいい白シャツ姿の巡査部長に指示されて手続きをし、留置区画に案内された。

彼は私の顔を見るなり〝子供狙いの変質者〟は嫌いだと明言した。

ポケットを空(から)にして、携帯電話、財布、ベルトを提出させられた。係員はそれぞれ注意深くポリ袋に入れて封をし、署名つきのラベルを貼った。次に別の係が私の写真を正面と横から撮り、丁寧とはとても言えないやり方で頬の内側からDNAサンプルを採取した。

少なくとも私にとっては、ひとつおもしろい場面があった。留置担当の係官が私の左手の指紋を採ろうとしたのだ。義手を使っているかと誰からも訊かれなかったので、私も言っていなかった。おまけに彼らの簡単なボディチェックでも義手は発見されなかった。

ただ、巡査部長は笑わなかった。

「はずせ」彼がぶっきらぼうに命じた。

「なぜ？」私が訊いた。

「命じられたら、そうしろ」

口論して何かが変わるわけでもないので、私はしっかり固定されたシェルから左の前腕を慎重にはずし、掌を上に向けて彼に渡した。巡査部長は顔をしかめて眺めたあと、それを別のポリ袋に入れた。

「弁護士に会いたい」私が言った。

「近いうちにな」巡査部長が不快そうに応じた。

「ワトキンソン主任警部とも話したい」

「彼のほうで準備ができたら、かならず話しに来る」私が言ったことを書き留めながら答え、部下のほうを向いた。「このクズを五番房に入れとけ」

「ちょっと待ってくれ」私が言った。「電話もできないのか？」

「近いうちにな」彼がくり返した。「五番房だ」

彼の部下ふたりが私を歩かせ、金属製のゲートを抜けて、クリーム色の通路を五番房まで進んだ。入口から無作法に私をなかに押しこんで、すぐさま扉を閉めた。

彼らを責めるわけにはいかない。

私とて小児性愛者は嫌いだ。さらに、法律がどうあれ、警察の目から見れば、逮捕された者はみな無実が証明されるまで有罪であって、たとえ無実が証明されてもまだ疑ってかかる。逮捕者が子供への性的虐待容疑をかけられているなら、なおさらである。

私はコンクリートのベッドに敷かれたビニールカバーの薄いマットレスに腰をおろし、どうして人生がこれほど急激に変わってしまったのだろうと考えた。期待と興奮に胸躍らせていた状態から、絶望とふがいなさの底まで突き落とされた。

ワトキンソン主任警部と話して、だまされやすいソーシャルサービスを笑い飛ばすくらいでは、とてもこの混乱から抜け出せないのはわかった。おそらく出廷を求められ、当然の結果として報道機関にあることないこと書き立てられる。

しかも、この忌々しい独房にいつまで閉じこめられる？

ここからクイーン・メアリ病院の手術室に六時間以内にたどり着ける見込みはほとんどないだろうな、と考えた。たとえ適合するドナーの手が現れたとしても。

雨が降っていないのは運がいいということか。

## 17

約二時間後に、ようやく電話を一件かけることが許された。自分の権利は知っている、居場所を誰かに知らせることは認められるべきだと、くり返し要求したあとだった。留置担当巡査部長の机から、チャールズに電話をかけた。

「いまどこにいる？」チャールズが訊いた。

「オックスフォード警察署です」私が言った。「勅選弁護士（QC）の友人と話せましたか？」

「話した。法廷弁護士を手配してくれたが、彼女はいまバンベリイできみを捜している」

「よかった。オックスフォードに来てほしいと伝えてください。それからチャールズ、マリーナに電話して、私の居場所と、大丈夫だということを伝えてもらえませんか？」

「ここまで」巡査部長が言って、私の手から受話器を取り上げた。「こいつを房に戻せ」

「ワトキンソン主任警部とも話す必要がある」私が言った。

「近いうちにな」また同じことを言った。「房に戻せ」

また無理やり歩かされた。

「取り調べはいつ？」係官のひとりに訊いた。

「近いうちにな」彼もまた言った。

警察用語で〝まだだ〟という意味にちがいない。

　夜九時に警視による取り調べを受けた。逮捕されて四時間半後、チャールズの友人の勅選弁護士がまわしてくれたマギイ・ジェニングスがオックスフォドに到着して一時間後だった。といって、彼女との接見が認められたのは取り調べのわずか五分前だったが。

「遅くなって申しわけない、ミスタ・ハレー」申しわけなく思っていなそうな口調で警視が言った。「あなたの家の捜索をしていたもので」

「何も見つかりませんよ」私が言った。

「依頼人とふたりだけで話したいのですが」マギイ・ジェニングスが大きな声で割りこんだ。

「取り調べ中断、時刻は……」警視は壁の時計を見た。「……二十一時二分」録音機のスイッチを切り、部屋から出ていった。助手もあとに続き、部屋にはマギイ・ジェニングスと私だけになった。盗聴装置が仕掛けられているだろうかと思ったが、尋ねないことにした。

「ミスタ・ハレー、直接の質問には〝ノー・コメント〟以外答えないように、と言ったはずです」マギイ・ジェニングスはかなり腹を立てていた。

「シッドで」彼女に言った。「シッドと呼んでください。ところで、どうして何も言えないのですか？　隠すことはない。悪いことは何もしていないのだから」

「ミスタ・ハレー……シッド」彼女が言った。「あなたの容疑はたいへん深刻なの。何か言えば、警察はその意味をゆがめ、あなたを悪く見せることに用いる。だから信じて。何も言わないほうがはるかにいいんです」

なぜそうなるのか理解できなかった。黙っているのは罪を犯した者だけのはずである。

マギイがドアのほうに歩いていき、ノックした。すぐにそこが開いて、警視と助手が席に戻った。

録音機のスイッチがまた入った。

「取り調べ再開、二十一時五分」警視が言った。「イングラム警視、フリート部長刑事、容疑者ミスタ・ハレー、容疑者の弁護人ミズ・ジェニングスが出席。

さて、ミスタ・ハレー」と続けた。「家で何も見つからないなら、小さい女の子たちの写真がどこにあるのか教えてもらおうか」

「ノー・コメント」

「小さい女の子の写真を持っているね？」

「ノー・コメント」また言って、口をつぐんだ。

言いたかったのは、小さい女の子の写真なら山ほどあるということだった。サスキアが生まれた瞬間から、それこそ昨日の午後の庭までの六年分の写真がある。家にいるサスキア、学校にいるサスキア、チャールズの家、休日をすごしたオランダの浜辺、クリスマス・ディナー、誕生日パーティ、その他ありとあらゆる場所にいるサスキア。数メガピクセルのカメラがついた携帯電話をいつでも使えるようにしている。そうしない父親がいるだろうか。そこに違法なもの、うしろ暗いものは何もない。

「アナベル・ガウシンという女の子を知っているか？」彼が訊いた。

私は横目で弁護士を見た。彼女はわからないくらいわずかに首を振った。

「ノー・コメント」私が言った。

「彼女はまだ六歳だ」警視の声には軽蔑がにじんでいた。「ミスタ・ハレー、どうしてあなたの携帯電話にアナベル・ガウシンの裸の写真が入っている？」

「ノー・コメント」

「彼女が裸で立っている写真だ、あなたの家で」

「ノー・コメント」

彼がその写真を見たのなら、アナベルがサスキアと浴槽で立っていて、ふたりとも泡風呂の泡にすっぽり包まれていることを承知しているはずだった。泡から飛び出した笑顔を除けば、ふたりの素肌は一平方インチも見えていない。それにしても、彼らはその写真に写っているのがアナベルだとどうしてわかった？

警察が意味をゆがめ、悪く見せるというマギイの言葉がだんだんわかってきた。

私が彼らの質問に答えようが答えまいが、なんのちがいもなさそうだった。嫌な気持ちが募って、私は椅子の上で体を動かした。

取り調べはそれから一時間、同じような調子で続いた。私は警視から直接訊かれたことにすべて「ノー・コメント」と答えた。その間ずっと、フリート部長刑事は静かに坐ってこちらを見ていた。バンベリィ駅での逮捕時の警告からこっち、私は彼が何か言うのを一度も聞いていなかった。

私はまたマギイとふたりきりで話すことを要求し、警視の質問に答えない戦略に再度異議を唱えた。

「こうすべきなの」マギイが言った。「あなたが無実を証明する必要はない」

「だが、証明したい」私が答えた。「無実だから」

「こうすべきなの」彼女がくり返した。「わたしを信じて」

マギイは私の無実をどこか疑っているのではないかという感じがした。アナベルの写真に関する質問に動揺したのかもしれない。しかし、あのとき私は、誰かが写真をほかの意味に解釈するなどとは夢にも思っていなかった。六歳の娘が親友と浴槽で無邪気に遊んでいるところを、わが子自慢の父親が写真に残しただけではないか。マリーナも一緒に写っていて、そもそも写真を撮ろうと言いだしたのは彼女だった。

かくして私はすべての質問に「ノー・コメント」と答えつづけ、最終的に——私同様——警視もすっかり嫌気がさした。

「取り調べ終了……二十二時十八分」彼が言い、録音を止めた。そして立ち上がると、あとは何も言わずにさっさと部屋から出て行った。

「このあとは？」沈黙の助手フリート部長刑事に訊いてみたが、相変わらず何も言わなかった。靴についた犬の糞を見るような目で私を見たあと、上司のあとを追って部屋から出ていき、ドアを閉めた。

「まちがいなく、あなたをここにひと晩勾留するでしょうね」マギイが言った。「そして明日の朝、また質問する。彼らはすでにあなたの家を捜索し、ほかに怪しい画像がないかコンピュータのメモリを確認している」

「アナベルの写真は怪しくない」私が言った。「私の娘と浴槽のなかに立っていて、ふたりとも首から爪先まで泡に包まれている。私の妻も写っている。どこをどう見たって性的なものはない」ただ、あのとき写真に撮るべきではないとチラッと思ったのも事実だった。マリーナから強く言われなければ撮らなかった。

「いずれにしろ解放してくれませんか」彼女が言った。「三十六時間まで勾留できるので。さらに治安判事に申請すれば、もっと長く」

「もっと長く？」

「起訴するか釈放するかを決めるまで、合計九十六時間引き止めることが可能なの」

「九十六時間！　四日間も」

「それは極端なケース」マギイが言って、安心させようとした。「別の画像が見つからず、逮捕の根拠だとあなたが言う写真がまったく罪のないものであれば、明日のどこかで釈放されるでしょう。おそらくこの先、彼らが捜査を終えた日にもう一度警察に出頭するという条件つきの保釈になる。ほかの人から有罪を示す証言があった場合には、また別だけど」

誰から？　と思った。そもそもこの件は、マカスカーが誰かを脅して私を陥れる申し立てをさせたにちがいなかった。ほかにどんな罠を仕掛けているかわかったものではない。

マギイが歩いてドアをノックした。「では、明日の朝また」

「どこに泊まるのです？」

「事務所がホテルを予約しています。わたしのことは心配しないで。なんとでもなりますから。明日のいつ取り調べをするか、警察が知らせてくるかもしれないけれど、とにかくわたしが明日来るまで、事件については何も言わないこと。ひとつ警告しておくと、〝友好的なオフレコの会話〟などというものは存在しません」

ドアが開き、また同じふたりの担当官が入ってきて、マギイは出ていった。

またしても五番房に歩かされるあいだ、私は指示を守って彼らに何も言わなかった。いずれにしろ、彼らから何か〝友好的な〟ものが出てくる見込みはなさそうだった。房で私を待っていた食事さえ石のように冷たかった。得体の知れない食材が入った黒褐色のシチューで、ソースが壁紙用の糊のようにプラスチックの皿に凝り固まり、何十年もまえからそこにあったかのようだった。

これで四日間すごしたらすぐに騎手時代の体重に戻れるな、と思った。

「これをどう説明する？」翌朝、警視が訊いた。

そして取調室の机の上に茶封筒を放った。外に飛び出した写真の分厚い束が嫌でも目に入った。どれも幼い子供が性的な状況下にあり、普通の人が見れば吐き気を催すような写真だった。

「ノー・コメント」私がまた答えた。

「この封筒はあなたの家の物置で見つかった」彼が言った。「古いガーデニング用手袋の束の下に隠されていた」

耳の奥を血が駆けめぐるのが聞こえた。口のなかはカラカラに乾き、喉が締めつけられる感じがした。

こんな封筒も写真も見たことがなかった。マカスカーが仕組んだのだ。あるいは部下の誰かが。しかし、その説明をミズ・ジェニングスが認めてくれたとしても、警視が信じるとは思えなかった。

私はこれで一気に不利になり、虚無の世界へ真っ逆さまに飛びこんでいる気がした。後戻りもできず、全速力で氷山に突き進むタイタニック号さながら、奈落の底への一方通行だった。

どうどう、と自分に言い聞かせた。落ち着け。何度か深呼吸しろ。

無理やり時間をかけて、目のまえにあったグラスの水をゆっくり飲んだ。

「ワトキンソン主任警部と話したい。あるいはリンチ部長刑事と」

それが初めての要求ではなかったが、警視はやはり注意を払わなかった。

「この封筒には、きわめて不適切な子供の写真が五十八枚入っている」彼がその何枚かを机の私のまえに並べながら言った。「子供が大人と性的関係を持っているものもある。もちろん、大人の顔は見えないがね。ミスタ・ハレー、言っておくが、これだけであなたはかなり長い刑期を務めることになる。あなたのような人間が塀のなかに入ったらどうなるか、わかってるな」指で喉を切る仕種をしてみせた。

「わたしの依頼人を脅さないでください」マギイ・ジェニングスが言った。

警官は彼女まで脅したがっているような様子で睨みつけた。

「あなたの質問に答えますよ」私が彼に言った。「ただし、ワトキンソン主任警部とリンチ部長刑事が同席すればです」

マギイ・ジェニングスが驚きの目で私を見、いま一度、依頼人だけとの話し合いを要求した。

「話すのが本当に賢明だと思いますか？」ふたりだけになると、彼女が訊いた。

「もうやってもいないことで責められるのはたくさんだ。あんなことはしていないのに、弁明もできない。あの写真は私の庭の物置にこっそり置かれたのだ。見たこともなかったし、二度と見たいとも思わない。彼の質問に答えるのは賢明ではないかもしれないが、つねに〝ノー・コメント〟と答えるのだって同じくらい印象が悪い。何か隠しているように聞こえるでしょう、何も隠していないのに。聞いていると自分でさえ無実が疑わしいように思えてきた」

「わかりました」マギイが首を振って不賛成を示しながら言った。「依頼人の判断です」

ところが取り調べは再開されず、私は強制的に五番房に戻されて、永遠とも思える時間、ひとりで放っておかれた。

その感覚は、腹立たしいなどという言葉ではとうてい言い表せない。

私は何が起きているのかを理解し、掌握することに慣れているが、独房では完全に外界から切り離され、家族がどうなっているのかさえわからなかった。

マリーナとサシイはどこかで一緒にいるのだろうか。それともわが愛しのサシイは、マカスカーが仄めかしたように、初めて入った児童養護施設でひとり怯えているのだろうか。

わからないのが何よりもつらかった。

今日では携帯電話とインターネットが手元にあって当たりまえになっており、それらがなくなったとたんに途方に暮れてしまう。世界全体とつながっていることへの依存症のようなもので、ほんの数時間でもデジタル的な隔離に対処できないのだ。

私は右手の指を何度も曲げ伸ばしした。そうしつづければ、携帯でメッセージを送りたくなったりコンピュータのキーボードを叩きたくなったりする衝動がなくなるかのように。

一方、私の左手の指はいかなる刺激に対しても頑固に反応を拒んでいた——私から十五ヤードほど離れた留置担当巡査部長の机の抽斗にしまわれているのだから。

果てしなく時間が流れ、私はマリーナとサスキアのことを心配しつづけた。ふたりの面倒を見るのは私の役目だが、このところその役目を果たすことに見事なまでに失敗している。自分の面倒さえ見られないのだ。

独房に時計はなかった。たいがいの場合、私は腕時計ではなく携帯電話で時間を見る。一分がどのくらいか見当をつけた。そして五分。十分。といって、それが正しいと確かめるすべはなかった。

この日二度目に、パニックが喉元までせり上がってくる感じがした。

落ち着け、とまた自分に言い聞かせた。落ち着くんだ。もっと深呼吸をしろ。しかし深呼吸はあまり心地よくなかった。警察の留置場には隅々までにおいが染みついていることがわかった。アンモニア消毒剤の刺激臭に勝る、饐(す)えた汗と小便と嘔吐物のにおいである。

だが、脳の働きを保つために何かしなければいけないと思い、時間の経過を含まないまわりの環境について頭のなかで計算しはじめた。この房の広さは？　この部屋のなかにある空気の体積は？　この悪臭漂う空気を肺にめいっぱい吸って五リットルだとすると、部屋の空気は肺何杯分だ？　などなど。

馬鹿げているのは承知だが、独房の壁をよじのぼるよりましだろうと思った。私の精神状態はかぎりなくそれに近づいていた。

次に逮捕されるときには、読む本を忘れず持ってこないと。ただ、この警察署では持ってきても取り上げられるだろうが。

担当官がようやくやってきて、私はまた取調室まで歩かされ、机のまえの椅子に無理やり坐らされた。

壁の時計を見た。十一時五十分だから、独房に戻されていたのはたったの二時間あまりだった。その五倍には感じられた。独房に何年も閉じこめられる人は、これにどう対処しているのか。自分なら一週間で気が変になると思った。

マギイ・ジェニングスが入ってきて、警視、その部下の巡査部長と続いた。ワトキンソン主任警部も入室して、ほかの警官たちの少しうしろに坐った。リンチ部長刑事は現れなかったが、期待のしすぎは禁物だ。ワトキンソン主任警部がいれば充分だろう。

警視が録音を開始し、日付と時刻と部屋にいる者を告げるいつもの手続きに入った。

ワトキンソン主任警部がいることですべて解決すると私が思っていたとしたら、それは大まちがいだった。むしろ警視の態度は硬化した。一逮捕者から同席者を指示されたことが気に入らないかのように。

「よろしい、ミスタ・ハレー」彼が言った。「再開しよう。あなたはアナベル・ガウシンという女の子を知っているか？」

「イエス」私が言った。「私の娘の学友だ」

「彼女があなたの家に来たことはあるか？」

「イエス」私が言った。「何度か泊まりに来たことがある。訊かれるまえに答えておくと、イエス、二週間ほどまえ、彼女がうちの娘と浴槽にいる写真を撮った。私の妻も一緒に写っていて、いかなる意味でも性的な写真ではない」

「六歳の裸の女の子ふたりが写った写真が性的ではないと言うのかね？」

「そのとおり。ふたりとも泡風呂の泡に完全に包まれている。そのどこが多少なりとも性的なのですか？」

「マリリン・モンローは泡風呂をセクシーだと考えていた。まさにその理由から、泡でいっぱいの浴槽に入ってたびたび映画に出ている」

「それは別の話だ」私が言った。「とにかく、私が撮った一枚はまったく不適切ではない」

「それを判断するのは陪審だ」

おお、神様、と思った。裁判？　陪審が入る？　もちろん彼らもあれは家族の他愛ないスナップ写真だと理解するだろうが、ほかの写真はどうなる？　うちの庭の物置で見つかった茶封筒のあれは？　あれを他愛ない家族のスナップ写真と言うのは無理だ。

「ミスタ・ハレー」警視が続けた。「アナベル・ガウシンに不適切に触ったことはあるかね？」

「いや」怒って言った。「ない。小さな女の子に触れたことはいっさいない。わが娘を除いてだが、もちろん」

「あなたの娘の性器やアヌスに触ったことは？」

質問の進む方向が気に入らなかった。やはり〝ノー・コメント〟を続けるほうがよかったのだろうか。

「赤ん坊のときには、おむつを替えた」私が言った。「いい父親ならみなそうするでしょう。妻が不在か忙しいときには、ときどき風呂にも入れた。だが、答えはノー。性的な意味であの子に触れたことは一度もない」

「あなたは彼女のまえで裸になったことがある？」

「彼女が赤ん坊だったころ、妻と私は何も考えずに寝室を裸で歩きまわっていた。サスサシイが小さいころ、朝になるとよくマリーナと私のベッドにのぼってきたことを思い出した。そのとき私は裸だった。

「娘さんがいるときに最後に裸になったのはいつだね？」

「わからない」私が言った。

「去年？　先月？　先週？」

「それよりはずっと昔だ」わずかに汗をかいて言った。「何年もまえ。おそらくあの子が小学校に入ってからはない」

「ほかの子がいるまえで裸になったことは？」彼が言った。

「ない」断言した。

「あなたはこの写真に写っている大人のどれかなのか？」彼は茶封筒を取り上げた。

「絶対にちがう。そんな写真も一度も見たことがなかった。電話で私を脅迫してきた男がうちの物置に忍ばせたにちがいない。学校から私の娘を誘拐させたのと同じ男が」

いまの主張を後押ししてくれるのを期待して、ワトキンソン主任警部のほうを見たが、彼はしっかり口を閉じて坐っていた。黙って坐っていろと命じられたようだった。

私はまた警視のほうを向いた。「あなたはビリイ・マカスカーについてワトキンソン主任警部と話しましたか？」

「それはこの件とは関係ない」

「いや、大いに関係がある」腹が立って言った。「マカスカーは昨日、列車にいた私に電話してきた。逮捕されるほんの数分前に。彼の望むことを私がしなかったから代償を払えと。私の娘が養護施設であまりつらい思いをしないことを望むとも言った。だから関係ないなどと言わないでくれ。何から何までビリイ・マカスカーと関係がある」

「ビリイ・マカスカーは、浴槽に裸で立っているふたりの女の子の写真は撮っていない」

あの写真がどうしても頭から離れないようだった。

「いいですか」できるだけ理性的に聞こえるように言った。「あなたは実際にあの写真を見ましたか？　見たのなら、あれが無邪気な家族のスナップ写真であることは、私と同じくらいあなたもわかっているはずだ。あれだけでは逮捕ができないことはもちろん、眉をひそめることすらないでしょう」だが、あのスナップ写真はマカスカーのケーキに足されたアイシングのようなものだ、と思った。マカスカー本人もこれほどの幸運は想像できなかっただろう。

「だとしたら、私はなぜ逮捕された？」と続けた。「しかも、私の携帯のあの写真をまだ誰も見ていない段階で？　つまり誰かが私を告発したにちがいない。それは誰ですか？」

警視は何も言わなかった。

「告発したのはアナベル・ガウシンでも、彼女の両親でもないでしょう？」私が勢いづいて言った。「誰だったんです？　アイルランド訛りがある人物か？」

またしても反応はなかった。

「ずっと言いつづけているように、イングラム警視、この事件全体は完全な捏造だ。ビリイ・マカスカーか、彼の取り巻きのひとりが、その写真をあなたが目をつけそうなうちの納屋に隠した。そして警察に通報し、私を告発した。その写真から指紋は採取しましたか？　まちがっても私の指紋はなかったはずだ」

「取り調べ中断、十二時二十二分」ふいにイングラム警視が言い、録音機のボタンを押した。

三人の警官がいっせいに立ち上がり、ドアに向かった。

「あとどのくらいここに閉じこめられるんです?」声に怒りをこめて訊いた。「家に帰って家族を見守りたい」

警視は立ち止まろうともしなかった。

「ワトキンソン主任警部」私が呼びかけた。「何が起きているか、あなたならわかるだろう。どうにかしてくれませんか?」

彼は一瞬振り返り、悲しげな目で私を見たが、やはり何も言わなかった。彼が外でイングラムに話してくれることに望みを託すしかない。

三人が出ていったあと、ドアが閉まり、部屋は私とマギイ・ジェニングスだけになった。

「これからどうなる?」私が訊いた。

彼女も私と同じくらい、取り調べがこれほど急に終わったことに驚いているようだった。「よくわかりません。彼がまた話そうとするかもしれないし、あの不適切な写真であなたを起訴する証拠は充分そろったと考えるかもしれない。あるいは、質問は後日にまわして警察保釈になるかも」

「警察保釈?」

「保釈はされるけれど、与えられた日時に警察署に出頭しなければならない。よくとられる措置です、ことに起訴できるほど証拠がなく、捜査にもっと時間をかけたい場合に。条件がつくこともよくある。たとえば、外国に逃げないようにパスポートの提出を求められるとか」

現時点で外国に逃げるのはなかなか魅力的に思えた。

「もし起訴されたら？」

「治安判事のまえに出るまでこの警察に勾留される。明日の朝、いちばん考えられるのはそれです」

「そのあとは？」

「たぶん治安判事が保釈を認めるでしょうね」

彼女の〝たぶん〟がなんとも気に入らなかった。

## 18

その日の午後四時、警察保釈が言い渡された。しかし予想どおり、条件がついていた。パスポートを提出させられただけでなく、意図的にアナベル・ガウシンから二マイル圏内に近づくことを禁じられ、わが娘とふたりきりになることも許されなかった。

「それは無理だ」条件を読み上げた留置担当の巡査部長に言った。「私はアナベル・ガウシンの家から二マイル圏内に住んでいるのだから」

「では、別の場所に住まなければならない」にべもない返事だった。「条件を受け入れないのは自由だが、そうなると治安判事の判断を仰ぐことになる。彼は再勾留を求めるかもしれないな。選ぶのはあんただ。この条件はソーシャルサービスが要求したもので、彼らはこういうことを熟知している」

心のなかで、本件にかぎってはソーシャルサービスも熟知していないと思ったが、私にできることはなかった。

またしても私は意に添わぬ書類に署名することになった。

チャールズがだいぶくたびれたメルセデスで迎えに来てくれた。うちの合鍵を使って机のいちばん上の抽斗から私のパスポートを取ってきてほしいと彼に頼んでいた。私はそれをもったいぶった手つきで巡査部長に差し出し、代わりに義手、ベルト、財布、自由を受け取った。

携帯電話は証拠になりうるからと返してくれなかった。

チャールズと私が警察署から出ると、記者やカメラマンの群れが待ち構えていた。あちこちで質問が叫ばれ、フラッシュが焚かれた。テレビ局のクルーまで来ていて、私の顔のすぐそばにカメラとマイクを突きつけた。

私は完全に虚を衝かれ、思わず警察署のなかへ逃げ戻りそうになったが、戻ったところで救いにならないのはわかっていた。そもそも報道関係者にこっそり情報を伝えたのは留置担当の職員の誰かであろう。

だからチャールズと私は、彼の車にたどり着くまでの五十ヤードほど、まわりをうるさく走って写真を撮るパパラッチの不快な襲撃に耐えねばならなかった。

「入るんだ」チャールズがメルセデスのロックを解除しながらルーフ越しに叫んだ。が、ドアを閉めるのも容易ではなかった。カメラマンたちがもっといい写真を撮ろうとドアをまた引き開けようとしたからだ。

　ようやくチャールズが車を出して縁石から離れた。両側のドアは開いたままだった。

「気をつけて」テレビ局の人員のほうへ車がまっすぐ進んでいくのを見て、私が叫んだ。「轢かないでくださいよ。そうなったら留置場に逆戻りだ」

　幸い彼らは分別を働かせて道の一方に飛びのき、加速する車を通した。

「いやはや」チャールズが笑って言った。「ＰＬＡの弾幕をかいくぐるようだったな」

「ＰＬＡ？」

「人民解放軍（ピープルズ・リベレイション・アーミー）だ」彼が言った。「中国人の。長江を下ったときの。ただ、いまのは本物の銃弾ではなかったがな」

　いや、本物の銃弾のようだった。彼らが撮った映像や写真は、まちがいなく夜のテレビのニュース放送や明日の全国紙の紙面に使われるだろう。

「どうして教えてくれなかったんです？」私が訊いた。「警察に入るときに彼らを見かけたはずだ」

「申しわけない。気づかなかった」チャールズが言った。「気づいたとしても、きみを待っているとは思わなかっただろうな」

たしかにそうだ。

「いま尾けられていますか？」

チャールズがバックミラーを見た。「いないと思うが、念のため何度か曲がっておこう」

そこから十分ほど、オックスフォードの一方通行の道を曲がりながら走った。誰もついてこないことに満足すると、チャールズはメルセデスの船首を北西のエインズフォードに向けた。

「署のなかはどうだった？」彼が訊いた。

「おぞましい」私が言った。「変態扱いでした」

少なくともチャールズは、きみはそうなのかとは訊かなかった。

「自分の家でも暮らせないというのは、いったいどういうことなのだ？」

留置担当巡査部長の机からかけることが認められた短い電話で、釈放の条件についてできるだけ説明はしていた。チャールズにかけたのは、たんにマリーナが家の電話にも携帯電話にも出なかったからだった。巡査部長はさっさとすませろという態度だった。

「ご親切なソーシャルサービスのおかげで、アナベル・ガウシンから二マイル圏内にいられなくなったのです。彼女の家はうちから一マイルもないところで」

「具体的にはどこだね？」チャールズが訊いた。

「イーストレイク。学校のすぐ隣です」

「それならわが家に来るといい」チャールズが言った。「うちはイーストレイク小学校から少なくとも三マイルは離れている」

「携帯電話を貸してもらえますか？　マリーナにかけたい」私が訊いた。

「携帯電話は持っておらんのだ」彼が答えた。「あれは好きになれなくてな。エインズフォドに着いたらかけられる」

いまどき携帯電話なしでどうやって暮らせるのだろう。私は自分の携帯から切り離されてわずか二十四時間だが、もう置き去りにされて勝手がわからなくなった感じである。公衆電話に立ち寄ってくれとチャールズに頼もうかとも思ったが、エインズフォドに着いてからでも遅くはないだろうと考えた。いずれにせよ、マリーナが喜ぶ知らせではない。

「ふたりはどうしています？」私が訊いた。

「マリーナはかなり怒っている」

「私に？」

「みんなに、だと思う。ただ、いちばんはソーシャルサービスだな。だが私も彼女とは、きみが電話してきた昨夜から話していない。サスキアはソーシャルワーカーに預けられていて、マリーナがいまも居場所を突き止めようとしている」

マリーナがそうとう怒っているのはわかる。私もだ。それはおもに、私を最初に告発した人物を警察から聞き出せなかったことによる。なぜそんなことをしたのかも。

私は子供の不適切な画像を生み出し保有していたという嫌疑をかけられたが、釈放された。その先の加害行為は話にも出なかった。

「だったらなぜ」警察で留置担当の巡査部長に訊いてみた。「アナベル・ガウシンに近づいてはいけないとか、娘とふたりきりになってはいけないなどという条件がついている？」

「ソーシャルサービスはこの上なく慎重なのだ」彼が答えた。

私は個人的に、こうした条件は非協力的な被疑者にだけつくものと思っていた。しかし、言っても詮ないことだ。巡査部長はおそらく笑い飛ばしただろう。

エインズフォドに着いてすぐマリーナに電話をかけた。

「どこにいるの？」彼女が緊張した声で叫んだ。

「チャールズの家だ。きみはどこ？」

「オックスフォド郊外のとんでもない児童養護施設」

「サシイは？」

「もうすぐ連れて帰っていいと言われたけど。あなたはどうして家にいないの？」

いろいろな条件に同意してようやく釈放されたと説明を試みたが、彼女はあまり理解していなかった。サスキアを取り戻すことに集中しきっている。

「サシイを引き取ったら、そのままエインズフォドに来てくれ」私が言った。「ここで話そう」

マリーナとサスキアは七時すぎにやっとチャールズの家に到着した。マリーナは泣いていた。怒りと安堵と疲れが混ざった涙だった。

彼らを迎えにドライブウェイまで出た。マリーナが走ってきて両手の拳で私の胸を叩きはじめたが、私がしっかり抱きとめると、私の肩に顔をうずめて泣いた。

「ああ、シッド」くぐもった声で言った。「わたしたち、どうなってるの？」

私も知りたかった。

チャールズも出てきてサスキアの手を取った。

「マミイとダディ、何がいけないの、おじいちゃん？」サスキアが言った。

「何もいけないところはないよ、ダーリン」彼が言った。「なかに入ろう。ミセズ・クロスがビスケットを出してくれる」

六歳と八十代が手をつないで家に入り、マリーナと私は残って砂利の上に立っていた。

「シッド」マリーナが少し落ち着き、私から離れて言った。「正直に話して。あなたは警察が物置で見つけたあの写真とかかわってるの？　本当のことを教えて」

「ダーリン」私が言った。「きみに誓う。警察に見せられるまで、あんなものは見たこともなかった。誰かが物置にこっそり隠して警察に見つけさせたんだ。絶対約束する、あんなものとはなんの関係もない。神かけて誓う」人差し指で胸に十字を切った。

「嘘だったら死んでもいい?」マリーナがわずかに微笑んで言った。

「いいとも」笑みを返した。「警察もきっとそう思っている。でなければ起訴したはずだ」

ソーシャルサービスも、サシイを私たちの手元に戻したりしないはずだ、と思った。

「あなたはもう自由なの?」マリーナが訊いた。

「警察保釈になった。理屈のうえではまだ逮捕中だが、警察がさらに捜査するあいだ勾留は必要ない。ただ、二週間後にもう一度出頭しなければならない」

「それならもう家に帰れるの?」

「なかに入ろう」私が言った。「ここは寒い」

私たちは家に入って台所のテーブルを挟んで坐った。私はマリーナに、事の経緯と私が家に帰れない理由をくわしく説明した。

「でも、あなたがアナベルに何かするなんて誰も信じないでしょう」マリーナが言った。「写真を撮ったときには、わたしもずっと一緒だった。どうして警察はわたしに訊いてくれなかったの?」

「これから訊くかもしれない」彼女の手をなでながら言った。「だが、わからないのは、警察がどうやってアナベルの名前を知ったかだ」

「それはたぶんわたしが悪いの」マリーナが言った。「警察がわたしたちの家を捜索してたとき、あなたの携帯に入っていた泡風呂の女の子ふたりの写真について訊かれた。

わたしは笑って、あれはうちの娘と親友が浴槽で遊んでたのよと答えた。そしたら、娘さんではない女の子の名前と住所を教えてくれと言われて。教えて困ることなんかないと思ったの」急にまた心配顔になった。

「大丈夫だ」また彼女の手をなでて言った。「たんに女の子たちが愉しんでいる無邪気なスナップ写真だから」

しかし警察の考えはちがった。あれだけでも子供の不適切な画像を作成したと見なして起訴に持ちこもうとしたくらいなのだ。

「私が家に帰れなくても、きみとサシィは帰っていいんだ。ここにひとりで残るのはかまわない」

「それはクソ論外」マリーナが言って、私を笑わせた。「ろくでもないアイルランド人がまだ放置されてるんだから」体を震わせた。「わたしたちもあなたとここにいるわ、チャールズがよければだけど」彼のほうを向いた。

「いいとも、マイ・ディア」チャールズがニッコリとして言った。

「しばらくお世話になるかもしれませんよ」私が警告した。「少なくとも、あと一、二週間」

「問題ない」彼はまだ微笑んでいた。「好きなだけいればいい。だが、みんなに食べさせるだけの食料がないかもしれんな。今晩ですら心配だ。ミセズ・クロスにまかせれば台所でいくらでも奇跡を起こしてくれるのはわかっているが、料理しようにもパンひとつ、魚一匹ないかもしれない」

チャールズは空っぽの両手を広げてみせた。私は彼が聖書を引き合いに出したことに微笑み（新約聖書マタイ伝福音書第十四章で、イエスはパン五つと魚二匹を五千人の群衆に食べさせた）、危機に動じない彼の冷静沈着ぶりに感心した。王立海軍で指揮を執った長年の経験から来るのであろう。

「家に帰れば、食べ物が冷蔵庫にいっぱいあります」マリーナが言った。「取ってきますね。どうせロージイに餌もやらなきゃいけないし。きっとわたしたちみんながいなくなって、どうしたんだろうと思ってるわ」

そうすることに決めた。

マリーナが二マイル運転してうちに帰り、食料とロージイ、着替え、洗面用具入れを取ってくる。

「私が一緒に行こう」チャールズが言った。「用心のために」

「なんの用心です？」彼女が顔を曇らせて言った。

「夕方、警察署に行ったときには外で報道関係者が待っていた。いま思えば、あなたの家にシッドのパスポートを取りに行ったとき、誰かが家の外にいたかもしれない。あなたがひとりで帰って彼らに捕まったらたいへんだ」

「報道関係者？」

「カメラマンやテレビ局のクルーだ」私が言った。「オックスフォド警察署の外で私たちが出てくるのを待っていた。チャールズの言うとおりだと思う。それに、彼の車で行くほうがいい。もし誰かがいたときのために、きみは後部座席で頭から毛布をかぶっている」

「ちょっと大げさじゃない？」マリーナが言った。

「いや、本当に。カメラを目のまえに突きつけられるのは笑いごとじゃない。誰もいなければそれでいいが……不必要な危険は減らしておこう」

いまや誰が〝危険回避〟派だ？

彼らはメルセデスで出かけ、私はサスキアとサーディンズをして遊んだ。一応ミセズ・クロスが一緒にいて、私とサスキアがふたりきりにならないように監視していることになっていた。もちろん実際にはふたりきりだ。ミセズ・クロスは終始台所にいて、ゲームには決して加わろうとしなかった。サーディンズをふたりでやる意味はないので、普通のかくれんぼになった。

少なくともサシイは、ソーシャルサービスに保護されたことをそれほど気にしていないように見えた。私に対する警察の態度に比べれば、ソーシャルサービスの人たちは彼女に親切だったようだ。

マリーナとチャールズは一時間近く外出していた。ミセズ・クロスがサスキアの夕食にトーストのベイクトビーンズを作っているあいだ、私はしばらく応接間でテレビのニュースを見た。

シッド・ハレーの児童虐待容疑による逮捕は、トップの失業と経済状況に続く二番目のニュースだった。私が逮捕され、起訴されずに警察保釈になったこと以外、記者はさして事実をつかんでいないようだったが、逮捕理由についてあることないこと推測するのはやめなかった。私にはただの中傷にしか聞こえなかったが、法律に引っかからないように〝関係筋によると〟や〝推定では〟といった表現が使われていた。

チャールズと私がオックスフォド警察署から車まで歩く映像が一度ならず二度もニュースの目玉として流され、見るも不快であった。

もし私が起訴されていたら、イングランド法のもと、テレビ会社はこうした映像も推定も放送することはできなかった。〝訴訟係属中〟の蓋がバタンと閉まって、それらを防ぐのだ。

つまり、不正行為を認めて起訴された人より、今後の捜査待ちで警察保釈された無実の人間のほうが、容赦なく評判をボロボロにされることがあるわけだ。

この国の法執行のおかしな点である。

「報道機関が本当にいたよ」チャールズが食べ物の入った箱を台所に運びながら言った。「カメラマンふたりと、テレビ局も。マリーナは毛布の下に隠れた。警官も門のところにひとり立っていた」

近所の噂になるな、と思った。テレビのニュースを見てすでに噂していなければだが。

「図々しいにもほどがあるわ」マリーナが言った。「私たちと一緒に家に入ってきて、持っていくものを全部見せろですって。うちの冷蔵庫の中身が警察とどう関係するっていうの？」

関係はない、と思った。

ただし、ラムチョップとヨーグルトの容器のうしろにまた小さな女の子の写真が隠されていれば別だ。

その夜、慣れないベッドで横になりながら、マリーナが小学校に着いたときの恐怖について語った。サスキアがまたしても見知らぬ人に連れ去られそうになっていて、どれほどつらかったか。

「また誘拐だと思った」彼女が言った。「本当に怖かった」私はベッドの上掛けの下で彼女の手をしっかり握った。

「そしたらそこに警官もいたの。彼は、あなたがサシィへの性的虐待容疑で逮捕されると言った。もちろん、そんなことは信じなかったけど、かならず逮捕されるって言うの。証拠として書類も見せてくれた。そこで少しあわてたのは認める。そのあとは叫び合いになった」

「驚かない」私はできるだけ彼女を慰めようとした。「ひどい体験だったにちがいない」

「ええそう」彼女が言った。「ほかのお母さんも見ていたし。ソーシャルサービスの女性たちがサシィを車に連れていって走り去ったときには、わたし警官に取り押さえられた。落ち着かないと逮捕する、とまで言われて。でも、わが子が連れ去られるのを見たら平気ではいられないでしょう」

もう一度彼女の手をぎゅっと握った。私たちは暗いなか何もしゃべらず、しばらくそうしていた。

「シッド、これはいったいなんなの？」彼女がようやく口を開いた。「どうしてあの男はわたしたちを放っておいてくれないの？」

「わからない」私が言った。「だが、たんにあの忌々しい報告書の問題だけではないようだ。署名したのに、まだ手を出してくる。私を支配したいのだろうと思う。だが、自分がどう働くか、誰と話すかといったことまで命令されるのは御免だ。それにしてもわからないのは、こうやって私を攻撃することによって、私の利用価値まで損なっていることだ」

「どういう意味？」

「つまり、彼があれほど私の署名入りであの報告書をＢＨＡに提出したがったのは、シッド・ハレーが不正は何もないと言えばＢＨＡもそのまま受け入れると考えたからだろう。私が清廉潔白であることは業界に知れ渡っている。競馬界で〝ハレーが認めた〟は、正直で信頼できるという意味の俗語だと言われたこともあるくらいだ」

「それで？」

「今回の大きな報道でマカスカーが達成するのは、私に性的児童虐待者というレッテルを貼ることだけだ。私の言葉はＢＨＡにとって――それを言えば、誰にとっても――なんの価値もないという印象が植えつけられる。すると私は、彼にとってなんの役にも立たなくなるだろう。〝ハレーが認めた〟はまったく別の意味になる。決して褒め言葉ではないものに」

「彼を止められないの？」マリーナが訊いた。「あなたの伝家の宝刀で彼をわたしたちのまえから永遠に消せない？」

　これはまた、と思った。ずいぶん風向きが変わったものだ。

「彼を殺そうとすることはいつでもできる」

「なんて素晴らしいアイデア」彼女が笑った。

「だが、そのまえに本人を見つけないと」

「しっかり努力すれば見つけられるわ」

「彼の携帯電話番号はわかっている」

「本当に？」マリーナが言った。「それはきっと役に立つわね」

「だといいが。朝になったら取りかかるよ」

「そうこなきゃ」マリーナが上掛けの下で私にくっついてきて言った。「わたしたちの娘にちょっかいを出して逃げられるもんですか」

# 19

金曜の朝いちばんでチャールズの書斎に坐り、電話で警察の知り合いふたりから協力を引き出そうとした。昔、彼らが窮地を切り抜けるのを手伝ったことがあって、ふたりともまだ現役の警官である。

「シッド、それは無理だ」望みのことを伝えると、ひとりが言った。「今朝の新聞という新聞の一面にあんたの見苦しい写真が載ってるいまはなおさら」

「無理じゃないさ、テリイ」私が応じた。「警察のコンピュータを検索して、出てきたものを教えてくれるだけでいい。いまどきコンピュータは、あらゆる人のあらゆることを知っている。何も出てこなかったら、保安局(MI5)に連絡しなければいけないな。反テロ班にいたときに何人か友人ができただろう」

「だが、法律違反だ」

「おいおい！ テリイ・グレンが法律遵守に頭を悩ましてからどのくらいたつ？ それに私の記憶が正しければ、スティーヴンソンの銃器密輸事件で私があんたを救ってやったのも法律違反だったが、あのときはなんとかした」

「いや、あれは十五年近くまえだぞ」

「すると、あんたは過去十五年の職歴で私に借りがあることになる。いまの階級はなんだ？　警部かな？　高給取りの？　物価スライド式の年金つき？　私にほんの少しお返ししてくれても罰は当たるまい」

「まあ、やれることをやってみるよ」しぶしぶ言った。

「ああ、テリイ、頼んだぞ」

次に電話をかけたもうひとりは、グレーター・マンチェスター警察署の刑事だった。十二年前、ジョッキイ・クラブの依頼で厩務員の麻薬販売網を調査したときに知り合った。

「ハロー、シッド」彼が言った。「久しぶりだな」

悪い知らせを予感しているような、不安げに抑えた声だった。

「ノーマン」私が言った。「頼みたいことがある」

「それを怖れていたんだ」

「たいしたことではない」私が言った。「ビリイ・マカスカーについて、そちらの管区にある全資料のコピーが欲しい」

「クソ冗談だろう」ノーマンが言った。「そんな情報は与えられない」

「なぜ？」

「第一に、法律違反だ。加えて、どのくらい量があるかわかってるのか？　ビリイ・マカスカーの資料はそれこそ何箱分もある」

「それならなぜ彼を檻に閉じこめて鍵を捨ててしまわない？」

「こっちだって何もやってないわけじゃない。それは請け合うが、やつはなぜかいつもわれわれの一歩先を行くんだ、まるでわれわれのなかにスパイがいるみたいに」

「もぐらか」私が言った。「おそらくマカスカーが脅して支配しているんだろうな」

「たぶん正しい」

「彼の首を皿にのせて差し出すと約束したら？　あんた個人に、という意味だが。それならせめてファイルを見せてもらえるか？」

「言ったろう。法律違反だ」

「そう」私が言った。「でもなんとかできるのでは？」

「できない」

「だったら要約でいい。彼の住所、運転する車、職場、関係者。〈オネスト・ジョー・ブレン〉の賭け屋の買収について、あんたがどう思うかも知りたい。ビリイ・マカスカーが賭け屋の免許を持つことに、あんたが反対したのかどうかも」

「それならたいした量ではないな」ノーマンがふざけて言った。

「そう、たいした量ではない。やれるものと思っているよ」彼の挑発に乗らずに言った。

「おいおい、シッド。頼むよ。あんたに協力してるのがバレたら、こっちはまちがいなく馘だ。おれは来年定年で、年金が必要なんだ」

「聞くも涙の話はやめてくれ」私が言った。「彼を殺してくれと言ってるんじゃない。どのへんにいるのか知る必要があるだけだ」

「無理だ」哀れな声で訴えた。「今日の新聞にあんたと女の子たちのことが載ってたから、なおさら」

「あれは全部でたらめだ」私が言った。「ビリイ・くそマカスカーに嵌められた」

「なぜ？」

「理由はよくわからないが、いずれ見つけるつもりだ。あんたは協力する」

「無理だ」彼がまた言った。

「無理ではない、ノーマン。私に借りがあるだろう、かなり大きな。憶えているか？」

彼も私もしっかり憶えていた。サルフォドの廃棄された倉庫で、若い麻薬中毒者とナイフを振りまわすチンピラに対峙していたときに私がタイミングよく介入しなかったら、ノーマン・ウィットビイ警部はこの十二年間、土のなかに埋まっている。

こんなふうに頼みごとをするのは決して愉しくはなかった。あとでなんらかの返礼があることを期待して行動したわけではないのだ。だがいま、私は過去になかったほどの助けを必要としていた。

「どう？」マリーナが書斎に入ってきて言った。

「まずまずだ」私が言った。「サシィは学校でどうしてる？」

マリーナは娘を学校から遠ざけておきたかったが、サスキアは断固行くと言い張り、容易に勝利していた。

「大丈夫。あの子は全然平気だった。わたしはあまり平気じゃなかったけど」

「どんなふうに？」

「ああ、それはほら、ほかのお母さんたちがひそひそ悪口を言ったりね。世の中の人がどうだか、わかるでしょ。ポーラがわたしを無視したのには本当に腹が立ったわ。まるでわたしがそこにいないみたいに」

「彼女を責めちゃいけない」私が言った。「自分の娘の不適切な写真を親友の夫が撮っていたかもしれないと警察から言われることなど、そうそうないから。たんに無視されるくらいなら、まだましだ」

「いっそわたしに直接訊いてくれればよかった」

「サスキアとティムが当事者だったとしたら、きみはそうする？」

「たぶんあなたの言うとおりね」彼女は私の背中のほうを向き、私の髪をそっとなでた。「あなたはいつも正しい」

本当にそうならいいのだが。

マカスカーのあとを追う判断が正しいことを祈った。より安全な選択肢は、砂のなかに頭を突っこむダチョウの姿勢を見習うことかもしれないが、私はダチョウではなく、そのように生きることはできない。

突如として気分がよくなった。長いあいだやりたくてたまらなかったことを、自分はまたやっている。やはりチャールズが言ったことは正しかった——一度探偵になった者は、ずっと探偵だ。そしていまはマリーナから明白な支持も得られた。

「だが、きみは安全でいてくれよ」私が言った。「この男は、ごく些細な理由で暴力をふるうことをなんとも思わないやつだ。もう暗い路地をひとりで歩かないように」

「あるいは、競馬場の駐車場をね」マリーナが私の顔の左目の横をなでながら言った。「また昔みたいになる」


携帯電話をなくすことの大きな問題点は、連絡先もまるごとなくしてしまうことだ。頼りになる人たちの貴重な電話番号が永遠に――私の場合には、警察が返してもよいと判断するまで――消えてしまう。

私はあらかじめこの種の紛失に備えて、ノートパソコンに連絡先のリストのバックアップをとっていたのだが、そんな先見の明も警察にパソコンを取り上げられて完全に無意味になってしまった。

だから、マリーナが私の机から回収してきた、電子ではない旧式の手書きの住所録に頼るしかなかった。

ページをめくりながらピンとくる名前を探したが、その手がBのところで止まった。

バーンズ。チコ・バーンズだ。

はるか昔、チコと私は〈ハント・ラドナー探偵社〉の同僚で、何度かともに困難に立ち向かった。一度など、馬主のシンジケートを操作していたきわめつきの悪漢たちによって、ふたりとも生皮を剝（は）がれそうになった。

私たちはすぐれたチームだったので、彼が調査の仕事を辞めて、ノース・ロンドンの総合制中等学校(コンプリヘンシブ)で彼の言う〝若い不良ども〟にもっぱら体育と柔道を教えると決めたときには、大いにがっかりしたものだった。

チコが結婚し、家庭生活に落ち着いたという話も聞いていた。彼の尖ったところを妻がいくらか丸くしているだろう。あるいは、していないかもしれない。

いやはや。いまここで彼の助けが得られるものだろうか。

住所録の番号にかけてみて、これだけの年月がたってもまだつうじるだろうかと思った。

「ハロー」女性の声が言った。

「ミセズ・バーンズ?」私が訊いた。

「そうです」ためらいながら答えた。たぶん不要なものの売りこみの電話だと考えているのだろう。

「ミスタ・バーンズはいますか? チコ・バーンズは?」

「いません」彼女が言った。「彼はもうここに住んでいないので」

「ああ」私が言った。「彼の電話番号はわかりますか?」

スラスラと携帯電話の番号を言った。速すぎて、もう一度くり返してもらわねばならなかった。

「ありがとう」私が言った。

新しい番号にかけた。

「ハロー」懐かしいロンドン訛りの声が答えた。

「チコ、シッドだ」

「こりゃたまげた！　シッド・ハレー！　あんまり音沙汰がないんで、てっきり死んだかと思ったよ」

パディ・オフィッチも同じことを言っていた。この六年間、私はそれほど生気がなかったのか？　おそらくそうだ。

「学校はどうだ？」私が訊いた。

「最低さ」チコが言った。「柔道ごっこをするには、もう歳をとりすぎたな」

「おまえもおれも」私が同意した。

「ああ、けどおまえは太りすぎの若者を背負い投げする授業を毎日してるわけじゃないだろ。おれが教えはじめたとき、あいつらはあんなに重くなかった」

私は笑った。「学校の食堂に言って、彼らに食べさせるチップスの量を減らせばいい」

「それで、なんの用だ？」チコが訊いた。

「どうしてるかなと思った」私が言った。「近況報告、といったことだ」

「いい加減なことを言うな、この嘘こきが。何か目的があるんだろ」

「どうしてたんにおまえの近況を知りたいと思っちゃいけない？　どうして目的があるにちがいないと思うのだ？」

「おまえのことを知りすぎてるからだよ、シッド・ハレー。だからなんなんだ？」

「危険かもしれない」

「言っとくが、学校に毎日行くだけで嫌(いや)ってくらい危険なんだよ。今年だけでもう三件、刃傷沙汰(にんじょうざた)があった。一件で刺されたのは職員だ」

「家族はどうなのだ？」私が訊いた。「反対するかもしれない」

「家族はおれがすることになんでも反対だ。かみさんとは別れた。正式な離婚はこれからだ」

「子供は？」

「いない。そこが問題でな。おれは欲しかった、彼女は無理だった、それで終わりだ」

「なら手伝ってくれるか？」ほとんど信じられない気持ちで訊いた。

「そういうことをするには歳をとりすぎたと本当に思わないのか？」

「選択の余地がないんだ、相棒。新聞を読んだか？　おれは忌々しい小児性愛者に仕立て上げられた。やり返さなければ、どのみちゾンビと変わらない」

「そうだな」チコが言った。「朝食中のテレビでおまえのニュースを見たよ」

「朝食中のテレビ？　信じられない」

ともに働いていたときには、チコは身体能力を断固保つために毎朝早くから街中を走っていた。

「時代は変わったのさ」彼が笑って言った。「おれはもうじじいだ。柔(やわ)になってふにゃふにゃしてる」チコは私より八歳ほど下だ。赤ん坊のとき乳母車に乗って警察署のまえの階段に置き去りにされたから、正確な年齢は誰にもわからない。

「つまり、おれの役には立たないということか？」

「そこまで柔でふにゃふにゃではない」彼が言った。「何をしてほしい？」

「軍隊が必要だと思う」

「そんなにひどいのか？」

「もっとひどい」

「おまえが金を払ってくれるのか？　それとも、スポンサーつきか？」

「おれの払いだ、残念ながら」

「昔からそれがおまえの問題だ」彼が言った。「誰かほかのやつに払わさないと」

「端金（はしたがね）で手伝ってくれるのか？」

「もちろん」彼が言った。「ワクワクすることは歓迎だ」

そこから二十分ほど、私の厄災についてチコに説明した。

「そのマカスカーってやつは、なんとしても始末しないとな」チコが言った。

「まったくそのとおり」私が同意した。

「なあ、おれはそろそろ出かけて、ちびっこフーリガンに授業をしなきゃならない。あとで電話する。そのとき作戦を立てよう」

チコと話して気分が上向いた。彼とまた働けるのは最高だ。マリーナが言ったとおり、また昔みたいになる。

次に、ワトキンソン主任警部の名刺に印刷してあった電話番号にかけた。そのまま本人につながったのは嬉しい驚きだった。

「昨日は助けていただき、ありがとう」皮肉をこめて言った。「もうちょっと支援してくれてもよかったのに」

「支援した」彼が言った。「また閉じこめられずに釈放されたのはなぜだと思う？　だが、あなたと話してはいけないことになっている」

「そもそも私を告発したのが誰なのか知りたい」私が言った。

「いま言った。あなたと話してはいけないことになっている」

「でも話している」私が言った。「さあ、誰なんです？」

「知らない」

「調べてもらえないだろうか？」精いっぱい懇願する口調で訊いた。「これがまったくの濡れ衣で、裏にビリイ・マカスカーがいることは、あなたも私と同じくらい知っている」

「また彼から電話がかかってきたとか？」

「いや」私が言った。「おかげさまで自分の家で暮らせなくなったし、携帯電話もそっちにあるので、彼は私に電話をかけようにもかけられない」

いまの状況の数少ない利点であった。

「さあ、誰が告発した？」電話をかけた本来の理由に彼を引き戻して訊いた。「彼に反撃する材料が必要なのだ」

「彼のことは警察にまかせてもらいたい」主任警部が言った。

「だが、あなたたちは彼ではなく私を逮捕するのに忙しすぎた。まかせても何も起きないことは、ふたりともわかっている。警察は、マカスカーが己の目的のために使い慣れている制度のなかで動かなければならない。私はちがう」

「オーケイ」彼が言った。「調べてみよう。だが、法律の枠内でやるように」

「もちろん」私が答えた。

自然法にしたがうのだ。

金曜の午後はいつまでも終わらないかに思えた。私は学校にサスキアを迎えに行くことすらできなかった。誰が考えてもアナベル・ガウシンから二マイル圏内に入ってしまうからだ。

オックスフォド警察署の五番房からは出たが、エインズフォドの快適な環境にいながらまだ囚人でいるような感じであった。ただ、少なくとも昼どきのテレビでは私に関するニュースが流れなかった。

この話題が古臭くなって忘れられ、平常の生活に戻れるということだろうか。

その可能性はきわめて低い。

サシイが学校から帰ってきて、工作の授業で作った小さな人形を私に見せながらチャールズの書斎を踊ってまわり、私を暗い気持ちから引き上げてくれた。

「かわいい人形だな、ダーリン」私が言った。「名前はある?」

「マンディよ」切ない答えだった。サシイは人形をおじいちゃんに見せるために書斎から飛び出していった。

「今日の学校はどうだった?」マリーナに訊いた。

「ひどいも何も」彼女が言った。「一学年上の子のお母さんのひとりが、サスキアから離れてなさいって自分の娘に叫んだの。汚いものがついてるといけないからって。訊きたいんだけど、いったいどういう人?」

「無視すればいい」私が言った。

「努力はしてるけど、むずかしいわ」

私は安心させるように彼女を抱きしめた。

「あなたは?」マリーナが言った。「マカスカー狩りで幸運に恵まれた?」

「いや、あまり。だが、いくつか情報が得られそうなところには連絡した。本当に進めていいのか?」

「当たりまえよ」強い調子で言った。「彼のことが憎くて憎くてしかたない。サスキアを誘拐し、マンディを連れ出して殺し、子供のポルノ写真について警察から夫に質問させた」間を置いた。「彼がいなくなってほしい。わたしが望むのは家族の安全だけよ。だから、わたしたちが危険になるようなことはしないで」

「しない」私が言った。「約束する」

だが、私は本気でそう言ったのだろうか。約束を守りたくても守れるのか？　ノーマン・ウィットビイから情報を引き出そうとしたことだけでも、すでに私たちを危険にしているのではないか？

グレーター・マンチェスター警察署の刑事たちにまぎれこんだもぐらについて話したことを思い出した。私から問い合わせがあったことを、ノーマンがもらしてはならない相手にうっかりもらして、それがマカスカーの耳に入ったとしたら？　そんなことはないだろうと踏んだが、本当にそうなのか？

それに、もしノーマン・ウィットビイ自身がもぐらだったとしたら？

考えたくもなかった。

私が暗く考えこんでいるところへ電話が割りこんだ。偶然にもかけてきた相手は、ノーマン・ウィットビイだった。

「少々知らせたいことがある」ほとんど聞こえない声で彼が言った。「電子メールのアドレスはあるか？」

「あんたのテムズ・ヴァレー署の同僚にコンピュータを没収されたのだ。読み上げてくれないか？」

「だめだ」ほとんどささやき声でまた言った。「いまオフィスにいる」

「では郵送してくれ」私はチャールズの住所を伝えた。「メールより安全だ。記録が残らない」

「プリントアウトが必要になる」明らかに気に入らないようだった。

「それと、ノーマン」私が言った。「速達にしてくれ。明日には欲しい」

「やってみる」彼はそそくさと電話を切った。

彼がもぐらだとしたら、たいへんな名優である。


「さて、計画は？」チコが五時ごろ電話をかけてきて訊いた。

「マンチェスター旅行はどうだ？」

「マンチェスター？」

「敵の姿形を見たいのだ」

「いつ？」

「いつが空いている？」私が訊いた。

「いつでもいいよ。月曜から試験が始まって何週間も続く。その間ずっと体育の授業はない。体育館が試験会場になるからな」

「運動場はないのか？」

「昔はあったが、情けない市議会が住宅用に売ることにしちまった。遊び場みたいなとこはあるにはあるが、昼休みにみんながサッカーボールを蹴りまくっても、体育には使えない。下がコンクリートだから。衛生安全規則ってやつさ。頭おかしいだろ」

彼らの損失は、私の利益である。

「それでも子供の世話はしなきゃいけないんじゃないのか？」

「大丈夫、そんなのは抜けられる。うちのばあさんがスコットランドの北のほうで死にかかってるから会いに行くって言うよ。問題ない。まえにもやったことがある」

「スコットランドに何人ばあさんがいるんだ？」笑いながら訊いた。

「おれに必要な数だけ」

ばあさんが何人いようと、チコが使い果たさないことを祈った。

## 20

毒を食らわば皿まで。

金曜の午後には、チャールズの大昔のコンピュータを使ってＢＨＡのピーター・メディコスにメールを送った。八百長レースに関するサー・リチャード・スチュアートの疑念について以前私が送った報告書との関係を断ち切りたいと申し出、自分はまちがっていた、その後の調査によって、何者かがレース結果を操作しているというサー・リチャードの主張が正しかったことが判明したと書いた。本件に関し、ＢＨＡ保安部はマンチェスターの〈オネスト・ジョー・ブレン〉として運営されている賭け屋の一団を調査すべきであるという提案もした。

「本当に賢明なやり方かね」チャールズが私から話を聞いて言った。

「わかりません」私が言った。「ただ、賭け屋の運営にBHAの調査が入ってビリイ・マカスカーの注意がそちらに向けば、われわれにはまちがいなく有利なはずです」

メールではあえてマカスカーの名はあげず、私が話した騎手たちの詳細も伝えなかった。ピーター・メディコスがじっくり自分の時間をかけて調べればわかることだ。それに、保安部が私の通報にもとづいて直接会いに来たと、ジミイ・ガーンジイのような連中がマカスカーに知らせることだけは避けたかったのもある。

ノーマン・ウィットビイが発送した資料の小包が土曜の昼前に郵便で届いた。期待したほど多くはなかったが、とりあえず事足りた。情報のなかでもっとも重要だったのは、マカスカーの自宅の住所と電話番号だった――横にノーマンの走り書きで〝電話帳には絶対記載されていないので出所は厳秘〟とあった。

〝ベルファスト王立裁判所の報告書によると、ビリイ・マカスカーは現在四十二歳だが、ノーマンの情報では、彼の誕生日はいかにもふさわしく十月の最終日――ハロウィーンだった。

マカスカーが関与していそうなマンチェスターでの強請りビジネスの隆盛について、

ノーマンがまとめた資料を読むと、われらがビリイは、誕生日にお化けの扮装をしなくても人を怖がらせることができる人間のようだった。一年の誕生日以外の日にもつねに、おそらくビジネススーツとネクタイという姿で人を脅している。

マカスカーはこの五年間で六回逮捕されていた。五回は恐喝の疑いで、一回は野球のバットで重傷を負わせた暴行容疑。しかし、このうち起訴につながったのは一回だけで、その際にも、検察側が押さえていた証人たちが当初警察に報告していたことを急に思い出せなくなり、あっけなくその先の審理手続きが立ち消えになっていた。

いかにも都合のよい集団健忘症は、まちがいなく被告かその友人たちからの暴力的な脅しによるものだろう。なんであれマカスカーを有罪にするのは至難の業である。長期にわたって彼を社会から放逐するのはさらにむずかしい。

彼を殺してしまうのが、本当に唯一実行可能な解決策なのかもしれない。だが、ノーマン・ウィットビイの小包にはビリイ・マカスカーの三人の親衛隊に関する情報も含まれていた。彼の用心棒であり、私はトウスターの駐車場でそのなかのふたりに会ったのだとほぼ確信した。ボスを殺すには、まずこの雇われごろをどうにかして片づけなければならない。見通しが明るいとは言えなかった。

次にまたロンドン警視庁のテリイ・グレンに電話をかけた。

「ハロー、テリイ」携帯電話に出た彼に言った。「何か収穫は?」

私からの電話を喜んでいなかった。「ない、シッド。まだなしだ」

「何かやってみたのか？」何もしていないのを重々承知で訊いた。

「通話記録は極秘事項なのだ」彼が言った。「その情報をあんたに渡しているのが見つかったら、私がどれほどの肥溜め（こえだめ）に浸かるかわかるか？　とりわけいまは盗聴スキャンダルや、警察がメディアに情報を売ったという問題が浮上しているときだから」

「あんたの家に内務調査局の捜査が入ったときに、私が銃を運び出して救ってやらなかったら、あんたがどれほどの肥溜めに浸かっていたかわかるかな？　刑務所行きだった。キャリアも自由も失って。命すら失ったかもしれない。警官が塀のなかに入ったら何が起きるか、わかるだろう？」

「だが、あれは何年もまえのことだ」

「かもしれない」私が言った。「それでもあんたには貸しがある。あと、番号がもうひとつ増えた」

まえの日彼に伝えたマカスカーの携帯電話の番号に加えて、ノーマン・ウィットビイの小包で知った自宅の番号も知らせた。「過去半年の全通話の記録でいい。それと、携帯でやりとりしたメッセージもあれば」

テリイはため息をついた。「わかった、やるよ。だが、これで貸し借りなしだぞ。これ以上の要求はなしだ」

「オーケイ」私が言った。「取引成立だ。プリントアウトを送ってくれ」チャールズの住所を告げた。

「月曜にやる」あきらめた様子で言った。

「いや、テリイ。いまだ。いまやれば土曜の配達に間に合う」

正午のあたりでチコがバンベリイ駅からタクシーでやってきて、私の気分を晴らしてくれた。

最後に会って軽く十年はたっていた。本人が言ったとおり、チコはあちこちに肉がついていた。私も同じだ。固く縮れた髪には白いものが交じっていたが、全体的には私の記憶にあるままの姿だった。精神のほうは昔からずっと変わらず、荒削りで鋭い。

「うまく歳をとっているな」玄関ホールで私が迎えて言った。

「今年、四十だ」彼が言った。「または来年」

「そうは見えない」

「黙れ。よう、なんだこれは？　つまらんお世辞を聞くためにはるばる来たんじゃないぜ」だがニコニコしているので、若く見えることがかなり誇らしいのだとわかった。

「けど見た目はちゃんとしとかないとな、だろ、愛しの相棒。また女の子追っかけステークスに戻ってきたんだから」

「そうだな」私が言った。「結婚のことは残念だった」

「残念がるな」彼が言った。「両方にとってこっちのほうがよかったんだ、たぶん。おまえのほうは？　豪華な娘っ子を捕まえたそうだな、聞いた話だと。オランダ人だって?」

「ええ、でもそんなに豪華じゃないわ」台所から玄関ホールに出てきたマリーナが笑いながら言った。「あなたがチコね」

「たまげたな、シッド」チコがマリーナの胸に目を釘づけにして言った。「よくやった」

マリーナが赤面した。

「イエス」私が言った。「だが、怒るときついフックを打ちこんでくるぞ。気をつけたほうがいい」

マリーナがしかめ面をしたが、事実であることは私も彼女も知っている。

「ところで、いつ北へ出発する?」チコが言った。「ペチャクチャおしゃべりするために来たんじゃないんでね」

「近いうちにな」気づくと警察版の〝まだだ〟を口にしていた。「計画を立てるのが先だ」

ミセズ・クロスが昼食にサンドイッチを作ってくれ、チャールズとマリーナ、チコ、私は応接間で〝軍事会議〟を開いた。

すでに彼らには事件の細かいところまで話していたが、改めて最初から振り返った。サー・リチャード・スチュアートがわが家に来たところから、私がオックスフォード警察署から釈放されたところまで。

サー・リチャードが疑いを抱いて、私になんとしても調査させようとし、私が拒んだこと、その決断が彼にもたらした怖れと怒りについて説明した。

さらに、翌朝サー・リチャードが突然死んだ状況や、自殺だという警察の見解にチャールズが納得しなかった理由について話した。その後、私に北アイルランド訛りの男から電話がかかってきて、サー・リチャードの懸念について調査したうえ何も問題はなかったと報告するよう要求されたことも。

サスキアが学校から誘拐されたときの恐怖と、無事戻ってきたときの安堵、それでもそんな行為に及ぶ人間がいることへの憤懣を再現した。

ニューベリイのレースを観た日、私はギネスの助けを借りてパディ・オフィッチと雑談し、ビリイ・マカスカーの名前のみならず、シャンキル・ロード義勇軍のマンチェスターへの大移動の情報も引き出した。騎手のジミイ・ガーンジイとも対面し、とても友好的とは言えない会話で、彼とマカスカーがサー・リチャードの指摘した八百長レース問題にかかわっていることを確認したのだった。

家で飼っていた二頭の犬が連れ去られ、百マイル離れたM6高速道路で放されて、マンディだけ車にはねられて死んだこともみなに話した。何人かのトップ騎手が家族に対する脅迫や行動の予告に怯えて馬を止めていたことも明かした。

サスキアを学校から誘拐したのは騎手のトニイ・モルソンと妻のマーガレットだったが、彼らもマカスカーからたいへんな脅迫を受けてそうしたのだ、と伝えたときには、とくにマリーナが驚いていた。

トウスターの二マイル半チェイスで、トニイ・モルソンがアッカーマンを〝止める〟のを見たこと、苦労して調査したあげく、そこの駐車場でマカスカー配下のごろつきふたりに叩きのめされたことも話した。

そして最後に、性的児童虐待容疑で逮捕された不名誉と屈辱について語った。私は警察から見ればいまだに性倒錯者で、これらすべてはまちがいなくマカスカーが裏で糸を引いた告発のせいなのだった。

全体として、ありとあらゆることが起きた三週間だった。しかもここには私の将来有望な手の移植の話はいっさい含まれていない。

「ワオ」私の独白劇が終わると、チコが言った。彼は黙って耳を傾け、ときどきスイス・アーミー・ペンナイフを開いたり閉じたりしていた。そうすることで話に集中できるかのように。

まとめて振り返ってみると、ビリイ・マカスカーがこれほどすばやく私たちの生活を汚染したのは、私自身にとっても驚きだった。まるで簡単な治療法が見当たらないハイブリッドのインフルエンザウイルスのようだった。

「これからの計画は？」チャールズが言った。

「通常なら私のほうから警察に通報するところですが、この場合には、焚き火に小便をかけるぐらいの効果しかないでしょう。グレーター・マンチェスター警察に知り合いがいますが、彼によると、警察内にもぐらがいて、マカスカーは法の網から逃れる方法を熟知している。これは私たちで解決するしかないと思います」

「正面攻撃はしたくないな」チコが言った。「そこらじゅう義勇軍がうろちょろしてるとこだろう。賭けてもいいが、武器は手放してない。だから本当にこっそり近づかないと」

私は笑った。「こっそりじゃ全然足りないな。この男には良心の呵責も不安もない。暴力しか知らない殺人者だ」

床に釘で打たれて脱水症状で死んだダレン・ペイズリイのおぞましい最期については、話さないことにした。

「どうかお願いだから、慎重にね」マリーナが私を見て言った。「あなたの命と引き換えになるものなんてないのよ」

そのためなら死んでもいいというものなど、あるのだろうか。

歴史上、信じる大義のために死んだ人は大勢いる。いまでもだ。世界大戦中、義勇兵が不足することは一度もなかった。彼らは帰還できないと誰もが思うような使命のために出征していった。志願してナチス占領下のフランスにパラシュート降下し、平均余命を数カ月ではなく数週間単位で推測されていた軍情報部の男女は言うに及ばず。愛する他者の命を救うために、いともたやすく自分の命を投げ出した人の例も枚挙にいとまがない。

だが、その価値はあったのか？

私が十六歳のとき、死に瀕した母が言ったことを憶えている――〝束の間ではかない人生は、あなたのいちばん大切な持ち物なの。だから思いきり生きればいいけど、全力で守りなさい〟。あの時期は生涯でいちばんつらく、母が体を内側から壊す癌を克服して元気になるなら、私は自分の命を喜んで投げ出そうと思っていた。

だが、たとえそれが可能だったとしても、何が得られたというのか。母は私の面倒を見るためだけに生きていた。私は彼女の誇りであり喜びだった。もし母の代わりに私が死んだら、彼女の人生には目的がなくなっていた。

「まだしばらく死ぬつもりはないよ」私がマリーナに言い、運命を呼びこんでいないことを祈った。

「おれもだ」チコが笑って言った。「かわいいブロンド娘に会ったばかりだからな。彼女はおれが完全な体で元気潑剌(はつらつ)であることを願っている」

完全な体、と私はしばらく考えた。

雨は降っているだろうか。

軍事会議でも成功必至の偉大な基本計画は出てこず、答えが必要な質問ばかり次々と出てきた。

結局、チコと私がマンチェスターに行き、マカスカーや彼の家、地元の偵察をすることになった。敵と戦場の感触を得るのだ。マリーナとサスキアとロージイはエインズフォドのチャールズの家に残り、彼に守ってもらう。チャールズは八十三歳だが、本人曰く、まだ散弾銃に弾を装塡して撃つことができる。五十年近く自国の害虫を殺すのに使われてきた銃である。

私はもう一度ワトキンソン主任警部に連絡をとり、私を告発した人物について探りをいれる。悪い騎手たちを一団にまとめ、結束を固めてBHAと警察に交渉を持ちかける努力もしてみる。実現する可能性はまずないだろうが。

チャールズがエインズフォド教区評議会の議長と会う約束をしており、チコもかわいいブロンド娘に電話をかけて数日不在にする理由を説明しておきたいと言うので、会議は二時四十五分に終わった。

「サスキアの誘拐犯がわかったときにどうして話してくれなかったの？」私とふたりだけになると、マリーナが少し苛立って訊いた。「それより大事なことだけど、どうして警察に話さなかったの？」

私は事情を説明した。

「これでどうして警察に言える？」

「彼らはサシイを連れ去るまえにそういうことを考えるべきだったのよ」マリーナはモルソン家の息子たちに降りかかるかもしれない災難にまったく動じなかった。「わたしたちがどれほど怖い思いをしたか憶えてる？　わたしは通報すべきだと思う。でないと、またほかの女の子に同じことをするかもしれないでしょう」

「その可能性はないと思う」

「あのろくでもないマカスカーがまたやれと命じたら?」

「そうしないように手を打つよ」


マリーナは、誕生日の昼食パーティが開かれているストラトフォードのマクドナルドへサスキアを迎えに行った。そもそも母親としては行かせたくなかったのだが、私たちの小さな娘は己の主張を通す手練の交渉者であることがわかった。

「オーケイ」結局あきらめて、マリーナが言った。「でもよかったのは、主催者が学校のあの嫌なお母さんたちのひとりじゃないことね」

私は嬉しかった。誕生日を迎えたのはサシイの遊び仲間のひとりで、サシイが友だちから孤立していないのは重要なことだと思った。いまのような状況では簡単にそうなってしまうからだ。

「家の外の報道陣はいなくなった」サスキアと戻ってきたマリーナが言った。「警察も。帰りに家のまえを通ってきたの」

ありがたいことに私のニュースはもう古くなり、メディアの怪物どもはほかの哀れな誰かの家のまえに移動してキャンプを張っているようだった。

サスキアとチコはあっという間に意気投合し、ほどなく六歳児が四十近い男に命じて、いつまでもかくれんぼをしたり、チャールズの応接間の家具を動かして病院ごっこを始めたりするようになった。

「おれにも子供がいればよかった」チコが肘掛け椅子をいくつも動かしたあと、ひと休みしながら言った。

「遅すぎるということはない」私が言った。

「もう結婚は勘弁だ」彼が言った。「不自由が多すぎる」

「子供を持つために結婚する必要はないぞ、このごろは」

「けど子供にとってどうなんだ？　安定が必要じゃないか？」

チコがそう言うのには驚いた。彼自身の子供時代は安定からほど遠く、養護施設を転々としてすごしたからだ。どの施設もしまいには彼の奇行に耐えられなくなった。とりわけ排水管を登って屋根の上に出るのが好きだった。昔ふたりでやった競馬場の張りこみがことのほか長引いて退屈したときに、そういうことをみな語ってくれたものだ。

チコ自身が安定した子供時代を送れなかったために、わが子には安定が必要だと思うようになったのかもしれない。

チコはまたサスキアと遊びはじめ、患者になって彼女に治療してもらうのを大いに愉しんでいた。その間に私はマリーナとレンジローバーに乗って、モルソン夫妻に会いに行った。

## 21

「どうして彼らのところへ行くの？」チッピング・ウォーデン村に入ったとき、マリーナが訊いた。「まっすぐ警察に行くべきでしょう」

「そうして何かいいことがあるかい？」私が訊いた。

彼女は座席で少し振り返って私を見た。「うちの娘を誘拐した人たちが当然の報いを受けることになる」

「当然と言えるんだろうか」私が訊いた。「悪の根源はマカスカーであって、トニイとマーガレットではない。彼らはただの駒だ」

マリーナが同意していないのがわかった。機嫌を損ねている。

「こうしよう」私が言った。「もし彼らに会ったあとでもきみが警察に行きたいと言うなら、止めない。これがいちばんフェアだろう。とにかく、まず彼らに会おうじゃないか」

呼び鈴を一度鳴らしただけでトニイが出てきた。われわれの来訪を知っていたからだ。あらかじめ私が電話しておいた。

「ハロー、ミセズ・ハレー」とマリーナに右手を差し出したが、彼女は握手を拒否した。まえのようにトニイが先に歩いて居間に入った。

マーガレットがすでに双子とそこにいた。

「ジェイソン、サイモン、こちらはハレー夫妻だ」トニイが言った。「ミスタ・ハレーは父さんの友だちだ。昔、やはり騎手をしてた」

私は少年たちと握手して、ふたりがあまりに似ているので驚いた。顔や動作はもちろん、服装まで寸分ちがわない。次の誕生日で十三歳になるとトニイが言っていたが、身長は母親に近づいていて、トニイよりすでに一インチばかり高かった。トニイの跡を継いで競馬界に入らないのは明らかだ。少なくとも騎手にはならない。

「サイモン」マーガレットが息子のひとりに言った。「お願い、ケトルを火にかけてきて」

台所に立ったのがサイモンだろう。母親がどうやってジェイソンと見分けているのか、見当もつかないが。どこかちがいがあるのだろうが、私にはわからなかった。

「ジェイソン」トニイが言った。「一緒に行って手伝いなさい。われわれが行くまで、ふたりとも台所で待っていてくれ。父さんたちはここで話すことがある、大人だけで」

ジェイソンは言われたとおり、サイモンのあとについて部屋から出ていった。トニイはそのあとドアまで行って、きちんと閉まっていることを確かめた。

「ミセズ・ハレー」マーガレットが言った。「お坐りになりませんか?」

「立っているほうがいいの」マリーナが答えた。すんなりいきそうもないな、と私は思った。

「あなたたち、どうしてうちの娘を誘拐したの？」マリーナが大きな声で言った。

「シーッ！」トニィが両手を上げて言った。「子供たちに聞こえる」

「聞くべきかもよ」マリーナが言った。「そしたら自分の両親がどういう人たちか、わかるから」

私は彼女を連れてきたことを後悔しはじめていた。

「怒るのはごもっともです」トニィが彼女に言った。「おれだって怒る。あなたがたを苦しめたことは本当に申しわけないと思ってます。でも、おれたちはあなたのかわいい娘さんを傷つけなかった。そんなことはしません。できるだけやさしく接したし、怖がらせないように一生懸命だった」

「わたしを怖がらせたわ」マリーナが言った。

私もだ。

「本当にすみませんでした」マーガレットが言った。「わたしたちも怖かったんです。ほかの選択肢はなかったように感じて。どうか怒らないでください」

「おふたりと警察に行って、すべて話す心づもりはできています」トニィが言った。「いますぐにでも、ご要望があれば。フランス当局の対応がどうなるかはわかりません。息子たちを失うことになるかもしれないが、しかたがありません。あなた次第です」

長い沈黙のあと、マリーナがもういいというふうに手を振った。警察に行くという考えをあきらめたのか、モルソン夫妻を見捨てて厳しい法に委ね、息子たちを失わせることにしたのか、はっきりしなかった。

「私たちの沈黙には条件がある」私が言った。マリーナから、だめだという気配は感じられなかった。「あの男を敗北させるために力を貸してほしい。トニイ、きみが止めたすべての馬を書き出した供述書に署名するのだ」

トニイは幸せそうには見えなかった。「騎手の免許を失ってしまう」

「私がその供述書をBHAに提出すればだ」私が言った。「いますぐ警察に行けば、失うものはとうてい免許だけではすまない」

「ならなぜ供述書が欲しい？」

「ふたつ理由がある」私が言った。「第一に、きみを支配下に置きたい。二度と私の娘のそばに近づかないように。第二に、それが私の大きな証拠の壁の最初の煉瓦になる。いつかその壁であのアイルランド人をつぶしてやりたいと思っている。それと、やつが馬を止めろと連絡してきたら、その都度私に知らせること」

彼は相変わらずみじめな表情だった。「今朝も連絡してきたよ。明日ユトクセターで一頭止めろって。第一レースのブラック・ペッパーコーンを」

「勝てそうなのか？」

「ああ、かなりね。たぶん本命になる」

「それなら、できれば勝つように」私が言った。

「とち狂ったのか？　あのアイルランド人がフランス当局に連絡するじゃないか」

「いや、しない」私が断言した。「きみに腹を立てるかもしれないが、何もしない。まだ将来きみを使いたいと思っているからだ。フランス当局に双子のことを話したら、きみに対する支配力を永遠に失うことになる。だから、開き直るんだ」

彼は自信なげだった。

「トニイ」私が最大限の命令口調で言った。「努力してブラック・ペッパーコーンを勝たせろ。そうしないと、今後のBHAの審問でかなり心証が悪くなる。わかったか?」

トニイは輪をかけてみじめな表情になった。

板挟みになっているが、私の過去の経験が参考になるとすれば、彼は私やBHAよりビリイ・マカスカーのほうをもっと怖れている。

明日ブラック・ペッパーコーンが勝つ見込みはないに等しい、と思った。

「このマカスカーってろくでなしは、どうして逃げていられるの?」エインズフォドへの帰り道でマリーナが言った。「刑務所に入っているべきなのに」

「まったくそうだ」

どうして逃げていられるのか? いい質問だった。

私には、犯罪が大きければ大きいほど法の網からは逃れやすいように思えた。おそらくそれは、違反がある大きさを超えると、そんなことが現実に起きるとは信じられなくなるからだろう。あるいはたんに、信念、恥知らずの大胆さ、勇気が組み合わさった効果かもしれない。

もし私が犯罪に手を染めたら、かならず露見する。まちがいなく捕まるだろう。だが、マカスカーは自分を無敵と信じており、それがいまそうであることを部分的に支えている。どんな状況に置かれても、かならず安全と自由につながる道を見つけられるという絶対的な信念があるのだ。自分に立ち向かってくる法執行機関全体を腐敗させることになろうとも。

アル・カポネが一九二〇年代のシカゴに君臨し、罰せられなかったのは、FBI捜査官ではなく自分こそが〝アンタッチャブル〟だと信じていたからである。彼は警察も政治家たちも腐敗させ、陪審員を抱きこむことも厭わなかった。無数の殺人に関与し、その多くはみずから手を下していたが、一度も裁判にかけられなかった。そして皮肉にも、彼を破滅に追いやったのは酒の密売や売春や賭博の運営ではなく、そういう活動から生じる違法な利益について所得税を納めていなかったことだった。

マカスカーは賭け屋の儲けとその他のあまり健全ではない活動の両方について、税金を納めているだろうか？

「これからどうやって彼を刑務所に入れる？」マリーナが言った。

「まず彼の所得税申告書を調べよう」

「え？」

「なんでもない」私が言った。「考えが口に出た」

しばらく黙って運転していた。

「あなたとチコで彼に対して何かできると思う?」エインズフォドが近づくころ、マリーナが訊いた。「わたしはこのこと全体が不安になってきた」

「とにかくマンチェスターに行って見てこよう」私が言った。「彼の自宅と賭け屋を確かめて、いくつか質問する。それでどう臨むべきか感触がつかめるはずだ。こういうことは以前にもやっていた」

「ずっとまえでしょう? あなたたちもいまよりはるかに若かった」

「私はそれほど老いぼれていない」からかい半分で自己弁護した。「チコはまだまだ体力充分だ。それにふたりとも頭は相変わらずよく働く。ことによると昔よりもっと」

「それでもわたしは怖い」マリーナが言った。

口には出さないが、私もだった。

日曜の午前十一時にチコとエインズフォドを出発し、レンジローバーを北のマンチェスターへと走らせた。

宿泊用のバッグは用意しなかった。もし日帰りできないことになったら、着のみ着のまま車で寝ればいいとチコに説得されたからだ。そういうことをするには歳をとりすぎたと反論したが、冷笑とともに退けられた。

「なあおい、シッド」チコが言った。「おれたち、いつもそうしてたじゃないか」

「かもしれないが」私が答えた。「このところ骨に響くから柔らかいマットレスが必要なのだ」

「柔らかくなったのはおまえのほうだ」彼が答えた。

チコは口が立つ。私は彼の計画にしたがうことにして、心ひそかにその夜エインズフォドに戻ってこられることを祈っていた。

チコは日の出とともに出発したがったが、私はユトクセターに寄って二時のレースを観たかった。

「いやはや」競馬場の続々と埋まりつつある駐車場に車を入れると、チコが嬉しそうに言った。「もう何年もレースには来てないよ。おまえと働くのをやめてからだ。テレビでは観るし、もちろんときどき地元の賭け屋で買ったりもするけどな。まあ、あんまり昔と変わってないんだろうな」

「このごろは堅苦しいところが少し減っている」私が言った。「競馬場に来る若者もはるかに増えた気がする」

「じじいになったから、そう思うんだよ」チコがニヤリとした。

「黙れ」

「具体的に何を探す?」彼が訊いた。

「トニイ・モルソンが第一レースでブラック・ペッパーコーンという馬に乗るのを観たい」

「たぶん負ける。トニイはマカスカーから勝たすなと言われていて、おれはできれば勝たせろと言った」

「勝つのか?」

「それはおもしろい」チコが笑った。「おれは何をすりゃいい?」

「賭け屋エリアに行ってボードのオッズを見てくれ。ブラック・ペッパーコーンに期待以上のオッズをつけている賭け屋がいるかどうか。いないと思うがな。あとはいつものように、目と耳をしっかり開けておいてくれればいい」

「了解」

「予定が変わったら電話するが、第二レースが終わったらここを出るつもりだ。何か必要があったら電話してくれ」カメラがついていない安物の使い捨て携帯の番号を教えた。昨日の午後、モルソン家に行くときにバンベリイで買っておいたのだ。

「ほら、入場料」チコに二十ポンド札を差し出した。

「現金はいらねえよ」多少ムッとして彼が言った。

「いいから取っとけ。賭けたきゃ賭けてもいいぞ」

チコは金を受け取り、入口のほうへ歩いていった。私は車に一、二分残って、チコに先に入らせた。われわれはつねに、競馬場で一緒にいるところを見られなければ見られないほどいいという原則で働いていた。誰に注目されるか、わからないものだから。

「ハレー!」左うしろから誰かが叫んだ。「シッド・ハレー!」

振り返ると、ピーター・メディコスがいた。いつものツイードのスーツに中折れ帽で、駐まった車のあいだを縫って私のほうへ急いできた。やられた！　こんなことは起きなくてもよかった。

「ハロー、ピーター」近づく彼に言った。

「ハレー」少し息を切らしていた。「電話で捕まえようとしていたのだ」今日は挨拶代わりに帽子を持ち上げなかった。

「家にはいなかったのです」私が言った。「義父のところに滞在していて」

「なるほど、そうか」彼が言った。「しかし、性的児童虐待者のあのニュースはなんだね？」

あれだけニュースで騒がれたらユトクセターのレース観戦も容易ではないと覚悟していたが、まさか場内に入るまえからBHA保安部長に捕まるとは思わなかった。

「たんなるまちがいです」さも気にしていないように否定した。

「競馬の名誉を汚すようなことは認められんな」

一瞬、競馬場から出ていけと言うような気がしたが、それはやりすぎだと思い直したのだろう。

「それに、私に送ってきた報告書との関係を断ち切りたいという馬鹿げた話はなんだ？今朝きみのメールを読んだ」

「書いたとおりです。あの報告書はまちがっていた。いまはサー・リチャードが完全に正しかったと考えています。彼の言ったとおり、誰かがレース結果を操作している」

「どういう証拠がある？」彼が訊いた。

「個別にいろいろ話しています」

「誰と？」

「それは残念ながら言えません。明かさないという条件でみなと話しているので」

「馬鹿言うな。教えてもらわないことには」

「無理です」決然と言った。「だが、いままさに言われたように、あなたとしては競馬の名誉を汚すようなことは認められない。だから、ご自身でこの件を調べはじめることを勧めます。まずはマンチェスターの賭け屋〈オネスト・ジョー・ブレン〉から」

「きみが誰と話しているのか、彼らが何を言ったのかを教えてもらう。そこは譲れない」

「あなたが譲れないのは結構、ピーター」私が答えた。「ですが、教えられません」

「私がきみをペルソナ・ノン・グラータに指定して、国内の全競馬場から排除できるのは知っているな？」

「そんなことをするのは愚かだと思う。多くの人は賛成してくれるでしょう。私もこの胸で競馬の名誉を重んじていて、それを知っている人は大勢いる」

彼は機嫌を損ねたどころではなかったが、私を場外に放り出す以外、できることはほとんどなかった。

憤然と大股で入口に歩いていった。

まいったな、と思った。ピーター・メディコスを敵にまわすことは私の計画にはなかった。むしろ同盟を結ぶことが必要だったのだ。

驚いたことに、ブラック・ペッパーコーンは一馬身差で第一レースに勝利した。最終オッズで七対二の本命となり、観客の熱狂に包まれてゴールしたのだ。

私はブラック・ペッパーコーンが勝利馬の脱鞍所に戻るのを見た。トニイ・モルソンはトウスターでアッカーマンを止めたときより不安そうな顔だった。

私は、検量室に引きあげる彼が脇を通っていくスタンドの位置まで移動した。

「アイルランド人がなんと言うか教えてくれ」通りすぎる彼に小声で言った。

彼は自分のしたことに絶望し、極度に怯えた表情を私に向けた。

私にとってはほんの小さな勝利だった。とはいえ、なんであれマカスカーをいまの快適な領域の外に出すことなら価値があると思った。

じろじろ見られてささやき声で噂されるのにうんざりしたので、駐車場のほうへのんびり歩いて帰った。

「あれ小児性愛者のシッド・ハレーじゃない？」ある女性が連れの男性に言うのが聞こえた。「あんな人を入れるなんて恥知らずだわ」

私は小児性愛者ではないと言いたかった。何もまちがったことはしていないと。だが、言っても意味はない。彼女が信じないのはほぼ確実だ。

誰に対してもつねに最悪のことを考えるのはイギリス人の特徴なのだろうか。疑問を抱かずあらゆる非難を額面どおり受け取り、証拠もないのに有罪と見なすのは。彼女を責めるべきではないのだろう。性的児童虐待容疑の逮捕には報道価値があるが、その後起訴されずに釈放されたことにはほとんど価値がない。

私がもっとも心配したのは、まちがった評判を得るのはあまりにも簡単なのに、それを消し去るのはきわめてむずかしいことだった。たとえ逮捕にまったく根拠がなかったことが判明してもである。人はたいがい説得力のある反証が目のまえにあっても、同胞の最悪の部分を信じつづける。なぜなら、何かが起きなかったことを証明するのは通常不可能だからだ。

レンジローバーのなかでチコを待ちながら、自分の人生がもとどおりになることはあるのだろうかと考えた。

二十一世紀において、小児性愛者だという非難はこの上なく厳しい。殺人者、もっと言えばレイピストのレッテルを貼られるほうがまだましかもしれない。たとえ事実でなくとも、それは性格の汚点となり、ぬぐい去ることはむずかしい。

チコが満面に笑みをたたえて現れ、私の心の悪魔を蹴散らしてくれた。

「クソすごかったな、え?」車に乗りこみながら言った。「ひと稼ぎさせてもらったぜ」

「説明してくれ」私が言った。

「あの馬、ブラック・ペッパーコーンさ。おれたちの最注目の」私はうなずいた。「賭け屋のひとつが四対一だった。ほかはみなせいぜい三対一か七対二だったのに。おれが見てたら、客たちがばんばん金をつぎこんでるのに、そいつはオッズを下げず、それどころかある時点で五対一まで行った。そこでおれは、おまえがくれた二十ポンドを投資したわけよ」ニヤッとしてポケットを叩いた。「真っ先に払戻を受けたぜ。賭け屋はかわいそうに真っ青な顔をして、勝ち馬券に払う現金が足りなくなっちまった。半分にも足らなかったんじゃないか」チコは笑った。「殴り合いが始まりそうだったよ、実際。まだあそこには警官がいて、両サイドを分けようとしている」

「どの賭け屋だった？」私が訊いた。

「ボードには〈リヴァプールのバリイ・モンタギュ〉とあった。写真を二枚撮ってきたけどな」

体を寄せて携帯画面の写真を見せてくれた。一枚はレース前のボードで、ブラック・ペッパーコーンのオッズが五対一とはっきり示されている。二枚目は困惑した賭け屋を取り囲んで払戻を待ちながら激怒している客たちだった。

「じつに笑えたよ。この賭け屋は誰からも同情されなかった。みんなこいつは頭がおかしいと思ってたからな。そもそもあんなに高いオッズを出すなんて、身ぐるみはがれて当然だって。みんなニコニコさ。ひとりなんか頬に涙を流してな。よほど可笑しかったらしい」

盗っ人の世界に情けなどないということだ。

チコはM6に着くまで、ひとりほくそ笑んでいた。私は北のマンチェスターに向から車線に入った。

「さて、まずどこに行く？」彼が訊いた。

「ふむ」私が言った。「ノーマン・ウィットビイから得た情報によると、マカスカーはディズベリイの近郊に住んでいる。街の中心の南側だ。そこから始めるべきだと思うな」

「とくに何を探す？」

「地域全体の感じ。人の噂。パブやバーでの雑談。マカスカーとシャンキル・ロード義勇軍のギャングどもに対する地元の評判。そういったことだ。ただ、目立つのは禁物だぞ。あくまで地味に行動すること」

「そいつがどういう見てくれか、わかってるのか？　パブでうっかり横に近づいて、まちがった質問をしちまったらたまらない」

ポケットから警察逮捕時の顔写真を取り出してチコに渡した。

「二十年近くまえの写真だ」私が言った。「だが、歳をとっても頬骨の形は変わらない。その突き出た額もだ」

「醜いケダモノだな」チコが写真をじっくり見ながら言った。「この目はどこかで見たと思う」

「心配なのはほかの連中だ」私が言った。「義勇軍が何人いるのか見当もつかない。おれはトウスターの駐車場でふたりに会った。彼らと二度と会わなくてすむならありがたい、本当に。アイルランド訛りの人間全員に近づかないほうが無難だ」

「マンチェスターにアイルランド人がどのくらいいるか知ってるのか？」

「いや」私が言った。「おまえは？」

「何千、何万といる」彼が言った。「もしかしたら何十万も」

「どうして急に人口の専門家になった？」

「ゆうべチャールズのコンピュータで調べた。おまえと奥さんが誘拐犯に会いに行ってるあいだ、おまえの娘とお医者さんごっこをしてないときに」

私は彼を横目で見た。「おれがおまえだったら、六歳の娘とお医者さんごっこをしているなんて人に触れまわらないけどな。おれと同じ船に乗ることになるぞ」

「ああ」彼が言った。「そうだな。失礼。けど言いたいことはわかるだろ」

「マンチェスターにいるアイルランド人について教えてくれ」話題をもとに戻した。

「インターネットによると、十九世紀のジャガイモ飢饉（ききん）のときに多くが移住してきたらしい」彼が言った。「でもって、おれにわかっている範囲だと、残りはその百年以上あとに最愛のジョージ・ベスト（一九六〇年代にマンチェスター・ユナイテッドFCで活躍したベルファスト出身のサッカー選手）を追ってきたんだな。マンチェスターに住んでいないやつらは飛行機に乗ってサッカーチームの応援に来る。たぶんアイルランドのカトリックとプロテスタントが同意できるのは、マンチェスター・ユナイテッドへの愛だけだ」

「今日彼らはホームゲームだったか?」私が訊いた。

「明日の夜だ」チコが言った。「マンチェスター・シティとの因縁の対決だよ。スタジアムはアイルランド人で埋め尽くされる」

## 22

チコと私は、ディズベリイの郊外住宅地にある二十軒以上のパブを、手分けしていくつかまわることにした。しかし、マカスカーの自宅に近い店は避けた。彼が出てきて地元で一杯やらないともかぎらない。

私たちはノーマン・ウィットビイから得た住所をゆっくりと——ただし、ゆっくりになりすぎず——通過した。これほどマカスカーに近づくのは、背筋に寒気が走るような感覚だった。チコも明らかに似たような不安を感じて、スイス・アーミー・ペンナイフをやたらと開いたり閉じたりしていた。

自宅が判断材料になるとすれば、ビリイ・マカスカーは六年前に空手でアイリッシュ海を渡ってきてから、かなり成功しているようだった。モック・ジョージアン様式の赤煉瓦の邸宅で、玄関の左右に立派な白い柱が立っているが、建物の大半は背の高い錬鉄製のゲートと、レイザーワイヤーののった金網フェンスの向こうに隠れて見えない。

「お客が好きじゃないようだな」チコが言った。「けど、あのフェンスじゃ決意の固い侵入者は防げない。刃の部分をあんな感じでフェンスの上にのっけたらだめだ。フェンス自体から離して張り出すようにしないと役に立たない」

「つまり、おまえはあれを越えられる？」私が訊いた。

「平気の平左よ、相棒。ああいうフェンスはいくらでも越えたことがある。いまやってみせようか？」

「たぶん、あとでな」どこで、そしてなぜほかのフェンスをのぼったのかは訊かないことにした。

イースト・ディズベリィ駅にほど近い〈ベル・イン〉の外でチコをおろし、ウィルムズロー・ロードに並んだパブを北へ移動してもらうことにした。私はレンジローバーをディズベリィ医療センターの近くに駐め、同じ道を彼に向かって南に進む。最初は〈白(ホワイト・)鹿(ハート)〉亭だった。

地元民と話すときには、このあたりの物件を買おうと思っていて、とくに近所で犯罪がないか確かめたい、という口実を用いた。

若者たちが不良化して麻薬を売買したり、住宅地を車で走りまわったりして近隣住民を脅かしているという、どこにでもある不満は嫌というほど聞いたが、本物のギャングの話はほとんど出なかった。

「アイリッシュ・コミュニティ内はどうだい？」バーカウンターのうしろに立つ〈白鹿〉の亭主に訊いてみた。

「できるだけ近寄らないようにしてるんだよ」彼が温かみのない声で言った。「自分のことを考えている」

「つまり、何かあるということだね?」私は身を乗り出して声を落とし、相手に答えてもらおうとした。

「なんとも言えない」

「言えないのか、それとも言いたくないのか?」

「言えないし、言いたくない」彼が答え、カウンターの反対側の端にいる日曜夜のまばらな客のひとりに酒を出しに行った。

「ビリイ・マカスカーという名前を聞いたことがあるか?」ようやく戻ってきた彼に小声で尋ねた。

「あんたはもう帰ったほうがいい」彼が言った。

「それは脅しかな?」

「味方からの警告と思ってくれ」

「どういう味方?」もうひと押ししてみた。

「私は自分のことを考えている、それだけだ。あんたもそうしたほうがいい。さあ、帰ってくれ」

私はダイエット・コークを飲み干して、店をあとにした。

彼は二度、自分のことを考えている(アイ・マインド・マイ・オウン・ビジネス)と言った。あれが他人の噂話をしないという通常の意味ではなく、文字どおり自分の商売を気にかけているという意味だったとしたら？みかじめ料を払って自分の商売を守っているということだろうか。

麻薬取引とともに、みかじめ料の徴収は世界じゅうの都市生活における苦難のひとつである。ギャングに言わせれば、店を壊されたり火をつけられたりしないための〝保険〟であり〝保証〟だが、法廷では財物強要、または〝威嚇による金銭の要求〟と呼ばれる。どう呼ぼうと中身は同じだ――〝おまえが汗を流して稼いだ金の一部をこっちによこせ、さもないと、おまえのパブ、店、レストランその他を叩き壊して商売ができないようにする〟。

道を歩いて二軒目のパブ〈チェッカー〉亭に入った。店内には客がたったふたりしかおらず、バーカウンター越しに亭主と雑談していた。

ラガーの半パイントを買って、また地元で不動産を買いたいという作り話を持ち出した。

「ウェスト・ディズベリイを探すといい」客のひとりが言った。「東側のここよりずっと品がいいから」

「それはなぜ？」私が訊いた。

「家もきれいだし、人もいい」

「犯罪も少ないしな」もうひとりの男が言った。

「このあたりは犯罪が多い？」心配顔で訊いてみた。

「はるかに多いね」二番目の男が言った。「たいがい麻薬取引で、中毒者が次のクスリを買う金欲しさに車や家に押し入ったりする。おれの意見を言やあ、ああいうのは縛り首にすべきだ」

幸い誰も彼の意見を求めていなかった。

「組織犯罪はどうかな?」私が訊いた。

「麻薬取引はかなり組織化されてるよ」最初の男が要点をはずして答えた。

「アイリッシュ・コミュニティはどうだろう」私が訊いた。「彼らは麻薬を扱っている?」

「このへんじゃあまり見ないね」彼が言った。

「そうありたいね」亭主がカウンターのうしろでみじめに言った。

話題はまたしても、翌日夜のマンチェスターのライバル対決に移った。

「ユナイテッドが負けると思うぞ」明らかにシティ・ファンの男が言った。

「ありえない」相手が言った。

応援チームが異なることがわかると、仲よく酒を飲む雰囲気ではなくなった。彼らは別々に出ていって、店には私と亭主だけになった。

「今晩は客が少ないね」私が言った。

「まったく少なすぎる」彼が言った。「日曜はいつもだが、今日はいままででいちばんひどいな。夏に稼がなきゃならないが、それも夏がちゃんと来ればの話だ。去年はクソ雨ばっかりだった。次もあれだったら、ここはつぶれる」

「悲しいことに、天候については保護してもらえないから」私が言うと、亭主が横目でじっとこちらを見た。「アイルランド人との問題について話してくれないか」

「話すことはないよ」

「私は警官ではない。同じように苦しめられている者だ」

「あんたがシバの女王だろうと知ったこっちゃないが、とにかく話さない。そろそろ帰ってもらおうか」

「オーケイ。帰るよ」ラガーを空けながら言った。「ところで、ビリイ・マカスカーという名前に聞き憶えは？」

「ないね」彼が言ったが、両目のまわりが緊張したので、知っていることがわかった。

「シャンキル・ロード義勇軍は？」

「聞いたこともない」額に突然浮いた玉の汗が、嘘をついていることを物語っていた。

「あんたはいくら払っている？」私が訊いた。

「なんの話かわからない」

「彼はマンチェスターじゅうのパブからみかじめ料を徴収しているのか？」

亭主は立ったまま一瞬黙って私を見、迷っているようだった。

「しているんだね？」私が訊いた。

「払ってる人もいる」彼が言った。「まだ商売をしてる人はみんなだ。払わなかった店は全部燃やされるか、叩き壊された。病院か墓地に入ってない店主はみな払ってる」その声には、あまりにも長く無理な選択を強いられた人の鬱積した毒があった。

「マカスカーに？」

ほんのかすかにうなずいた。動きが小さければ、裏切りの度合いも心持ち小さくなるかのように。

「警察には通報しなかった？」

彼は笑った。「冗談じゃない。〈大工の紋章〉亭をやってた友だちのバート・ゴーリングはそれをして、いまは土のなかだ。燃え残った分だけだが。あいつらはバートのパブに火をつけ、ドアにバリケードを築いて彼が出られないようにした」

「だからあんたは払っている？」

またうなずいた。「月に二千ポンド。利益の半分近くだ。納税申告のときには保険料と書いてる」

「私はマカスカーを止めるために来た」私が言った。

「どこの軍隊を連れてきたね？」彼が鼻で笑って言った。「勝てるわけがない。やつは地元警察をすっかり抱きこんでる。どっちみち私には関係ないことだ。それどころか、かえって状況は悪くなるかもしれない。知り合いの悪魔とは仲よくって言うだろう？」

「しかし、どう考えても彼がいなくなったほうがいいのでは？」

「別のやつが現れるだけさ。マカスカーもまえのやつが町から逃げ出したあと現れた。

かならず誰かがいる」あきらめたような口調だった。「この哀れな商売を始めて二十年になるが、誰かにみかじめ料を払わなかったことは一度もないよ。縄張りにはかならずついてくる。腹が立つのは、あいつらが親切をほどこしていると思ってることだ。考えるだけで虫唾(むしず)が走る」

「すると、あんたの協力は得られないわけだ」

「ああ、無理だね」きっぱりと言った。「貧しくても生きてるほうがいい、以上。さあ、もう行ってくれ。すでに話しすぎた」

私は外に出てチコに電話をかけた。四回目の呼び出し音で彼が出た。

「どんな調子だ？」私が訊いた。

「まだ〈ベル〉にいるんだ」彼が言った。「抱きしめたくなるかわいい赤毛とおしゃべりしてた」

「ここには仕事に来たんだ。憶えてるか？」

「これも仕事だ」彼が言った。「その赤毛の子は掃除人で、ほかの掃除人と一緒に例のレイザーワイヤーのフェンスがある大邸宅で働いている」

「どうしてそんなことがわかった？」

「パブに入って、あんな刑務所のまわりみたいなフェンスで家を守らなきゃいけないなら、この町はずいぶん物騒だねと大声で言ったんだ。そしたらすぐに彼女が、あれはほとんど見せかけだけよって。おれはまた彼女のところに戻らないと。そっちはどうだ？」

「気にするな。赤毛のところに戻って聞き出せることを聞いてくれ。三十分後にまた電話する」

チコの手際のよさには驚いた。いつものことだが、私がひとりの女の子とも話せないあいだに、彼は六人の子と愉しくおしゃべりしているのだ。結婚しても、その技術にまったく衰えはなかった。

私はさらにウィルムズロー・ロードをのんびり歩き、ずらりと並んだ店や、〈フォーチュン・クッキー〉という店名が赤いネオンサインで輝く中華料理店のまえを通りすぎた。

次に入ったパブは、まえのふたつよりずっと混んでいた。巨大なテレビ画面ふたつでゴルフのマスターズ・トーナメントをやっているのが大きかったのだろう。大西洋の向こうのオーガスタからの生中継だった。

ダイエット・コークを注文してカウンターのスツールに坐り、テレビを見た。

「おひとり？」カウンターのうしろにいる娘が私のまえに飲み物を置いて訊いた。

「そう」私が言った。「住む家を探しに来た」

「あそこにいるシェイン・ダフィに話すべきね」ゴルフを観ている集団のなかで私に背中を向けている体格のいい男を指差した。「不動産屋で働いてるから」

「なるほど」私が言った。「ありがとう。そうするよ」

「ねえ、シェイン」混んだ店内の向こうに彼女が呼びかけた。「ここにあなたのお客さんがいるわよ」

シェインがこちらを向いた。

十二日前に私がトウスターの駐車場で会った男だった。そのすぐあと私は顔をブーツで蹴られたのだ。


彼より一瞬早く私が気づき、何秒か先に動くことができた。

私は罠から逃れるグレイハウンド犬さながらパブから飛び出し、ウィルムズロー・ロードを北へ走った。並んだ店と中華料理店のほうへ。

顔が光に照らされて私だとわかるのを避けるため、振り返らなかった。通りの照明は最小限で、私は濃い色のズボンに黒い防風ジャケットを着ていた。どちらの方向に去ったか見られていないかもしれないので、すばやく、しかし静かに移動して、できるだけ道路脇の並木の陰に隠れるようにした。

〈フォーチュン・クッキー〉中華料理店にまっすぐ入り、しっかりドアを閉めた。

「おひとりですか?」東洋人の若者がほぼ完璧な英語で言った。

「ああ」私が言った。「だが、そのまえに手洗いを借りられるかな?」

よく思っていないのがわかった。たんに施設を使って去ってしまう人が多いのだろう。

「階下(した)です」としぶしぶ言った。

示された階段をおりると、機嫌の悪い大きな犬がいた。ロットワイラーのように見えた。いまにも咬みつきそうな顔で私にうなり、大きな声で二度吠えた。

思わずシェイン・ダフィと対面しかねない方向に引き返しそうになったが、ありがたくもその犬が階段下の床のリングにきちんとつなぎ止められているのが見えた。それでも反対側の壁に背中をつけながら、そろそろと犬のまえを通って男子トイレのほうに進んだ。犬が引っ張ったとしても、リングと首につながった太い鎖が持ちこたえてくれるのを願った。

トイレに入って待った。ほんの数分だったはずだが、もっと長く感じられた。誰も入ってこないし、ドアを開けようともしなかった。

ゆっくり外に出ると、また犬が吠えた。上唇が持ち上がって非常に鋭い犬歯が見えた。

こんなに強面の動物が中華料理店で何をしている？

犬が吠えるのは、どう考えても商売のためにならない。それにもちろん、犬の炒め物はメニューにないだろう。

階段をのぼって、店のメインフロアにごくゆっくりと戻った。まばらな客のなかに、私がまた現れるのを辛抱強く待っているシェイン・ダフィの顔がないか確かめながら。

彼はいなかった。

「おひとりでしたっけ？」若い東洋人がいくぶん皮肉交じりに訊いた。

「ああ、そうだね。誰か私を捜して入ってこなかったかな？」

「いいえ」彼が言った。「どなたかと待ち合わせですか？」

「本当に誰も来なかった？　私のあとで？　ちょっとのぞいて去った人がいたとか？」

「いいえ」彼がくり返した。「窓際のテーブルになさいますか？」

「いや、ブース席にする」望ましい席を指差した。

入口のほうを向いて坐り、チコに電話した。

「こっちに来てくれ、いますぐ」彼に言った。

「どこにいる？」

「中華料理店から出られなくなった。悪党のひとりが外でおれを捜している」

「悪党？」彼が訊いた。

「トゥスターの駐車場でおれを殴った男たちのひとりだ」私が言った。「バーでばったり出くわした」

「ほう」チコが言った。「お忍びもこれまでだな」

「ああ、だが本当に来てほしい。すぐに。待ち伏せされてるかもしれないから、外に出られない」

「オーケイ」彼が言った。「どっちみち、抱きしめたくなる赤毛のボーイフレンドが現れて、おれのことを煙たがってるからな。潮時だ。そっちに行って助けてやる。車はどこだ？」

「地元の医療センターの近くに駐めたが、キーはおれのポケットだ」

「そりゃ不用意だったな」チコが言い、調査業務で私の腕が明らかになまっていることをチクリとやった。昔だったら、車をいつでもふたりで使えるように、かならずスペアキーが入った小箱をホイールアーチの裏に磁石でくっつけていた。

「緊急脱出が必要になるとは思わなかったんだ」

「予期せぬことをつねに予期せよ。いつもおまえが言ってたぜ」

「うるさい」

「店の名前は？」

「〈フォーチュン・クッキー〉だ。おまえがいるウィルムズロー・ロードの北の左側。明るい赤のネオンがついているから見落とすことはない」

「すぐ行く」

「気をつけろよ」私が言った。「あと、着いたらおれと同じ席に坐るなよ」

「おれは昨日生まれたんじゃないぜ、おい。じゃあすぐあとで」

チコは私が探偵社に入る何年もまえから調査員だった。この仕事で私が知っていることの多くを教えてくれたし、おそらく私がいま知っているより多くのことを忘れている。

東洋人の若者が厚みのある赤いフォルダーに入ったメニューを持ってきて、私のテーブルに置いた。

「お飲み物はいかがですか？」彼が訊いた。

「水でいい、ありがとう。それと、申しわけないが食事はしないことになった。友人が来て拾ってくれるのを待っている」

若者は嬉しそうではなかった。

「カバーチャージは払っていただきます」彼が言った。「水と設備使用料として」

「オーケイ」私が言った。「あの犬の餌代になるならね。あれは目的があるのかい?」

「番犬です」彼が言った。「泥棒よけに夜は店のなかに放すんです」

加えて〝保険〟の取立人よけだな、と思った。みかじめ料の徴収に来た人間を追い払うのだ。

「トラブルが多いとか?」私が訊いた。

「あなたはどなたです?」彼が訊いた。

「やはり苦しめられている者だ。やり返そうとしている」

「協力するとは思わないでください」彼が言った。「ぼくは訓練を受けた翻訳家です。ここを経営しているのは、いま父と母が怯えすぎているので」

「彼らは支払わなかったのか?」

「どうして支払わなきゃいけないんです?」怒って言った。「これまで一生懸命働いてきたのは、自分たちのためです。いきなりやってきて、何もしないのに利益の半分を要求する誰かのためじゃない」

実際、どうして支払うべきなのか。ただ支払わなければ、怖くて自分の商売ができなくなる。

「何が起きたんだ?」

「この裏の路地で三人の男が父を襲って、ここを荒らしまくったんです。何もかも壊して。いまから二年前ですけど、父はあれからめったにアパートの外にも出られなくなった。この店も繁盛してましたが、もう……」両手を広げた。「見てください。お客さんが少なすぎて賃料も払えないくらいだ。まして人なんか雇えない。もうすぐつぶれますよ」

名より実を取れ、ワトキンソン主任警部はそう言った。

パブの亭主たちもむろん同じ考えで、金を払った。

チコが突然レストランの入口に現れた。

「お願いだ。これをあの男に渡してくれないか?」私は若い翻訳家に車のキーを渡して、チコのほうに顎を振った。

彼は、どうして自分で渡さないのだとも訊かず、言われたとおりにした。

「二分後に電話してくれって言ってました」

「ありがとう」私が言った。「カバーチャージはいくらかな?」

「いりません」彼が言った。

チコに電話をかけた。

「たしかに外で待ってたやつがいたよ」彼が言った。「通りを挟んだ建物の入口に立ってるのを見かけた。携帯で話してた。あれはたぶん助っ人を呼んでるんだな。だから、ずらかったほうがいい。おんぼろレンジローバーはどこだ?」

置いてきた場所をできるだけくわしく説明した。チコは脱出計画を話した。「ライトがつく」

「キーのロックとアンロックのボタンを同時に押すんだ」私が言った。「ライトがつく」

「オーケイ」チコが言った。「見つける。電話するからな。おれがゴーと言ったら、頭がぶっ飛んだみたいに走れよ」

恐ろしく長く思える時間、ドアに視線を釘づけにして待った。チコが戻ってくるまえに、シェイン・ダフィと友人たちが店に入ってこないことを祈った。

手のなかで電話が震えた。

「はい？」

「道のすぐ先に停まってる」チコが言った。「助っ人が到着した。全部で三人。道の向かい側に立って、頭を寄せ合って話してたが、みんな移動したんで見えなくなった。裏口から出るんだ、いますぐ。右に曲がれたら曲がれ、見つけてやるから」

私はブース席から立ち、通路を厨房へ急いだ。そのときシェイン・ダフィと仲間のひとりが表の入口から飛びこんできて、若い東洋人を脇にどかした。ふたりとも野球のバットをぶらぶらさせていたが、試合がしたいわけではなさそうだった。

私は驚く中国人のコックふたりを押しのけて厨房の勝手口から店の裏の狭い路地に出た。

すでに三番目の男がそこにいた。勝手口の横の壁についたライトの光に照らされて、その姿がはっきりと見えた。彼もまた野球のバットを持っていた。

くそっ。

競馬場の駐車場で手下に殴られた、と私がマカスカーに苛立ちをぶつけたとき、彼はなんと言ったのだったか。

彼らはあんたにほとんど触れてもいないようだな。きちんと殴っていたら歩くこともできないはずだ。膝小僧はきわめて治りにくいことで知られるから。

今度こそ、きちんと殴られるのではないかと怖かった。それもただちに。

チコに言われたとおり右に曲がったが、それはたんに左が行き止まりの壁だったからだ。その路地は右にしか行けず、行く手はトウスターで会ったもうひとりの男にふさがれていた。私の首を絞めた男、騎手たちに質問するのはやめろと私の耳元で言った男だ。彼だとわかったことが相手にも伝わったにちがいない。私にニヤリとして、頭の上にバットを大きく振りかぶった。

私は早足で彼に向かっていき、男は少し動揺したようだった。だが、ひとりに立ち向かうほうが、引き返してふたりの手のなかに飛びこむよりまだしも希望がある。ちょうどそのとき、ふたりが十ヤードほど後方の勝手口から出てきた。

私は野球のバットのサンドイッチに挟まれた肉のようだった。

そして怯えていた。怖くてたまらなかった。

# 23

そのままひとりのほうへ走りつづけた。とにかく路地から出られるのはその方向であり、うしろのふたりと闘うよりましだったからだ。

すべてはスローモーションで起きているかのようだった。

私が近づくと、男はバットを私の頭めがけて振りおろした。それはたやすくよけられたが、うしろのふたりが危険なくらい追いついてきた。

そこでふたつのことが私の味方になった。

まずレンジローバーが路地の出口に現れた。次に、〈フォーチュン・クッキー〉の勝手口からロットワイラーが放たれた。

チコが思いきりクラクションを鳴らし、私のまえの男は後方に気を取られて、音の出所(でどころ)を見ようと振り返りかけた。

私はその機を逃さず一気に間合いを詰めて男の横面を左手で殴った。わがプラスチックと鋼鉄の驚異、つねに用意されている棍棒である。相手はばったり倒れ、私はその横を駆け抜けた。

チコが助手席側のうしろのドアを広く開けていた。そこに飛びこみ、その勢いでドアをバタンと閉めたが、チコはすぐには発進しなかった。路地でくり広げられる光景を眺めて笑っていた。

私は身を起こして、うしろを振り返った。

私が殴った男はまだ頭を抱えて倒れていたが、残るふたりは怒ったロットワイラーを懸命に振り払おうとしていた。犬は彼らの脚の肉を食いちぎろうとしている。

実際、笑える光景だったが、私はその場を早く離れたくてたまらなかった。

「さあ、行こう」私が言った。「まだ危なすぎる」

「さて、どうする?」チコが現場から走り去りながら言った。

本当に、どうする? 私の計画は、マンチェスターに来て、次にやるべきことを思いつくのを待つというところまでだった。そこには、自分の手札を見せて近所にいることを敵に知らせることは含まれていなかった。

路地の出口は暗かったが、彼らはチコの顔をしっかり見て、次に見かけたら彼だとわかるだろうか。車の型と色も把握しただろうか。いまも地元の通りでわれわれを捜しているのか?

彼らの縄張りからすぐさま出て、オックスフォドシャーのマリーナとサスキアのもとへまっすぐ帰りたい気持ちもあった。だが、マカスカーは私たちがそうすることを期待しているだろうか。

「マカスカーの家に行って、あそこの動きを見るべきだと思うぞ」チコが言った。

「あのごろつきどもがレンジローバーに気づいたら？」

「暗かったし、ほかのことに気を取られてたさ。そこは気づかないほうに賭けよう」

　チコが一マイルほど運転して、マカスカーのモック・ジョージアン様式の邸宅に着いた。道向かいに並んだ車の列に交じり、錬鉄製の防犯ゲートから三十ヤードほどのところに駐車した。

　暗いなかでしばらく観察した。住宅街の道をときどき車が通るだけで、あとは何も起きなかった。

「散歩してくる」チコが言って車のドアを開けた。

「いい考えだと思うか？」私が訊いた。

「たぶんよくない」大きな笑みを広げて言った。「でも坐っているのに飽きた」

　チコは影のなかに消えていった。私は後部座席から運転席に移り、急な脱出に備えた。

　やはり何も起きそうになかった。時間の無駄か？　そろそろ引きあげどきかと思ったが、チコに電話するわけにはいかない。いまポケットで電話が鳴ることだけは避けたいはずだ。

　フロントガラス越しに家のほうに目を凝らし、ゲートからいちばん離れたフェンスの遠いところを暗い人影がのぼって乗り越えるのを見てギョッとした。チコにちがいない。いったい何をしている？　頭がイカれたのか？　マカスカーはまちがいなくモーションセンサーつきの保安灯や、おそらくカメラも設置しているのに。

レンジローバーの窓を下げ、警報音や発見を知らせる人の声がしないかと耳をすました。必要ならいつでもエンジンをかけて突進し、ゲートをぶち破るつもりだった。しかし夜は静かなままで、耳に入るのは自分の血流と心臓の鼓動の音だけだった。

「早く、チコ」胸につぶやいた。「出てこい」

見つめていたゲートが突然開きはじめた。私は見つからないように座席で頭を低くしたが、車は出てこなかった。ところが道を走ってきた一台の車、トヨタ・ランドクルーザーが、開いたゲートのほうに曲がった。街灯が暗く、車のガラスの色が濃いせいで、なかにいる人間はまったく見えなかった。

トヨタが入ったあとゲートが閉まり、私はチコのことが本当に心配になった。マカスカーが家に帰ってきたのか、それともあのごろつき三人が〈フォーチュン・クッキー〉でシッド・ハレーを殴り損ねたことを報告しに戻ってきたのか？　どちらにしろ、いま敵陣に入って隠れているチコにとって朗報ではないだろう。

坐って待っているしかなかった。

レンジローバーの時計の針がゆっくりと進み、不安は募る一方だった。五分がすぎた。

そして十分。

チコが捕まったとか？　救出行動を開始すべきではないのか？　あるいは地元警察に電話する？

また五分。二十分のように感じられた。

携帯電話がメッセージの着信を知らせる音を発した。私はひっつかんだ。

メッセージはたった二語だった。〃じっとしてろ（ステイ・プット）〃。

じっとしていた。ダッシュボードの時計がさらに苦しい十五分を刻んだ。

またゲートが開き、トヨタが出てきた。なかに誰が何人いるのかは、やはりわからなかった。

尾けるべきか？　だがチコにじっとしてろと言われたので、それにしたがった。

見ているうちにゲートがまた自動で閉まりはじめた。閉まるまであとわずかというとき、チコがシャンパンのコルクよろしく飛び出し、レンジローバーまで走ってきた。

「行け」車に乗りこみながら言った。

エンジンはかけてあったので、私はすぐに発進した。

「どこへ？」路肩から離れながら訊いた。

「あのトヨタを尾けるんだ」チコが興奮とアドレナリンによる荒い息をしながら言った。

「まいった。もうこの仕事をするには歳だな」私にニヤッとした。「こんなに愉しんだのは久しぶりだ」

「何を見つけた？」

「たいしたもんじゃない。あとで話すよ」チコが言った。「いまはあのトヨタから目を離すな。マカスカーのならず者三人がなかにいる。あいつらがひどい事故を起こしたらおもしろくないか？」

「おれも同じことを考えていた」私はスピードを上げ、一瞬早く赤になった信号を無視して、うしろに警察車がいないことを祈った。

トヨタのあとについてディズベリィから出ると、A34を南に走ってM56に乗った。あいだにほかの車を何台か置いたので、この暗さでは彼らに気づかれていないという自信があった。

彼らが地元の使い走りに出たのではないことに気づいたのは、いつだったろう。ナッツフォドの近くでM6の南方向に曲がったときだったかもしれない。

「オックスフォドシャーに向かっていると思うか？」心配してチコに訊いた。

「残念ながらそうかもしれない」彼が答えた。

「なぜ残念ながら？」

「連中のひとりがジェリ缶をトランクに積むのを見たからだ」

おお、神様！　できたての干し草が詰まった両親の納屋を焼かれたというアンガス・ドラモンドの話を思い出した。私の家も同じ目に遭うのか？

「どうする？」チコに訊いた。

「警察に通報してもいい」彼が言った。「それか消防隊に。だが、バンベリィまでまだ百マイル以上ある。やつらの行き先がはっきりするまで、もうしばらく待とう」

彼らのあとを追ってM6のスタッフォドをすぎ、十四番出口と、私たちの愛するアイリッシュセッター、マンディが高速道路ではねられた場所を通過した。盛んに走る車の流れのなかにマンディを放ったのは、二台前の車のなかにいる男である。私はほぼ確信していた。

「ほかに何を見た？」私が訊いた。

「うむ」チコが座席で少しこちらを向いた。「フェンスを軽く越えて、遠く離れたところで結構長く待ったんだ。気づかず警報装置に引っかかって、警察に無音の通報が行ってるといけないからな。でも何も起きないし、遠くでサイレンの音もしなかったから、家のほうに進んで建物の裏手にまわった。明かりがついていてカーテンが引かれていない窓がひとつだけあった」

チコは興奮して息が荒くなるほどだった。

「そこは書斎で、机のまえに坐ってるのは絶対マカスカーだった。あの目はまちがいない——おまえが持ってた写真と同じだ。いまは歳をとって太ってるけどな。おれも写真を撮ってきた」

チコが携帯電話を差し出した。書斎の窓越しにマカスカーが写っていた。「あんまり近づきすぎちゃまずいんで、画質はよくない」

「素晴らしい」私は敵の画像にチラッと目を落とした。

「で、おれが大喜びで窓のそばの藪（やぶ）のうしろにうずくまっていると、マカスカーが電話で誰かに叫んでた。そのとき腐れゲートが開く音がした。なんてこった、どこかに無音警報装置があって警察が来たにちがいないと思ったんで、庭の奥に入って別の出口を探した。けど、誰も懐中電灯とか持って家の角を曲がってこない。だからまた少しずつ窓のほうに戻った」

まえにいた車が分岐で出ていき、私たちの車がトヨタのすぐうしろになった。私は徐々に速度を落とし、あいだに何台かほかの車を入れた。

「今度は書斎に人が四人いた。マカスカーはご機嫌斜めだ――怒鳴り声は聞こえなくてもボディランゲージでわかったよ。やがて四人が部屋から出て、マカスカーが電気を消した。なんでおれは家をまわって、ドライブウェイが見えるところまで戻った。連中がガレージからジェリ缶を出してきて車に積んだのを見たのはそのときだ」

「ほかに何か車に積んだものはあったか？」

「というと？」

「スーツケースとか、旅行カバンとか」

首を振った。「それは見なかったな」

すると、この南への遠出はさほど長引かないということだ。宿に一泊する旅ではない。

前方のトヨタがいきなりウインカーを点滅させ、バーミンガムのすぐ北のヒルトン・パーク・サービスエリアに入った。私も少し速度を落として進入路をついていった。

彼らは遠い端のガソリンスタンドに入り、ポンプの横に車を停めた。私はレンジローバーをゆっくりと物陰に停め、彼らがランドクルーザーだけでなくジェリ缶にもガソリンを入れるのを見ていた。

幸いこちらの車は午後に満タンにしていて、まだ余裕で家にたどり着けるくらいガソリンが残っていた。

チコが携帯で何枚か写真を撮ったが、遠すぎてあまり役には立たなかった。

「あいつら、あまり利口じゃないな」チコが言った。「あの缶にガソリンを入れるところが監視カメラに映ってるぜ。おまえの家に火をつけるのにあれを使ったら、警察がそれを見つけるだろうよ」

聞いてもさして慰めにはならなかった。

「おれたちが警察に耳打ちしてやれば」とくに」

給油が完了し、トヨタがまたM6を南へと出発した。私たちはすぐあとを追った。

「さて」私がチコに言った。「ここからわが家まで一時間足らずだ。どうする？」

「仲よしの警官に電話してこの状況を説明できないか？」

私もそれは考えた。

私が知っているノーマン・ウィットビイの唯一の番号は、グレーター・マンチェスター警察本部の彼のオフィスだった。誰が出るのであれ、そこにかけて、いまM6でビリイ・マカスカーの雇われごろを追っていますと言うわけにはいかない。警察内にもぐらがいるなら、マカスカー本人に通報するのと変わらないからだ。

ロンドン警視庁のテリイ・グレンはどうだろう。

テリイにはもう何も要求しないと約束したばかりだが、これは緊急事態だ。それに、どのみち気にしていないのでは？

彼の携帯電話にかけてみたが、留守電につながるだけだった。メッセージを残しはしたものの、彼がかけてくるとは思えなかった。少なくとも今晩は。永遠にかもしれない。

残るはワトキンソン主任警部とリンチ部長刑事だが、あの下劣な写真の空騒ぎのあと、どこまで協力してくれるかはわからなかった。たとえ日曜の夜十一時に連絡がついたとしてもである。

「ハロー」彼らの番号にかけると、忌々しい電子音声が答えた。「現在、電話を取ることができません。メッセージをどうぞ」

言われたとおり、いますぐ電話が欲しいとメッセージを残したが、明日の朝まで聞かれることはないだろうし、それではおそらく手遅れになる。

## 24

トヨタがバンベリイの出口でM40を離れるころには、私はパニック・モードになっていた。

チャールズにはすでに電話で警告していたが、マカスカーが彼の住所を知っている可能性はほとんどないと思っていた。ノーマン・ウィットビイがグレーター・マンチェスター警察のもぐらでないかぎりだが。

チコとの議論では、ランドクルーザーを道路の外に突き出す案も出た。できれば木かコンクリートの橋に衝突させたい。しかし相手の車は安定して時速七十五マイルで走っているし、たとえ彼らがきわめて不快な人間でも、死んでしまうかもしれないと考えると、チコも私も二の足を踏んだ。

トヨタが速度を落として高速道路の上のラウンドアバウトに入ると、私は考え直す気になってきた。たぶん道路から突き落とすのが戦略としてはいちばんだ。しかし、時すでに遅かった。

たいへん驚いたことに、トヨタはナットウェル村の私の家がある右方向には曲がらず、左折してダヴェントリイ・ロードに入った。

「なんてことだ！」私が言った。「彼らが燃やすのはおれの家じゃない。チッピング・ウォーデンのモルソンの家だ」

「誰って？」チコが訊いた。

「トニイ・モルソン」私が言った。「今日午後のレースで、ブラック・ペッパーコーンに乗った。ユトクセターで負けろとマカスカーから厳命されていたのに勝った。マカスカーはトニイを見せしめにするつもりだ。ほかの騎手たちに思い知らせるために」

マカスカーに抗おうとした友人について〈チェッカー〉亭の主人が言ったことを思い出した。〝あいつらはバートのパブに火をつけ、ドアにバリケードを築いて彼が出られないようにした〟

トニイとマーガレットが危ない。双子のジェイソンとサイモンも巻きこまれる。ふたりはこの件に関してまったく罪のない第三者なのに。

四人の命。四人の死。燃える家にバリケードで閉じこめられる。トヨタを道路から突き飛ばすのをためらっている場合か？

もう遅すぎた。チッピング・ウォーデンは高速の出口からたった五マイルで、私たちはすでにその半分まで来ていた。

「消防隊に連絡してくれ」チコに言った。「ミル・レーンのローズ・コテージが火事だと。チッピング・ウォーデンの教会の裏だ。この電話を使え」携帯電話を彼に放った。「使い捨てだ。偽名を使って」

チコが言われたとおりにした。通信係にはウィリアム・マカスカーという偽名を伝えた。別の状況なら結構笑えたところだ。

ごろつきたちに気づかれないようにトヨタから距離を置いたので、われわれがチッピング・ウォーデンの中心部に入ったときには、彼らはすでに教会の脇のミル・レーンの先に見えなくなっていた。

私はヘッドライトを消し、ホッグ・エンドに乗り入れて、藁葺き屋根のコテージが並ぶ列のまえの草地に入ったところで駐車した。チコと車から出て、できるだけ静かにドアを閉めた。

「こっちだ」私がささやいた。

村の通りの乏しい明かりでなんとか足元を見ながら、黙々と教会墓地のなかを進んでいった。

「消防隊のやつらはどうした？」私がささやいた。

「こっちに向かっている」チコが答えた。「家はどこだ？」

「憶えているかぎりでは、教会のちょうど反対側だ。小さな庭がついたモダンな赤煉瓦の四角い家だった」

教会の壁に沿って慎重にまわりこみ、角からのぞいてみた。

闇以外にほとんど何も見えなかった。

ローズ・コテージに明かりはともっておらず、トヨタのランドクルーザーもいないようだった。

勘ちがいだったか？

マカスカーの仲間はチッピング・ウォーデンを突っ切って、その先のダヴェントリイに向かったのだろうか。

遠くでかすかにサイレンの音がした。バンベリイから消防隊がやってくる。無駄骨になってしまうのか？

チコが私の上衣をつかんで指差した。

遠い街灯の光で黒いシルエットになった人物ふたりが三十ヤードほど前方の敷地の端

に屈んでいた。

サイレンが大きくなってきた。

早く来てくれ、と思った。もっと早く、急げ。

そのふたりはすばやく物陰に入り、家の裏のほうに行ったのか、まえにまわったのかはわからなかった。

いきなり彼らがいた場所から大きな炎がブワッと燃え立った。私たちの左側の家の裏からトヨタのランドクルーザーが急発進して幹線道路に逃げていくのが見えた。

火は想定どおりにまわったらしく、炎が敷地全体を包み、屋根の高さまで立ち昇り、夜空を巨大な篝火(かがりび)のように照らした。すさまじい熱が押し寄せ、チコと私は思わず教会の角から顔を引っこめた。

「ガソリンだ」チコが言った。「においでわかる。馬鹿にもほどがあるな。ガソリンで放火するのは大馬鹿だけだ。めちゃくちゃ爆発しやすいのに」

かもしれない。だが、華々しいショーになるのは確かだ。

「とどまるか、行くか？」チコが訊いた。

モルソン一家の無事を確かめずに行きたくなかったが、また別の警察沙汰に巻きこまれたくないという気持ちも同じくらい強かった。私自身の放火ではないかと疑われたらかなわない。

大きな音と青い光とともに消防隊が到着し、消防士が続々と出てきてホースを消火栓につないだ。

「行こう」チコが言った。「ここですることはない。それよりおまえの家を確認しよう」

「いい考えだ」私が言った。

墓石をよけながら教会墓地をレンジローバーまで引き返した。

「ライトはつけるな」エンジンをかけた私にチコが言った。「目撃者が多すぎる」ドレッシングガウンにスリッパという恰好で集まった大勢の地元民を指差した。みな、この騒ぎはなんだとベッドから起き出してきたのだ。「あのなかの誰かが、立ち去るおれたちの車のナンバーを控えるとまずいだろ？」

火が充分明るく、道も見えたので、私は幹線道路に戻ってからヘッドライトをつけ、バンベリイとその先のナットウェルに向かった。トヨタに乗った男たちが、ジェリ缶に残ったガソリンでわが家に同じことをするかもしれないと考えると、レンジローバーのアクセルを踏みこむ足に力が入った。

私はそれと知りつつ保釈の条件を破って、アナベル・ガウシンから二マイル圏内に入った。それどころか、彼女の家のすぐ横を通ってわが家まで戻った。

「手前で停まれ」チコが指示した。「ちょっと様子を見てくる」

ヘッドライトを消し、うちの正面の門から五十ヤードほど丘の上で車を停めた。

「あそこだ」私がチコに言った。「左の二番目の家。横に門がついているだろう」

「五分で戻る」彼は静かに助手席側のドアを開け、夜のなかに消えていった。あとを追うよりチコにまかせるほうがいい、と思った。彼は暗視装置のような目と、私が夢で見るしかないような忍びの技術を持っている。

万一に備えてまた消防隊に連絡したくなった。彼らはチコが通報して十分かそこらでモルソン家に到着した。あの火のまわりの速さと強さから見て、消防隊が出火の九分前に出動していたのは幸運だった。

レンジローバーから出てすぐ横に立ち、異常な音がしないか耳をすました。何も聞こえない。チコが道を歩いて戻ってきた。

「ここには誰もいない」彼が言った。

私は大きな安堵のため息をついた。「エインズフォドは？」

「行ってみよう」

チャールズの家は寝静まり――夜中の一時だから驚くにはあたらない――窓に明かりは見えなかった。

私はレンジローバーをゆっくりとドライブウェイに入れ、なかの人たちを起こさないように、できるだけ早めにライトとエンジンを切った。

ユトクセターのレースを観るためにチコとここを発ったのは、本当にわずか十四時間前だったのだろうか。一週間前のような気がした。

音が出る砂利のドライブウェイをソーッと歩き、ドアを開けようとした。鍵がかかっていた。静かにするのもここまでだ。呼び鈴を鳴らそうとしたとき、亡霊のような人影がまっすぐ近づいてきた。

チャールズだった。縞模様のパジャマにドレッシングガウンを着て、ガラス張りのポーチを歩きながら、散弾銃をいつでも撃てるように構えていた。

「チャールズ」すぐに叫んだ。「私です、シッドです。チコも」

「きみたちだけかね？」彼が叫び返した。

「ええ」

散弾銃が揺れ、私を睨んでいた恐ろしい0の字ふたつの銃口が床のほうを向いて、見えなくなった。

チャールズがドアの鍵をあけた。震えていた。

「こっちへ来て坐ってください」私は彼の手から銃を引き取った。

「ああ」彼が言った。「すまなかった」

私は銃身を折って実包を取り出した。チャールズの指が震えて引き金をうっかり引かなかったのが幸いだった。

到着前に電話をすべきだったのだが、彼を起こしたくなかったのだ。元軍人のチャールズが歩哨任務につき、マリーナとサスキアと自宅を守っていると当然考えるべきだった。任務中に眠るのは、かつては重罪だった。

私たちは台所に移動した。私は銃をテーブルに置き、チャールズのためにグラスに水をついだ。

「きみの電話があってから、ひどく心配になってな」チャールズが言った。「マリーナには言わなかった。家にどうしても帰ると言われたら困るから」

「うちは大丈夫でした」私が言った。「途中で見てきました」

出発してから起きたことをかいつまんで彼に説明した。モルソン家の火事については話さなかった。なぜか伝えないほうがいいと思ったのだ。そうでなくてもチャールズは動揺している。

「彼らはマンチェスターに帰ったと思うかね？」チャールズが訊いた。

「だといいのですが」

ポケットで電話が鳴った。

「ハロー」誰だろうと思いながら応じた。

「そちらはウィリアム・マカスカー？」雑音交じりの女性の声が言った。

「あなたは？」私が訊き返した。

「この電話でウィリアム・マカスカーという人から火事の通報があったんです」と答えた。「チッピング・ウォーデンの火事です」

私は電話を切って、ただちに電源を落とした。

チコがそのやりとりを聞いていた。

「SIMカードを抜け」彼が言った。

電話の裏を開き、小さな長方形のカードを取り出して彼に渡した。チコは調理台からハサミを取って、SIMカードに三箇所切れ目を入れた。

「明日新しいのを買わないとな」チコが言った。「これはもう終わりだ。彼らがかけるまえに位置情報を調べなかったことを祈るしかない」

「どうせわからないだろう。こいつに立派なGPS機能がついているとは思えない」

「それでも信号の三角測量で特定できる。まあ、このへんに基地局はあまりないけどな」

「どうした？」チャールズが戸惑った様子で訊いた。「その小さいのはなんだね？」

「SIMカードというやつです」私が言った。「これで携帯電話が動く――電話番号を与えて。マカスカーがかけてこられないように別の番号を使っています」

彼は質問もせず説明を受け入れ、少しふらつきながら階段を寝室へ上がっていった。

「チャールズ、大丈夫ですか？」見て心配になった私が廊下から訊いた。

「大丈夫」彼が言った。「疲れただけだ。長い一日だった。六歳の子がどれだけ人を疲れさせるか忘れていたよ。一日じゅうあの子を捜して、この階段を少なくとも十回以上のぼりおりした」首を振った。

サスキアとサーディンズをしたのかと思い、笑みが浮かんだ。

「おやすみなさい」私が言った。

チャールズは返事代わりに手を上げ、寝室へと消えた。古い床板の軋(きし)みで、移動しているのがわかった。

だが、私にはまだやるべきことがあった。チャールズの書斎に行ってコンピュータでモルソン家の火事のニュースを探した。

どんなに短い期間でも、エインズフォドに住むと自分は頭がおかしくなるという結論に達した。チャールズのコンピュータかインターネット接続が――あるいは両方――遅すぎて、ウェブのアドレスを入力してから目的のページが画面に現れるまでに紅茶を一杯淹れられそうだった。

もっとも、反応が遅いからといって、チッピング・ウォーデンの火事のニュースがネットのどこにも出ていないことに変わりはなかった。調べるのが早すぎたかもしれない。モルソンの番号に直接かけるのは論外だろう。誰かが実際に出たら、夜中の一時半に電話したことの説明に難儀する。あとは朝まで待つしかなかった。

「警備する必要があるか？」ニュースがないというニュースを知らせに行ったとき、チコが訊いた。

「どう思う？」私が言った。

「もしやつらがここに来るなら、もう来ているはずだ。とりあえず安全だと思う」

「おれもそう思う」私はあくびをした。「そろそろ寝るよ」

「おれはもう少し起きていよう」彼が言った。「念のためな」

私は濃いコーヒーを淹れだしたチコを台所に残して、客用寝室へと階段を上がった。

チコとレンジローバーのなかで一夜を明かさずにすんでよかったと思いながら。

二階でできるだけ音を立てないように、床のいちばん軋むところを避けてバスルームに行き、服を脱いで、左の前腕をはずした。そうするとかならず痛みがともなうので、顔をしかめた。先に靴紐を解かずにきつい靴を脱ぐような感じである。少なくとも、路地で男の頭を殴ったときの衝撃で内部が故障していることはなさそうだった。心の底では故障してもかまわないと思っていた。義手を装着する日々ももう長くないと信じていたからだ。まもなく感覚のある本物の手を持つことになるのだ、毎晩寝るまえにはずす必要のない。

マリーナの横にもぐりこんだ。起こさないように細心の注意を払ったが、彼女は動いて、眠そうにこちらに寝返りを打った。手を伸ばして私の男の部分を温かい両手で包みこんだ。私の両脚に震えが走った。

「うーん」彼女がつぶやいた。「いい気持ち」

本当にそうだった。私たちは心地よく体を寄せ合った。ほどなく私は彼女を刺激してすっかり起こしてしまい、彼女はそれ以上のことをしてくれた。

このところの災難続きで、セックスは私たちの予定表のかなり下のほうになっていた。というより、下がりすぎて底から落ちてしまっていた。サー・リチャード・スチュアートがわが家に来てからというもの、マリーナと私はたびたび言い争い、ふたりのあいだに大きくはないが一触即発の反感が生まれていた。

いままた相手の体を再発見する行為のなかで、それらすべては忘れられた。私たちは互いに喜びを与え、同じくらい受け取って、相手を心臓が高鳴るクライマックスに同時に導いた。

「ワオ」私が言った。「素晴らしかった」

「本当に」マリーナが言った。「これが必要だったの」身を寄せてきた。「今晩は戻ってこないと思ってた」

「戻ってこないほうがよかった？」

「馬鹿言わないで」彼女は笑った。「戻ってきたほうがいいに決まってる」

私たちは互いに腕をからませ、満ち足りた眠りに落ちた。

何か音がした気がして瞬時に目覚めた。まだ真っ暗だったので、ゆっくりと体をまわしてベッド脇の時計の上に触れた。デジタルの数字が浮かび、時刻は五時二十七分だった。

寝たのは四時間足らずだった。

暗いなか横たわって、慣れない音や不快な音がしないか耳をそばだてた。聞こえるのは隣にいるマリーナの穏やかな寝息だけだった。それは慣れているし不快でもない。

夢だったのか？

ベッドから出てドレッシングガウンをはおり、裸足で極力音を立てずに廊下を歩いて、ている。

階段をおりた。早朝で外は完全な闇に近いが、家のなかにはぎりぎり移動できるくらいの光があった。玄関ドアの近くにある警報装置のキーパッド、廊下の机に置かれたコードレス電話の充電器、台所の電気調理器についたデジタル時計の文字盤がそれぞれ光っている。

ロージイを見おろした。ＡＧＡオーブンのまえに置いたベッドでぐっすり眠っている。私は微笑んだ。明らかに番犬としては役に立たない。

すべてが静まり返っていた。台所の窓から、外で動くものはないかとしばらく見た。動きはなかったので安心して廊下に戻ったとき、いきなり攻撃を受けた。

うしろに引かれて床に放り投げられた。チャールズのアンティークのペルシャ絨毯(じゅうたん)の上に背中と尻から勢いよく落ちて、肺から空気が叩き出された。

この投げは知っている。柔道の基本動作だ。

「チコ」わずかに残った空気を使って急いで言った。「おれだ、シッドだ、やめろ」

「おお、なんでさっさと言わなかった？」闇のなかから鼻にかかったロンドン下町訛りの声が返ってきた。「侵入者かと思った。おまえは階上(うえ)でぐーぐー寝てるはずだろ」

「物音が聞こえた気がしたのだ」手と膝をついて起きあがろうとした。

「ほらよ」チコが手を伸ばして言った。「つかめ」

「どうも」チコの手をつかんだ。床から立ち上がるのに助けを必要とするなど、これも歳をとった証拠にちがいない。床を押せる手が一本しかないからだと思うことにした。

「何か音がしなかったか？」尻の右側にすでにできかけている打ち身をさすりながら訊いた。

「おれがコーヒーカップを落としたけどな」彼が決まり悪そうに言った。「うとうとしてたんで」

「そうか」私が言った。「気にするな。さあ、もう寝よう。誰も来ないだろう。もうすぐ明るくなる」

「だな。そうするか」

私たちは一緒に階上に上がった。チコは三階のかつて家事使用人たちが使っていた屋根裏部屋までのぼった。私はまたマリーナがいるシーツのあいだに収まった。今度は彼女も眠りつづけていた。私の夜の見まわりに煩わされず、規則的な寝息を立てている。私は暗闇のなかで微笑んだ。尻の痛みをできるだけ無視しながら、やがてゆっくりと眠りに落ちた。

## 25

早朝のラジオのニュースでは、チッピング・ウォーデンの火事について何も触れられなかった。モルソン一家が焼死したとか、ガソリンによる放火だったという報道はいっさいなかった。

ある意味では心の底から安堵した。おそらく国のベスト二十に入るスティープルチェイスの騎手がそんな状態で死亡すれば、まちがいなくトップニュースになるだろうから。服を着て書斎におり、もう一度コンピュータで調べると、地元のニュースサイトだけが事件を短く取り上げていた。真夜中すぎに緊急通報があり、チッピング・ウォーデンの教会近くに消防車が駆けつけて小火を消し止めた、と書かれていた。ほかにくわしい情報はなく、放火だったとも建物に損害があったとも書かれていない。

あまりにも奇妙だった。チコと私が見た火事はとうてい小火と表現されるようなものではなかった。最後に見たときには火勢が強すぎて、消防士がいるにもかかわらずローズ・コテージの住人の命が心配になったほどだった。

チャールズの電話を使って、モルソン家の番号にかけてみた。

「トニイ・モルソン」出てきた声が言った。

「トニイ、シッドだ、シッド・ハレー」

「あんたとは話さない」彼が怒って言った。「頭おかしいだろ。おれたちは生きたまま焼かれるところだったぞ。あんたのせいだ。あのレースに勝つべきじゃなかった。だからさっさとどこかへ行って、もうかまわないでくれ」

「消防隊を呼んだのは私だ」そう告げて、さらに彼の怒りをかき立てないことを願った。「彼らがあれだけ早く到着したのはなぜだと思う?」

「警察の話じゃ、ウィリアム・マカスカーと名乗るやつが通報したって。言われたときには驚いて跳び上がりそうになった。その名前を知ってるかと訊かれたから、もちろん知らないと答えた」

「それは彼ではなく私だ」もう一度言った。実際に通報したのはチコだが。「ウィリアム・マカスカーの名前を知らせたのは、彼に罪を負わせたかったからだ」

「つまり、火事が始まるまえに知ってたってことだな。消防隊の責任者がそう言ってたよ。誰が通報したか知らないが、そいつが放火したにちがいないって。でなきゃ知ってるわけないだろ?」また間ができた。「あんたが火をつけたのか、シッド?」

「いや、つけるわけない」私が言った、「わかっているだろうが、放火したのはビリィ・マカスカーの部下たちだ。しかしわからないのは、なぜきみの家が持ちこたえたかだ。あれほどの炎が立ったのに」

「あんた、ゆうべここに来たのか?」責めるように訊いた。

「ああ、行った。マカスカーの部下三人をマンチェスターからチッピング・ウォーデンまでずっと追ってきた。高速の途中のサービスエリアで彼らがジェリ缶にガソリンを入れるのも見た。それで何をするつもりかわかったから、すぐ999に電話した。そう、たしかに火が出るまえだったが、五分も十分もまえではなかった。正しい判断だったよ。通報しなければ、今朝きみたちは全員焼け死んでいるところだ」

「火が輪のように家を取り囲んだのさ——炎の壁だ」トニィが言った。「けど、家自体からは離れてた。あんなのは見たことがないと消防隊の責任者が言ってたよ。おれを殺すより脅すつもりだったんだろう。見事に効果があった。マーガレットがむちゃくちゃ怯えてる」

うなずける話だ。私でもそうなる。

「マーガレットの妹はマンチェスターのどこに住んでいる？」

「は？」

「マーガレットは妹がマンチェスターに住んでいると言っていた。どの地区だ？」

「ディズベリイってとこらしい。市の中心部の南だ。なぜ訊く？」

「理由はない」

マーガレットの妹が意図的にモルソン家の双子のことをマカスカーに話したとは思えなかった。地元のちょっとした集まりで少々ワインを飲みすぎたときに、おそらく美談として持ち出したのだろう。だが、ビリイ・マカスカーはそうした知識を己の目的のために利用する方法を知りすぎている。

「警察におれたちのことを話すのか？」トニイが訊いた。

「話してもらいたいのか？」

長い沈黙が流れた。

「いや」彼が言った。泣きかけているような声だった。「おれがあんたにしてもらいたいのは、早くいなくなっておれたちをそっとしといてもらうことだけだ」

「だったら引退することだ」私が言った。「騎手を辞めろ。いますぐ。今日のうちに。

そうすればマカスカーはきみを利用できないし、たとえBHAに騎手免許を取り消されても関係なくなる。もうレースには出ないのだから」

「でも、まだ引退したくない」痛ましい声で言った。「あと数シーズンは走れる」

「ならマカスカーはいなくならない。私が彼をどうにかするのに、きみが協力しないかぎり」

「どうにかするって？」感情のない声で言った。「あいつがどういう人間か、見ただろう。言っとくけど、彼がまたレースで負けろと言ってきたら、おれは絶対負けるぞ。次は脅しじゃなくて、おれたちがなかにいる家を燃やすに決まってるから」

反論できなかった。

私もそう思っていた。実際、彼が今回そうしなかったのが驚きだった。


コーヒーを淹れようと台所に行くと、チコがすでにいた。

「おまえは寝ないのか？」私が訊いた。

「もう九時だぞ。仕事の時間だ」

「若い不良どもが寂しがらないか？」

「いや、おれがいないことに気づきもしないさ。スコットランドのやさしいばあさん万歳」私にニヤリとした。「おかげで丸一週間休みだ」

「ふむ。昨晩より寝られるようになるといいな。あと、今後おれには手を出さないでくれ。今朝はケツが痛くてたまらない」

尻をさすった。

「それなら裸足で家のなかをうろつかないこった。腐れ幽霊みたいにふわふわ歩いてるから、こっちの肝がすくみ上がったぜ」

「すくみ上がったのはこっちだ」私が請け合った。

チコが笑った。「村をちょっと走ってくる。しばらくいなくていいだろ?」

「ああ、大丈夫だ」私が言った。「戻ってきたあと、これからのことを決めよう」

「わかった」彼が言った。「四十分ほどだ」

チコが出発するのと入れ替わりに、サスキアを学校に送り届けたマリーナが帰ってきた。

「学校はどうだった?」私が訊いた。

「まあまあね」彼女が答えて顔をしかめた。「ポーラはまだわたしと話さない」

「焦らないことだ」

ロージイがやってきて、マリーナの脚に顔をこすりつけ、嬉しそうに尻尾を振った。

マリーナは彼女の耳のうしろをかいてやった。

「家に戻れるのはいつごろになりそう? チャールズはとても親切だけど、昨日はずっとあの調子で、わたし頭が変になりそうだった。それに、そろそろ自分のものに戻りたいわ。自分のお風呂や自分の台所に」

書斎に戻って、ワトキンソン主任警部の番号にかけてみた。出てくると期待していたわけではないが、予想ははずれた。

「ワトキンソン主任警部です」

「ああ、主任警部」陽気に言った。「シッド・ハレーだ」

「あなたと話してはいけないことになっている」彼が応じた。

「このまえもそう言った。だが話している。昨夜のチッピング・ウォーデンの火事の報告書は読みました？」

「うちの管轄ではない」彼が言った。「チッピング・ウォーデンはノーサンプトンシャーだ。こちらはテムズ・ヴァレーなので」

「ビリイ・マカスカーは警察の管轄にさして注意を払わない。それにチッピング・ウォーデンは道をまっすぐ行けばすぐだ」

「たぶんね」彼が言った。「しかし州境を越えている」

「それならノーサンプトンシャーの同僚から報告書を取り寄せてほしい。興味深い読み物になる。ガソリンをまいて火をつけたのはビリイ・マカスカーの用心棒たちだと教えてやるといい」

「どうしてそのことを？」彼が訊いた。

「マンチェスターの彼の家からここまで彼らを追ってきたので。彼らが放火に使ったジェリ缶にガソリンを入れるのも見た。M6のヒルトン・パーク・サービスエリアだ。証拠写真もある」

「なんと。忙しく働いていたわけだ」

「ほかに何をしろと？」私が訊いた。「誰かがやらねばならないし、警察もあまり動いていないし――無実の人間を逮捕する以外には。それで思い出したが、私を告発したのは誰でした？」

「開示できない」

「できないのか、したくないのか？」遠い昔にサー・リチャード・スチュアートに言われたことをそのまま くり返した。

「できない」主任警部が答えた。「たとえ私が通報者を知っていたとしても――実際には知らないが――その種の情報は、関係する子供を保護するために明かしてはならないのだ」

「まちがって告発された個人の保護はどうなる？」私が言った。「この国の法律はいま、やたらと私に厳しい気がする」

「あなたにも、私にもだ」彼が言った。「昨今、人を有罪にするのがどれくらいむずかしいか想像もつかないだろうね」

「それで気分がよくなれと？」私が言った。「ならないよ。私はいつ家に帰れます？」

「どういう意味だね？」

「保釈の条件として、アナベル・ガウシンから二マイル圏内に意図的に入ってはいけないことになっているが、わが家は彼女の家から一マイルしか離れていない。一マイルだろうと二マイルだろうと私が何もできないのは明らかだ」

「するといまはどこに?」

「義父の家にいる。ガウシン家から三マイル離れた」

「釈放時にそう申し出なかったのかね?」

「申し出たが、留置場の巡査部長がけんもほろろに、それは不運だが、ほかに住む場所を探すしかないと。どうも彼には好かれなかったようで、ずっとクズ呼ばわりされた」

「留置担当の巡査部長はたいがいそんなものだよ」彼が言った。「条件を変えられるかどうか、イングラム警視にひと言訊いてみよう」

「ありがたい」

「ほかには?」明らかに会話は終わりという意思表示だった。

「ある」私が言った。「昨日の出火について捜査してほしい」

だが、それでどうなるというのだろう。マカスカーの部下たちを放火で有罪にできても――それすら疑わしいが――収監はとうてい長くはならない。収監されないこともありうる。死傷者もいないし、家自体の損壊もさほどなかったのだ。

かりにマカスカー本人が放火の主犯として有罪になっても、手首をはたかれたぐらいにしか感じないだろう。おまけに私が検察側の証人として法廷に立てば、彼に慕われるはずもない。

もっと大きな戦いに勝つ必要があった。戦争そのものを終わらせるような戦いに。

ロンドン警視庁のテリイ・グレンから郵便で通話記録が届いた。

テリイの短い手紙も入っていて、私が彼に知らせた番号は使い捨てのＳＩＭカードだったと書いてあった。通話記録を送ることはできるが、その番号を特定の個人につなげる公式な書類はないとも。

記録によると、マカスカーと想定されるその誰かは、過去半年で携帯電話を使ってかなり手広く何十回もかけていた。しかし悲しいことに、かかってきた電話の明細はなかった。

ロバート・プライスから情報を得ていたときのように、マカスカーがこの番号を受信にも使っているのだとしたら、発信記録だけでは彼が手懐けた騎手の全員は判明しない可能性がある。

知っている番号はないかとリストをざっと見ていったが、どれも見憶えがなかった。残念ながら、私自身の連絡先と比較しようにも詳細なリストが手元になかった。そのためには警察が私の携帯電話かパソコンを返却してくれるのを待たねばならない。

マカスカーの自宅の電話の通話記録も見てみた。こちらも何十回とかけているが、やはりピンとくる番号はなかった。いずれにしろ、携帯よりはるかに追跡しやすい自宅の電話で彼が怪しげなビジネスのやりとりをするとは思えなかった。

不運にもマカスカーは間抜けではなく、違法業務にもっぱら追跡不可能な使い捨て携帯を使っているのはまちがいなかった。しかも、おそらく私にかけてきたときのように、SIMカードを何枚も使い分けて経由局も変えている。

それで私は、昨日切れ目を入れたSIMカードに代わる新しいカードを買うために、バンベリイの携帯販売店に行かなければならないのを思い出した。

通話記録をポケットに押し入れ、チコを捜しに行った。

「愉しいランニングだったか?」台所にいた彼に訊いた。

「ああ」チコが言った。「たまにはノース・ロンドンのディーゼルの排気じゃなくて、新鮮な空気を吸うのもいいな。さあ、今日はどうする?」

「新しいSIMカードを買いにバンベリイに行く」私が言った。「念のため何枚か買っておこう」

「そのあとは?」

「わかるといいんだが」私が言った。「携帯とコンピュータがないと途方に暮れるよ」

「この家の電話から留守電サービスの伝言を聞いてみたか?」

「いや」ゆっくりと答えた。「思いつかなかった」

私は書斎に戻り、チコもついてきた。

留守電サービスには十五件のメッセージが残されていた。ほとんどは古く、ありがたいことにクイーン・メアリ病院から手術に来てくれというものはなかった。

五件は悪質な迷惑電話で、私を変態とか小児性愛者と罵っていた。素敵だ。いったいどういう人がわざわざ他人に電話をかけてこの手のメッセージを残すのだろうか。

ほかの六件はいわゆる友人や知人たちからで、新聞やテレビの報道を何ひとつ信じていないということを伝えたかった、と言っていた。一方で、彼らは〝本当なの？〟とか〝サスキアは大丈夫？〟と訊いている。つまるところ、新聞やテレビの報道を信じているのだろう。

もっとも興味深いのは残る四件だった。

まず、われらがアイルランドの友人から。私はチャールズの机の電話をスピーカーフォンにしてチコと聞いた。

「さて、ミスタ・ハレー、留置場に放りこまれるのがどういう感じか、わかったかな」

その声を聞くと、たとえ録音でも背筋に寒気が走った。「それを憶えておいて、今後はおれが言うとおりにするんだな」

そのメッセージは木曜の午後六時半に残されていた。私が保釈された日だ。彼はおそらくテレビで六時のニュースを見たのだろう。

「しゃべり方があの外見とちょっと似ているな」チコが言った。「筋肉(ブローン)ばかりで脳みそ(ブレイン)がない」

「彼の理知を侮ってはいけない」私が言った。「あの男は決して愚かではないよ。愚かなら、ダレン・ペイズリイ殺しでいまだに刑務所に入っている」

「ダレン・ペイズリイって誰だ？」チコが訊いた。

「一九九〇年代にマカスカーがベルファストで殺した男だ。釘で床に磔にして渇きで死なせたらしい」

「それは愉快だ」チコが言った。「つねに釘抜きを忘れずに、だな」

次はピーター・メディコスからだった。日曜午後に残していて、サー・リチャード・スチュアートの疑念について私が誰と話したかをまた知りたがっていた。「騎手かね？」騎手などつまらない人間だとにおわせるような、やや横柄な口調でピーターが言っていた。「私に話すべきだ、健全なレースのために。悪人を捜し出して懲らしめるために」

ピーターの努力を責めてはいけないのだろう。どうこう言っても、それが彼の仕事だ。私はたんに彼の口調が気に入らないだけだった。

健全なレースのために。

サー・リチャード・スチュアートも、少なくとも二度はそう言った。ピーター・メディコスも同じことを言っている。どうやらこれはＢＨＡのモットーのようだ。

実際、何が健全なレースのためになるのだろう。

一ダースかそれ以上のトップ騎手が共謀してレース結果を操作したことを暴くのが、はたして最善策だろうか。それともこの事件全体を伏せたままにして、これまでどおり腐敗のことなど何も知らずに賭ける人々の幸せを守るほうがいいのか。

ただそれも、こんな不正が二度と起きなければの話だ。

馬たちの走りではなく、脅迫と不安、威嚇と強制、恐怖と恫喝によって結果が決まるレースがこれ以上なくなれば。

ビリイ・マカスカーを今後永遠に阻止できるなら、である。

残るふたつのメッセージのうちのひとつは、またマカスカーからだった。昨晩遅く、明らかに私が〈フォーチュン・クッキー〉の裏の路地で彼のならず者たちの手からなんとか逃れたあとにかけていた。

「よく聞け、ミスタ・ハレー」怒った声だった。「おれのあとをつけまわすのが賢明だと思ってるなら、考え直したほうがいいぞ。あと一度でもおれのことを嗅ぎまわっているのを見たり聞いたりしたら、おまえのかわいい娘はレイプされ、殺され、豚の餌になる。わかったか?」激怒してほとんど叫んでいた。

「このメッセージはたぶん、おれが書斎にいる彼を見てたときに残したやつだな」チコが言った。「すごい剣幕で怒ってたから、ほんと」

たぶんそうだったのだろう。

もしこのメッセージの内容を知っていたら、それでも私はM6でトヨタを追跡しただろうか。ワトキンソン主任警部に、マカスカーの部下がモルソン家に火をつけたと言っただろうか。サスキアをこれほどの危険にさらす価値のあるものが、この世に存在するだろうか。サシイが豚に食べられる！　考えるだけでも耐えられなかった。

このメッセージをあの警視に聞いてもらおうかとも思った。そうすれば、彼もすべての裏にビリイ・マカスカーがいるという私の言葉を信じるかもしれない。

だが、ここに至っても信じないかもしれない。

発信者は名乗らず、番号も非通知だ。たしかにメッセージはサスキアに対する明らかな脅迫だが、発信者がマカスカーであることをどうやって証明する？　彼は否定するだろう。たとえ音声認識ソフトで本人であることが証明できたとしても、脅迫行為による有罪くらいでは彼を長く遠ざけておくことはできない。

それに、たぶん警視は浴槽の女の子たちのあの呪わしい写真のことでまだ頭がいっぱいだ。

この鍋はかき混ぜないほうがよさそうだった。

ほかに有効な選択肢はないものだろうか。健全なレースのためでなくとも、家族の平和のために何かすべきではないか。つねにアイルランドのテロリストの影が射す生活で、私たちは変わらず生きていけるだろうか。この怪物をいま取り除いてしまうほうがよくないか？　永遠に？

おそらくそうだ。ただ、犠牲はともなう。

古代ギリシャのピュロス王的な、犠牲の多すぎる勝利を私は望まない。

留守電の最後のメッセージは要点のみで、今朝十時に録音されていた。

「シッド、アンガスだ」スピーカーから男の声が言った。「まただ。今週金曜のエイントリイ、トップパム賞のあとの二マイル・ハンデキャップ・ハードル。他言無用」

「アンガスとは？」チコが訊いた。

「アンガス・ドラモンド」私が言った。「脅されて八百長レースをしている騎手のひとりだ。マカスカーが彼の両親の農場の一部を燃やして、指示にしたがわなければ残りも燃やすと脅した」

「まただとは？」

「これまでにもあった、マカスカーが騎手全員を操作するレースだろうな。出走前に勝ち馬を決めて、マカスカーはトートで大金を賭ける。今回も過去のパターンを踏襲している。すべて重賞レースがある日の午後遅いレースだったのだ。マカスカーのやり方では賭ける人が大勢いることが必要だが、グランドナショナル前日のエイントリイほど人が多いレースはまずない。リヴァプールっ子が着飾って競馬場に何千と集まる。イングランド北西部の派手な長いリムジンを一台残らず調達してな。彼らは飲んで賭けるのが好きだ、この順番で。当日はたいした見ものになる」

「それは愉しみだ」チコが言った。「だが、そのまえに何をする？」

「圧力をかけてみよう」私が言った。

「誰に？」

「騎手たちに」

# 26

経験上、レースに来ている騎手と話をするのが理想的でないことはわかっていた。まず彼らは働いており、一日に数回騎乗することも多く、立ち止まって雑談をする時間はない。また、競馬場内に他人に見られずひそかに八百長レースの話ができる場所はなく、他人に話を聞かれないことすらむずかしいかもしれない。

こうしたことを電話で話すのも気が進まなかった。

結果としてチコと私は夜、家にいる彼らを訪ねることにした。最初はロバート・プライス、月曜の午後七時だった。

「車にいてくれ」私がチコに言った。「助けが必要になったら電話する。おれひとりのほうが彼も自由に話せるかもしれないからな」

「いいとも、旦那」チコが言った。「おいらはちょっくらねんねしてる」椅子を倒して目を閉じた。

まえと同じく、ランボーン村のはずれにある農場のコテージのドアをジュディ・ハモンドが開けたが、まえのように私を歓迎する雰囲気ではなかった。

「ああ、なんてこと」彼女が言った。「なんの用？」

「ロバートは？」

「入浴中よ。今日の午後、ハンティンドンで落馬して馬に蹴られたの」

私もそういう瞬間は嫌になるくらいはっきりと憶えていた。倒れた馬は、また立ち上がるために地上で足を蹴り出して巨体を動かすことがよくある。騎手が運悪くその範囲にいると蹴られる。馬はわざとそうするのではないが、だからといって打撲や怪我が軽くなるわけでもない。

「彼と話す必要がある」私が言った。「いますぐに」

「なんでもかんでもいますぐね。入って」

私はなかに入り、ジュディが狭い木の階段を上がって彼と相談しているあいだ、小さな玄関ホールで待っていた。

「すぐおりてきます」ジュディが言った。「お茶はいかが？」

「いや、結構だ」これから親指締めの拷問をするときに親切なもてなしを受けるのは不適当という感じがした。

ロバートが薄手の青いペイズリー柄のドレッシングガウンを着て階段をおりてきた。左足を下につくたびに顔をしかめていた。

「ひどいのか？」私が訊いた。

「アホ馬に蹴られた。左腿の内側に見事な馬蹄型のあざができたよ。だが、もっとひどい怪我でもおかしくなかった。少なくとも金玉ははずれたし」

「骨は折れなかったか？」

「ああ、幸いね。膝がめちゃくちゃになってたところだ」

そのとおり、と思った。それに膝小僧はきわめて治りにくいことで知られる。ビリイ・マカスカーにそう言われた。

「休養になるのか?」私が訊いた。

「ならなきゃいいけど」彼が言った。「明日エクセターで医者の診断に通らなきゃならない。だが、朝にはよくなってるはずだ。少しコデインをのんでひと晩ぐっすり寝れば、治らないものはないよ。さて、外に行こう」

私たちは玄関から外に出て小径に立った。特段寒くはないが、ドレッシングガウンにスリッパでは少々つらい夜だった。ジュディに聞かれたくないのだろう。

「さて、なんの用だい?」彼が訊いた。「世間話をしに来たわけじゃないだろう」

「ああ」私が言った。「今週はエイントリイで乗るのか?」

「もちろんだ。グランドナショナルでサマー・ナイツに乗る」

「金曜には二マイル・ハンデキャップ・ハードルでメイン・ヴィジットか?」

彼は何も言わなかった。

「本命だろうな」

まだ何も言わない。

「負けろと言われたのか?」私が訊いた。

無言。

「答えろ、ロバート」私が言った。「イエスかノーか」

「イエス」静かに言った。

「いつ言われた？」

「今朝だ。ハンティンドンに行くまえ。電話があった」

「それで負けるつもりなのか？」鋭く訊いた。

「どう思う？」彼が言った。「金を受け取る動画をマカスカーに握られているかぎり、おれの立場はない。もちろん負けてやるさ」

「馬を止めたらBHA保安部に報告すると私が脅したら？」

「あんたはそんなことはしない」

「試してみるか？」

「それなら木曜に落馬してどこかの骨を折り、金曜のレースに出られないようにする」

「そんなことをすればサマー・ナイツに乗れなくなる。グランドナショナルの本命馬に乗る機会はそうないぞ。そのレースでは八百長をしないと想定してだが」

「クソ野郎」彼が感情をこめて言った。

「動画については、インターネットで何かを売って、たんに現金を受け取っているだけだという説明がいつでもできる」

「間抜けなことを言わないでくれ」彼が言った。「おれが考えなかったと思うのか？マカスカーとしては、誰かを仕立てて証言させればすむ。あの動画のうしろ姿は自分で、流してもらった情報料とか馬を止めた謝礼を支払っているところだと言わせればいい。あんたも知ってるだろう、BHAは〝合理的疑いの余地なく〟なんてことは気にしない。それなりに可能性があれば有罪宣告だ」

彼の言うことが正しいのは私も知っていた。

「それで、BHAに報告するのか？」彼が訊いた。いくらか懇願するような調子だった。

「場合による」私が言った。「ほかの騎手が全員勝とうとするなら、きみも勝つために努力するか？」

「ほかの騎手たちがそんなことに同意すると思ってるなら、空想の世界に住んでるぞ。彼らもおれとちょっとでも似たような立場なら、絶対あとの結果が怖すぎて、勝てるわけがない」

「だが、負けたときの結果も決して甘くはない。BHAが騎手免許を取り消すから、きみたちはみな生活の糧を失うことになる」

「たぶんね」彼が言った。「でもマカスカーは免許と生活の糧を超えるものを奪うことができる。人の命だって」

私がそれを知らなかったとでも？

「うまくいったか？」レンジローバーに戻った私に、チコが訊いた。

「あまり」私が言った。「みな怖がりすぎている」

「おれたちももっと怖がるべきかもな」弱々しい笑みを浮かべた。「次はどこだ？」

「アッパー・ランボーンのデイヴィッド・ポッターだ」

「やあ、シッド」デイヴィッドがあきらめたように言った。「また来るんじゃないかと思ってた」

「デイヴィッド、こちらはチコだ」私が言った。「一緒に働いている。入ってもいいか？」

「あまり片づいてない」

「コーヒーをつぐきれいなカップ二、三個はあるだろう」

わずかに恐慌を来した（きた）ような顔をした。「探してみる」

〝あまり片づいてない〟は、だいぶ控えめな表現だった。私が最後にデイヴィッドの台所を見たのはほんの二週間ほどまえだが、変化は劇的だった。あのとき染みひとつなかった場所がいまや混乱の極み、混沌の見本のようであった。洗っていない食器、食べかけの持ち帰り料理、空のビール缶がびっしりと積み上がり、もはや平らな表面はまったく見えない。

「ジョイスが出ていった」デイヴィッドが理由を説明した。「このまえあんたが来たすぐあとで」

目に入るものすべてをせかせかときれいにしていた彼の妻を憶えていた。私は汚れた皿と腐りかけの食べ物を見た。彼女が出ていったあと、デイヴィッドは何かを急いできれいにする必要を感じなかったのだろう。

「残念だ」私が言った。

「ああ」彼は考えこんだ。「おれもだよ。金のことで喧嘩したんだ。いつも金についてだった。おれは使いすぎる。これまでずっと。最近じゃ稼ぎより使うほうが多くなってた。ジョイスは、競馬場で代替騎乗のチャンスを待つより失業手当をもらったほうが楽だと言うんだ。たぶん正しいが、おれはあきらめきれない。そういうもんだろ？　麻薬と同じさ。レースで馬に乗ってるときだけ生きていると感じる」

その感じはわかった。私もまったく同じだったが、私の場合には引退を余儀なくされたのだ。

「いま何歳だ、デイヴィッド？」

「三十七だ」

「もうすぐあきらめるしかなくなる。それに、ああいうジャンクフードは体重調整によくないぞ。ビールは言わずもがな」

彼は立って、すさまじい台所を見た。「たぶんそうだな」

「今週、エイントリイに行くのか？」チコが明らかに家のなかを眺めるのに飽きて訊いた。

「行くとも」デイヴィッドが興奮して答えた。「グランドナショナル・ミーティングは絶対に逃さない。騎乗の予約もすでに七回入っている。馬が全部走ればだけど。書き入れどきだ」ニッコリ笑って両手をすり合わせた。

「トッパム・チェイスのあとの二マイル・ハンデキャップ・ハードルでも乗るのか？」

私が訊いた。

デイヴィッドの笑みが瞬時に消えた。無言になった。

「乗るのか、デイヴィッド？」私が迫った。

「たぶん」

「どの馬に？」

首を振り、何も言わなかった。

「それを負けさせろとアイルランド人に言われたのだな」

また無言。

「ここにいる友人のチコに、ちょっとその腕をひねり上げてもらおうか？」私が微笑んだ。「ちょうど肩が脱臼するくらい？」声にできるだけ威圧感を加えた。

「あんたなんか怖くないぞ、シッド・ハレー」デイヴィッドがふてぶてしく言った。

「あんたのことは昔から知ってる。どういう人間かも。あんたはおれを痛めつけたりはしない。だが、アイルランド人はちがう」言葉を切り、何度か深呼吸して心を落ち着けた。「あんたに何も言わなきゃよかった」

「おふくろさんはどうしてる？」私が訊いた。

「元気だ」彼が言った。「元気なままでいてもらうつもりだ」

「つまり、わざとレースに負けるのだな？」

私の目をまっすぐ見て、わずかにうなずいた。「勝つべき馬に乗らないかぎり」

「いつそれを伝えられる？」私が訊いた。

「前日だ」

「そしてつねに言われたとおりにする？」

「そう」ため息をついて言った。「母親のために」

私が何を言おうと、何をしようと説得できないのがわかった。本人が言ったとおり、デイヴィッドは私という人間を知っている。

「帰ったほうがよさそうだ」私が言った。

「コーヒーはいらないのか？」

私はまた汚れ放題の台所と、オニオン・バージ（インド風フライドオニオン）の食べかけのように見えるものの上に広がりだしている緑と黄色のカビを見た。

「いや、結構だ、デイヴィッド」私が言った。「ジョイスが早く帰ってくるといいな」

「ああ」彼がため息をついて答えた。「おれもそう思う」

「次は誰だ？」車に戻ってからチコが言った。

「トニイ・モルソンをもう一度訪ねようかと思った」私が言った。「だがもう私とは話さないだろうな」

「説得する必要があるか？」

「正直言って時間の無駄だと思う。彼はマカスカーが望むことをなんでもやると言ったも同然だ。家に帰ろう。アンガス・ドラモンドが留守電に残したメッセージと、デイヴィッド・ポッターとロバート・プライスに会って聞いた話からすると、金曜には明らかに大きないかさまがあると言っていい。《レーシング・ポスト》のサイトで登録馬は調べられるが、実際にレースで走る馬と騎手は木曜の二十四時間前の届出を待たなければならない。そこで決めよう」

「なら、それまでどうする？」チコが訊いた。

「身の安全を守る」

「いつでもまた北へ旅行できるぞ」チコが興奮して言った。「どうだ？」

「なんのために？」

「なんのためって！　マカスカーを見張るためさ、もちろん。だが今回は地元のパブは避けたほうがよさそうだ。とにかく一週間、提督の家でやることもなくボーッとしてるよりよくないか。手始めにリヴァプールの賭け屋をのぞいてみてもいい。ほら、ユトクセターに売り場を出してた」

「バリイ・モンタギュ」私が言った。

「それだ。あれだけ怒った人に囲まれて、ユトクセターから生きて出られてればだけどな」チコが思い出して笑った。

「オーケイ。それなら、木曜に始まるエイントリィの三日間のミーティングに備えて、水曜に現地入りするのはどうだ？　水曜の午後に〈バリィ・モンタギュ〉をのぞいてみる」

「いいとも」チコが陽気に言った。

「どこに泊まるかは神のみぞ知るだが」私が言った。「もうどこも満室になっていると思う」

「おまえがなんとかするさ」チコが自信たっぷりに言った。「天下のシッド・ハレー様だろうよ」

「あと一日だってここにはいられない」私たちが真夜中すぎにエインズフォドに戻ると、マリーナが私に言った。ドレッシングガウンで寝室に立ち、両手を腰に当てて怒っていた。「チャールズでなければ、ミセズ・クロスよ」

「ふたりがどうした？」剣呑な状況をなんとかしようと、私が穏やかに訊いた。

「あのふたりのせいで、ほんと頭がおかしくなりそう。チャールズはずっと家にいて、わたしが何をしても見てるの。これまで女性が働くのを見たことがないみたいに。ミセズ・クロスもわたしに話しかけるのをやめてくれない。今日は論文を編集してたんだけど、ここにはＷｉ－Ｆｉがないから、インターネットを使う必要が生じるたびにチャールズの書斎に行ってケーブルを借りなきゃならない。わたしは完全にチャールズの邪魔よ、ただ彼はあそこで何もしてないけど。おまけにインターネットが遅すぎる。うちより遅いくらい。糖タンパク質の翻訳後修飾の統計に関する論文をたったひとつダウンロードするだけで三十分もかかった。それってどうなの！」

訊かれてもわからない。私がその論文の表題を書き取るだけで三十分以上かかる。

「チャールズにそれとなく話そうか？」私が訊いた。

「いいえ」声を張り上げた。「わたしは家に帰りたいの」

「私もだ。でも何ができる？　警察に保釈条件を変えてくれと頼んだが、実際に変わるまで私は家に戻れない。きみは望めば家に帰れるが、私は帰れない。あとはきみ次第だ。日中は家に帰って働くこともできる」

「ええ」彼女が言った。「明日はそうする。ここじゃ携帯さえまともにつながらないんだから」

私は説明を試みるというあやまちを犯した。「丘の反対側だから信号が安定しないのだ。そこは辛抱しないと。たいがい最終的にはつながる」

私はマリーナの怒りに満ちた視線を浴び、もう辛抱も何も尽き果てて言いわけなど聞きたくないという意味だと解釈した。

彼女はどう見ても不機嫌だった。私に対するボディランゲージは敵対的で、ほとんど攻撃的ですらあった。

したがって、悲しいことに前夜の性的な喜びはくり返されなかった。代わりにマリーナはベッドに入ると背を向け、そのまま寝てしまった。

私はなぜ、チャールズとブロードバンドの接続不良のことで自分が責められるのは不公平だと感じたのだろう。

火曜の朝七時に茶を淹れようと階下におりると、チコが台所で肘掛け椅子に坐って眠っていた。服は完全に着たままだった。

「ベッドに行くのを忘れたのか?」できるだけ静かに食器棚からカップを取り出そうとしたが、その音でチコが目覚めて動いたので訊いた。

「誰かが見張りをしなきゃいかんだろ、おまえが二階でかみさんとよろしくやってるあいだに」チコが茶目っ気たっぷりに笑った。彼は実情を知らない。

「お茶は?」私が訊いた。

「どうも」チコが立って伸びをした。「さあ、ロージイ。おまえとおれは外に出る時間だ」ロージイはそこで目を開け、動きもせずにチコを見た。AGAオーブンのまえのベッドのほうがはるかに快適であるようだ。「使えないアホ番犬め」

私は彼にカップを渡し、湯気の立つもうひとつのカップをマリーナに持って上がった。

「今朝は少し気分がよくなった?」ベッドの端に坐りながら訊いた。

「ええ。ごめんなさい。月のもののせいだと思う。いつも生理が始まる直前にイライラするの」

私はため息をついた。だとすると、今回も彼女は妊娠していない。うまくいくと期待していたわけではなかった。ここ三週間さまざまなストレスを受け、結果として性行為もなくなっていたからだ。まあ、来月もまた続けるしかない。過去六年間、毎月そうしてきたように。

自分の茶を書斎に持っていき、チャールズのコンピュータを起動した。毎晩スイッチを切る必要はないのだとチャールズに説明したことはあるが、彼のほうが説得力があった。

「なんとしても休ませる必要がある」チャールズが言った。「あれだけ考えたら疲れるにちがいない」

冗談を言っているのだろうと思ったが、そうではなかった。

彼の時代のテクノロジーといえば、オルディスランプを使った戦艦同士のモールス信号のやりとりとか、マルコーニ無線装置による短波通信である。長年コンピュータを持っていても、細かい点は気にしていない。いつも私に電子メール〝番号〟は何番だと訊いている。引っ越せば番号が変わる電話のようなものだと思っているのだ。

ようやくコンピュータが立ち上がり、《レーシング・ポスト》のサイトで、金曜にエイントリイでおこなわれる二マイル・ハンデキャップ・ハードルの出馬表を見ることができた。

レースに登録された馬は二十八頭。ほぼまちがいなくこの半数以上は実際には出走しない。大半の馬は数日のなかで二レース以上に登録されている。同じ日に別の競馬場で二レース以上に登録される馬もいる。たとえば二十八頭のなかの一頭、トランスファー・フィーは六レースに登録されていた。木曜に一、金曜に三、土曜に二レースだが、実際に走るのはせいぜい一レースだろう。

ここから木曜朝の〝出馬投票（出走する馬や予定騎手などの届出）〟の締め切りまで、実際にどの馬がどのレースで走るかについて調教師のあいだで電話の激しい応酬がある。みな自分の馬に最高のチャンスを与えたいし、評価の高い対抗馬がかならず出そうなレースは避けようとするからだ。

金曜のエイントリイの二マイル・ハンデキャップ・ハードルに登録された二十八頭のうち二十一頭は、前後の一両日以内のほかのレースにも登録されており、七頭がこのレースだけだった。それでもこの七頭のどれかが確実に出走する保証はない。

二十八頭中十頭には騎手の名前も添えられていたが、誰もが知っているとおり、この段階ではあくまで推測である。担当騎手がその日その競馬場にいることをただ宣伝するために、騎手エージェントが名前を書き加えることも多いのだ。

それぞれの馬に乗る騎手はレース前日の午後一時までに届け出なければならない。それが夜のあいだに公式の出馬表や新聞に印刷されるが、それでも騎手の病気や怪我があった場合には変更がありうる。

誰がどの馬に乗るかという最終確認は、レース開始の少なくとも四十五分前に調教師がおこなう。ただ、届け出られた騎手がまえのレースで落馬して重傷を負えば、まだ変更は生じうる。

要するに、誰がどの馬に乗るかについては、騎手がその馬主の勝負服を着て検量室から出るまでわからないということだ。さらに言えば、スターターの指示下に入るまえに騎手がなんらかの事情で騎乗できなくなれば、規則上まだ交代させることも認められるのである。

これらすべてによって、エイントリイの三日間のレースでどの騎手が確実に騎乗するかは——何人が騎乗するかさえ——知りようがなかった。

割り当てられた十人の騎手のなかには、メイン・ヴィジットに乗るロバート・プライスも含まれているが、デイヴィッド・ポッターやアンガス・ドラモンドの名前が記された馬はまだなかった。

しかし、興味深い騎手がもうひとりあげられていた。

ジミイ・ガーンジイがスティプルガンという馬に騎乗することになっていた。

## 27

「そのジミイ・ガーンジイってのはいったい何者だ?」私がくわしく説明したあと、チコが訊いた。

「彼は騎手更衣室でマカスカーの部下として働いていると思う。なんらかのかたちで関与しているのは明らかだ。ビリイ・マカスカーという名前を知っているし、サンダウンの八百長レースでどの馬が勝つか、あらかじめ把握していた」

「この金曜にどの馬が勝つかも知っていると思うんだな？」

「レースが始まるまでにかならず知る」私が言った。「もうすでに知っていなければ」

「だったらそのガーンジイ某(なにがし)をちょっと訪ねて、あくまで紳士らしく情報提供を求めたらどうだ？」

「おれもそう考えていたが、注意が必要だ。質問しに行ったことがガーンジイからマカスカーにもれるのは避けたい」

「どうやってもらすなと釘を刺す？」チコが訊いた。

「マカスカーよりわれわれのほうを怖がらせることによって」

「それをどうやる？」

「いま考え中だ」

馬場人名録のサイトによると、ジミイ・ガーンジイはサウス・オックスフォドシャーのブルーベリイ村に住んでいたが、レンジローバーのカーナビをもってしても、家を見つけるのに三十分近くかかった。電子地図が示す目的地からいくらか離れた村はずれのディドコット・ロード沿いにあったのだ。

私とチコは何度か家のまえを通りすぎ、白い壁に赤い瓦屋根がのった大きなバンガローをよく観察した。家はこの年最初の新芽が出はじめた生垣で道から隔てられていた。ドライブウェイには車が二台駐まっていた。銀色のメルセデスと赤い小型のハッチバックだ。

「どう思う？」チコが訊いた。

「誰かいるんだろうな」

「正面から行くか、それとも忍びか？」

「正面からかな。とくに家のなかにふたり以上いるなら」

「同感だ」チコが言った。「おまえがなかに入って仕事をするあいだ、おれは外で待ってるよ」

「ああ、それはありがたい」皮肉めかして言った。「どうしていつもおれがきつい仕事をさせられるのだ？」

「おまえがボスだから」チコがニヤリとした。

門を半分ほどすぎたところで車を駐め、すでにいる二台が外に出られないようにした。

「名案だ」チコが言った。「ついでに誰も入れなくなった」

私たちは車の外に出た。私が玄関に進んで呼び鈴を鳴らし、チコはレンジローバーのボンネットにのんびりもたれていた。

ジミイ・ガーンジイがドアを開け、目のまえの状況を理解した。

「あんた、ここで何してる？」怒って訊いた。「あの車をさっさとどかせ。門がふさがってるじゃないか」

「それが狙いだ」私が穏やかに言った。車を動かすつもりは毛頭なかった。「入ってもいいか？」

「断る」

「入れるのがいちばんだと思う」私が言った。

「ほう、そうなのか、え？　おれの敷地からさっさと出ていくのがいちばんだと思うぞ。いますぐ、警察を呼ぶまえに」

「警察」私がくり返した。「それは興味深いな」

初めて彼は自信を失ったようだった。「なぜ興味深い？」

「きみがなぜあくどい八百長レースをしているのか、彼らに説明できるからだ」

「なんの話かわからない」受けて立つと言わんばかりだが、声に不安が感じられた。

「わかると思うぞ」私が言った。「さあ、私をなかに入れて話すか、私がまっすぐ競馬当局に出向いて証拠を並べるかだ。どうする？」

一瞬、やはり白(しら)を切って失せろと言うかに見えた。が、彼はためらい、やがてドアを広く開けて私をなかに入れた。

「あれは誰だ？」彼はチコのほうに顎を振って訊いた。

「助手だ」雇われ用心棒でもある、と言いたくなる衝動と闘った。

　ジミイのあとについて広々とした居間を通り抜け、その先の書斎に入った。ジミイは机のうしろの椅子に坐って、横の椅子を私に勧めた。

「さて、その馬鹿げた話はなんなのだ？」自信を取り戻して言った。

「ここにいるのは、われわれだけか？」私が訊いた。

「クリッシイが馬たちと外にいる」書斎の窓から見える厩舎二棟のほうに手を振った。

「ステイプルガン」私が言った。

「それがどうした？」声に不安の震えが戻ってきた。

「金曜のエイントリイの二マイル・ハンデキャップ・ハードルで勝つのか？」

　彼はとうてい信じられないと思っているような目で私を見つめた。呼吸が明らかに浅くなり、回数も増えた。怯えているのだ。

「さあ、ジミイ」私が言った。「遠慮するな。ステイプルガンは金曜に勝つのか？」

　まだ黙っていた。

「きみはかなり厄介なことになっているぞ、若きミスタ・ガーンジイ。まちがいない。いわゆる板挟みというやつだ。一方にビリイ・マカスカーがいて、もう一方にＢＨＡと法律がある。ぞっとする死か、資格剥奪と破滅か。幸せな選択ではない」

　彼の両肩が少し落ちた。

「いい家だ」私がまわりを見て言った。「厩舎つきで二エーカーくらいか。もっとあるのか？」

答えなし。

「ローンが残っているだろう？　失業すれば返すのはむずかしくなるな、まちがいなく？　騎手免許の剝奪はすなわち失業だ。ことによると服役もついてくる。またレースの仕事に戻れると思うか？」

まだ何もなし。

「クリッシイはどうなのだ？　彼女は問題のレースのことを知っているのか？」

ジミイは両手を頭の左右に当て、爆発するのを防ぐかのようにこめかみをぎゅっと押さえた。

私は続けた。「サンダウンのレッド・ロゼットやニューベリイのマーシャン・マンだけでなく、アスコットのファラシイ・ボーイその他の馬。私は全部知っている。ほかの騎手たちの供述も取っているが、みな言っていることは同じだ――ジミイは知っていた、ジミイが黒幕だ、ジミイが更衣室にいるマカスカーの手下だ」

すべて真実というわけではなかった。供述は取っていないし、ジミイを名指しした者もいない。だが、彼がすべてを信じこむ程度の真実は含まれていた。

「そして今度はステイプルガンだ」私が言った。「金曜は勝つのか？」

ジミイはゆっくりと首を振った。「たぶん勝たない」

「ならどの馬が勝つ？」私が訊いた。

「知らない」

彼を見て、本当のことを言っているのだろうかと考えた。

「いつわかる？」

「木曜だ。騎手の届出が締め切られたあと」

「どうやって知るのだ？」

「電話がある」

「マカスカーから？」

うなずいた。「勝たなければならない馬の名前だけを言う」

これで私はジミイ・ガーンジイがすべてにかかわっていることを確信した。

「どうすればいい？」彼が両手で頭を抱え、肘を机について、ぽつりと言った。「いろんな意味でおれは終わってる」

「そうでもない」私が言った。

顔がわずかに上がった。

「抜け出す方法はあるかもしれない」

「どうやって？」信じられないという口調だった。

「まず理由を聞かせてくれ」

ジミイはため息をついた。裏にある厄介事が全部のしかかった、あまりにも大きなため息だった。

「金、だろうね」彼が言った。「始まったのは三年前だ。チェプストウで乗ることになってたときに彼が電話してきて、負ければ現金で千ポンド渡すと言った。千ポンド！そのレースの優勝賞金の五倍で、しかも税金はかからない」

「だから同意したのか？」私が訊いた。

「いや、しなかった。失せろと言ってやった。おれはそのレースで騎乗して二着だった。もともと勝つ見込みはなかったが、がんばった。そしたら突然、現金千ポンドが郵便で届いたのだ。なんの予告もなく」

「手紙も入っていなかった？」

「なかった、何も。手の切れそうな五十ポンドの新札二十枚だけが料理用のアルミホイルに包まれて、クッション封筒に入ってた」

「その次は？」

「また電話がかかってきて、ニューベリイで負ければまた千ポンドやると」

「同意したのか？」

「どう思う？」彼が言った。笑みすら浮かびかけた。「ボロ儲けだよ、とくにどうせ勝てないと思ってるときには」

「で、金は届いた？」

「もちろん、前回と同じようにな。ただここから事態が深刻になった。彼がまた電話してきて、チャンピオン・ハードルで騎乗するワイン・ソサエティを負けさせろと言った。本命馬だった……」声が小さくなって消えた。

「それで？」私がうながした。

「あれほどいい馬に乗ることはめったにない。しかもチャンピオン・ハードルで優勝することは全騎手の夢だ」

よくわかる。チャンピオン・ハードルは私が勝てなかった数少ない主要レースのひとつで、いまも悔しい思いをしている。

「で、どうした？」私が訊いた。

「ワイン・ソサエティで負けることはできないと彼に言った。出走するなかで飛び抜けて最高の馬だったから。だが彼は、前回の会話を録音していると言った。もしおれが勝てば、その録音を競馬当局に提出すると」

「だから負けたのか？」

「ああ。ソサエティにジャンプの合図を出さないことで下りの障害をしくじり、手綱を引いて走りを抑え、ゴールまでの上りで追いつけなかった。やってみれば簡単だった」

「そして彼は金を払った？」

「ああ。そのときには二千。でもそれと引き換えに、おれは生涯最高の馬に乗って勝てなかった。翌月のエイントリイのハードルでは騎乗からはずされたよ」

「結局、負けた価値はあったのか？」

「なかったかな」彼が言った。「チャンピオン・ハードルでは絶対勝ちたかった。けど、まだ時間はある」

私は眉を上げてみせた。もし私がこの件をBHAに報告すれば、その時間はなくなる。ジミイもそれは知っていた。

「どうしてマカスカーの手下になったのだ?」

「彼が金を払いつづけたからだ」ジミイが言った。「おれは言われて馬を止めつづけた。月に一回かそこらだったが、やがて彼がレース全体を操作しようと思いついた。笑ってたよ。これほど大がかりなジョークはないと思ったようだ。そんなのはどう考えてもクレイジーで、おれは続けたくないと言ったんだが、彼はノーという答えを受けつけなかった。簡単なことだ、みんな金か脅しでなんとかなる、と言っていた。実際そうなった。クソみたいに簡単だった——おれが手伝えば」

ジミイが微笑んだ。

自分が達成したことを誇らしく思っている、と私は感じた。

「するときみは、勝たせたい馬以外の出走馬をすべて操作したのか?」

「すべてではない」彼が言った。「そうする必要はないんだ。オッズの上から六、七頭だけでたいてい充分だ」

「金曜もまたそうする計画だな?」

うなずいた。「走る馬が順当なら」

「わかった」私が言った。「きみが騎手免許を維持したままこの混乱から抜け出したいなら、これから私が言うとおりにするのだ」

「それでもあんたは当局に報告するかもしれない。しないことがどうしてわかる？」

「それはわからない。だが、きみにどんな選択肢がある？　それと、私がここに来たことや、きみにやれと言ったことをマカスカーに伝えたら、この取り決めは帳消しだ。おまけに――こっちのほうがひどい結果をもたらすが――私のほうからマカスカーに、これは最初からきみの考えだったと伝える。わかるか？　マカスカーとはいっさい連絡をとるな。電話もショートメッセージも、とにかく木曜にマカスカーから入る勝ち馬の通知を除いて何ひとつ連絡しないこと」

うなずいた。「でも、彼が別の機会にかけてきたら？」

「万事順調だと伝えろ」

またうなずいた。

私は彼がこれからすることをくわしく説明した。

ジミイは気に入らなかった。

「頭がイカれてる」彼が言った。「あいつに殺されるぞ。あんたもおれも」

こっちが最初に彼を殺せばいい、と思った。

「取引成立だな？」私が訊いた。

「ああ、たぶん。あんたが言ったように、おれに選択肢はあまりない。けど、あんたはどうしてここまでするんだ？」

「マカスカーを永遠に排除したいからだ。彼を明るみに出して愚かなことをさせるには、この方法しか思いつかない」

「あんた自身が怪我するかもしれないし、もっとひどいこともありうる」

「それはよくわかっている」

「だったらなぜいまあるものをBHAに持って行って、彼らに対処をまかせない？」

いい質問だった。しかし、マカスカーはどのみち私を追ってくるだろう。それに、タイミングは自分で決めたいということもある。

あるいは、〝国王のスポーツ〟にこれほど蔓延（まんえん）した腐敗を外にさらしたくないという無茶な考えを持っているのかもしれない。さらせばこの業界に修復不可能な損害を与え、競馬を愉しむ人々のあいだで評判が地に堕ちるからだ。

私がこうするのは、健全なレースのためなのかもしれない。


「うまくいったか？」私がレンジローバーに戻ると、チコが訊いた。

「だといいが」私が言い、これから起こそうとしていることを説明した。

「おまえ頭ぶっ飛んでるな」チコが勢いこんで言った。「けどこの作戦は大好きだ」

## 28

チコと私は水曜の朝遅く、リヴァプールへと出発した。今度は泊まる用意をして、競馬場にかなり近い〈パーク・ホテル〉のふた部屋を予約した。直近のキャンセルと高騰した値段のおかげである。

チャールズの家ですごした火曜の夜は、笑いに満ちていたとは言えなかった。

マリーナは日中わが家で働いていたが、放火魔がまだうろついているときに――マカスカー本人が野放しであるのは言うまでもなく――ひとりで家にいるのは快適ではなかった。

なんらかの理由でサスキアも学校で愉しくなかったらしく、大人たちがひと晩じゅうサーディンズにつき合わなかったこともあって、不機嫌だった。いくら広い家でも隠れられる場所はかぎられ、私たちはそれらをもう使い果たしてしまったのだ。

チャールズも気が立っていた。あとでわかったのだが、前夜チコが台所で寝たことを知ったからだった。

「どうして彼はミセズ・クロスがわざわざ整えてくれた執事部屋のベッドで寝ないのだ。理解できない」と私に文句を言った。

「見張り番なのです」私が言った。その説明でチャールズは安心するどころか、ますます神経過敏になって苛立った。

私たちの滞在はどう見てもすでに歓迎される期限を超えていたが、私にできることはほとんどなかった。

「ここから出られるようになったら、すぐに出ます」チャールズに言ったが、彼の機嫌は少しもよくならなかった。

ミセズ・クロスさえ名前どおりにふるまっていた（形容詞の〝クロス〟には不機嫌という意味がある）。彼女は私とチコがジミイ・ガーンジィのところから戻るのを待っていた。「あのろくでもない犬がわたしのとっておきの牛肉を盗んだんですよ。台所のテーブルに置いて一瞬目を離した隙に。提督のお夕食に出すつもりだったんですけどね」

問題のろくでもない犬は尻尾を振り、家のなかでただひとり満足しているようだった。フィレステーキを平らげて満足できないわけがない。

「あと数日の我慢だ。約束する」私がマリーナに言った。「今週このすべてに決着をつける計画があるんだ」

「危険なの？」彼女が訊いた。

「グランドナショナルで、跳ぶのが下手な馬に乗るのと同じくらいだ」

マリーナはあまり明るい気分にはならなかった。無理もない――どちらも人が死にかねないからだ。


チコが運転し、私は新しいＳＩＭカードを使って何度か電話をかけた。ポケットからマカスカーの携帯の通話記録を取り出し、リストに並んだ番号を最初からかけてみた。どれも０７で始まる携帯番号だった。

出てきた人にどう言うかはあまり考えていなかった。いきなり名前を訊くのも少々むずかしいので、たんにジェフと話したいと言うことにした。相手がジェフではないと答えたら、まちがいでしたと謝って、その正しい電話番号を読み上げ、そちらはどなたですかと訊くつもりだった。

しかし、そううまくはいかなかった。

リストの最初の三つの番号はすでに存在せず、現在使われておりませんとコンピュータの声が答えるだけだった。おそらく向こうも使い捨てのＳＩＭカードで、捨てられたか、チコが私のカードにやったように切られたかだ。

その三つに鉛筆で取り消し線を引いた。

次の番号は少なくとも生きていて、ダイヤルすると呼び出し音は鳴ったが、またコンピュータ音声が出て、おかけのかたは現在電話に出られません、のちほどおかけ直しくださいと告げた。

六番目の番号は生きた人間につながったものの、誰であれ、ジェフですかと私が訊いたとたんに電話を切った。出はしたが、ひと言も発しなかったので、男か女かもわからなかった。

七、八、九番目の番号でも同じことが起きた。最初の十五個の番号で応答したたったひとりの本物の人間は、私のまちがい電話のトリックに引っかからず、誰だか名乗らなかった。

私は飽きて携帯電話をしまった。またあとでやってみよう。

「運転は大丈夫か？」バーミンガムの北側をまわる高速道路でチコに訊いた。

「大丈夫だ」彼が言った。「どうして？」

「疲れているかもしれないと思っただけだ。このところ夜も寝てないだろう」

「今晩、寝ずの番がいないことのほうが心配だ」

そう、それは私も少し心配だった。いっそ一緒に来ないかとマリーナとサスキアに訊こうかとも思ったが、学校を三日休むことになるのはもちろん、こちらのほうが危険になるかもしれない。普段ならふたりはティムとポーラのガウシン夫妻の家に滞在できたかもしれないが、いまのような状況では気まずいだろう。

家の鍵はすべてしっかりかけてほしいとチャールズに耳打ちしたときには、変な横目で見られた。あの散弾銃だな、と思った。彼が弾をこめて射撃準備をすることは止められない。銃そのものを私が取り上げれば別だが、そうするつもりはなかった。チャールズがまちがって誰かを撃たないことを祈るしかない。

マリーナも、私がエインズフォドを出るときには幸せそうではなかった。私をきつく抱きしめ、気をつけてと言った。最初の妻のジェニィも、結婚してしばらくは、私がレースで騎乗しに行くたびにまったく似たようなことをしていた。

だが、馬に乗っているときに気をつけすぎていたら、私はあれほどすぐれた騎手にはなれなかった。もっとも大事なのは勝つことであり、ときには勝つために危険を冒さなければならなかった。馬を激しく蹴りながら歩幅を調節し、障害を早く跳べば、ライバルを何馬身も引き離すことができる。一方、手綱を引いて障害前で一歩余計に入れれば、安全かもしれないが、ずっと遅くなる。

安全と勝利は両立しないことが多い。

ただ、必要以上の危険を冒せと言っているのではない。

無謀な騎手はときおり、ほかの騎手には不可能な勝利を収めるかもしれないが、まっとうな騎手なら避けられたであろう怪我を負って長い療養生活を送ることにもなる。

今回のマカスカーとの闘いでは、危険を評価したうえで、それにしたがって行動しなければならなかった。怪我をする覚悟ができないなら、そもそもベッドから出るべきではない。マカスカーを燻(いぶ)り出すだけのことを仕掛けながら、予想を超える完全に理不尽なことをするところまでは追いこまないようにする必要がある。

床に釘で打ちつけられて渇きで死にたくはなかった。

チコと私は〈パーク・ホテル〉にチェックインし、〈バリイ・モンタギュ〉を探しに行った。このまえの日曜にユトクセターでブラック・ペッパーコーンに破格のオッズをつけたリヴァプールの賭け屋である。

インターネットの情報によると、〈バリイ・モンタギュ〉はイングランド北部のさまざまな競馬場に売り場を設けているほか、埠頭(ふとう)に近いリヴァプール都市圏のブートルに店を構えていた。

スタンリイ・ロードを運転してストランド・ショッピング・センターをすぎると、この都会の風景がかつては休日の水浴場だったことが信じられなくなる。十九世紀初頭には、裕福なリヴァプールの商人たちがマージイ川の癒しの水に浸かるために、ここにかよっていたのだ。まだ汽車が登場するまえ、埠頭の建設や地域全体の工業化が始まるまえのことである。

ブートルは、すぐ北のシーフォースに新しいコンテナターミナルができるまで繁栄していた。シーフォースの開業でブートルの埠頭の大半は不要になり、地元の失業率が上昇して、周辺地域は否応なく衰退した。

だが、スタンリイ・ロード沿いの賭け屋は〈バリイ・モンタギュ〉だけではなかった。独立系や全国チェーンのすべても含めて、あらゆる種類の店が並んでいた。私の目には、ほかのどんな店より賭け屋が多いように見えた。地域経済が不運にみまわれても、ブートルの住民たちは明らかに賭けをやめていなかった。

店の角をまわったところに駐車スペースを見つけた。

「長く置いとかないほうがいいな」チコが言った。「でないと戻ってきたとき、タイヤの代わりに煉瓦の上にのってるぞ」自分のちょっとした冗談に笑った。冗談といっても、昔はどこか真実味を帯びていたのだ。「具体的に何を探す？」

「〈バリイ・モンタギュ〉がマカスカーの隠れ蓑だったり、〈オネスト・ジョー・ブレン〉のチェーン店だったりするのか、そこが知りたい。おまえがユトクセターで賭けた相手は、ブラック・ペッパーコーンが負けるはずだという内部情報を明らかに得ていたが、もしかすると別の情報源があったのかもしれない」

賭け屋でも、パブと同様、免許所有者の名前を正面入口の上に書かなければならない時代は終わっていたが、まだ店内の目立つ場所に免許を表示しておくことが法律で定められていた。

水曜の午後三時にしては〈バリイ・モンタギュ〉のビジネスは驚くほど活況を呈していた。七人の客が期待に満ちた目で立ち、競馬場やドッグレースの生中継を観たり、隅にある固定オッズの電子カジノ機で遊んだりしていた。

チコがあやまたずカウンターに向かい、立っていた係の女の子とおしゃべりを始めた。私は壁にピンで留められた新聞の競馬欄を見ながら、店内をゆっくりとまわった。多くの掲示物は、二マイルほど先のエイントリイでまもなく開催されるミーティングを宣伝していて、ポスターには、グランドナショナルに十ポンドまで〝無料で〟賭けられると書かれていた。もちろんその条件として、アカウントを作ったうえでまず五十ポンド賭けなければならない。

まぎれもなく賭けの押しつけ商法である。

逆に、賭博依存で支援が必要な人向けのアドバイスと電話番号が書かれた〈ギャンブラーズ・アノニマス〉の端の折れたポスターは、入口のドアの裏にひっそりと貼られていた。精肉工場にベジタリアン協会のリーフレットを置くのに似ている感じだ。

並んだテレビ画面の下の壁にある額入りの簡易免許にじりじり近づいていたとき、チコが突然こちらを向いて入口のほうに歩きだし、激しく私にうなずいて、ついてこいとうながした。

店の外に出ると、私も二度合図される必要はなかった。

私たちは道路を走ってレンジローバーがある角を曲がった。幸い車はホイールもタイヤも盗まれずに完全な形でそこにあった。

「いったいどうした？」車で去りながら、私が訊いた。

「あの女の子と愉しく話してたのさ、ほら、髪がほんときれいだとかなんとか。で、グランドナショナルのレースが待ち遠しいかって訊いたら、ええ、とっても興奮してる、金曜に競馬場に行って売り場を手伝うことになってるの、大儲けの日だから、と来た。そこでおれが、どうして大儲けの日なんだと訊くと、よくわからないけどミスタ・ウィルソンにそう言われた、と。ミスタ・ウィルソンってのは誰だ？すると、あたしの上司、と言って奥の事務室を指差した。おれは彼女のうしろにある鏡を見た。片側からしか向こうが見えない鏡があるだろ、あれよ。けど事務室にいた男はこっちを見てたにちがいない。ドアを開けて、彼女におしゃべりはやめろと言った。そしておれには、賭けたいならさっさと賭けてカウンターから離れろ、と」

そこで言葉を切って、息継ぎをした。

「だが、どうしてあんなに早く去らなきゃいけなかった？」私が訊いた。

「その事務室にもうひとり、黒いスーツを着た男がいたからだ。ドアが開いたときに見えた。あれはまちがいなく、こないだの日曜の夜、マカスカーの書斎にいたやつらのひとりだ。中華料理店の裏でおまえを痛めつけようとした三人のうちのひとりよ」

「気づかれたか?」私が訊いた。

「いや、たぶん大丈夫だ。こっちを見てなかったから。けどあいつがおまえを見たら絶対わかるから、一刻も早くおまえを外に出したかった」

「好判断だった」私が言った。「金曜までこっちの手札は見せたくないからな。だが少なくとも、〈バリイ・モンタギュ〉もビリイ・マカスカーと仲間たちの隠れ蓑だという読みは正しかったな」

私たちはホテルに戻り、チコがフロント係の娘としゃべっているあいだ、私はまたマカスカーの通話記録の番号に片っ端からかけていく苛立たしい一時間をすごした。たいがいの番号は認識されず呼び出し音も鳴らないか、誰も出ないかだった。生きた人間が出てきたひと握りの番号でも、相手は最初から警戒して、名を名乗ったりはしなかった。

私はペンと紙を取って坐り、マカスカーが二回以上かけている番号のリストを作った。しばらくすると番号の文字が霞み、疲れて書きまちがえるようになってきた。しかしやがて、毎回の八百長レースの数日前に同じ番号がたびたび出てくるパターンが見えてきた。

騎手たちにちがいない、と思った。だが、どうして応答しないのだろう。

私が知っているロバート・プライスの携帯番号を探したが、リストのどこにもなかった。そこで彼にかけてみた。

「やあ、ロバート。シッドだ」

「ああ」歓迎からほど遠い声だった。「なんの用だ?」

「こんな遅くに申しわけないが、きみはメイン・ヴィジットで負けるようにマカスカーから指示されたと月曜に言ったろう。そのときどの電話にかかってきた?」

「なぜ?」

「たんに興味があるのだ」

間ができた。教えたくないのがわかった。

「さあ、ロバート」私が言った。「どの電話だった?」

彼はため息をついた。「特別な電話にかけてきたんだ。このところ、いつもそうだ」

「どのように特別なのだ?」私が訊いた。

「一年ほどまえに渡された安い旧式の電話だ。彼だけがかけてくる。番号はほかの誰も知らない」

「かかってきたときに彼は何を言う?」

「おれが乗ることになっている馬の名前だけを」

「ほかには何も?」

「ない。名前だけだ。それで止めなきゃいけない馬がわかる。彼は名前を二度言って、電話を切る」

誰も私に話さなかったのは当然だ。

「その電話の番号は？」私が訊いた。

「まったくわからない」

「画面に出てこないか？」

「いや、メニューにアクセスできないんだ。パスワードで守られてる。パスワードはわからない」

番号を知る方法はあるはずだ。

「いまは家か？」私が訊いた。

「ああ」

「その電話を使ってきみの家にかけ、１４７１をダイヤルしてみろ。それで番号がわかるはずだ」

短い間ができたあと、彼が回線に戻ってきた。

「だめだ」彼が言った。「発信はできないと言われる。着信のみだ」

なぜ私は簡単に事が運ぶと思っていたのだろう。


木曜の夜明けは太陽が輝く晴天だった。スティープルチェイス界のすべての目がエイントリイに注がれているグランドナショナル・ミーティングにふさわしい幕開けである。この三日間は、三月のチェルトナム・フェスティバルの四日間と並んでわが国の障害レースの頂点であり、土曜午後のグランドナショナル本戦で最大の盛り上がりを見せる。木曜はミーティングの初日で、金曜や土曜に比べると人出も少ないと考えられるが、それでも〈パーク・ホテル〉の朝食の食堂は興奮に包まれていた。熱心に賭ける人々がそれぞれの席でうつむいて、《レーシング・ポスト》の過去競走成績を真剣に読み、今日の勝ち馬を当てようとしている。

対照的にチコと私は、翌日午後の二マイル・ハンデキャップ・ハードルの出馬投票が締め切られる十時に関心を寄せていた。私はさらに、ジミイ・ガーンジイからのショートメッセージを期待して携帯電話を手元に出していた。

それは十時二十分に到来した。一語だけであった。

ジ、オ、フ、ィ、ジ、シ、ス、ト。

## 29

登録した二十八頭のうち十二頭が出走を届け出ていた。ジオフィジシストの重量はなかほどで、十一ストーン三ポンド（一ストーンは十四ポンド）、ロバート・プライスが騎乗するメイン・ヴィジットより六ポンド軽かった。

ステイプルガンも走ることになっており、予定どおり騎手はジミイ・ガーンジイだった。じつのところ私が話した五人の騎手全員が乗ることになっていて、ジオフィジシストの騎手はデイヴィッド・ポッターだった。

つまり、デイヴィッドが勝利を約束された馬に乗るわけだ。彼はつねに指示にしたがう。自分でもそう言った、老いた母親のためにそうすると。

「ジミイはやれると思うか？」チコが訊いた。

「わからない」私が言った。「本番を見てみよう」


チコと私は競馬場まで道路を歩き、ほかの何千という人々と同様に入場料を払って、回転式ゲートからエイントリイに入った。

私にとって、グランドナショナル・ミーティングは真に魔法めいた魅力を持っていた。歴史的には三月の終わりに開催されていたが、いまは四月と決まっていて、気まぐれに移動する教会暦の復活祭と重ならないように開催日が前後する。

過去二十年ほど、ミーティング全体の賞金額はスポンサー制度によって跳ね上がり、グランドナショナルに至るまでの前座レースは、国内最高クラスの障害馬や障害騎手を引き寄せている。彼らを目にしたいからこそ大観衆が集まるのだ。

チコと私はふた手に分かれて人混みを縫いながら、検量室の外の観覧席へと進んだ。

「よう、シッド」私のうしろで北アイルランド訛りの声が言った。

数ヤード離れたところに立っていたチコが心配そうにこちらを見た。

「やあ、パディ」私が満面の笑みで言った。チコは緊張を解いた。

「驚いたな、こんなところで会おうとは、シッド」パディが真顔で言った。「あれだけ面倒なことがあったのに」

「面倒なこととは？」私が訊いた。

「ほら、子供がらみの」

「あれは全部大嘘だ。保証するが、もし真実がわずかでも含まれていたら、私がここにいるわけないだろう。何もかもウェスト・ベルファストのわれわれの友人が仕組んだことだ」

「彼はおれの友人なんかじゃない」パディが言ってすばやく左右を見まわし、マカスカーがそのへんで会話を聞いていないことを確かめた。「彼を怒らせてないと言ってくれ」

「あまりな」私が言った。

明日午後に怒らせることに比べれば、ここまでは序の口だ。

「彼には近づかないことだ」パディがまた警告した。「危険だから」

とはいえ、危険に近づかないことは私にとって容易ではない。いまはまっすぐ危険に向かっている。よく言われる蜂の巣をつつくというより、蜂の巣に素手を突っこんで中身をむしり取るのに近い。刺されないほうの手を使うことを忘れなければいいだけだ。

それで思い出した。クイーン・メアリ病院に私の新しい携帯番号を伝えておかなければ。

「ところで、ナショナルでは誰が勝つ？」私が話題を変えてパディに訊いた。

「本命はサマー・ナイツかな」彼が言った。「あのあほうのボブ・プライスがアスコットのときみたいにヘマをしなければだが。あんたに訊こうと思ってたんだ。最近の騎手はおれたちのころとちがって、障害前の馬の持っていき方を知らないだろう。あんたは、まだ現役だったらと思うことはないか？　あいつらにひとつふたつ教えてやれるのにと、な？」

「たしかにな、パディ」私は微笑んで同意した。

グランドナショナルで騎乗したのは合計七回だった。一度は優勝したが、残りはすべて落馬、そのうち二回は最初の障害を跳んだときだ。しかし憶えていたいのは優勝した一回だけである。あの勝ち方！　わが人生最高の時期だった。サスキアが生まれたころと同じくらい。

「ギネスを引っかけてくるよ」パディが言った。「あんたもどうだ？」

「いや、いい」私が言った。「まだ早い時間だから。あんたにとってもな」

パディは笑い、一パイントの黒いのを求めてグランドスタンド下のバーに歩いていった。

私には素面の頭脳が必要だった。

「例の電話番号のリストはどうなってる？」チコが階段の私のうしろに立っていた。パドックに第一レースの馬が続々と入ってくるところだった。

「見込みなしだ」私が少し振り返って言った。「マカスカーはロバート・プライスにスマートフォンではない古い型の携帯を渡し、自分だけがその番号を知っている。あのリストの全員が同じ扱いなら、誰もわれわれには話してくれない」

「念のため、おいがもういっぺんやってみろかい?」チコが大げさな北アイルランド訛りで言った。

私は微笑んだ。「やってくれればありがたい」前夜に作った番号リストを彼に渡した。すでにその約半分を自分でかけて、返答が得られていなかった。

私は第一レースをカウンティ・スタンドから観た。セフトン・スイートから出てきて観戦するVIPたちのために手すりで仕切られたエリアの隣である。チコは私の少し左前方に立っていた。

VIPスイートには一度入ったことがある。数年前、ミーティングのスポンサーがランチに招待してくれたのだが、本日の私はどう見てもVIPではない。それどころか、多くの人から非難の目で見られた――とくにピーター・メディコスから。

レースが終わり、ほとんどのVIPがまたスイートにおりていくと、メディコスが金属製の手すりから身を乗り出して、まだ同じところに立っていた私に呼びかけた。

「ハレー」彼が大声で言った。「ちょっと話したいことがある」

私は口を閉じていた。チャンピオン・ジョッキイになるまえならともかく、その後は誰からも「ハレー」と呼び捨てにされたことはなかった。かつて裁決委員その他のレース管理者が騎手をそのように呼ぶのはごく普通だったが。ありがたいことに世の中は変わった。少なくとも私はそう思っていた。

「ここで？」彼のほうに移動しながら私が訊いた。

「いや」彼が言った。「メディア・センターの入口近くに個室があって、ドアに〝部外者立入禁止〟と書かれている。次のレースのあと、そこで」彼はいきなり背を向け、スイートのほうへ階段をおりていった。デザートとコーヒーが目当てだろう。

「素敵だ」チコが言った。「〝お願い〟くらい言ってよさそうなもんだがな」

「ピーター・メディコスは警察に二十五年いたから、丁寧に何かを頼む習慣はないよ。頼むのではなく、命じるだけだ」私はため息をついた。ピーター・メディコスを敵ではなく味方にしておく必要があるとまだ信じていた。「一緒におりるか？」

「いや、ここに残って日焼けしてるよ」顔を太陽に向けた。「正直言えば、お馬さんにさほど興味はないんだ。ここに坐って、残りの番号にかけてみる」

「オーケイ」私が言った。「第三レースで戻ってくる」

「いいとも」

両膝の上にリストを広げて携帯電話に数字を入力しはじめたチコを残して、私は検量室に引き返した。

ジミイ・ガーンジイが第二レースに出るのはわかっていたので、彼がパドックに行く途中ですぐ横を通りすぎる位置に立った。メッセージを送り合う必要はなかったが、私がここにいることを知らせ、もし彼がためらっているなら押し切りたかった。

ジミイは検量室から出るなり私に気づいたが、今回は歩調を乱さず、私のほうへ階段を駆けおりてきた。

「メッセージを見たか？」通りすぎながら小声で訊いた。

「ああ」私も同じくらい小声で答えた。

重い肩の荷がおりたかのように、彼の足は弾んでいた。まだ終わってはいないがな、と思った。だが着実にそこに向かっている。

私は大型映像ディスプレイがあるパドックの近くに残り、十五頭の出走馬が二マイル半ジュベナイル・ハードルで競い合うのを観た。

ジミイは僅差の三着に入り、女性の馬主をいたく喜ばせたようだった。彼女は相好を崩し、まるで十馬身差で勝ったかのように脱鞍所にいた自分の馬を称えた。

彼女の笑みは移りやすく、気づくと私もニヤニヤしていたが、そこでピーター・メディコスと会う約束があったことを思い出した。それだけでも人の笑みを消すには充分だ、と思いながら〝部外者立入禁止〟のドアを探しに建物のなかへ入った。

ピーターは先に部屋のなかにいた。

私はドアをノックし、カンニングが見つかって校長室に送られた不真面目な小学生のような気分でなかに入った。

部屋はだいたい幅十二フィート、奥行き十フィートという狭さで、中央に机、そのまわりにどこにでもある積み重ね可能な灰色のプラスチック椅子が六脚置いてあった。私はオックスフォド警察署の取調室を思い出した。

机にピーターの使い古した中折れ帽がのっている。

「ああ、来たか、ハレー」彼が言った。椅子を勧めもしなかった。

「ミスタ・ハレー、でお願いする」私が棘を含んだ声で言った。「あるいは、シッドで」笑みを送った。「さて、ピーター、これはどういうことですか？」

「もうわかってると思ったがな」驚いていた。「きみは子供への性加害で逮捕された人間だ。ユトクセターはまだいいとして、このような競馬界指折りのフェスティバルにいることは不適切だと思う。われわれのスポーツの評判を落としてもらっては困る」

「私は完全に無実だ」私が言った。「起訴すらされていない。あなたと同じく、私にもここにいる権利はある。高い入場料も払いました」

彼は口答えされたのが気に入らないようだった。

「そうかもしれんが、とにかくきみにはこの競馬場から出ていってもらいたい。いますぐに」

部屋のドアがいきなり開いた。チコが入ってきて、ドアを閉めた。

「失礼ながら」ピーターが私の肩越しにチコに言った。「ここは関係者しか入れない。出ていってくれ」

チコは彼を無視して、ただその場に立っていた。静かな部屋のなかで電話が鳴っていた。

「電話に出ろ」チコが言った。

「いまなんと？」ピーターが明らかに機嫌を損ねて言った。「さあ、出ていくんだ、警察を呼ぶまえに」ほとんど叫んでいたが、チコは微動だにせず立っていた。

電話が鳴りつづけていた。

「電話に出ろ」チコがくり返した。

ピーターがポケットに手を入れ、小さな灰色の電話を取り出した。呼び出し音が急に大きくなった。

「それに出ろ」チコが上衣から自分の電話を出しながら、もう一度言った。

ピーターが迷った様子で画面に表示された番号を確かめ、ボタンを押した。呼び出し音が止まった。

「ハロー」彼が小さな灰色の電話に言った。

「ハロー」チコの電話のスピーカーから、一秒の何分の一か遅れてピーターの声が言った。

三人とも沈黙のなかで立っていた。

「これはどういうことだ？」私が訊いた。

「ここにいるミスタ・メディコスは」チコが言った。「ビリイ・マカスカーの特別な電話を持っている。この番号がおまえのリストに載っていて、記録によると毎回、八百長レースのまえに電話がかかっていた」

ピーター・メディコスがドアのほうへ進もうとしたが、チコが一歩横に出て行く手をさえぎった。

「彼は柔道の黒帯だ」私が警告した。「坐ってもらえますか、彼があなたを投げるまえに」

ピーター・メディコスは嫌悪感もあらわに私を睨んだが、動かなかった。

「坐れ!」私が怒鳴り、彼を跳び上がらせた。

彼は机の下からゆっくりと椅子を引き出して坐った。

「騎手たちが誰ひとり捕まらなかったのも無理はない」チコが言った。「クソ番人がもぐらだったんだからな」

「なんの話かわからない」ピーターが落ち着きを取り戻して言った。

「屋上でレースも観ずに、おまえからもらった番号にずっとかけてたら、おかしいな、と思った。おれがかけたとたんに、どこかで電話が鳴りだしたんだ。かけるのをやめたら、鳴るのも止まる。またかけると、また同じことが起きる。念のため三回やってみた。呼び出し音はＶＩＰエリアから聞こえたんで、様子を見られるように少し階段を上がった。で、もう一度同じ番号にかけて、ずっと鳴らしてみた。そしたらおい、こちらのミスタ・メディコスが上衣から電話を取り出して応えたじゃねえか」

「行かなければ」ピーターが言って立ち上がり、中折れ帽に手を伸ばした。「仕事がある」

「あんたはどこにも行かないぜ、お兄さん（サンシャイン）」チコが帽子を机からはたき落として言った。「行くとしたら刑務所に直行だ。だから坐れ、おれに坐らされるまえに」

「その電話を取り上げてくれ」私が言った。

チコがピーターのうしろにまわり、携帯電話を奪い取って、また彼を椅子に押し戻した。

「何も証明はできんぞ」ピーターが言った。

「そうかな？」私が言った。「いずれにせよ、証明する必要はない。マカスカーに電話して、明日午後の二マイル・ハンデキャップ・ハードルでジオフィジシストが勝つことをあなたから聞いたと伝えればすむことだ。ほかの騎手たちはみな勝とうとしないから」

ピーターは青ざめ、がっくりと肩を落とした。

私が八百長の仕組みを熟知していることに驚いたのか、それとも、いまの脅しを実行したら彼の身に降りかかることがありありと想像できたからか。理由としては、両方が少しずつかもしれない。

「これからどうする？」チコが言った。「午後のあいだじゅう彼をここに置いておくわけにもいかない。ところで、ここはなんだ？」窓のない殺風景な四方の壁を見まわした。

「ある種の取調室だ」私が言った。「ときどき警察が使うんだろう。あるいは、賭け屋と客のもめごとを仲裁するのに使うのか。その手のことだ」

私もチコと同じ意見だった。ピーター・メディコスを、今日の午後だけでなく明日午後の二マイル・ハードルまで夜通しここに閉じこめておくことはまず不可能だ。不法監禁の罪は重い。

それにしても理解しがたいのは、BHA保安部のトップ、警察の元主任警視ともあろう人が、なぜビリイ・マカスカーのような悪人に協力するようになったのかだった。金銭がらみだろうか。しかしBHAの給料も悪くはないし、ピーターは警察の年金ももらっているはずではないか。

ほかに理由があるのだろうか。

「マカスカーに何を握られてるんです?」私が彼に訊いた。

ピーターは椅子から私を見上げたが、何も言わなかった。

「マカスカーに脅されているのですか?」

「なんの話をしているのかわからない」彼が言った。「私には、やらねばならない仕事がある」彼はまた立ち上がった。いまは悪事露見のショックからすっかり立ち直っていた。

「坐ってろと言ったはずだがな」チコがピーターの左腕をつかんで背中側にひねり上げ、また力ずくで椅子に坐らせた。

「こんなことをしていいと思っているのか」ピーターが怒りをほとんど抑えきれずに言

った。「乱暴にもほどがある！　このことで裁判に訴えるぞ」チコが言った。

「あんたが法廷に行くのは、サンシャイン、原告じゃなく被告になるときだ」

「きみは何も証明できない」ピーターがまた言った。「結局、私の言葉か、きみの言葉のどちらを信じるかだ。誰が主任警視を差し置いて、性的児童虐待で逮捕された男を信じるというのだ？」

「だが、この電話がある」私が言った。「八百長レースがあるたびにマカスカーがあなたに電話していたことも、通話記録からわかる」

「そんな携帯など見たこともないと否定する。きみの所有物だと言うよ」ピーターはどんどん自信を取り戻していた。

「唾のなかにもDNAがあることを知っているかな？」私が訊いた。以前の事件で、封筒の蓋をなめた唾からDNAプロファイルが作成されたときに、私も初めて知ったのだ。

「だから？」ピーターが言った。

「人が話すと口から唾の飛沫（ひまつ）が放出される。だからその携帯にはあなたのDNAがついている」

「きみが私にそれで話させたことにする」もう完全に落ち着いていた。「私が八百長レースにかかわっていたという証拠はまったくないのだ。これで失礼する」

彼はまた立ち、床から帽子を拾った。

どうすればいい？　私が明日の八百長について知っているということを、彼からマカスカーに伝えさせるわけにはいかない。チコが電話の発見をピーターに明かしたのは残念だったが、私は私で八百長レースのことをもらし、傷を広げてしまった。だが、終わったことはしかたがない。いまの状況を望まなかったにしろ、ここで対処するしかない。

「あなたはサー・リチャード・スチュアートを殺したのか？」私が訊いた。

「いや、もちろんそんなことはしていない」洟もひっかけない、という答えであった。

「あれは殺人だった。そうだろう？」

「それはわからんが、検視審問では自殺の判決になるだろうよ」

かもしれない。だが私は自殺だとは思っていないし、彼もそうだった。

ピーターが机をまわって歩きだし、私はどう止めようか途方に暮れた。

「どうして警察やＢＨＡに通報する私よりマカスカーのほうを怖れている？　あなたの言葉か私の言葉かと言うが、こっちには同じ証言をする者がふたりいる。誰も私たちの言葉を信じないと本気で思うんですか？　そんな危険を冒せます？」

彼は立ち止まり、私と向き合った。

「きみが何を言おうと、何をしようと、私は不正をしたと認めたりはしない」

「別に何かを認めてほしいわけじゃない」私が言った。「実際、あなたの不正が見つかろうが見つかるまいが、どうでもいいと思っている。ただ私は何があろうと自分の生活と家族は守りたい。あの男に利用され、ひどい目に遭わされるのはもうたくさんだ」

「だったら、なぜ言いなりになっているんです？」

彼はほとんど笑いかけた。「それは話さない。話したら、きみにも同じ支配力を与えてしまう」笑いは喉まで消えた。

つまり何かあるのだ。ピーターは進んでマカスカーの配下に入ったわけではない。

少なくとも、それはある程度いい知らせだった。

「電話を返してくれ。頼む」彼が右手を私のほうに差し出して言った。

返すのは気が進まなかったが、もしマカスカーがかけてきてピーターが出なかったら、マカスカーはかならず何かおかしいと察知する。

私は電話を彼に渡した。

「何もしないように」私が言った。「私が明日の八百長について知っていることを、もしわれわれのアイルランドの友人が事前につかんでいたとわかったら、私に話したのはあなただったと彼に言う。賭けてもいいが、彼は信じますよ」

「あのアイルランド人に何か言うつもりはまったくない」

信じていいのだろうか。

私に選択肢はあるのか？

## 30

木曜の明るい空と心地よい陽気が嘘だったかのように、金曜はみじめな雨模様だった。大西洋の前線が西から移動してきて、気温も一気に下がっていた。

天気はあたかも私の気分を反映していたが、数えきれないほど集まった熱狂的なリヴァプール出身の女性たちは、雨も寒さもまったく意に介さず、ほとんど想像で補う必要がないくらい短いシフォンドレスを着ていた。

グランドナショナル前日のエイントリイ競馬場は、何千人もの〝レディ〟たちが爪先の開いた極端なハイヒールのサンダルで水たまりの水を跳ね散らしながら、シャンパン・バーとグランドスタンドのあいだを往き来する世界唯一の場所にちがいない。

「あいやー、すごいな」チコが愕然と立ちすくんで言った。「あれ見たか？」六インチはあるピンヒールの靴をはいてよろよろと歩いている、とりわけ若い女性を指差した。

「いまに転んで足首の骨を折るぞ」

そんなことにはならなかった。彼女はピカピカのグレイのスーツに磨いた靴、細いネクタイという恰好の若い男に寄り添われて場内入口まで歩いていった。

チコと私も彼らのあとから入った。娘はいつつまずいてもおかしくなかったが、なんとか最寄りのバーまでたどり着き、カウンターにもたれた。私たちは彼女の大きく開いた胸の谷間から目を引きはがして、また検量室前の階段へと向かった。

「ここに立っているのが得策だと思うか？」チコが訊いた。「先週のごろつきどもが絶対ジオフィジシストに賭けに来てるぞ。ことによるとマカスカー本人も。やつらがいたら、ここは丸見えだ」

「おまえは賭け屋エリアに行って偵察してくれ」私が彼に言った。「〈バリイ・モンタギュ〉とミスタ・ウィルソン、それから昨日おまえが話した女の子を捜すんだ。おれはジミイ・ガーンジイから最終確認が取れるまでここにいなきゃならない。第一レースのときにカウンティ・スタンドで会おう」

チコがすっと離れていき、私は知っている人間はいないかと、目のまえの顔をざっと見まわした。とりわけ中華料理店の裏の路地で闘ったやつらはいないかと。

ジミイが騎手用駐車場のほうから歩いてくるのが見えた。右肩から小さな旅行カバンをさげている。彼も同時に私に気づき、私のすぐ横を通るために検量室までのルートを少し変えた。通りすぎながら何も言わず、ただ左手の親指を立てた。

つまり、八百長は取り消したということだった。

あとは結果を待つだけとなった。もちろん、ピーター・メディコスか、騎手の誰かがすべてをマカスカーにもらしていれば別だが。

それもすぐにわかる。

「決行だ」霧雨のなか、第一レースを観るために屋上のカウンティ・スタンドにいるチコに合流して、私が言った。

「よし」彼が言った。「例の賭け屋の娘がいたよ。けど、見られないほうがいいと思ったから彼女の売り場には近づかなかった」

「二マイル・ハードルのまえに、また行って見てもらわなきゃいけないが、そのころには何も変えられなくなっている」

「そのレースで賭ける価値はあるか？」

「賭けたければかまわないが、おれだったらジオフィジシストには金をつぎこまないな」

「そいつが勝たないのは確かなのか？」

「私と合意したことをジミイ・ガーンジイがきちんとやっていれば、勝たない」私が言った。

「具体的に何を合意した？」

「マカスカーはジオフィジシストが勝つと信じている。ほかの騎手全員が負けろと言われているから。だが、私の計画どおりに進んでいれば、ジミイ・ガーンジイは騎手一人ひとりに、事情が変わっておまえの馬が勝つことになった、とこっそり伝えている。ジオフィジシストに乗るデイヴィッド・ポッターを除く全員にだ。デイヴィッドは負けろと伝えられている」

「それでうまくいくのか？」

「彼らはみなバレることに怯えすぎているから、レースの操作については互いに話もしない。マカスカーかジミイ・ガーンジイに言われたとおりに行動するだけだ。質問もいっさいせず、恐怖心で動く。だから全員狂ったように勝とうとするはずだ。といっても、マカスカーが勝つと思っている騎手だけを除く全員だが」

チコが笑った。「それこそまさに八百長だな。だが、そこまで彼を敵にまわして大丈夫か？」

「考えが変わったのか？」私が訊いた。

「ちょっとな」彼が言った。「家でおまえのかみさんと子供を守る人がいない」

私もそのことは考えていた。

「いまは完璧に安全だ」私が言った。「マカスカーと陽気な仲間たちがみなここにいるから。だが、おまえの言うとおりだ。レースが終わったら、まっすぐオックスフォドシャーに帰る必要がある」

「それにしても、おまえはどうしてそこまで彼の仕事を妨げることにこだわる？」

「レースのやり方を思いどおりに指図などできないことを、彼にわからせたいのだと思う。おれと彼のたんなる意地の張り合いかもしれない。おれの動かせないものを押してくる圧倒的な力が彼だ。ふたりのどちらかが負けを認めなければならないが、おれは絶対彼に認めさせるつもりだ」

「危険なゲームだ」チコが言った。

そう、と思った。嫌になるほど危険だ。

その日の午後はのろのろとすぎ、ようやく二マイル・ハンデキャップ・ハードルの時間が近づいてきた。

私はグランドスタンドの一階に立ち、トートのカウンターの上の画面で各馬の予想払戻金が変わっていくのを見ていた。

メイン・ヴィジットが本命で、賭け金一ポンドに対して払戻金は三ポンド十ペンスだった。

ジオフィジシストはトートの四番人気で、払戻金は六ポンド。これは賭け屋の五対一の最終オッズに相当する。

賭け屋の売り場が並んで、群がる意欲満々の客からせっせと金を受け取っているエリアまで歩いていった。

私は最寄りのボードを見ていった。ジオフィジシストのオッズはたいてい六対一か十三対二で、いくつかは七対一まで出していた。

思わず微笑んだ。マカスカーのいかさまが彼の期待どおりに進んでいる。彼の選んだ勝ち馬のトートでの予想払戻金が、賭け屋の値づけから通常考えられる額より低くなっている。つまり、マカスカーと仲間たちがトートでジオフィジシストに大金を投入しているにちがいない。異常な賭け方の記録が残って不都合が生じないように、現金で。

ピーター・メディコスは約束を守っていた。マカスカーに警告は届いていない。

私はレースを観るために屋上に上がっていった。レース前の馬場の興奮で、心臓の鼓動もいつもより少し速くなった。

チコが先に着いていた。

「〈バリイ・モンタギュ〉の売り場は恐ろしいにぎわいだったぞ」彼が言った。「全馬に平均以上のオッズをつけてたんだ——ただ一頭、想像がつくだろうが、ジオフィジシストの率だけちょっと悪かった」

私は微笑んだ。

「〈オネスト・ジョー・ブレン〉の売り場もまったく同じだ」彼が言った。「熱心な客たちでごった返してたよ」

マカスカーはケーキに手を突っこんで食おうとしている。〝確実な〟勝者にトートで大金を賭けると同時に、残りの馬にほかの賭け屋よりわずかに高いオッズをつけることで金をかき集めている。それらについては払戻がないという自信があるからだ。

ジミイ・ガーンジイがほかの騎手たちとしっかり話をつけていて、マカスカーがもうすぐ財政的な大出血をし、彼のシステムが打撃を受けることだけを祈った。

二マイル・ハードルのスタート地点を見おろした。十二頭の出走馬がサークル内を歩き、アシスタント・スターターが馬の腹帯を締めてレースに備えている。騎手同士のからかい合いはあるのだろうか。それともみな、すでに決められた役割を果たすことに緊張しすぎて、それどころではないのだろうか。

私は、ジオフィジシストに乗るディヴィッド・ポッターだけでなく、ジミイ・ガーンジイも馬を抑えると思っていた。だが、残る十人の騎手が自分の馬こそ勝たねばならないと信じて走るレースは、かなりの見ものになるだろう。

実際そうなった。

最初はゆっくりしたペースで始まった。一周目でスタンド前を通過したときには、馬群はまだひとつに固まっていたが、徐々にペースが上がり、バックストレッチの三つの障害に向けて縦一列になってきた。

左まわりの最終コーナーをすぎたときにも、十二頭のほとんどがまだ激しく競い合っていた。

最後の直線には障害が三つあり、ひとつ目が近づくにつれて力不足の馬が猛烈なペースについていけず、列が縦に伸びてきた。

何人かの騎手の心境を想像すると愉しかった。まわりが脱落して自分だけが残り、勝つと思っているが、心中は恐慌を来している。

七頭が横並びで最後の障害を飛越した。ロバート・プライスが騎乗した本命のメイン・ヴィジットが六頭の大接戦を制してアタマ差で優勝すると、観衆は熱い歓声を送った。騎手たちはみな、鞭の使いすぎで騎乗停止処分を受けかねない深刻な危機に陥っていた。

ジオフィジシストは、優勝馬からわずか三馬身差だが九着で、ジミイ・ガーンジイの馬はさらに二馬身遅れて十着だった。

「クソ素晴らしい」チコが言った。「さて、次は？」

「家（ホーム）だジェイムズ！（イギリスの人気テレビドラマのタイトル）」私が言った。「もうここに残って得られるものはない」

私たちは屋上のカウンティ・スタンドから階段を駆けおり、競馬場の出口に向かった。その途中で、マカスカーとシャンキル・ロード義勇軍の三人にばったり出くわした。

マカスカーと私のどちらの驚きが大きかったかはわからないが、どちらのほうが怒っているかは明らかだった。群衆内にまぎれたスリの監視で十ヤードほど先にマージイサイド署の大柄の制服警官がふたりいたのがありがたかった。

「ハレー」マカスカーが人を見下した〝ミスタ〟の使用をやめて言った。「おまえの仕業か？」

「私の仕業とは？」顔に笑みが浮かびそうになるのをこらえて、私が訊いた。

「約束したぞ」彼が真に凄みを利かせた声で言った。写真で見たときより、突き出た額の下に黒い目がさらに引っこんでいた。「おまえが何かやり腐ったらかならず黒焦げにしてやると」

その言葉に改めて背筋に寒気が走り、私は少しだけ警官たちのほうへ移動した。

マカスカーはそこで背を向け、三人の屈強なボディガードを引き連れて歩き去った。

チコと私はその場に立って、彼らが群衆のなかに消えていくのを見ていた。

「ジミイ・ガーンジイに少しでも分別があったら」私が笑って言った。「今日は検量室にひと晩じゅう隠れているな」

「さあ、行こう」チコが私の上衣の袖を引いて言った。「あの仲よし四人組が戻ってくるまえに」

私たちはホテルに急ぎ、レンジローバーで南のオックスフォドシャーへと出発した。

「彼はすぐにおれたちを追ってくると思うか？」高速道路に無事入ったあとでチコが言った。

「あれほどすばやく部下を送って、トニイ・モルソンの家のまわりに火を放ったことを考えると、すでに追ってきていても驚かないな」

アクセルを強めに踏みこみ、制限速度を破ってM6をバーミンガムまで走った。

「これからどうする？」チコが訊いた。

「寝ずの番だ」私が言った。「総員甲板集合、敵船の攻撃に備えよ」

〈パーク・ホテル〉を出るときにワトキンソン主任警部に連絡し、急遽折り返し電話が欲しいと伝言を残していた。エインズフォドに近づいたころ、その電話があった。

「何か問題でも？」彼が訊いた。

「スズメバチの巣をつついたかもしれない」私が言った。「後始末で助けが必要になりそうだ」

「ミスタ・マカスカー的スズメバチかな?」彼が訊いた。

「まさに」私が言った。

「どのような助けを必要としている?」

「わが家の警備を」

「うーむ」彼が言った。「いつごろ?」

「今晩」私が言った。「ことによると、明日も」

「こちらにはその種の人員がいないのだ」

「私が逮捕されたあとは家の外に警官を配置していたようだが」

「あれは警察の捜索が完了するまえに、あなたが家から証拠になりうるものを持ち出さないように見張るためだった」

その間私はずっと、熱心すぎる報道関係者から警察がわが家を守ってくれていると思っていたのだ。

「まあ、とにかく今晩、警官をひとり見張りに立ててほしい。マカスカーかその仲間が私の家に押し入ろうとするか、もっとひどければ建物を燃やそうとするのはまちがいない。彼らは昼間にそこまで言った」

「その会話を一緒に聞いた人はいるかな?」

「いる」私が言った。「チコ・バーンズが一緒にいた」

電話の向こうに沈黙が流れ、私は不安になった。主任警部は、火が出るまえの共謀より、起きたあとの放火で有罪にするほうがいいと思っているのかもしれない。

「彼はこの会話を一緒に聞いている。もしあなたがマカスカーを放火で有罪にするために私の家が燃やされるのを放置したら、警察を業務上過失で訴える」

「ミスタ・ハレー、私の考えていることを異様なまでに当てるその才能はどこから来るのだ？」

「まあ、そんなふうに考えるのはやめて警備をつけてください。とくに私は法的に自宅に戻ることができないので。ちなみに、その方面で進展は？」

「いや、すまないが」彼が言った。「それは来週、あなたが保釈時に指定された日時にオックスフォド署に出頭するのを待たねばならない」

「来週にはわが家がなくなっているかもしれない」

「オーケイ、オーケイ」彼が言った。「言いたいことはわかった。できることをやってみよう」

「ならば急いで」私が言った。「彼らはもう家に向かっている途中かもしれない」

「夕方から夜にかけて制服警官に警察車で何度か見に行かせる。ただ、今日は金曜だからバンベリイの中心のナイトクラブで騒ぐ連中がいて、彼らも非常に忙しい」

たいした成果ではないが、ないよりはましだろう。

マリーナとサスキア、ロージィは私たちが五体無事にエインズフォドに帰ってきたことを大喜びした。チャールズも少なからず安堵していた。彼はふた晩寝ていないかのように、ひどく疲れていた。

「こっちはどうだった?」私がマリーナにこっそり訊いた。

「大丈夫、だったと思う。チャールズはすべてのドアに鍵がかかっていることを朝から晩まで上手に確かめてたし、長江で中国軍と戦うことと比べればなんでもましという話をして、わたしたちを明るい気分にしてくれた」あきれたように天井を見上げた。私は笑った。「でも、あの恐ろしい散弾銃を抱えて家じゅう歩きまわるのはね。サスキアが怖がって」

「彼にひと言、言っておこう」

「あなたはどうだったの?」マリーナが訊いた。「予定していたことはできた?」

「そう言っていいかもしれない。マカスカーが仕組んだ八百長レースをなんとか失敗させた。彼はそうとう怒っているようだ」

「仕返しに来る?」不安になっていた。

「おそらく。だからやった、とも言える。彼を外に引っ張り出す必要があった。姿を見る必要が」

「チャールズがあの散弾銃で撃てるように?」

「あるいは私が。このことを完全に終わらせる方法はそれしかないと思う。でないと、決して彼はいなくならない。危険な戦術だが、きみたちはここにいれば安全だし、警察にも定期的にわが家のまわりを警邏してもらうように手配した」

「わたしは家よりもわたしたちのことが心配なの」彼女が言って、私の腰に腕をまわした。

「きっとうまくいく」私が言った。

馬鹿げた言い種だ、本当に。

## 31

「やつが今晩来ると本当に思ってるのか?」チコが訊いた。

「ナットウェルのわが家には来るかもしれない」私が言った。「だが、われわれがここエインズフォドに滞在していることは知らないと思う。少なくとも、そう願っている。彼はすでに、たいへん衝動的ですぐ過激な行動に走るところを見せている。たった一日で学校からサスキアを誘拐させることに成功したし、モルソンが命令に背いてブラック・ペッパーコーンを勝たせたときには、同じ日の夜に彼の家を攻撃した。そう、今晩やってくる可能性はかなり高いな」

「ならおれたちは、ここにいるべきではない。おまえの家を守らないと。保釈の条件などくそくらえ」

「賛成だ」

マリーナはとうてい喜ばなかった。とくに彼女を連れていくことはありえないと告げてからは。

「きみとサスキアはここに残らなければいけない」私が強い口調で言った。「家よりここにいるほうがずっと安全だ。チャールズもここに残る」

だが、散弾銃は私が借りていく。

八時ごろ、チコと私は犬舎に陣取り、フェンスで囲ったドッグランでガーデンチェアに坐っていた。私の膝にはチャールズの散弾銃があった。

暗くなりはじめていたが、ありがたいことに雨はやんでいたので外に出ていられた。犬舎からの視界は、門に至るまでのドライブウェイ、家の正面全体、さらにその向こうの道路も含んでいた。

私は静かに坐って次の展開を待っているのが苦にならなかったが、チコはじっとしていられず、十分か十五分おきに敷地内を偵察してまわり、誰も庭の塀を越えてこないか見てくると言って聞かなかった。

一時間半ほどすると私も脚を伸ばしたくなり、家の周辺をひとまわりした。もう何度目かわからなくなったが、また銃に弾薬が装塡され、ポケットに予備があることを確認した。これらを使うことがあるのだろうかと思った。猟銃の所持許可証を持っているのは私ではなくチャールズだから、使えば疑いなく厄介なことになる。だが正当防衛なら、手元にあるあらゆる手段を用いていい。

犬舎に戻って監視を続けながら待っているうちに、夕方から夜になってきた。チコと私はチームを組んで働いていた十年以上のあいだ、数えきれないほど張りこみをした。多くはさまざまな競馬場で、悪党が現れるのをいつまでも待ち、辛抱強さを習得した。

私はしばらく坐っていたあと、また敷地内をぐるっとまわった。もう警察は当てにしない、と思った。主任警部が約束した警察車は、夜のいままでまだ一度も見ていなかった。

十一時半ごろ、静かな夜気のなかでチコの携帯電話が大きく鳴った。

「おっと」彼が携帯をポケットから取り出して言った。「失礼」

彼が電話に出た。おおかたかわいいブロンドか、その手の女性だろうと思ったが、チコは携帯を私に差し出した。

「ハロー」やや不安になって言った。

「シッド・ハレーか？」電話の向こうの相手はつぶやくような声で、ほとんど何を言っているのかわからなかった。

「イエス」私が答えた。「シッド・ハレーだ」

「彼にきみの居場所を話した」つぶやき声が返ってきた。

「すみません」私が言った。「どなたです?」

「ピーターだ」つぶやき声が言った。「ピーター・メディコス」

「どうしてこの番号がわかった?」

「電話に入っていた」まだ聞き取るのがむずかしかった。

「ピーター、大丈夫ですか?」私が訊いた。

「よくなる」とつぶやいた。「そうなってほしい。マカスカーの部下たちが……」声が小さくなって消えた。

「……あなたを痛めつけた」私が最後まで言った。

「そうだ。彼はきみの居場所を知りたがっていた。何度も電話したが出ない、隠れた、と言っていた。私は知らないと答えたが、彼はそんな答えを受けつけなかった。結局、エインズフォドのロランド提督の家にいると言ってしまった」

喉にパニックがこみ上げるのを感じた。

「それを彼に言ったのはいつ?」恐怖に襲われて訊いた。

「ずっとまえだ。私は長く動けなかった。顔もひどくやられたが、脾臓(ひぞう)も破裂したかもしれない」

トウスター競馬場の駐車場で受けた暴行を思い出した。私もそのあとしばらくまともに動けなかった。マカスカーの部下たちが最大限の効果をもたらす殴り方を知っているのは確かだ。

「何時間前？」ますます焦って訊いた。

「正確にはわからない。ずっとまえだ。すまない」

エイントリイからエインズフォドまでは車で三時間だ。

「ピーター、できるだけ早く病院に行ってください」私が言った。「ありがとう」

少なくとも彼は知らせてくれた。そうする必要はなかったのに。

電話を切り、すぐチャールズの家にかけてみたが、呼び出し音が続くだけだった。誰も出ない。

おお、神様！

「行くぞ」チコにすぐ叫んだ。「おれたちはまちがった馬鹿な場所にいた」

ナットウェルからエインズフォドまで、レンジローバーはくねくねと曲がった一車線の舗装路を時速七十マイル超で引き裂かんばかりに走った。

「こっそりか、正面攻撃か？」カーブで体を左右に揺らされながらチコが言った。

「こっそりやる時間はないと思う」私が言った。「チャールズの電話がつながらない。連中はもう着いたにちがいない。警察に電話してくれ。消防隊にも。いますぐ」

チコは私がまた別のカーブを曲がるときにアシストグリップに必死でつかまりながら、携帯のボタンを押した。

「クソ圏外だ」彼が言った。「丘に近すぎる」

「かけつづけろ」私が叫んだ。「そのうちつながる」

チャールズ家の門の手前の道に黒いトヨタのランドクルーザーが駐まっていた。チコと私が同時に気づいた。

「停まれ」チコが叫んだ。「これはおれがなんとかする」

私は急ブレーキを踏んで車を停めた。チコが外に出て、持っていたペンナイフを開いた。

私は彼を残してレンジローバーのエンジンを吹かし、長いドライブウェイを家まで突っ走った。

チコを待つべきだったと思う。そもそも攻撃を仕掛けるなら、二対四でも正常な判断とは言えない。それを一対四にするなど、ただの無鉄砲だ。しかし私は、サスキアをレイプし、殺して豚の餌にすると言ったマカスカーの脅しのことしか考えられなかった。

空脅しはしない男だ。口に出したことを実行するのはわかっていた。だから一刻も早く、命を削ってもサスキアのもとに行かなければならない。ビリイ・マカスカーより先に。

家の玄関とガラス張りのポーチのほうへカーブを曲がると、レンジローバーのヘッドライトがあたりを照らし出した。男がひとり、上から下まで真っ黒な服装でドライブウェイのまんなかに立っていた。こちらに腕を伸ばして。

フロントガラスの私の頭のすぐ上の位置に星が現れた。二番目の星が加わり、三番目も。

即座に銃痕だとわかった。男は腕を伸ばしていただけでなく、銃を構えて発砲していた。私は刹那にダッシュボードの左側に上半身を倒し、アクセルを床まで踏みこんでレンジローバーを彼に突進させた。

音と衝撃を同時に感じた。

体を起こした勢いでブレーキを強く踏んだが、浮いた砂利でタイヤがすべり、車はよろめきながらもまっすぐチャールズのガレージの壁に突っこんだ。

エアバッグがバッと開き、私がハンドルにぶつかるのを防いだが、スピードはかなり落ちていたので怪我はしなかった。

ドアから這い出て車のまえにまわってみた。黒服の男はフロントバンパーに体を持っていかれ、車とガレージの壁のあいだでつぶれていた。左のヘッドライトの光に照らされて、血まみれの頭が見えた。驚いたことに、ライトは衝撃に耐えたのだ。

だが男のほうは、そこまで幸運に恵まれなかったようだった。

オッズが急に好転した。いまや一対三になり、チコが加われば二対三だ。

車の後部座席から散弾銃を取り、ガラス張りのポーチと玄関のほうへ静かに近づいた。開いたプラスチックの掌に二列の銃身をのせて構えていた。

家は完全な闇と沈黙に包まれていた。

チャールズはポーチの隅のライトをつけておくのが習慣だが、いまはそれすら消えて暗かった。

マカスカーとあとふたりはどこだ？

彼らは私が到着する音を聞いたにちがいない。だから、玄関から入ってくるのを待っているのか？　鉛を雹(ひょう)のように降らせるために？

マリーナとサスキアとチャールズはどこだ？　それにロージイは？　どうして吠えていない？

警察と消防隊はどうなった？　チコはまだ彼らに通報すらできていないのか？

無数の疑問が頭で渦巻いた。無数の恐怖もともなっていた。

開いたドアからポーチに入った。耳に入ってくるのは私自身の心臓の音だけだった。それが十五回、二十回、もっと速くなった。

入らなければならない。わかっていた。

急げ、チコ。

もし本当に警察が来るなら、彼らを待つこともできたろう。だが私にはわかった――入るしかない。

決着はマカスカーと私のあいだでつけなければならない。いま、ここで。

玄関の重いオークのドアも大きく開き、その奥は真っ暗だった。ドア近くの警報装置のキーパッドからも、廊下の机に置かれた電話の充電器からも光は出ていない。電話の回線同様、家の電源も切られていた。

私は身を低くし、コサックダンスのように両脚を体の下にたたんで膝に散弾銃を抱え、静かに家のなかへ進んだ。

鉛の雹はなく、ただ静寂があるだけだった。

彼らはどこだ？

立ち上がって、暗いなか早足で台所のほうに移動したが、台所には到達できなかった。廊下のまんなかに横たわっていた何かにつまずいて頭から勢いよく倒れたからだ。手から飛び出した銃が敷石の床に落ちて大きな音を立てた。

くそっ、と思った。忍び足もここまでだ。

膝立ちになって振り返り、何につまずいたのか確かめた。

チャールズだった。着ているビロードとシルクのスモーキングジャケットでわかった。仰向けに倒れていて動かない。

おお、神様！

あわてて右手を伸ばし、彼の手首を探った。

ありがたいことに脈はあったが、弱々しく速かった。

腹部が下になるようにチャールズの体を転がして、できるだけ回復体位に近づけた。暗闇のなかでどうなっているかはよくわからなかったが。

どんな音も聞き逃すまいと耳をすました。

チャールズのかすかな息の音以外、何も聞こえなかった。

マカスカーはどこだ？　家のなかにいるのか、それとも外か？

急いでまえに出た。膝立ちのままで銃を探した。外から入ってくる光で、台所に入るドアの方向がかろうじてわかった。

とてつもなく長い時間のあと、コンソールテーブルの下に落ちていた銃を見つけて、また手に取った。

「さあ、この野郎、どこにいる？」

誰かにというより、ひとりでつぶやいた。

立ち上がって台所に入り、闇のなかで人の顔か手を示すようなわずかな変化を探した。

私は怯えていた。体の芯から。

レンジローバーのフロントガラスを貫通した弾のどれかが当たらなかったのは幸運だった。ここでも幸運が続くだろうか。一度撃たれたことはあった。腹だったが、その傷で死にかけ、十四年以上たったいまも悩まされている。

だから、あの経験をもう一度したいとは格別思わなかった。

台所を通り抜けて洗濯室に入ったが、そこにも人はいなかった。

彼らはすでにマリーナとサスキアを捕まえて立ち去ったのか？　だとしたら、私が到着したときになぜ彼らのひとりがドライブウェイに立っていた？　それにあの車は？門の外の道に駐まっていたではないか。私は見た。

彼らはまだここにいるにちがいない。サスキアとマリーナも。だがどこだろう。

そしてチコはいったいどこに？　まだ警察に電話できていないのか？

頭上で木の軋む音がした。チャールズの家の古い床板がまた鳴っている。まちがいなく誰かが二階で動いているのだ。マリーナかサスキアだろうか。それとも別のありがたくない誰かか？

台所に引き返して廊下のほうに向かった。目が暗闇に慣れてきた。

また頭上で床板が鳴った。

どうすればいい？　階段を上がるか、階下で待ち伏せるか。

口のなかが乾き、心臓はあたかも肋骨（ろっこつ）を突き破るかのようにフォルティッシモで鼓動していた。恐怖で胸がむかついたが、己を奮い立たせて階段のほうへ進んだ。

マリーナとサスキアを見つけなければ。

それが自分の仕事だった。ふたりを安全にしておくことが。

なのに神様！　ふたりを危険にさらしすぎている。このすべては大惨事で終わるのか？

やめろ！　自分に言い聞かせた。落ち着け。自我を崩壊させている場合か。まだやらなければならない仕事がある。

階段の最下段に足を置き、のぼりはじめた。段のまんなかは軋むので避け、いちばん端だけを踏みながら。

二階が近づくと、階段上に伏せて床から頭だけを出した。もちろん片手で構えた散弾銃も一緒に。

二階の廊下も真っ暗で、私は何か動きはないかと目を凝らした。

「さあ来い、畜生ども」ひとりつぶやいた。「どこにいる？」

できるだけ低い姿勢で二階の廊下をゆっくりと客用の寝室まで進んだ。マリーナと私が泊まっていた部屋だ。床板が鳴らないように壁に沿って歩いた。

もう百度目になるが、もう一度銃の安全装置を見て、いつでも発砲できる状態であることを確かめた。

じりじりと進み、人の動きを示すどんなに小さな物音も聞き逃すまいとした。

みなどこにいる？

舌がふくれ上がって上口蓋に張りつく感じだった。呼吸は速く浅く、心臓は激しく打ちつづけていた。

銃身で寝室のドアを押し開けた。蝶番（ちょうつがい）が高い音でわずかに鳴ったが、静寂のなかでは大きすぎた。

入口から少し入った。引き金にかけた指が痙攣した。

何もなし。

さらに部屋のなかに入り、ドアを閉めてうしろに誰か隠れていないか確かめた。

誰もいない。

彼らはどこだ？

屈んでベッドの下をのぞいた。

ゼロ。

突然、廊下を走る足音がした。

部屋から飛び出ると、階段のほうへ走っていく三人の人影をぎりぎりでとらえた。奥の少し明るい長方形の窓を背に、三人の男がくっきりとしたシルエットになっていた。片膝をついて散弾銃を構え、両方の銃口で撃った。どちらからもまばゆい閃光がほとばしった。

信じられないくらいの轟音が響き、壁や天井で跳ね返った。

低いところを狙ったが、誰かに当たったかどうかはわからなかった。発砲前に彼らは階段をおりはじめていた。撃つのが遅すぎたかもしれない。苦痛の叫びは聞こえなかったが、すさまじい発射音でどのみち耳鳴りがひどかった。

上衣のポケットからあわてて予備の弾薬を取り出したせいで、二個とも床に落としてしまった。

くそっ。どうしても手がふたつ欲しいこんなときに、なぜひとつしかないのだ。

銃を一度置き、片手で弾を探さなければならなかった。その間ずっと、マカスカーが逃げてしまうこと、おそらくはサスキアを連れ去ることを心配していた。階段前にいた男たちとサスキアが一緒にいなかったのは確かだ。一緒だったら撃っていなかった。

ようやく弾が見つかったので薬室に装填した。銃身を起こしてもとに戻し、安全装置をはずした。

これからどうする？

少しずつ階段に近づいた。

傷を負ったり死にかかったりして階段に倒れている男はいなかった。弾ははずれたのだ。

ただ、木製の階段にいくつか水滴が落ちていて、外からのあるかなきかの光でみなわずかに輝いていた。

血が飛び散っている。

私は微笑んだ。マカスカーの血ならいいのに。

しかし喜びは長く続かなかった。

ガソリン！　ガソリンのにおいだ！

階段を駆けおりて玄関ドアまで行き、ガラス張りのポーチをさっとのぞいてみた。

そこらじゅうに液体がまかれていて、圧倒されるほど強いガソリンのにおいがした。

遠い隅で誰かがまだ忌々しい液体をまきつづけている音もした。

銃口から火花が散れば一気に火事になるので、発砲できなかった。

頭を引っこめて分厚いドアを勢いよく閉め、窓に駆け寄った。

まだライトがついているレンジローバーからの光で、人影がポーチの入口でジェリ缶を高く持ち上げ、残りのガソリンを砂利の上にひと振りでまくのが見えた。彼は缶を下に置くと、ライターでボロ切れに火をつけ、自分のまえに突き出した。

これから何をするのかは、天才でなくともわかった。

私は二連式の散弾銃でガラス越しに男を撃った。

彼はよろめいて倒れた。これでふたり目。

ところが恐ろしくも、もうひとりの男が影のなかから出てきて、燃えているボロ切れを拾い上げた。その光で男の高い頬骨と突き出た額がくっきりと照らされ、マカスカーその人であることがわかった。

私は銃身を折って開き、空薬莢を排出したが、追加する弾がなかった。チャールズは箱に四発分しか入れておらず、私はそれを使いきっていた。

どうして両方の銃身で撃ってしまったのだろう。

なすすべもなくマカスカーを見ているしかなかった。彼はポーチに数歩近づき、布を開いたドアのほうへ放った。

ガソリンを使った放火についてチコはなんと言ったのだったか。〝馬鹿にもほどがあるな。ガソリンで放火するのは大馬鹿だけだ。めちゃくちゃ爆発しやすいのに〟

まるでスローモーションのように、燃える布が弧を描いてドアロに飛び、濡れた床に落ちるはるかまえにポーチ内で気化したガソリンに引火した。

ポーチが爆発した。

私は本能的にしゃがみこんだ。巨大な火の玉がポーチのガラスパネルを突き抜け、四方八方に剃刀のように鋭い破片を飛ばした。爆発の衝撃が私の頭上に残っていた窓ガラスも割った。

立ち上がると、目のまえの光景は悪魔が作り出した幻影のようだった。

あらゆるものに火がつき、爆発で飛び散った燃えるガソリンに覆われているように見えた。

そこにビリィ・マカスカーも含まれていた。服にも顔や髪にも火が移り、燃える両手でそれらを消そうと叩きながら、死のジグを踊っていた。

突如そこが青いライトの光で満たされた。消防車がいきなりドライブウェイに現れて、私の燃えるレンジローバーのうしろに停まった。

私は茫然と立ちすくみ、破壊された窓越しに見ていた。黄色いヘルメットをかぶった大柄の消防士がマカスカーに毛布を放り、ラグビーのタックルよろしく地面に押し倒して、彼の火がすっかり消えるまで砂利の上で何度も転がした。

見ているうちに消防士は、まだ煙がくすぶる毛布の下に丸く横たわっているマカスカーを残して立ち上がった。マカスカーは死んだのか？　おそらく、と思った。人間松明のように燃えていたのだ。とはいえ、スタントマンはこれを毎日やって生き延びている。だがもちろん、彼らは全身を覆う耐火スーツを着ていて、マカスカーは顔も頭も丸出しだった。たとえ生き延びたとしても、ひどい火傷を負っているだろう。

生きていようが死んでいようが、これで終わった。

彼は風を蒔いて狂風を刈り取ったのだ（旧約聖書ホセア書第八章）。ほかの消防士たちがすでにホースを消防車につないでいた。まもなく残りの火も消えるだろう。

いま私が欲しいのは、チャールズを手当する救急車と、マリーナとサスキアの捜索隊だった。

## 32

翌月曜日、私はオックスフォード警察署の同じ取調室に呼び戻されることになった。同席したのはイングラム警視と部下のフリート部長刑事、ワトキンソン主任警部、私の弁護人のマギイ・ジェニングスだった。

ただし、今回は逮捕ではないらしく、事前に五番房で延々と待たされることはなかった。それでも、発言はすべて記録されて証拠に採用されうると警告されたうえでの慎重な取り調べだった。

「さて、ミスタ・ハレー」警視が言った。「先週金曜の夜にエインズフォードで起きたことを細大もらさず話してもらえるかな？」

以前のように、マギイ・ジェニングスは私に何も言わせたくなかった。彼女にしたがえば、私はすべての質問に「ノー・コメント」と答えていたはずだが、もうそれには飽き飽きしていた。

　記録をきちんと正すべきときだった。

だから、チコと私がエイントリイからエインズフォドに帰ってきた瞬間以降、憶えていることをすべて警官たちに話した。

「自宅に戻って保釈条件を意図的に破ったことを認めるのかね?」警視が訊いた。

「イエス」私が言った。

　警視が法律用箋にメモをとり、マギイ・ジェニングスが不満げに唇を引き結んだ。

「そして所持免許がないにもかかわらず、ロランド提督の散弾銃を手にした?」

「イエス」私がまた言い、彼がメモをとった。マギイ・ジェニングスがふんと鼻を鳴らした。

「散弾銃で誰かを撃つことはきわめて深刻な事態だ。それはわかっていたかね?」

「なかに人がいる家を燃やそうとすることも、そうとう深刻な事態だ」私が答えた。

「ところで、マカスカーと義勇軍はどうなりました?」

「マカスカーはストーク・マンデヴィル病院の特別熱傷ユニットに移された。生きてはいるが、ぎりぎりのところだ。診断によると生存の可能性は高くないらしい。きみがレンジローバーをぶつけた男、ルーク・ウォーカーはむしろ運がよかったかもしれない。衝突で即死し、現場で死亡宣告された」

「ほかのふたりは?」

「きみが撃ったふたりは生き延びる」彼が言った。「ただ、そのうちのひとり、アンドリュー・ヘボーンは片腕をなくすかもしれない。それほどの損傷だった」

私は本能的に、燃える布を持った男ではなく布そのものを狙ったようだ。それで、彼は片腕を失うかもしれない。

クラブへようこそ。

「もうひとりは？」私が訊いた。

「残るひとり、シェイン・ダフィは左脚のふくらはぎと膝に散弾を受けたが、軟組織の破損と少々の失血だけですんだ。たいへん痛いのはまちがいないが、いずれ完治する。彼は逮捕された。車に戻ろうとしたところをミスタ・バーンズにタックルされたのだ」

私はうなずいた。あの日の夜、あとでチコが彼ならではの説明をしてくれた。

「そう、おれがドライブウェイを家のほうに歩いてたら、あのあほうが足を引きずりながら近づいてくるのさ。お上品にわめきながらね。いやほんと、おまえにも聞かせてやりたかったよ。クソなんとかだの、死んじまえだの。おまえのことはひと言も褒めてなかったぞ、シッド、言っとくが。だけど、あんまり自分に夢中になりすぎてたから、おれには気づきもしなかった。だから背負い投げで地面に叩きつけて喉輪で締めてやったのよ」

「どうしてあれほど長く時間がかかった？」私が彼に訊いた。

「まずやつらのトヨタのタイヤをパンクさせなきゃいかんだろ。それから通報しようとしたんだが、まだおれのクソ携帯に信号が入らない、わかる？　こりゃあ誰かの家に押し入ってそこの電話から警察と消防隊に連絡しなきゃだめかと思いかけた。誰も玄関先に出てきやがらない」

彼らを責めることはできなかった。私だって出ないだろう。

「ほかに私たちに話したいことがあるかね？」警視が訊いて、私の思考を現在に引き戻した。

「イエス」私が言った。「じつはあります」

マギイ・ジェニングスの正しい判断に背いて、私はこの四週間で起きたことを、起きた順にすべて話した。

まあ、ほとんどすべて。トニイとマーガレットのモルソン夫妻が誘拐犯であったことは話さなかった。彼らがサスキアを学校から連れ去っただけでなく、モンパルナスの病院からピエール・ボーダンの双子の息子たちを引き取ってきたことも。

八百長レースの詳細、とくに関与した騎手たちの名前も明かさなかったし、ピーター・メディコスがBHAでマカスカーのもぐらだったことをチコが暴いた経緯も話さなかった。その情報は自分の胸に秘めておこうと決めていたのだ。

健全なレースのために。

六時半に警察署から出ながら、あの爆発のあとで起きたことを思い返した。

チャールズはまだ集中治療室にいた。彼が生き延びることを医師たちが確約してくれないのが心配だった。

チャールズは顔と頭を激しく殴られ、うち一発で頭蓋骨にひびが入って脳内出血していた。外科医のチームが金曜の夜通しで、彼の頭蓋骨の一部を除去して脳圧を下げる手術をおこなった。

時間がたつにつれ、医師たちも楽観的になり、チャールズの状態が悪化することもなかったが、重篤な記憶喪失や恒久的な脳障害が残るかどうか、あるいはそもそも目を覚ますかどうかについても予断を許さない状況が続いていた。

マリーナとサスキアは、ロージイと家のなかにずっと隠れていた。サスキアの大好きな〝サーディンズ〟の隠れ場所で、昔は使用人の寝室だったある部屋からパネルを一枚はずして、屋根のすぐ下にもぐりこむことができたのだ。

消防士ひとりに手伝ってもらい、強力な懐中電灯で照らしながら捜しても、彼らを見つけ出すのにはかなり時間がかかった。私がふたりの名前を叫びつづけた末、最終的にマリーナが安全だと判断して出てきたのだった。

彼女は私にきつくしがみつき、どれほど怖かったか話した。まず家じゅうの明かりがいっせいに消え、銃声や爆発音が聞こえた。電話で助けを呼ぼうとしたが、家の電話はつながらず、携帯は圏外だった。チャールズは彼女とサスキアを屋根裏に上げて隠れさせ、みずからは彼らを守るために階下に残ることにした。ロージイはふたりについて屋根裏に上がり、動こうともしなかったようだ。

私は自分とマカスカーのあいだで今回の件の片をつけようと決意していたが、これほど付随的な被害が出るとは思ってもみなかった。チャールズの大怪我はもちろん、ひとりの男が死に、マカスカー自身も瀕死の状態で生還はむずかしいだろうと言われている。全身の四十パーセント以上にもっとも重い火傷を負ったのだ。

加えて、エインズフォドの家も爆発でかなり損傷した。わが家のレンジローバーもチャールズの古いメルセデスも、もう二度と公道は走れないだろう。

提督は襲撃を受けた四日後に意識を取り戻し、その回復の速さで医師たち全員を恥じ入らせた。記憶障害はまったくないばかりか、マカスカーの野球のバットで頭を殴られる瞬間までのことをすべて憶えていた。

マリーナと私は、面会許可が出るとすぐに病院に見舞いに行った。

「けしからん医者たちが、立ってはいかんと言うのだ」私たちが部屋に入ると、彼が言った。「立つとめまいがするかもしれない、だと。まったく馬鹿げている」

私は笑った。この様子なら恒久的な脳障害はなさそうだった。が、気の毒に顔は腫れ上がって傷がつき、両目のまわりに見事な青あざができていた。頭皮を半分横切る縫合跡もある。外科医があわただしく手術した跡だ。

「お気の毒に」マリーナが言い、彼の手の甲をなでた。

「何があったか聞かせてもらえますか?」私が言った。

「あのろくでもないアイルランド人たちが、マリーナと小さなサスキアの隠れている場所を知りたがった」彼が言った。「だが、私は言わなかった。きみの居場所も知りたがっていたぞ、シッド。頭が沸騰しているような連中だった。ふたりが私の腕をつかみ、残るふたりが顔を殴った。腹もだ」そこで腹をさすった。「それはもう力いっぱいな。だが、あんなやつらに何も教えてやるものか」

彼は微笑んだ。マリーナがその手をぎゅっと握って頬に接吻した。彼女のなかでチャールズが〝完全に面倒くさい人〟から〝輝かしい英雄〟に格上げされたのは明らかだった。至極当然である。


チャールズが意識を回復した一週間後、私はまたオックスフォード署に出頭し、警察保釈から正式に解放されて、自分のノートパソコン、携帯電話とパスポートを返却してもらった。留置担当巡査部長は相変わらずで、それらを私に差し出すときにも少しも申しわけなさそうではなかった。

だが、少なくともこのまえのように私を〝クズ〟とは呼ばなかった。

これで私は法的にもわが家に帰れることになった、もっとも、ここ十日間は勝手に堂々と住んでいたのだが。

車がないのはたいへんな痛手だった。すでにディーラーには代わりのレンジローバーを注文していたが、納車までに三週間かかるという。

加入していた保険では、車が廃棄される場合、臨時のレンタカー費用は補償されないことがわかった。「レンタカーの補償は修理期間のみとなっております」保険会社の女性担当者がすげなく言った。「お車が修理不能の場合、あいにくですが適用されません」

マリーナは〝グリーン意識〟が高まった折、三週間は車なしで暮らしてみるべきだと提案した。「そのほうが、車が来たときにいっそうありがたみがわかるから」と利口ぶって言い、さっそくサスキアの学校の送り迎えを村の別の女の子の母親に頼んだ。

私自身はそれをまったく愚かな考えだと思った。ナットウェルからオックスフォドまで公共交通機関で往復するのがどれほど困難か、マリーナはわかっているのだろうか。

一週間、雨が降りつづいていたのでなおさらだった。

街の中心部を鉄道駅へと歩く途中、私はまた降りだした強い雨をよけるために建物の陰に入った。

たしかに雨を望んではいたが、これほど降る必要はない。

新しい携帯電話に最初にかけてきたのは、ワトキンソン主任警部だった。私は洪水で遅れたバンベリイ行きの列車をプラットフォームで待っているところだった。

「あなたが知りたいのではないかと思ったことがふたつある」彼が言った。「まず、ビリイ・マカスカーが今朝死んだ。火傷の範囲が広すぎて生きられなかった。本人もできるだけがんばったようだが、やはりこうなるのは避けられなかったらしい。私が話した医師によると、人間の皮膚は体内にさまざまな液体を保つバリアの役割を果たしているが、マカスカーは皮膚を失いすぎて、そうした液体が補充より早く蒸発してしまった。深刻な脱水症状がもたらす多臓器不全で死んだそうだ」

　彼は実質的に渇きで死んだのだ。

　まさにダレン・ペイズリイがベルファストで床に釘で打たれてそうなったように。

「ふたつ目は？」私が訊いた。

「グレーター・マンチェスター警察がマカスカーの自宅を捜索したところ、例の不適切な写真のプリントが見つかった。イングラム警視も、それでさすがにあなたが悪質なでっち上げの被害者だったと確信して、その旨のプレスリリースまで出すと言っている」

　ひとつの安心材料だ、と思った。人々がそれを信じればだが。私の経験では、人はみな事実がどうであろうと、他人についてつねに最悪のことを想像したがる。

「結局、最初に警察に通報したのは誰だった？」私が訊いた。

「警察に直接通報があったわけではない」彼が言った。「ただ、ソーシャルサービスに三件、報告があったと聞いている」

「誰から？」また訊いた。

「あなたを厄介事に巻きこんだのは、その報告というより、物置で見つかった例の写真の束と携帯に保存されていた写真だ」

「とはいえ、あの写真はそもそも通報がなければ見つからなかった。だから私は誰が通報したのか知りたい」

「それがそんなに重要かね？」彼が訊いた。

重要だろうか？　そうでもないかもしれない。誰がやったのであれ、マカスカーに脅されてしかたなくやったのだろう。それが誰か知ることが、そんなに重要だろうか。

「あなた自身は知っている？」私が訊いた。

「知るわけがない」主任警部は笑った。「知るためには裁判所の命令が必要だが、たとえ命令が出たとしても教えてはくれないだろう。ソーシャルサービスは秘密情報部（MI6）より秘密主義だ。子供にとって最善の結果にならないかぎり、決して何も言わない」

　子供にとって最善の結果。

　サスキアはいまだにベッドに行くのを怖がり、寝室の明かりをつけたまま寝ようとする。けれども、総じてあの体験から悪影響を受けずに立ち直り、もうすぐやってくる彼女だけのアイリッシュセッターの子犬のためにいろいろな計画を立てている。

　マリーナと私は、ティムとポーラのガウシン夫妻と仲直りした。アナベルがまたわが家に泊まりに来るのはまだ先になりそうだが。

「ああ、そうだ、もうひとつ」主任警部が言った。「今朝の新聞で、ピーター・メディコスがＢＨＡ保安部長を辞めたという記事を読んだ」

「ええ」私が言った。「私もそう聞いている」

「いまグレーター・マンチェスター警察で働いている私の元同僚の話では、マカスカーの家の金庫に彼のまずい写真がしまわれていたそうだ。裸で別の男とベッドにいる写真らしい。彼の辞職と何か関係があるのかな？」

「わからない」私は嘘をついた。「彼は記者たちに、妻ともっと一緒の時間をすごしたいのでと言わなかったかな？」

主任警部は笑った。「いかにも！　誰かが怪しげな理由で去るときにはかならずそう言うものだ。こういう状況ではとくに。肘で突いて、ウインクして、みなまで言うな、というやつだ」

しかし、メディコスもまた嵌められたのだと私はほぼ確信していた。問題の写真は彼を脅して支配するために作られたのだ。このことが新聞沙汰にならないように心のどこかで祈っていた。

これだけのことがあったにせよ、ピーター・メディコスは基本的に善人であると私は信じていた。でなければ、最後に電話をかけてこなかったはずだし、あれがなければ、マカスカーがエインズフォードで私の家族に恐ろしい復讐を果たしているあいだ、私は二マイル離れたナットウェルの犬舎でいつまでも待つはめになっていた。

「あなたが彼の後任に立候補すべきかもしれない」私が言った。「ＢＨＡは元警官を保安部長に雇うのが好きなようだから」

「やめておく」彼が言った。「馬や競馬について充分な知識がないから。あなたはどうなのだ？　完璧な候補者に思えるがね」

それもいいかもしれない。

手に持った携帯電話が震えた。

「失礼、ほかの電話が入ったようだ」私が言った。

「オーケイ、そちらに出たまえ。近々また話そう」

主任警部が切り、私はかかってきた電話に出た。

クイーン・メアリ病院のハロルド・ブライアントからだった。

「シッド」彼が興奮して言った。「あなたの手が届きます」

（了）

# 解説

加賀山卓朗

今も変わらないシッドだな、そうだろう？
抜け目がない。恐れを知らない、なんとしても勝つ。
——ディック・フランシス『敵手』

フェリックス・フランシスが父ディックの跡を継いで執筆している「新・競馬シリーズ」から、シッド・ハレーを主人公とした*Refusal*の邦訳をお届けでき、冥利に尽きるとはこのことかとありがたく思っている。

ディック・フランシスの「競馬シリーズ」については、くどくど説明するまでもないだろう。念のため最初に申し上げておくと、シリーズとは呼ばれるものの、事件は一作ごとに完結するので、どの作品から読んでも問題なく愉しめる。それは息子フェリックスの作品についても同じだ。

父フランシスの旧シリーズは一九六〇年代初めから二〇一〇年代にかけて、おもに競馬界を題材に書かれた四十四作（すべて早川書房刊）。どれもミステリーと冒険小説の要素を含んだエンターテインメントとしてきわめてレベルが高く（かつ駄作がほとんどない）、い）、とりわけデビュー作の『本命』から十作目の『骨折』あたりまでの完成度の高さは驚異的である。『大穴』（第四作）、『飛越』（第五作）、『血統』（第六作）はアメリカ探偵作家クラブ（MWA）エドガー賞候補となり、『罰金』（第七作）、『敵手』（第三十四作）はそのエドガー賞を獲得、『利腕』（第十八作）ではエドガー賞と英国推理作家協会（CWA）ゴールド・ダガー賞をダブル受賞した。ミステリー作家としての功績を称えるCWAダイヤモンド・ダガー賞、MWA巨匠賞も贈られている。漢字二文字のタイトルの背表紙を書棚に並べている同好の士も大勢おられるはずだ。

ディック・フランシスは、作家になるまえアマチュア障害騎手として活躍し、プロ転向後に全英チャンピオン・ジョッキイとなり、エリザベス皇太后の専属騎手まで務めた。よって小説内の騎乗場面に迫力があるのはもちろん、競馬場や厩舎の日常の様子、減量などの騎手生活、厩務員たちの自然な交流、ちょっとした馬の仕種などの描写にも味がある。かといって、筆が冴えるのは競馬に関連したことだけでなく、主人公が若い銀行員の『名門』（第二十一作）や、ワイン商の『証拠』（第二十三作）といった傑作もあるから油断できない。

しかしなんと言ってもシリーズ最大の魅力は、困難に立ち向かって勝利する主人公たちだろう。一人称で一作ごとに異なるが（例外であるシッド・ハレーとキット・フィールディングについては後述）、みなフェアで、謙虚で、精神的にたくましい。悪を描くのがうまい作家はたくさんいるけれど、フェアネスを描いて人を感動させる作家はまれである。だからこそ、どの作品も読後感が格別に爽快なのだ。

その父親のシリーズを継いだのが、次男のフェリックス・フランシスだった。フェリックスはロンドン大学で物理学と電子工学を専攻し、高等物理の教師として十七年働いたあと、一九九一年から父フランシスの執筆の管理業務にたずさわっていた（ペンギン・ランダムハウス社の著者紹介より）。ただ、そのまえから父作品の調査やプロット作りを手伝っていて、たとえば『配当』（第二十作）の主人公の物理教師や競馬予想システムという設定にそれが生かされている。

やはりディックの執筆活動を支援していた妻のメアリが亡くなった二〇〇〇年以降、フェリックスが彼女の役割も引き受けたことは想像にかたくない。そのことは六年のブランクのあと発表された『再起』（第四十作）の謝辞からもうかがえるし、旧シリーズ最後の四作、『祝宴』、『審判』、『拮抗』、『矜持』はディックとフェリックスの共著になっていて、これらはフェリックスの作家としての助走期間と言えるかもしれない。料理人や軍人を主人公にしたり、法廷場面があったりと新たな趣向も取り入れ、やや印象の薄い三十番台の作品群より質が上がっていると思う。

そしていよいよフェリックス・フランシスの単独デビュー、すなわち「新・競馬シリーズ」の幕開けとなったのが『強襲』（イースト・プレス刊）だった。原書の刊行が二〇一一年なので、このとき彼は五十八歳。遅めの本格デビューだったかもしれない。これ

も また快作で、主人公は元騎手のファイナンシャル・アドバイザー。殺された同僚の裏の生活を巡る謎解きが興味をそそるし、やはり馬を走らせたかったのだろう、クライマックスのあの場面では胸が熱くなる。英語圏では最新作の *Syndicate* まですでに十三作が上梓されているが、残念ながら邦訳刊行のほうは途絶えていた。

本書『覚悟』は、フェリックスによる新シリーズの三作目にあたり、シッド・ハレーものとしては父親の代も含めて五作目となる。

さて、シッド・ハレーについて。旧シリーズで「一作一主人公」の原則に反する男がふたりいると書いた。まず、キット・フィールディングは『侵入』(第二十四作)と『連闘』(第二十五作)に連続出場しているが、どうやら当時はディックがある有名騎手の伝記を書いていてこちらにまわせる時間がなく、やむなく慣れたキャラクターを再利用したらしい(『ベストミステリー大全』〔北上次郎著、晶文社〕参照)。創作的必然性はあまりなかったようだ。

シッド・ハレーはちがう。『大穴』で初登場した彼は前三作の主人公からかけ離れている。『本命』の主人公は裕福なアマチュア騎手、『度胸』(第二作)は上り調子のプロ騎手、『興奮』(第三作)はオーストラリアの牧場主。それに対してシッド・ハレーは、冒頭から左手に重傷を負って引退を余儀なくされた元騎手で、探偵社で働いている。妻ジェニイとの結婚生活もうまくいかず、事件の調査中に腹に銃弾を受けて入院。自暴自棄に生きていて、自己肯定感はゼロ。要するに、スタート地点がそれまでの主人公より明らかに低く、重すぎるハンデを背負っている。

小説的には、気力体力でまき返さなければならない距離が長いほど苛烈なドラマが生まれ、すべてを克服したときの達成感も大きい。顔に傷のある女性との淡いロマンスも、この設定でなければ成り立たず、シッドの高潔さを際立たせている。前作『興奮』でハウダニットの金字塔を物したあとだから、『大穴』では心機一転、思いきった主人公を考案したのではないかと推察するが、ともあれそこから異色のヒーローが生まれた。

他作品とのちがいをもうひとつ。シッドが働く探偵社の同僚チコ・バーンズの存在も大きい。いわゆるバディものは探偵小説の一類型だが、シッドとチコの愉しい会話は重要なコミックリリーフになっている。これもそれまでにない新たな試みだった。

こうした特異性から、『大穴』はシリーズ初期における大きな飛躍であり、ブレークスルーだったと考える。十数年後の『利腕』でシッド（とチコ）が再登場するのには、それなりの理由があったのだ。『利腕』でシッドは、左手に加えて右手まで失うかという恐怖を味わう。この点の解釈については北上次郎氏の『利腕』文庫版解説に止めを刺すので、そのまま引用したい。

七〇年代の冒険小説が失っていたヒーローの肉体を、ディック・フランシスは恐怖という入口から入り込んで描いて見せたのである。大自然や凶悪な組織と闘う時代が過ぎ、敵を見失って形骸化されていた冒険小説に、己れの裡にひそむ弱さを克服する重要な闘いがあることを巧みなストーリー展開の中に示して見せたのである。

ではなぜ、その記念すべき闘いの復活にシッド・ハレーが選ばれたのか。

それはおそらく、ディック・フランシスの描いた主人公の中でシッド・ハレーが〝恐怖心〟にいちばん近い位置にいたからではなかったか。誇りを持ち、ストイックで意志強固な男は他にもいる。だが〝恐怖心〟ということであれば、彼こそが最短距離だ。

旧シリーズで次にシッドが登場するのは『敵手』だ。フランシス作品では総じて「敵」が早めに現れる。フーダニットより、真相が見えてきてからのアクションに重点が置かれるからだが、『敵手』はその極端な例と言えるだろう。

父フランシスによるシッド・ハレー四作目は『再起』。それまでほぼ一年一作のペースで書きつづけていたのが、メアリ夫人の逝去から六年間、新作発表がなく、断筆が心配されたなかでのまさに「再起」だった。そういう作品の主人公にシッドはいかにもふさわしい。

前置きが長くなった。「新・競馬シリーズ」のフェリックス・フランシスは、本書でまたシッド・ハレーを登場させた。父フランシスの作家人生の節目で大事な役目を果たしてきた主人公である。いつか書きたいと思っていたのかもしれない。

今回、シッドは四十七歳になるところで（現実世界の時間経過とは一致しない）、『再起』で初登場したマリーナ・ファン・デル・メールとの結婚後、サスキア（サシイ）という愛娘が生まれている。シッドを攻撃すると、あきらめるどころかさらに強く立ち向かってくることを知った悪人たちは、脅迫のためにシッド本人ではなくマリーナや、気心を許した義父チャールズを狙うようになり、それを避けたい彼は探偵業から引退して、金融取引で生活の糧を稼いでいた。そこに英国競馬統括機構（BHA）会長のサー・リチャード・スチュアートが訪ねてくる。

サー・リチャードは、いくつかのレースで不正がおこなわれていると確信していた。が、自分の組織の保安部で相手にされなかったので、個人的に調査を依頼しに来たのだった。シッドは、もう調査はやめたときっぱり断るが、続く出来事で家族ともども否応なしに事件に巻きこまれていく。ほどなくマンチェスター方面に凶悪な存在が見えてきて……と王道の展開だが、手慣れたもので、物語がストレートに胸に迫ってくる。父親に勝るフェリックスの美点として、バランス感覚があげられよう。どの作品でもキャラクターやプロットがバランスよく配置され、流れが滞ることがない。必要なところには的確な説明も入り、初めての読者にも親切な設計になっている（もっとも、父フランシスの場合には多少バランスを欠いたところが独特の魅力になったりもするので、一概に良し悪しは言えない面もあるが）。加えて本書では、シッドの左手の義肢（武器としても使ってきた）に関する新たな展開もある。巻末の医師のひと言には誰もが驚くはずだ。

本作の原書を初めて読むまえに、じつはふたつのことを祈っていた。ひとつはシッドがまた馬に乗ること（『大穴』でのあの騎乗！）、もうひとつはおなじみのあの人物が出てくることだ。そのうちひとつは叶ったと報告しておく。クライマックスをグランドナショナルに持ってきたのも心憎い演出だ。父フランシスは騎手時代に三百五十勝以上をあげたが、グランドナショナルだけには勝てなかった。息子がそのカタルシスをここでシッドに託したようにも思える。

フェリックス・フランシスの「新・競馬シリーズ」はこのあとも、*Crisis*（第八作。主人公は危機管理コンサルタント）と*Hands Down*（第十一作。シッド・ハレーものの続き）の邦訳刊行が予定されている。作者はこのシリーズをどう進化させているだろうか。これまでの愛読者にも、父子の作品に初めて触れるかたにも愉しんでいただけるように、大のフランシス・ファンである文藝春秋の永嶋俊一郎氏と全力を尽くす所存なので、ぜひご期待いただきたい。

最後に、旧シリーズを概観するガイドブックとして、「ミステリマガジン　二〇一〇年六月号　特集ディック・フランシスの弔祭」（早川書房刊）がよくまとまっているので、ご興味のあるかたには一読をお勧めする。

二〇二五年三月

■競馬シリーズ　作品リスト　（注記なきものはディック・フランシス著）

1　本命　*Dead Cert*（1962）
2　度胸　*Nerve*（1964）
3　興奮　*For Kicks*（1965）
4　大穴　*Odds Against*（1965）★
5　飛越　*Flying Finish*（1966）
6　血統　*Blood Sport*（1967）
7　罰金　*Forfeit*（1968）アメリカ探偵作家クラブ最優秀長編賞受賞
8　査問　*Enquiry*（1969）
9　混戦　*Rat Race*（1970）
10　骨折　*Bonecrack*（1971）
11　煙幕　*Smokescreen*（1972）
12　暴走　*Slay-Ride*（1973）
13　転倒　*Knockdown*（1974）
14　重賞　*High Stakes*（1975）
15　追込　*In the Frame*（1976）
16　障害　*Risk*（1977）
17　試走　*Trial Run*（1978）

18　利腕　*Whip Hand*（1979）★アメリカ探偵作家クラブ最優秀長編賞、英国推理作家協会ゴールド・ダガー賞受賞
19　反射　*Reflex*（1980）
20　配当　*Twice Shy*（1981）
21　名門　*Banker*（1982）
22　奪回　*The Danger*（1983）
23　証拠　*Proof*（1984）
24　侵入　*Break In*（1985）☆
25　連闘　*Bolt*（1986）☆
26　黄金　*Hot Money*（1987）
27　横断　*The Edge*（1988）
28　直線　*Straight*（1989）
29　標的　*Longshot*（1990）
30　帰還　*Comeback*（1991）
31　密輸　*Driving Force*（1992）
32　決着　*Decider*（1993）
33　告解　*Wild Horses*（1994）
34　敵手　*Come to Grief*（1995）★アメリカ探偵作家クラブ最優秀長編賞受賞

35 不屈 *To the Hilt*（1996）
36 騎乗 *10-Lb. Penalty*（1997）
37 出走 *Field of Thirteen*（1998）
38 烈風 *Second Wind*（1999）
39 勝利 *Shattered*（2000）
40 再起 *Under Orders*（2006）★
41 祝宴 *Dead Heat*（2007）*
42 審判 *Silks*（2008）*
43 拮抗 *Even Money*（2009）*
44 矜持 *Crossfire*（2010）*

すべてハヤカワ・ミステリ文庫
★シッド・ハレー　☆キット・フィールディング
＊フェリックス・フランシスとの共著

■新・競馬シリーズ

1 強襲 *Gamble*（2011）イースト・プレス
2 *Bloodline*（2012）
3 覚悟 *Refusal*（2013）★ 本書
4 *Damage*（2014）†
5 *Front Runner*（2015）†
6 *Triple Crown*（2016）†
7 *Pulse*（2017）
8 *Crisis*（2018） 文春文庫近刊
9 *Guilty Not Guilty*（2019）
10 *Iced*（2021）
11 *Hands Down*（2022）★ 文春文庫近刊
12 *No Reserve*（2023）
13 *Syndicate*（2024）

★シッド・ハレー　†ジェフ・ヒンクリイ

本書は文春文庫のために訳し下ろされたものです

ＤＴＰ制作　言語社

文春文庫



---

# 覚悟（かくご）

定価はカバーに表示してあります

2025年5月10日　第1刷

著　者　フェリックス・フランシス
訳　者　加賀山卓朗（かがやまたくろう）
発行者　大沼貴之
発行所　株式会社　文藝春秋

東京都千代田区紀尾井町3-23　〒102-8008
TEL 03・3265・1211㈹
文藝春秋ホームページ　https://www.bunshun.co.jp

落丁、乱丁本は、お手数ですが小社製作部宛お送り下さい。送料小社負担でお取替致します。

印刷・萩原印刷　製本・加藤製本

Printed in Japan
ISBN978-4-16-792370-9

（　）内は解説者。品切の節はご容赦下さい。

**ペット・セマタリー**（上下）
スティーヴン・キング（深町眞理子 訳）
競争社会を逃れてメイン州の田舎に越してきた医師一家を襲う怪異。モダン・ホラーの第一人者が〝死者のよみがえり〟のテーマに真っ向から挑んだ、恐ろしくも哀切な家族愛の物語。
キ-2-4

**IT**（全四冊）
スティーヴン・キング（小尾芙佐 訳）
少年の日に体験したあの恐怖の正体は何だったのか？　二十七年後、薄れた記憶の彼方に引き寄せられるように故郷の町に戻り、IT（それ）と対決せんとする七人を待ち受けるものは？
キ-2-8

**シャイニング**（上下）
スティーヴン・キング（深町眞理子 訳）
コロラド山中の美しいリゾート・ホテルに、作家とその家族がひと冬の管理人として住み込んだ——。S・キューブリックによる映画化作品も有名な「幽霊屋敷」ものの金字塔。（桜庭一樹）
キ-2-31

**夜がはじまるとき**
スティーヴン・キング（白石 朗 他訳）
医者のもとを訪れた患者が語る鬼気迫る怪異譚「N」、猫を殺せと依頼された殺し屋を襲う恐怖の物語「魔性の猫」など全六篇収録。巨匠の贈る感涙、恐怖、昂奮をご堪能あれ。（coco）
キ-2-35

**拡散**　大消滅2043（上下）
邱 挺峰（藤原由希 訳）
二〇四三年、ブドウを死滅させるウィルスによりワイン産業は壊滅の危機に——。あの地球規模の感染爆発の真相とは。〝台湾のダン・ブラウン〟と評された華文SF登場。（楊 子葆）
キ-18-1

**イヴリン嬢は七回殺される**
スチュアート・タートン（三角和代 訳）
舞踏会の夜、令嬢イヴリンは死んだ。おまえが真相を見破るまで彼女は何度も殺される。タイムループ＋人格転移、驚異の特殊設定ミステリ。週刊文春ベストミステリ2位！（阿津川辰海）
タ-18-1

**ウォッチメイカー**（上下）
ジェフリー・ディーヴァー（池田真紀子 訳）
残忍な殺人現場に残されたアンティーク時計。被害者候補はあと八人…尋問の天才ダンスとともに、ライムは犯人阻止に奔走する。二〇〇七年のミステリ各賞に輝いた傑作！（児玉 清）
テ-11-17

**父を撃った12の銃弾**（上下）
ハンナ・ティンティ（松本剛史 訳）

父の身体に12の弾傷がある。父は何も語らない。祖母は父が母を殺したと責める。娘は両親の過去を調べ始めた。繊細な自然描写と骨太な犯罪小説が融合した傑作ミステリ。（池上冬樹）

テ-19-1

**その女アレックス**
ピエール・ルメートル（橘 明美 訳）

監禁され、死を目前にした女アレックス──彼女が秘める壮絶な計画とは？ 「このミス」1位ほか全ミステリランキングを制覇した究極のサスペンス。あなたの予測はすべて裏切られる。

ル-6-1

**悲しみのイレーヌ**
ピエール・ルメートル（橘 明美 訳）

凄惨な連続殺人の捜査を開始したヴェルーヴェン警部は、やがて恐るべき共通点に気づく──『その女アレックス』の刑事たちを巻き込む最悪の犯罪計画とは。鬼才のデビュー作。（杉江松恋）

ル-6-3

**傷だらけのカミーユ**
ピエール・ルメートル（橘 明美 訳）

カミーユ警部の恋人が強盗に襲われ、重傷を負った。執拗に彼女の命を狙う強盗をカミーユは単身追う。『悲しみのイレーヌ』『その女アレックス』に続く三部作完結編。（池上冬樹）

ル-6-4

**わが母なるロージー**
ピエール・ルメートル（橘 明美 訳）

『その女アレックス』のカミーユ警部、ただ一度の復活。パリで爆発事件が発生。名乗り出た犯人はまだ爆弾が仕掛けてあるという。真の動機が明らかになるラスト1ページ！（吉野 仁）

ル-6-5

**監禁面接**
ピエール・ルメートル（橘 明美 訳）

失業中の57歳・アランがついに再就職の最終試験に残る。だがその内容は異様なものだった──。どんづまり人生の一発逆転はなるか？ ノンストップ再就職サスペンス！（諸田玲子）

ル-6-6

**僕が死んだあの森**
ピエール・ルメートル（橘 明美 訳）

六歳の子を殺してしまった十二歳の少年。遺体を隠し家に戻ってから、腕時計を失くしたことに気づく。『その女アレックス』で世界を驚愕させた鬼才が放つ極上のサスペンス！（三橋 曉）

ル-6-7

（　）内は解説者。品切の節はご容赦下さい。

ロバート・ジェームズ・ウォラー（村松　潔　訳）
**マディソン郡の橋**
アイオワの小さな村を訪れ、橋を撮っていた写真家と、ふとしたことで知り合った村の人妻。束の間の恋が、別離ののちも二人の人生を支配する。静かな感動の輪が広がり、ベストセラーに。
ウ-9-1

P・G・ウッドハウス（岩永正勝・小山太一　編訳）
**ジーヴズの事件簿**
才智縦横の巻
二十世紀初頭のロンドン。気はよくも少しおつむのゆるい金持ち青年バーティに、嫌みなほど有能な黒髪の執事がいた。どんな難題もそつなく解決する彼の名は、ジーヴズ。傑作短編集。
ウ-22-1

P・G・ウッドハウス（岩永正勝・小山太一　編訳）
**ジーヴズの事件簿**
大胆不敵の巻
ちょっぴり腹黒な有能執事ジーヴズの活躍するユーモア小説傑作集第二弾。村の牧師の長説教レースから親友の実らぬ恋の相談まで、ご主人バーティが抱えるトラブルを見事に解決！
ウ-22-2

クレア・キップス（梨木香歩　訳）
**ある小さなスズメの記録**
人を慰め、愛し、叱った、誇り高きクラレンスの生涯
第二次世界大戦中のイギリスで老ピアニストが出会ったのは、一羽の傷ついた小雀だった。愛情を込めて育てられた雀クラレンスとキップス夫人の十二年間の奇跡の実話。（小川洋子）
キ-16-1

サン＝テグジュペリ（倉橋由美子　訳）
**星の王子さま**
「ねえ、お願い…羊の絵を描いて」不時着した砂漠で私に声をかけてきたのは別の星からやってきた王子さまだった。世界中を魅了する名作が美しい装丁で甦る。（古屋美登里・小川　糸）
サ-9-1

パトリック・ジュースキント（池内　紀　訳）
**香水**
ある人殺しの物語
十八世紀パリ。次々と少女を殺してその芳香をわがものとし、あらゆる人を陶然とさせる香水を創り出した〝匂いの魔術師〟グルヌイユの一代記。世界的ミリオンセラーとなった大奇譚。
シ-16-1

アンネ・フランク（深町眞理子　訳）
**アンネの日記**
増補新訂版
オリジナル、発表用の二つの日記に父親が削った部分を再現した〝完全版〟に、一九九八年に新たに発見された親への思いを綴った五ページを追加。アンネをより身近に感じる〝決定版〟。
フ-1-4

**赤毛のアン**
L・M・モンゴメリ（松本侑子　訳）

アンはプリンス・エドワード島の初老の兄妹マシューとマリラに引きとられ幸せに育つ。作中の英文学と聖書、アーサー王伝説、イエスの聖杯探索を解説。日本初の全文訳、大人の文学。

モ-4-1

**アンの青春**
L・M・モンゴメリ（松本侑子　訳）

アン16歳、美しい島で教師に。ギルバートの片恋、ダイアナの婚約。移民の国カナダにおける登場人物の民族（スコットランド系とアイルランド系）を解説。ケルト族の文学、初の全文訳。

モ-4-2

**アンの愛情**
L・M・モンゴメリ（松本侑子　訳）

アン18歳、カナダ本土の英国的な港町の大学へ。貴公子ロイに一目惚れされ、青年たちに6回求婚される。やがて愛に目ざめ……。テニスンの詩に始まる初の全文訳、訳註・写真付。

モ-4-3

**風柳荘（ウィンディ・ウィローズ）のアン**
L・M・モンゴメリ（松本侑子　訳）

日本初の「全文訳」、詳細な訳註収録の決定版「赤毛のアン」シリーズ第4巻。校長となったアンは医師を目指すギルバートと文通。周囲の敵意にも負けず持ち前の明るさで明日を切り拓く。

モ-4-4

**アンの夢の家**
L・M・モンゴメリ（松本侑子　訳）

医師ギルバートと結婚。海辺に暮らし、幸せな妻となるも、母になったアンに永遠の別れが訪れる。運命を乗り越え、愛に生きる人々を描く大人の傑作小説。日本初の全文訳・訳註付。

モ-4-5

**炉辺荘（ろへんそう）のアン**
L・M・モンゴメリ（松本侑子　訳）

6人の子の母、医師ギルバートの妻として田園に暮らすアン。子育ての喜びと淡い悲しみ。大家族の愛の物語。日本初の全文訳「赤毛のアン」シリーズ第6巻。約530項目の訳註付。

モ-4-6

**虹の谷のアン**
L・M・モンゴメリ（松本侑子　訳）

アン41歳、家族で暮らすグレン・セント・メアリ村に新しい牧師一家がやってきた。第一次世界大戦が影を落とす前の最後の平和な時を描く。日本初の全文訳・訳註付シリーズ、第7巻！

モ-4-7

（　）内は解説者。品切の節はご容赦下さい。

**本当の戦争の話をしよう**
ティム・オブライエン
村上春樹 訳

人を殺すということ、失った戦友、帰還の後の日々——ヴェトナム戦争で若者が見たものとは？　胸の内に「戦争」を抱えたすべての人に贈る真実の物語。鮮烈な短篇作品二十二篇収録。

む-5-31

**心臓を貫かれて**（上下）
マイケル・ギルモア
村上春樹 訳

みずから望んで銃殺刑に処せられた殺人犯の実弟が、兄と父、母の血ぬられた歴史、残酷な秘密を探り、哀しくも濃密な血の絆を語り尽くす。衝撃と鮮烈な感動を呼ぶノンフィクション。

む-5-32

**人生のちょっとした煩い（わずらい）**
グレイス・ペイリー
村上春樹 訳

アメリカ文学のカリスマにして、伝説の女性作家と村上春樹のコラボレーション第二弾。タフでシャープで、しかも温かく、滋味豊かな十篇。巻末にエッセイと、村上による詳細な解題付き。

む-5-35

**その日の後刻に**
グレイス・ペイリー
村上春樹 訳

生涯に三冊の作品集を残したグレイス・ペイリーの村上春樹訳による最終作品集。人生の精緻なモザイクのような十七の短篇に、エッセイ、ロングインタビュー、訳者あとがき付き。

む-5-38

**誕生日の子どもたち**
トルーマン・カポーティ
村上春樹 訳

悪意の存在を知らず、傷つけ傷つくことから遠く隔たっていた世界。イノセント・ストーリーズ——カポーティの零した宝石のような逸品六篇を村上春樹が選り、心をこめて訳出しました。

む-5-37

**わたしたちの登る丘**
アマンダ・ゴーマン（鴻巣友季子 訳）

2021年、米・バイデン大統領の就任式で朗読された一篇の詩。当時22歳の桂冠詩人による、分断を癒し、団結をうながして世界を感動させた圧倒的なことばが待望の邦訳。（柴崎友香）

コ-22-1

**パチンコ**（上下）
ミン・ジン・リー（池田真紀子 訳）

日韓併合下の影島。ソンジャは仲買人のハンスが妻子もちと知らず恋に落ちて身籠る。恥じる彼女に牧師のイサクが手を差し伸べ二人は大阪へ。全世界で共感を呼んだ大作。（渡辺由佳里）

リ-7-1

（　）内は解説者。品切の節はご容赦下さい。

**レオナルド・ダ・ヴィンチ**（上下）
ウォルター・アイザックソン（土方奈美 訳）
ルネサンスを代表する〝万能人〟レオナルド・ダ・ヴィンチは、なぜ不世出の天才たり得たのか？ 自筆ノート全7200枚を読み解き、その秘密に迫る決定的評伝！（ヤマザキマリ）
ア-13-1

**世にも危険な医療の世界史**
リディア・ケイン　ネイト・ピーダーセン（福井久美子 訳）
梅毒には水銀風呂！ 夜泣きする子にはアヘン！ 水難事故にはタバコ浣腸！ 人類はこんなにも恐ろしい医療に頼っていた。信じがたい事実が連打される驚くべき歴史書。（冬木糸一）
ケ-6-1

**10代の脳**
反抗期と思春期の子どもにどう対処するか
フランシス・ジェンセン　エイミー・エリス・ナット（野中香方子 訳）
可愛い我が子が突然別人のようになる反抗期・思春期。それは脳の成長過程での未熟さや過敏さゆえだった。未完成な脳の問題と利点を理解すれば子どもに上手く向き合える。（渡辺久子）
シ-24-1

**サイロ・エフェクト**
高度専門化社会の罠
ジリアン・テット（土方奈美 訳）
高度に専門化した現代社会、あらゆる組織には「サイロ＝たこつぼ」が必ずできる。壁を打ち破るためには文化人類学の研究成果が不可欠だ。画期的な組織閉塞打開論。（中尾茂夫）
テ-18-1

**人口で語る世界史**
ポール・モーランド（渡会圭子 訳）
人口を制する者が世界を制してきた。ロンドン大学・気鋭の人口学者が「人口の大変革期」に当たる直近200年を一般読者向けに書きおろし、各紙の書評で紹介された全く新しい教養書。（堀内 勉）
モ-5-1

**フラッシュ・ボーイズ**
10億分の1秒の男たち
マイケル・ルイス（渡会圭子・東江一紀 訳）
何故か株を買おうとすると値段が逃げ水のようにあがってしまう…。その陰には巨大詐欺と投資家を出し抜く超高速取引業者〝フラッシュ・ボーイズ〟の姿があった。（阿部重夫）
ル-5-3